Karine Giebel a été deux fois lauréate du prix marseillais du Polar : en 2005 pour son premier roman *Terminus Elicius* (collection « Rail noir », puis réédité chez Belfond en 2016) et en 2012 pour *Juste une ombre* (Fleuve Éditions), également prix Polar francophone à Cognac. *Les Morsures de l'ombre* (Fleuve Éditions, 2007), son troisième roman, a reçu le prix Intramuros, le prix SNCF du polar et le prix Derrière les murs. *Meurtres pour rédemption* (Fleuve Éditions, 2010) est considéré comme un chef-d'œuvre du roman noir. Ses livres sont traduits dans plusieurs pays et, pour certains, en cours d'adaptation audiovisuelle. *Chiens de sang* (2008), *Jusqu'à ce que la mort nous unisse* (2009), *Purgatoire des innocents* (2013) et *Satan était un ange* (2014) ont paru chez Fleuve Éditions. Tous ces livres sont repris chez Pocket.

En 2016, *De force* a paru chez Belfond (Pocket, 2017), suivi, en 2017, du recueil de nouvelles *D'ombre et de silence* (Pocket, 2018), de *Toutes blessent, la dernière tue* en 2018 et de *Ce que tu as fait de moi* en 2019 chez le même éditeur.

DE FORCE

DU MÊME AUTEUR
CHEZ POCKET

TERMINUS ELICIUS
LES MORSURES DE L'OMBRE
CHIENS DE SANG
JUSQU'À CE QUE LA MORT NOUS UNISSE
MEURTRES POUR RÉDEMPTION
JUSTE UNE OMBRE
MAÎTRES DU JEU
PURGATOIRE DES INNOCENTS
SATAN ÉTAIT UN ANGE
DE FORCE
D'OMBRE ET DE SILENCE
TOUTES BLESSENT, LA DERNIÈRE TUE
CE QUE TU AS FAIT DE MOI

KARINE GIEBEL

DE FORCE

belfond

Pocket, une marque d'Univers Poche,
est un éditeur qui s'engage pour la préservation
de son environnement et qui utilise du papier fabriqué
à partir de bois provenant de forêts gérées
de manière responsable.

Le Code de la propriété intellectuelle n'autorisant, aux termes de l'article L. 122-5, 2° et 3° a, d'une part, que les « copies ou reproductions strictement réservées à l'usage privé du copiste et non destinées à une utilisation collective » et, d'autre part, que les analyses et les courtes citations dans un but d'exemple et d'illustration, « toute représentation ou reproduction intégrale ou partielle faite sans le consentement de l'auteur ou de ses ayants droit ou ayants cause est illicite » (art. L. 122-4).
Cette représentation ou reproduction, par quelque procédé que ce soit, constituerait donc une contrefaçon, sanctionnée par les articles L. 335-2 et suivants du Code de la propriété intellectuelle.

© Belfond, un département place des éditeurs, 2016
ISBN : 978-2-266-27298-8

PROLOGUE

Elle ne m'aimait pas.

Pourtant, je suis là aujourd'hui.

Debout, face au cercueil premier prix sur lequel j'ai posé une couronne de fleurs commandée sur Internet.

J'aurais pu la laisser partir seule.

Pourtant, je suis là aujourd'hui.

Par souci des convenances, peut-être.

Peut-être pas.

Car moi, j'ai voulu l'aimer. De toutes mes forces. De force.

Mais on n'aime pas ainsi.

J'ai envie de pleurer. Non parce qu'elle vient de mourir. Parce que pour moi, elle est morte il y a bien longtemps.

Que m'a-t-elle donné ?

Un prénom, un toit et deux repas par jour.

Elle a lavé mes vêtements, les a repassés quand elle en avait le temps. Aux yeux de tous, elle a respecté ses obligations. Mais elle ne m'aimait pas. Et elle est partie sans me dire pourquoi. N'étais-je pas digne de son amour ? Était-elle incapable d'aimer ?

Je ne le saurai jamais.

La douleur n'en finit pas.

Comme cette cérémonie. Les curés semblent prendre un malin plaisir à torturer encore et encore ceux qui restent. Ceux qui ont mal.

Ou font semblant.

L'homme en soutane continue ses simagrées. Un peu d'encens au-dessus du cercueil, quelques gouttes d'eau bénite. Des histoires de royaume des cieux, d'anges et d'éternité.

Croyait-elle en Dieu ? Je l'ignore.

D'ailleurs, que sais-je d'elle ? Si peu de chose en vérité.

Je me souviens seulement de ses petites habitudes, de ses manies, de ses insomnies.

Elle avait du mal à dormir.

Alors, elle a brisé mes rêves.

De retour dans la maison de briques sales, j'ouvre les fenêtres et les volets, laissant entrer le froid, le bruit, la vie.

Chasser ce silence de mort.

Je passe quelques minutes sur l'étroit balcon dont le garde-corps menace de céder. Le ciel est si bas que les cheminées s'y oublient.

Dire que j'ai vécu dix-sept ans ici… Dans cette ville sinistrée, désolée, abandonnée des dieux et des touristes.

Le vent glacé me repousse à l'intérieur.

J'ai commencé à vider cette vieille baraque hier. J'ai mis ses vêtements dans de grands sacs noirs, ses livres dans des cartons. Je ne garderai rien, c'est décidé. À part le livret de famille qui me rappelle que j'ai vu le jour un 15 mai.

De mère indigne.

Et de père inconnu.

J'ai terminé la salle à manger, il me reste à finir sa chambre, la mienne et le débarras. Ensuite, je pourrai rendre les clefs au propriétaire et retourner à ma vie.

Ma vie… Ou plutôt ce semblant d'existence auquel je feins de croire. Car pour construire quelque chose, il faut des fondations solides. Des racines saines.

Les miennes sont pourries.

À la moindre bourrasque, l'arbre en apparence si résistant se couchera au sol.

Emportant tout dans sa chute.

Alors je donne le change, jour après jour. Jouant un rôle qui n'est pas le mien. Cachant l'effroi, la colère, la détresse. Reléguant au plus profond de moi ce que je suis vraiment.

Je suis un traumatisme, une névrose.

Une blessure.

Je trouve un album, hésite à l'ouvrir. Finalement, je le jette.

Deux minutes plus tard, je le sors de la poubelle et le feuillette.

Aucune photo de moi, ainsi que je m'y attendais. Aucune photo où nous sommes ensemble. Elle a toujours refusé d'être immortalisée avec moi.

Je sors un cliché de sa pochette en plastique. Un portrait de ma mère. Belle, radieuse, souriante.

Une photo prise avant ma naissance.

Je ne me souviens pas avoir vu ma mère sourire.

Cela lui arrivait peut-être, mais pas devant moi. Pas pour moi.

Elle était stricte, froide et triste.

À la sortie de l'école, j'observais les autres enfants. Leurs mères, surtout. Elles qui embrassaient, enlaçaient, s'inquiétaient, s'émouvaient... Ce regard empli d'amour qu'elles portaient sur leur fille ou leur fils. Ce regard que ma mère n'a jamais eu pour moi. Lorsqu'elle me regardait, je plongeais dans une eau noire et glacée. Je me noyais dans mon chagrin.

Pas une parole rassurante, pas un geste tendre. Aucun conte pour m'aider à affronter mes cauchemars.

Seulement des brimades, des ordres et des cris.

De l'indifférence, chaque jour.

Des humiliations, souvent.

Des insultes, parfois.

Finalement je change d'avis. Cette photo, je vais la garder. Comme ça, je pourrai m'inventer une nouvelle mère, de nouvelles chimères. Je pourrai la montrer autour de moi en disant : « C'est ma mère. Voyez comme elle était belle et admirable. »

L'album retourne dans la poubelle, je retourne dans la chambre. Le lit est défait, les draps sont sales. Ça ne ressemble pas à Viviane, ma mère. Elle qui était obsédée par la propreté et l'hygiène, qui ne supportait pas les taches, les auréoles ou les traces.

J'ai déjà vidé l'armoire, il me reste la commode. Encore des vêtements, qui rejoignent les autres. Quelques bijoux sans valeur que je donnerai à une association.

Je me sens si mal dans cette maison... Parce que

j'y ai grandi sous le joug d'un monstre. Parce que j'y ai connu la peur, l'angoisse, la tristesse.

L'envie de mourir.

Ces sentiments d'horreur, je les ai imprimés sur les murs, les portes, le sol. Ils rampent partout autour de moi.

J'ouvre la porte du petit débarras, sorte de cellier où elle entassait tout et n'importe quoi. Où elle m'enfermait lorsque je lui tenais tête.

Parfois, c'était sans raison. Juste pour ne plus me voir. Pour me faire disparaître. M'anéantir.

J'y ai passé des jours entiers. Des nuits entières.

Du fond de cet abysse, j'implorais mon père. De venir me chercher, me délivrer.

De venir m'aimer, enfin.

Ce père fantôme, je lui inventais mille visages, mille vies.

Mille raisons de ne pas être là.

Je n'avais pas le droit d'oser la moindre question sur lui. Ma mère le détestait, je le sais.

Pendant les vacances, elle m'expédiait le plus loin possible.

Le plus longtemps possible.

Colonies de vacances, centres aérés… Peu importaient l'endroit ou mes envies. Ce qui comptait, c'était que je sois loin d'elle.

Le reste du temps était une épaisse et sombre forêt de solitude dans laquelle je me perdais. Une forêt peuplée d'angoisses, de frayeurs et de désespoirs.

Je n'ai jamais pu partager avec elle mes rêves ou mes projets d'avenir.

Qu'est-ce que tu aimerais faire plus tard ? Cette question, banale, toutes les mères la posent un jour ou l'autre à leur enfant.

Ma mère, elle, n'a jamais voulu savoir.

Je jette des dizaines de boîtes de médicaments. Visiblement, elle était gravement malade. Sans doute la raison pour laquelle elle est morte bien avant l'heure. À moins que ce ne soit pour cause de sécheresse sentimentale aiguë...

Je trouve un rouleau de papier cadeau. Je me demande bien à quoi il a pu lui servir. Car je n'ai jamais reçu le moindre présent.

Chacun de mes anniversaires était une épreuve que j'appréhendais longtemps à l'avance. Le 15 mai était le jour le plus noir de l'année. Comme si le souvenir de ma naissance était pour elle une plaie à vif, une douleur qu'elle me faisait payer au centuple.

Pourtant, moi, je n'oubliais jamais la fête des Mères ou son anniversaire. Je lui fabriquais toujours un cadeau avec les moyens du bord. Mais dès que j'avais le dos tourné, chaque collier de perles partait à la poubelle. Chaque dessin terminait sa vie dans le poêle à bois qui chauffait cette masure.

Chacun de mes élans de tendresse se heurtait à un récif tranchant sur lequel je m'abîmais.

Je viens de vider le cellier. En un temps record, tout a atterri dans les grands sacs noirs. À peine si j'ai osé respirer cet air qui empeste mes peurs d'enfant.

Il me reste encore deux pièces alors que je n'en peux plus. Envie de m'enfuir, de quitter cet endroit maudit.

Pourquoi ne pas plutôt incendier cette ruine ? Un feu de joie en guise de deuil, ça réchaufferait l'ambiance ! Et tant qu'à faire, j'aurais dû mettre le cercueil au milieu du bûcher. À l'indienne.

Ça m'aurait évité les frais de crémation. Un bidon d'essence, ça m'aurait coûté. Pour consumer les souvenirs.

Tous mauvais.

Lorsque j'arrive devant la porte de mon ancienne chambre, ma main hésite à tourner la poignée. Je respire longuement avant d'entrer.

En allumant la lumière, je reste bouche bée.

Pièce vide, tout a disparu.

Mon lit, mon armoire, mon petit bureau bancal, mes cahiers, mes livres…

Tout.

Les jouets, elle n'a pas pu les jeter puisque je n'en avais pas. Mais avant de mourir, elle a fait disparaître toute trace de moi. Je ne devrais pas m'en étonner, pourtant la colère me submerge. Je pleure à chaudes larmes. De rage, de tristesse, je ne sais plus vraiment.

Pleurer ne sert à rien, me rabâchait-elle. *C'est seulement une marque de faiblesse. Mieux vaut se battre.*

Il ne reste qu'un tabouret au centre de la pièce. J'essuie mes larmes, je m'approche.

Sur le tabouret, une enveloppe. Sur l'enveloppe, mon prénom écrit en lettres capitales.

Elle m'a laissé quelque chose, j'ai du mal à y croire.

Quelque chose, pour moi.

Je m'assois sur le tabouret et regarde longtemps cette enveloppe. Elle avait une belle écriture, ma mère. Dommage qu'elle ne m'ait jamais écrit avant aujourd'hui.

Un camion passe dans la rue, les vitres tremblent. Mes doigts aussi.

Il faut que je lise cette putain de lettre. Sans doute sera-t-elle pour moi l'ultime moyen de la détester. De l'oublier.

Comme si on pouvait oublier son enfance, ses cauchemars ! Sa propre mère.

Au dernier moment, j'espère encore. Des remords, des regrets. De l'amour…

Deux feuilles. Écrites il y a trois mois. Elle se savait malade, a tenu à me laisser ce témoignage. Son testament, ses dernières volontés.

Je suis toujours sur mon tabouret, je ne fais plus un seul mouvement.

Mes larmes n'arrêtent plus de couler, je n'essaie pas de les retenir.

Je voulais savoir.
Maintenant, je sais.
Et ma douleur n'a plus aucune limite.

La haine.
Voilà l'héritage qu'elle me laisse.

1

Maud se retourne et soupire.
— Allez, Charly... Dépêche-toi !
Le chien se résigne à rejoindre sa maîtresse en trottinant. Ils marchent au bord de la rivière depuis environ deux heures. Maud aime ces balades dans la sérénité des soirées estivales, quand la température devient enfin supportable. Une cure presque quotidienne pour apaiser ses nerfs encore fragiles.
Si fragiles.
Un joggeur les double en leur lançant un discret bonsoir. Maud le suit du regard. Une belle silhouette, qui laisse dans son sillage un parfum léger et agréable. Dommage qu'elle ait à peine eu le temps d'apercevoir son visage.
En juillet, jusqu'à la nuit tombée, les lieux sont fréquentés : sportifs, marcheurs, rêveurs, couples unis ou qui s'ennuient, ornithologues en herbe...
Charly sur ses talons, Maud bifurque à droite pour emprunter un raccourci qui la conduira à sa voiture, stationnée en surplomb du cours d'eau. Ils passent sous le pilier d'un pont routier, approchent d'une vieille bâtisse abandonnée où les jeunes viennent

parfois finir la soirée, voire la nuit. Feux de camp, bières, joints. Et quelques seringues qui traînent. Un endroit peu fréquentable, dirait son père.

— Charly, magne-toi !

Le chien fait encore du surplace, reniflant une odeur apparemment exquise. Maud patiente en lisant un texto sur son smartphone. C'est alors qu'un homme surgit de derrière la ruine et se plante au beau milieu du sentier, faisant mine de refaire ses lacets.

Charly relève la tête et, d'instinct, se rapproche de sa maîtresse. Maud hésite, ralentie par un mauvais pressentiment. Qu'est-ce que ce type foutait, planqué derrière la masure ?

Les ténèbres naissantes sculptent son visage, le rendant forcément inquiétant. Cheveux mi-longs, plutôt foncés, mâchoire carrée, grands yeux sombres.

Charly se met à grogner, en arrêt à côté d'elle.

— Je vous ai fait peur, désolé ! lance le colosse. Vous ne devriez pas vous balader toute seule alors qu'il fait presque nuit… C'est pas prudent du tout, ça !

— Je ne suis pas seule, rappelle la jeune femme d'une voix qu'elle voudrait assurée.

— C'est vrai, vous avez votre fidèle compagnon… Charly, c'est ça ? Je vous ai entendue l'appeler il y a un instant.

Le chien cesse de grogner, surpris d'entendre son nom dans la bouche de cet inconnu.

— Il est beau… C'est quoi, comme race ?

Peut-être veut-il juste faire la conversation…

— Un braque de Weimar, répond-elle en faisant un pas en arrière.

— Magnifique !

Le type admire la robe argentée de Charly sur

laquelle se reflètent les dernières lueurs du ciel. Il songe que le rouge et le gris sont deux couleurs qui se marient à merveille.

— C'est un chien de chasse... Vous chassez ?

— Bien sûr que non ! réplique Maud en esquissant encore un pas en arrière.

— Moi, j'adore la chasse.

Le ton de sa voix a changé, il a les mains au fond des poches de son pantalon de toile, Maud imagine qu'il est en train de se tripoter.

Putain, j'aurais dû rester sur les berges !

— C'est un chien pour la chasse, c'est vrai, dit-elle en essayant de maîtriser son malaise. Mais moi, je l'ai dressé à l'attaque.

Le type éclate soudain de rire.

— Maud, voyons, ne me prends pas pour un con ! C'est vexant, je t'assure.

Son corps se fige tandis que les battements de son cœur s'affolent. D'étranges souvenirs lui percutent la tête. Ses voyages dans les paradis infernaux, dont elle n'était jamais sûre de revenir.

Ce goût de risque et de mort.

— Comment connaissez-vous mon prénom ? murmure-t-elle en attrapant le collier de Charly.

— Je sais tout de toi, Maud... Absolument tout. Ça fait longtemps que je te surveille, tu sais. Pour la chasse, il est essentiel de bien choisir sa proie. De connaître la moindre de ses habitudes.

Charly s'est remis à grogner, son instinct ne le trompe pas.

— Fais taire ton clebs, sinon...

— Foutez le camp ou je le lâche ! menace Maud.

Encore un rire qui la glace jusqu'aux os. Charly est

impressionnant, mais ne ferait pas de mal à une mouche. Sauf peut-être si on s'en prend à elle... D'ailleurs, il grogne de plus en plus. Pourtant, le type ne semble pas avoir peur. Il se penche pour ramasser quelque chose sur le sentier, juste derrière lui.

Une batte de base-ball en aluminium.

— Vas-y, Maud, lâche-le... je t'en prie.

L'agresseur brandit son arme, la jeune femme cesse de respirer. Le braque bondit brusquement en avant, Maud ne parvient pas à le retenir. Elle crie, perd l'équilibre et embrasse brutalement le sol humide.

— Charly !

Le gourdin s'abat sur le museau du chien, qui braille de douleur mais revient à la charge avec un extraordinaire courage. Un deuxième coup au garrot l'envoie au tapis.

Maud essaie de s'interposer, le géant lui assène son poing en pleine figure. Elle chute à nouveau, juste à côté de Charly qui pousse des plaintes déchirantes.

Elle est sonnée, mais distingue encore la batte qui s'acharne sur l'animal.

— Arrêtez ! supplie Maud. Non...

Le paysage danse, elle va vomir ses tripes. Le monstre l'attrape par le bras, la décolle du sol. Elle se remet à hurler, aperçoit Charly qui agonise de l'autre côté du chemin.

— T'as vu ce qui est arrivé à ton sale clébard ? Tu veux que je te fasse la même chose ?

— Non ! S'il vous plaît...

— Alors tu fermes ta gueule !

Elle se tait, commence à pleurer à chaudes larmes. Le coup de poing a dû lui casser une dent, elle sent un goût métallique couler sur sa langue. Le type lui serre douloureusement le bras, l'entraînant vers la vieille baraque isolée.

De force.

— Je vais te montrer ce que je fais aux salopes dans ton genre...

Il l'emmène derrière la ruine, la pousse si fort qu'elle tombe à genoux. Elle se relève aussitôt, part en courant. Une main gigantesque agrippe ses cheveux longs.

— Reste ici, putain... !

Il l'écrase contre le mur en pierre, elle se débat, tente de le frapper. Il immobilise ses bras, pose ses pieds sur les siens.

— Bouge pas, chérie... Ce que j'ai fait à ton chien, c'est rien à côté de ce qui t'attend ! Ton salaud de père pourra même pas t'identifier, je te le promets...

Maud laisse échapper un cri strident, l'homme lui colle un second coup de poing dans la mâchoire. D'une violence inouïe.

Elle glisse le long du mur, sent la terre meuble et tiède contre sa joue meurtrie.

Je vais mourir. Charly... Papa... Au secours...

Elle se rend compte qu'il est en train de lui arracher son jean.

La voix du monstre, déformée. Elle n'arrive pas à comprendre ce qu'il murmure à son oreille.

Il commence à déchirer son tee-shirt. Maud essaie de le repousser, mais ses bras sont comme cassés. Il est trop lourd, il l'étouffe. Elle n'arrive plus à respirer. Tout juste à pleurer. Elle sent qu'il lui écarte les jambes.

Papa, au secours... !

Et la voix du bourreau, encore. Ces horreurs

qu'il enfonce dans son cerveau. Les mots s'emmêlent, se tordent, vrillent sur eux-mêmes.

Soudain, une autre voix s'interpose, claire et forte au milieu du chaos.

— Lâche-la, enfoiré !

Maud rouvre les yeux, libérée du poids de son agresseur qui vient d'être relevé de force. Elle voit un homme lui asséner un coup de tête. Elle reconnaît le joggeur croisé tout à l'heure près de la rivière.

Son sauveur.

Elle rampe sur le sol pour s'éloigner. Partir en courant, voilà ce qu'elle voudrait. Sauf que ses jambes refusent de la porter. À quelques mètres d'elle, une lutte violente s'est engagée. Le joggeur est à terre mais parvient à saisir la batte de base-ball et se relève, prêt à frapper. Le monstre hésite ; finalement, il prend la fuite, disparaissant dans les fourrés. Le jeune homme s'approche de Maud qui s'est réfugiée contre un arbre, les jambes repliées devant elle, étranglée par ses sanglots. Il s'agenouille près d'elle, il a du sang sur le visage. Il hésite puis caresse doucement ses cheveux.

— C'est fini, il est parti.

Elle continue à pleurer, à crier. Une boule de douleur et d'effroi.

— Je m'appelle Luc... Et vous ?

— Maud ! murmure-t-elle.

— Je suis désolé, Maud... Mais ça va aller, maintenant.

2

Elle s'est enfin endormie. Sa main dans la sienne.
Il n'ose la lâcher de peur de la réveiller. Il n'en a pas envie, de toute façon.
Les stigmates de l'agression commencent à éclore sur son visage fatigué. Demain, elle sera défigurée.
Ce soir, elle est belle.
Traumatisée, mais belle.
Alors, Luc la regarde baigner dans la lumière blanche d'un néon.
On dirait une sainte.
Il ne fait plus cas de l'agitation qui règne juste derrière la porte mi-close. Il est ailleurs, entièrement absorbé dans la contemplation de cette jeune femme qu'il a sauvée deux heures plus tôt.
Elle a beaucoup pleuré, jusqu'à ce que les calmants remplissent leur mission. Les sanglots se sont transformés en pleurs silencieux, ses paupières ont résisté longtemps, ses yeux bleus s'accrochant à lui. Puis enfin, elle a cessé de lutter.
Soudain, elle s'agite à nouveau. Ses doigts serrent les siens, ses yeux bougent sous ses paupières closes.

Les cauchemars ont pris le relais.

Premiers d'une longue série.

Elle va revivre la scène tant de fois. Tant de nuits.

Venant troubler leur tête-à-tête, une infirmière s'approche du lit. Au passage, elle gratifie le jeune homme d'un sourire.

— Comment va-t-elle ?

— Elle vient de s'endormir, murmure Luc.

— Tant mieux... Pouvez-vous sortir un instant, s'il vous plaît ? Je vous la rends dans deux petites minutes !

Luc récupère son téléphone portable, le glisse dans la poche de sa veste à capuche et s'éclipse sur la pointe des pieds. Alors qu'il marche dans le couloir, il sent des regards posés sur lui. Ceux de deux infirmières qui devisent avec un médecin.

Ici, ce soir, il est un héros.

Drôle d'impression.

Les portes coulissent, Luc allume une cigarette. La nuit est moite, épaisse et calme. Heureusement, une brise légère lui apporte des nouvelles du large.

Une ambulance arrive, sirène hurlante. Les brancardiers en sortent une dame âgée allongée sur une civière et qui serre désespérément son sac à main contre elle.

La preuve qu'elle est encore en vie.

À moins que ce ne soit son seul ami. Le plus fidèle.

Le convoi disparaît dans la gueule du bâtiment, les portes se referment déjà sur un nouveau drame.

De retour à l'intérieur, Luc s'assoit dans le couloir, juste en face de la chambre où Maud se repose. Il consulte son portable dont il a coupé le son.

Brusquement, des éclats de voix venant de l'accueil arrivent jusqu'à lui.

Un homme s'énerve.

Je suis le professeur Armand Reynier ! Je veux voir ma fille. Tout de suite !

On lui répond d'attendre son tour, mais l'homme ne tarde pourtant pas à apparaître dans le couloir, suivi de près par une femme bien plus jeune que lui. Vingt ans de moins, à vue de nez.

Le professeur Reynier arrête une infirmière qui a le malheur de marcher en sens inverse.

— Je cherche Maud Reynier, je suis son père.

Le ton est sec, cassant. Autoritaire.

— Il faut demander à l'accueil, répond la blouse blanche.

— J'en viens ! s'emporte Reynier. Mais votre collègue est trop occupée pour me renseigner !

— Calmez-vous, monsieur…

— Non, je ne me calmerai pas ! Ma fille s'est fait agresser, je veux la voir !

Ils sont tout près de Luc, le jeune homme se lève.

— Votre fille est dans ce box, indique-t-il calmement. Mais parlez doucement, elle dort.

Reynier considère l'inconnu un instant, de la tête aux pieds.

— Vous êtes qui ?

— Luc Garnier. C'est moi qui ai conduit votre fille aux urgences.

Les parents poussent la porte de la chambre, s'approchent du lit.

— Maud, tu m'entends ? Maud ?

— Les toubibs lui ont filé des calmants, explique Luc

qui se tient sur le seuil. Ils disent qu'il faut la laisser se reposer.

Le père relève la tête vers le jeune homme.

— *Je* suis médecin...

Il caresse longuement le front de sa fille, ses cheveux. Prend sa main entre les siennes.

— Maud, ma chérie... Qu'est-ce qu'on t'a fait ?

— Viens, laissons-la dormir, ordonne doucement la mère.

Les parents quittent la pièce, referment la porte. Le père se plante en face de Luc. Ils ont à peu près la même taille, grands tous les deux. Leurs regards se percutent puis s'enlisent dans un combat silencieux.

— Vous connaissez ma fille ?

— Non.

— Comment ça, *non* ?

Luc soupire.

— Vu que vous recommencez à gueuler, mieux vaut aller discuter dehors. Maud a besoin de se reposer.

Reynier reste un instant sans voix, puis lui emboîte le pas.

— Je vous préviens, vous allez m'expliquer !

Ils se retrouvent dehors, Luc allume une nouvelle cigarette. Avec des gestes lents.

— Alors ?

— Alors, je faisais mon jogging sur les bords de la Siagne quand j'ai entendu des cris... Et j'ai trouvé Maud en train de se faire agresser par un type. Je me suis battu avec lui, il s'est enfui. J'ai fait monter Maud dans sa voiture et je l'ai conduite ici... D'autres questions ?

Le professeur est désarçonné par le ton de son interlocuteur.

— C'était qui, ce type ?

— Comment voulez-vous que je le sache ? Il m'a pas filé sa carte... il s'est juste barré en courant. Mais j'ai donné sa description au flic qui est venu tout à l'heure. Ceci dit, il faisait quasiment nuit, alors...

— Qu'est-ce qu'il lui voulait ? demande la mère.

— Il était en train de l'agresser, je vous dis... Il voulait la violer, quoi.

Les yeux de Charlotte Reynier s'arrondissent de frayeur. La bouche de son mari se crispe dans un rictus douloureux.

— Mais il n'en a pas eu le temps, précise Luc.

— Merci, dit Charlotte.

— Je n'ai fait que mon devoir, madame. N'importe qui à ma place aurait fait la même chose...

— Pas forcément, intervient Reynier.

Il lui tend la main, Luc consent à la serrer.

— Merci, jeune homme. Merci beaucoup.

— De rien.

Le professeur extirpe une carte de visite de son portefeuille.

— Voici mes coordonnées. Appelez-moi dès demain. J'aimerais qu'on parle, tous les deux.

— OK.

— Je compte sur votre appel, insiste le chirurgien.

— Hmm... Je vous appellerai pour avoir des nouvelles de Maud. Je dois aller bosser, maintenant.

— Vous travaillez la nuit ? s'étonne Charlotte Reynier.

— Oui, madame.

— Et vous faites quoi, si c'est pas indiscret ? demande le père.

— Prenez soin de Maud, conclut le jeune homme en s'éloignant.

3

— T'as vu l'heure ?
Luc garde la main sur la poignée de la porte et sourit.
— J'ai pas de montre, Stan… J'attends que tu m'en offres une, en fait.
— Il est presque minuit, putain !
Stanislas marmonne encore quelques reproches incompréhensibles et se détourne de ses écrans de contrôle.
— C'est quoi, ton excuse, ce soir ?
— Une jeune donzelle en détresse ! répond Luc avec un clin d'œil.
— Ben voyons… Va te changer, au lieu de dire des conneries.
— À vos ordres, chef !
Luc lâche la porte, qui se referme automatiquement. Il presse le pas jusqu'au vestiaire et ôte ses vêtements. Il se faufile sous la douche, y passe cinq bonnes minutes avant de se sécher. Puis il enfile son uniforme, lace ses rangers et repasse par l'interminable couloir qui mène au bureau des gardiens.

Après avoir tapé le code qui déverrouille la porte, il retrouve Stanislas vissé derrière ses écrans.

— T'as bouffé, au moins ? s'inquiète le vieux gardien.

— Même pas !

— Tiens...

Son collègue lui tend une assiette avec un morceau de pizza aux anchois.

— Merci, mon pote.

— Bon, maintenant que t'es enfin arrivé, je vais pisser. J'en peux plus...

— C'est l'âge, répond Luc. La prostate.

— P'tit con, crache Stanislas. Qu'est-ce que t'as sur le front ?

— Je me suis battu... Tu sais, c'est vrai : j'ai vraiment secouru une demoiselle en détresse.

— Arrête ton char !

— Un sale type lui est tombé dessus pendant qu'elle se promenait sur les berges.

Stanislas fronce les sourcils.

— Il voulait lui piquer son sac ?

— Plutôt sa virginité.

— Sans déconner ?

— Non, je déconne. À mon avis, y a un moment qu'elle l'a perdue... Mais ce soir, je lui ai évité le pire, je crois. Et ensuite, je l'ai emmenée aux urgences à Saint-Roch. Il l'avait bien amochée, ce taré.

— Ben dis donc, sacrée soirée...

Luc hoche la tête.

— Tu veux que je fasse une ronde ?

— Non, répond Stanislas en prenant sa lampe torche. Je vais le faire. Ça fera du bien à mes *vieux* os !

Le gardien disparaît, Luc termine son repas. Puis il

prend son sac à dos, y récupère un livre. Les nuits sont longues, mieux vaut savoir s'occuper. Quand Stanislas reviendra de sa ronde, il s'assoupira. Ira même jusqu'à ronfler. Et pendant ce temps, Luc avalera des pages et des pages...

Il regarde son collègue déambuler d'écran en écran, de salle en salle. Et il pense à elle, sur son lit d'hôpital.

En train de dormir, il l'espère.

De cauchemarder, il en est sûr.

La vie est cruelle, même pour les petites filles riches.

Stanislas revient et se laisse tomber dans son fauteuil.

— J'ai fait du café, dit Luc.

— Merci, mais j'en ai déjà bu deux en t'attendant.

— T'avais peur de roupiller, c'est ça ?

— Ta gueule, Luc. Tu me fatigues... Qu'est-ce que tu lis ?

— Le même bouquin qu'hier soir. Au fait, Sylvain veut que je le remplace demain.

— Qu'est-ce qu'il a encore, celui-là ?

— Un rancard, j'imagine. Alors, tu vas devoir me supporter demain aussi ! Trois soirs de suite, je sais que c'est dur, mais...

Stanislas lève les yeux au ciel. Pour masquer que la nouvelle lui fait plaisir.

— Elle était mignonne ? demande-t-il soudain.

— Qui ça ?

— La fille que t'as aidée...

Luc pose son roman.

— Un ange.

— Ben pour une fois, t'as fait ton vrai boulot, c'est bien !

— Pas faux, admet Luc.
— Peut-être qu'elle va t'embaucher ! Elle a du fric ?
— Son père a l'air d'en avoir. *Le professeur Armand Reynier*, ajoute Luc avec emphase.
— Reynier, le chirurgien ?
— Tu connais ?
— Tout le monde le connaît, indique Stanislas. Il a une clinique sur les hauteurs de Nice. Il donne des cours à la fac et il est adjoint au maire. Une figure locale !
— Ah…
— Plus sérieusement, il serait temps que tu te trouves un autre job, ajoute le gardien. Un boulot qui soit vraiment dans tes cordes.
— T'as envie de te débarrasser de moi, on dirait !
— Non, mais je sens bien que tu t'emmerdes ici, soupire Stanislas.
Luc hausse les épaules.
— Ça va, je t'assure.
— T'es allé voir une agence, au moins ?
— J'y pense, sourit Luc. Mais je ne suis pas pressé. Finalement, ce boulot est plutôt peinard… Et quand je te vois, je me dis que c'est un travail qui conserve !
Stanislas secoue la tête d'un air désolé et fait basculer son fauteuil en arrière. Il ferme les yeux tandis que Luc l'observe avec une sorte de tendresse.
Puis son regard scrute chaque écran de surveillance où tout est figé. Rien à signaler.
Ils sont quatre à se relayer toutes les nuits. Luc a signé un contrat de six mois, le temps que durera l'exposition de bijoux anciens, d'une inestimable valeur.

Il se replonge dans la lecture de son roman, Stanislas s'endort.

La nuit ne fait que commencer.

À l'autre bout de la ville, sur un lit d'hôpital, une jeune femme a les yeux grands ouverts. Elle entend des voix dans le couloir, des bruits de pas. Sa main gauche, bandée, serre les draps.

Et s'il revenait ?

Ses cauchemars l'ont réveillée. Plus forts que les tranquillisants.

Plus forts que tout.

Morte de peur, elle pense à Luc. Elle voudrait qu'il soit là…

Soudain, son père entre dans la chambre et s'approche doucement du lit.

Alors, Maud lui tend la main.

4

Le lieutenant Lacroix se demande s'il aimerait avoir à son service une domestique qui sert le café dans des tasses dorées à l'or fin.
Les époux Reynier, eux, semblent aimer ça. Pire encore, ils semblent trouver ça normal.
Le père, la soixantaine, en paraît dix de moins. Belle gueule, belle silhouette, belle montre, belles fringues.
La mère a environ quarante ans, des bijoux hors de prix, un maquillage discret, une manucure parfaite. Un ancien mannequin ou quelque chose dans le genre.
Et Lacroix, avec sa chemise bon marché, ses bourrelets et sa montre en toc, a l'impression d'être un paysan sur son Massey Ferguson en train de traverser une cristallerie d'art où chaque vase vaut quinze mille euros.
Un embarras qu'il tente de dissimuler au mieux sous des manières qui ne sont pas les siennes.
— Comment avez-vous trouvé ma fille ? demande Charlotte.
— Pas très bien, à vrai dire. Mais c'est normal,

ajoute aussitôt le flic. Après ce qu'elle a subi...
Peut-être qu'elle aurait dû rester quelque temps en
observation à...

— Je vous rappelle que je suis médecin, le coupe
Armand Reynier.

— Oui, bien sûr, je comprends, se reprend Lacroix.

— Quand allez-vous retrouver le salopard qui a
fait ça ? poursuit le père.

Lacroix boit une gorgée de café avant de répondre.
Le regard clair et froid du chirurgien est plus tranchant que ses scalpels. De quoi le mettre plus à
l'aise encore.

— Nous allons faire tout ce que nous pouvons pour
le serrer... Enfin, l'arrêter je veux dire. Et c'est pour
ça qu'il fallait que je revoie votre fille aujourd'hui.
Parce que, hier soir, elle était trop choquée pour pouvoir me raconter l'agression en détail.

Il marque une pause, s'installe plus confortablement
dans le Chesterfield.

— Et j'ai également des questions à vous poser,
monsieur Reynier.

— Je vous écoute.

Le flic récupère son calepin et son stylo sur la
table basse.

— Tout d'abord, j'aimerais en savoir plus sur votre
fille.

— Précisez, je vous prie.

Lacroix en reste bouche bée quelques secondes.

— Eh bien... Parlez-moi d'elle, racontez-moi sa
scolarité, ses études, dites-moi si elle a des hobbies,
un petit copain... Ce genre de choses. J'ai besoin
de connaître son passé et sa vie pour mon enquête.

— Je ne vois pas en quoi…

Cette fois, c'est Lacroix qui lui coupe la parole.

— L'agresseur lui a dit qu'il la surveillait depuis un moment. Alors, il fait peut-être partie de son entourage…

Armand Reynier réfléchit avant de répondre. De toute façon, inutile d'enjoliver la réalité, la police aura vite fait de découvrir la vérité.

De son côté, le flic s'attend au laïus sur la fille parfaite, brillante, intelligente et affectueuse. Mais c'est tout autre chose qu'il apprend.

Enfance dorée, adolescence difficile. Très difficile, même. Mauvaises fréquentations, fugues, substances dangereuses…

— Mais maintenant ça va, précise le père. Elle est sortie d'affaire. Enfin, jusqu'à hier, ça allait. Si je tenais le fumier qui lui a fait ça, je…

— Je vais tout faire pour le retrouver, jure encore Lacroix.

— Maud a repris ses études l'an dernier…

— Elle a redoublé sa terminale, précise Charlotte.

— Avant d'avoir son bac avec mention, poursuit Reynier. Je voulais qu'elle fasse médecine, mais elle a refusé. Elle s'est inscrite en lettres modernes à la fac de Sophia-Antipolis et son année s'est très bien passée.

Lacroix prend des notes puis relève la tête. Dans le fond de la pièce, la domestique est toujours là, au garde-à-vous, prête à reprendre du service au moindre claquement de doigts. C'est une Eurasienne d'une trentaine d'années, plutôt séduisante. Lacroix se demande si coucher avec le grand professeur ne fait pas partie de ses obligations professionnelles.

— Maud a un petit ami ?
— Non, répond Reynier.
— Vous en êtes sûr ?
— Oui. Ma fille ne me cache rien... Ni personne.
— Et au niveau de ses hobbies ?
— Pas grand-chose. La drogue l'avait coupée du monde. Elle a repris l'équitation...
— Elle a son propre cheval dans un centre équestre, pense devoir préciser Charlotte.
— Elle aime se balader seule, reprend le père. Je lui ai dit que c'était dangereux, mais elle ne m'a pas écouté... Elle lit beaucoup et je crois qu'elle écrit aussi.
— Je vois, sourit Lacroix. Une sportive et une intellectuelle, en somme ! Madame Reynier, vous voulez bien me noter le nom du centre équestre, s'il vous plaît ?
— Bien sûr, lieutenant.
— Vous avez d'autres questions ou vous comptez vous mettre en quête de son agresseur ? balance Reynier.

Lacroix encaisse avant de reprendre. Il descendrait volontiers de son Massey Ferguson pour foutre une raclée à ce toubib.

— Oui, j'ai d'autres questions.

Reynier soupire, histoire de montrer qu'il a autre chose à faire qu'endurer l'interrogatoire d'un flic de bas étage.

— Dites-moi, docteur, vous...
— Professeur.

Le lieutenant fait l'impossible pour garder son calme.

— Pardon... Dites-moi, professeur, vous connaissez-vous des ennemis ?

— Des ennemis ? répète le père. Pourquoi ?

— Maud m'a raconté que son agresseur avait parlé de vous. *Ton salaud de père pourra même pas t'identifier*, je cite.

Les maxillaires d'Armand se contractent douloureusement.

— Ça ne veut pas dire grand-chose, admet Lacroix. Mais il ne faut négliger aucune piste...

— Vous faites fausse route, tranche brutalement Reynier. Il a dit ça comme il aurait pu dire autre chose ! Uniquement pour la terroriser. Ce type est un malade mental qui s'attaque aux jeunes femmes, il n'a rien à voir avec moi !

— Vous êtes chirurgien, c'est bien ça ?

— Tout à fait, répond Armand. Je dirige une clinique à Nice. La clinique de l'Espérance.

— Avez-vous licencié quelqu'un, récemment ?

— Ça veut dire quoi, *récemment* ?

— Je ne sais pas, disons dans les six mois qui viennent de s'écouler...

— Oui, sans doute.

— *Sans doute ?*

— Je ne sais plus ! Une infirmière, je crois... Elle ne faisait pas l'affaire. Mais encore une fois, je crois que vous vous trompez de piste, lieutenant !

— Ne vous énervez pas, professeur, prie Lacroix. Je dois mener mon enquête et je vous assure que parfois, les gens sont capables de tout pour se venger. Quelqu'un qui vous en veut peut très bien avoir payé cet homme pour agresser votre fille. Une façon de vous atteindre.

— Vraiment, je ne vois pas. De toute façon, quand on réussit, on a toujours des ennemis. Alors j'en ai certainement beaucoup, mais je n'ai pas l'honneur de les connaître. Et je vous dis que vous faites erreur, conclut Reynier en se mettant debout.

Comprenant le message, le lieutenant se lève à son tour et tend une carte à son hôte.

— Si quelque chose vous revient, n'hésitez pas à m'appeler. Vous pouvez me joindre à tout moment. Et envoyez-moi le nom de cette infirmière licenciée par mail, s'il vous plaît.

Reynier lui serre la main sans grande conviction et ajoute, en guise d'au revoir :

— Tenez-moi au courant de l'avancée de votre enquête.

— Je n'y manquerai pas, professeur.

En sortant sur le perron, Lacroix a l'impression d'entrer dans un four. Pourtant, il se sent curieusement soulagé. Il rejoint sa voiture garée près d'un magnifique Porsche Cayenne et voit alors une moto passer le portail resté ouvert et s'arrêter tout près de sa Mégane.

— Tiens, monsieur Garnier...

Luc enlève ses gants, son casque, et serre la main du flic.

— Vous vous souvenez de moi ? Nous nous sommes vus hier soir à l'hôpital.

— Bien sûr, répond Luc. Hier soir, c'est pas si loin...

— Que venez-vous faire ici ? questionne le flic.

— J'ai appelé tout à l'heure pour prendre des nouvelles de Maud et son père m'a demandé de passer. Il paraît qu'elle veut me voir.

— Ah... Sans doute pour vous remercier ! Bon, faut que je retourne au bureau.
— Vous avez une piste ?
— Aucune pour le moment, avoue Lacroix.
— Il ne doit pas en être à son coup d'essai...
— C'est pour ça que dès que Mlle Reynier s'en sentira capable, je lui ai demandé de passer au commissariat pour lui montrer les photos de différents délinquants sexuels. Bonne journée, monsieur Garnier.

Luc hoche la tête et regarde la voiture du flic s'éloigner.

La maison des Reynier est une magnifique villa ancienne sur les hauteurs de Grasse, nichée dans un parc immense, agrémenté d'espèces exotiques. Luc prend quelques instants pour apprécier le panorama, malgré le soleil qui lui brûle les yeux. Puis il grimpe les quatre marches et sonne à la porte.

Une femme apparaît, tenue et chignon stricts.
— Monsieur ?
— Je suis Luc Garnier. M. Reynier a demandé à me voir.
— Ah oui, vous êtes le jeune homme d'hier soir ! sourit la gouvernante. Celui qui a sauvé Maud... Entrez, je vous en prie.
— Merci.

La température dans la maison lui procure un frisson dans le dos. La domestique le fait patienter dans le hall et Luc en profite pour admirer une armure japonaise ancienne en bois laqué et cotte de mailles, qui monte la garde au pied d'un escalier de marbre gris clair.
— Monsieur Garnier !

Armand Reynier s'avance vers lui.

— Luc... Je peux vous appeler Luc ?

— Vous pouvez.

Les deux hommes se serrent la main.

— Elle vous plaît ? demande Armand en regardant l'armure.

— Beaucoup... Époque d'Edo, n'est-ce pas ?

Reynier ne cache pas sa surprise.

— Tout à fait. Je vois que vous vous y connaissez !

— Un peu...

— Suivez-moi, je vous en prie.

Luc le talonne jusque dans un salon où Charlotte l'accueille tout aussi chaleureusement.

— Vous voulez un café, un rafraîchissement ? demande-t-elle.

— Un café, volontiers, répond Luc.

— Amanda, rapportez-nous du café, s'il vous plaît ! ordonne la maîtresse de maison. Asseyez-vous, monsieur Garnier.

Luc hésite entre les fauteuils et le canapé. Il y a de quoi asseoir une équipe de foot, remplaçants compris. Il s'installe finalement dans un fauteuil de cuir fauve.

— Je monte voir Maud, dit Charlotte. Je vous laisse entre hommes...

Amanda apporte le café, Reynier dévisage le jeune homme avec insistance.

— Du sucre, monsieur ?

La gouvernante a la voix douce, le regard enjôleur.

— Oui, merci, répond Luc.

Elle s'éclipse sur la pointe des pieds, Luc fixe à son tour le professeur qui s'est assis en face de lui.

— Comment va Maud ? demande-t-il.

— Pas très bien. Nous l'avons ramenée ce matin de l'hôpital et elle est montée directement se coucher. Elle a besoin de se reposer, de dormir.

— Et son chien ?

— Charly ? Le vétérinaire l'a opéré hier soir, mais nous ne savons pas encore s'il va s'en tirer.

— Maud veut me voir ?

Le professeur sourit.

— Elle n'en a pas émis le souhait mais je suis certain que ça lui fera très plaisir.

Luc ne relève pas, laissant Armand continuer sur sa lancée.

— Ma femme est montée la prévenir que vous étiez là. Dites-moi, Luc... Que faites-vous dans la vie ?

— Je suis gardien de nuit, dans un musée.

— Vraiment ? Drôle de boulot.

Il vient de dire ça d'un air consterné.

— C'est provisoire. J'ai un CDD de six mois, le temps que l'expo de bijoux soit démontée.

— Ah... Et ensuite ?

— Je chercherai un autre job.

— Vous avez quoi, comme formation ?

— Je suis APR.

— *APR* ? Ça veut dire quoi ?

— Agent de protection rapprochée.

Devant la mine dubitative du professeur, Luc précise :

— Garde du corps, si vous préférez.

— Bodyguard ! s'exclame Reynier. Ce n'est pas commun !

— On est assez nombreux, rectifie Luc. Mais on ne nous remarque pas, en général.

— Vous êtes armé ?

— J'ai un port d'arme, en effet. Mais je n'ai pas mon pistolet sur moi... Uniquement lorsque je suis en mission.

— Mais dans ce cas, pourquoi êtes-vous employé au musée ?

— Je peux fumer ?

— Ici, on ne fume pas, répond Reynier en poussant devant lui un cendrier en Baccarat. Mais pour vous, je ferai une exception.

— En fait, il n'y a pas longtemps que je suis arrivé dans la région de Nice, explique Luc en allumant sa cigarette. Je reviens de l'étranger et il me fallait un boulot rapidement, alors j'ai pris ce qui se présentait. Mais dès que j'aurai terminé mon contrat là-bas, je m'inscrirai dans une agence. Et puis, pour dire vrai, j'avais envie d'autre chose, de faire un break. Ma dernière mission ne s'est pas très bien passée...

Armand esquisse un sourire, apparemment satisfait que le jeune homme se laisse aller à la confidence.

— Votre client est mort ? suppose-t-il.

Luc sourit à son tour.

— Confidentiel. Je ne peux pas vous en parler.

Le sourire d'Armand disparaît. Celui de Luc s'affirme.

— Je comprends... C'est bien payé, garde du corps ?

— Ça dépend de la mission, du client et des références de l'APR. Mais ça va.

Reynier lève la main et Amanda accourt aussitôt.

— Resservez-lui un café, ordonne-t-il.

Elle s'exécute, avec le sourire.

— J'aurais très bien pu le faire, dit Luc. Mais merci, mademoiselle.

— Je vous en prie.

Elle repart dans le fond de la pièce, de son pas rapide et discret. Luc la suit avec un regard appuyé. C'est alors que Charlotte revient dans le salon et s'assoit près de son mari.

— Ce jeune homme est garde du corps, annonce le professeur.

— Garde du corps ? répète sa femme. Ça alors... Incroyable !

Habitué à ce genre de réaction à l'évocation de son métier, Luc se contente d'un sourire.

— Et qui protégez-vous en ce moment ? demande-t-elle, un brin émoustillée. À part ma fille, je veux dire ! ajoute-t-elle.

— Une collection de bijoux anciens.

— Vraiment ?

Luc sent son regard qui le détaille soudain avec plus d'intérêt, moins de condescendance.

— Je t'expliquerai, coupe son mari. Maud est d'accord pour qu'il aille la voir quelques instants ?

— Oui, elle vous attend, confirme Charlotte.

— J'y vais, dit Luc en se levant.

— C'est au premier étage, la chambre au bout du couloir. Je vous accompagne ?

— Ce ne sera pas nécessaire, madame, assure Luc.

— Arrêtez de m'appeler madame, j'ai l'impression d'avoir cent ans ! Appelez-moi Charlotte, voulez-vous ?

— Je trouverai le chemin tout seul, Charlotte.
Armand se lève à son tour.
— Je viens avec vous, décrète-t-il. C'est préférable.
Le ton ne souffre aucune repartie, Luc lui emboîte le pas. Ils montent à l'étage, Armand frappe trois coups discrets à la porte et une petite voix les invite à entrer. La pièce est plongée dans la pénombre, les volets étant entrebâillés. Maud est dans son lit, le drap remonté jusqu'au menton.

La chambre est immense, haute de plafond, et Luc sent ses pieds s'enfoncer dans une épaisse moquette. Un dressing, un bureau, une bibliothèque et, plus étonnant, un imposant bouddha en bois au pied du lit.

— Ma chérie ? M. Garnier est là...
— Bonjour, Maud.
— Bonjour...

Elle a une voix faible, tout juste audible.

— Prenez le fauteuil, là, dit-elle.

Luc obéit et s'installe tout près du lit. Ses yeux s'habituant à la semi-obscurité, il commence à distinguer plus nettement le visage de la jeune femme. Lèvre supérieure enflée, œil au beurre noir, pansement sur le front, estafilade sur la joue. Son cou est noirci d'ecchymoses. Et encore, il ne peut pas voir le reste.

Armand est debout près de la porte, telle une vigie.

— Papa, tu peux nous laisser ?
— Mais...
— Papa, s'il te plaît.

Sans un mot, mais visiblement à contrecœur, le père consent à quitter la chambre.

— Comment vous sentez-vous ? demande Luc.

Il imagine le médecin dans le couloir, l'oreille collée à la porte.

— J'ai connu mieux, répond Maud avec un triste sourire.

— Je m'en doute. Vous auriez peut-être dû rester à l'hôpital, non ?

— Je n'en avais pas très envie. Et puis mon père préférait que je rentre. Il est toubib, il peut s'occuper de moi.

— Je sais, nous avons fait connaissance ! dit Luc à voix basse.

— Je vois... Il ne vous a pas trop emmerdé, au moins ?

— Non, pas de souci.

Soudain, son bras gauche émerge de dessous les draps et elle lui tend la main. Luc hésite et, finalement, la prend dans la sienne.

— Merci, murmure Maud. Merci, Luc...

Une larme coule sur sa joue, le jeune homme lui sourit même si sa gorge est nouée.

— Vous n'avez pas à me remercier, dit-il. J'étais juste là au bon moment, au bon endroit...

— Sans vous, il m'aurait tuée. J'en suis sûre. Il m'a dit qu'il me connaissait, qu'il savait tout sur moi !

Luc attrape la boîte de kleenex sur le chevet et lui en donne un. La jeune femme essuie ses larmes, Luc récupère sa main.

— Vous êtes en sécurité, maintenant.

— Il est toujours en liberté, rappelle Maud. Je suis sûre qu'il n'est pas loin... Qu'il va revenir !

— Mais non, voyons... Jamais plus il n'osera vous approcher.

— Qu'est-ce que vous en savez ?

— En tout cas, il ne vous agressera pas chez vous. Ce n'est pas de cette façon qu'il agit, visiblement...

— Vous vous y connaissez ?

— Pardon ?

— Vous connaissez ce genre de malades ?

— Non, mais c'est une simple question de logique.

— Je crois que je n'aurai plus le courage de sortir de la maison, dit-elle en se remettant à pleurer.

— Laissez-vous du temps, conseille Luc d'une voix douce. Et puis peut-être que les flics vont lui mettre la main dessus.

— Ça m'étonnerait !... Je n'ai même pas pu le décrire avec précision... Et vous ?

— Pas mieux.

Ils restent quelques instants sans parler mais ne se quittent pas des yeux. Maud aimerait se réfugier dans ses bras, comme après l'agression. Elle était choquée, mais se souvient pourtant avoir ressenti une drôle d'émotion lorsqu'il l'a portée jusqu'à sa voiture.

— Comment vais-je pouvoir te remercier ? murmure-t-elle soudain.

— Un sourire suffira, assure le jeune homme.

Alors, elle sourit. Légèrement. Puis elle décide de se redresser et Luc découvre alors un énorme hématome sur son épaule droite.

— Il t'a bien amochée, ce fumier...

— Les bleus, c'est rien. Le pire, c'est là, dit-elle en collant son index sur son front. C'est ce qui se passe dans ma tête. Tu te rends compte que je ne l'ai pas croisé par hasard ? Qu'il m'attendait, *moi* ? Qu'il me surveillait depuis des jours ou des semaines ?

Elle pleure à nouveau, Luc reprend sa main dans la sienne.

— Le plus terrible, c'est de l'imaginer en train de me regarder, de m'épier... Il est peut-être dans le jardin !

— Je comprends ce que tu ressens. Mais je crois que ça passera avec le temps.

Elle tourne la tête vers la fenêtre. Luc la trouve encore plus jolie que la veille, malgré les traces immondes sur son visage. Il aime ses longs cheveux châtain foncé, qui se marient à la perfection avec ses yeux, aussi bleus que ceux de son père.

— J'ai fait des conneries dans ma jeunesse, dit-elle sans le regarder. Mais je crois que je ne méritais pas ça...

— *Ta jeunesse* ? répète Luc avec un sourire. Tu es encore bien jeune !

— Enfin, pendant mon adolescence, je voulais dire.

— Personne ne mérite ça. Ni toi ni quelqu'un d'autre... C'était quoi, ces *conneries* ?

Elle a toujours le visage tourné de l'autre côté. Ses lèvres se pincent, comme si elle regrettait d'avoir ouvert la bouche.

— Tu me raconteras une autre fois, propose Luc. On n'est pas obligés de tout se dire au premier rendez-vous !

Maud le regarde, ébahie. Mais face à son sourire de gamin, elle se détend.

— Tu habites à Nice ? demande-t-elle.
— Oui. Dans le quartier de Cimiez.
— Tu es étudiant ?
— Ah non, j'ai passé l'âge...
— Tu as quel âge ?
— Vingt-six ans.
— Tu pourrais encore être à la fac, souligne-t-elle.
— Pas faux. Mais j'ai jamais été un intellectuel.
— Tu n'es pas allé à la fac ?
— Eh non... Désolé. Tu veux encore me parler ou je m'en vais en rampant ?

Elle se met à rire, Luc est fier de lui.

— Tu peux rester, dit-elle d'un ton faussement hautain. Et tu fais quoi, alors ? T'as un boulot ?
— C'est drôle, ton père m'a posé la même question il y a dix minutes.
— J'en étais sûre ! Mais mon père, ce n'était pas pour les mêmes raisons. Lui, il questionne les gens comme s'il leur faisait passer un interrogatoire ! Je déteste quand il fait ça... Une fois, je lui ai présenté un mec avec qui je sortais et après avoir vu mon père pendant un quart d'heure et répondu à trois cents questions, il m'a plaquée !

Luc rit à son tour.

— C'est qu'il ne devait pas t'aimer très fort, dit-il.
— Sans doute... Moi, je te pose des questions parce que je m'intéresse à toi.
— Merci.
— Alors, c'est quoi, ton job ?

— Je suis garde du corps.

Elle pouffe à nouveau.

— T'es drôle, ça me fait du bien.

— Non, c'est vrai. Je suis réellement garde du corps. C'est mon métier.

Elle le dévisage, la bouche légèrement entrouverte.

— Ton père a fait à peu près la même tête quand je le lui ai dit !

— Garde du corps, murmure Maud. J'ai eu de la chance que tu passes sur ce sentier hier soir...

Luc hausse les épaules.

— Ç'aurait pu être quelqu'un d'autre que moi.

— Non. Si tu n'avais pas été là, je serais morte. J'en suis sûre.

Il sent que les larmes ne vont plus tarder, essaie de la faire rire à nouveau.

— Tu crois que ton père va encore m'interroger quand je vais redescendre ? s'inquiète-t-il à voix basse.

— Sans doute, soupire Maud.

— Alors je vais sauter par la fenêtre directement dans le jardin... Encore une chance que ta chambre soit au premier étage !

Elle sourit, Luc se lève.

— Je te laisse te reposer, dit-il.

— On va se revoir ?

Luc la dévisage un court instant.

— J'en suis sûr, répond-il.

Il dépose un baiser sur sa joue et quitte la chambre. Avant d'ouvrir la porte, il se retourne. Maud le fixe dans la pénombre.

De retour au rez-de-chaussée, le jeune homme ne peut échapper aux parents.

— Encore un café ? propose Charlotte.

— Non, merci, je dois y aller.

— Je vous raccompagne, décide le père.

— Ne vous donnez pas cette peine, je connais le chemin !

— Je vous raccompagne, répète Armand.

Les deux hommes quittent la maison et marchent jusqu'à la Kawasaki.

— Tenez, dit Reynier en lui tendant une enveloppe.

— Qu'est-ce que c'est ? s'étonne le jeune homme.

— Un remerciement.

Luc ouvre l'enveloppe et découvre une liasse de billets de cent euros. Quand il relève la tête, ses traits se sont durcis. Il rend l'enveloppe au chirurgien.

— Reprenez votre argent, monsieur Reynier. Je n'en ai pas besoin.

— Ça m'étonnerait ! À votre âge, on a toujours besoin de fric.

— Je n'en veux pas. Je n'ai pas sauvé votre fille pour me faire du pognon.

— Je le sais. Mais vous le méritez.

Luc pose l'enveloppe sur le capot de la Porsche.

— Au revoir, monsieur Reynier.

Visiblement contrarié, le chirurgien n'ajoute rien. Il regarde la moto de son visiteur s'éloigner, puis récupère l'enveloppe et rejoint sa femme sur le perron de la maison.

— Il n'en a pas voulu ? s'étonne Charlotte. Curieux, ce garçon...
Son mari passe devant elle sans lui répondre.
Il n'a jamais supporté qu'on lui tienne tête.

5

L'homme est assis dans la cuisine. Petite pièce avec une table en formica vert et deux chaises assorties. Un mobilier qui date d'au moins trente ans, déniché dans un dépôt-vente pour presque rien.

Tournant les pages d'un journal local, il regarde les images, survole les titres. Par la fenêtre ouverte, des cris d'enfants arrivent jusqu'à lui dans une ascendance d'air chaud. Il a vue sur l'immeuble d'en face, les volets entrebâillés, le linge qui sèche aux balcons. La vie qui sommeille en attendant que le soleil se fasse moins féroce.

Il abandonne son journal, s'avance vers un cadre accroché au mur. Longtemps, il fixe la photo un peu désuète d'un enfant.

Le gosse doit avoir une dizaine d'années, guère plus. Un visage trop préoccupé pour son âge, une fossette sur chaque pommette, des cheveux bruns et touffus.

Le garçon ressemble étrangement à l'homme qui le regarde. Comme s'il se contemplait dans un miroir magique. Un miroir rajeunissant.

Un doigt posé sur la photo, l'homme suit le contour de son visage, puis celui de ses lèvres boudeuses.

— Tu es triste parce que maman est morte, hein ? Je sais, petit... J'ai fait les courses, ce matin ! ajoute-t-il d'un ton plus enjoué. Et je n'ai pas oublié de t'acheter ton Nutella... Non, je n'ai pas oublié ! Tu n'auras aucune raison de râler, cette fois.

C'est alors que son visage se transforme. Des rides barrent soudain son front. Comme s'il venait de réaliser qu'il avait oublié quelque chose d'important.

Quelque chose de capital, même.

Ce n'est pas le Nutella... Mais quoi, alors ?

Il secoue la tête, tristement. Avant de tourner le dos au portrait et de serrer les poings.

Oui, il a oublié quelque chose d'important.

Il a oublié que le petit garçon est mort.

Il ouvre le placard au-dessus de l'évier crasseux. Des dizaines de pots de Nutella sont alignés sur l'étagère.

Un par semaine, il en achète. Lorsqu'ils sont périmés, il les descend au sous-sol. Il en a des caisses pleines dans la cave. Il ne faudrait pas que le jeune garçon s'empoisonne.

Finalement, il retourne le cadre.

— C'est l'heure de la sieste, dit-il d'une voix tendre. Tu dois avoir sommeil avec cette chaleur... Alors, repose-toi, mon petit.

Il s'approche de la fenêtre, se penche pour voir les gosses qui s'amusent dans la rue. Ses yeux ne peuvent s'empêcher de le chercher au milieu de ce joyeux attroupement.

Où est-il ?

Puis ses sourcils se froncent à nouveau, ses épaules s'affaissent.

Il n'arrête pas d'oublier.

Depuis de longues années.

N'arrête pas d'y penser.

Depuis tant d'années.

Son cerveau doit avoir des manques ou un truc dans le genre. Lorsqu'il visualise ses méninges, il imagine une meule de gruyère.

Des trous partout dans la matière grise.

Il continue à observer les gamins qui jouent au foot sur le petit parking au pied de l'immeuble.

Mais bientôt, d'autres images défilent.

Maud, son visage, ses jambes dénudées, sa culotte blanche échancrée qu'il n'a pas eu le temps d'arracher.

Ses yeux terrorisés, sa voix qui implore.

Ces incroyables frissons qu'il a ressentis. Avant, pendant et même après l'agression.

— La prochaine fois, personne ne viendra te sauver, mon petit cœur ! Personne, non… La prochaine fois, je prends tout mon temps avec toi…

Il revient s'asseoir et attrape une paire de ciseaux dans le tiroir de la table.

— Et ensuite, je te tue.

* * *

Maud se regarde dans le miroir. Son cou noirci d'ecchymoses, son visage abîmé, dévasté.

Ton salaud de père pourra même pas t'identifier.

Son père…

Cet homme dans l'ombre duquel elle a tenté de grandir, sans jamais vraiment y parvenir.

Cet homme si doué, si intelligent. Tellement déterminé. À qui rien ne peut résister. Ou plutôt à qui personne ne doit résister...

Cet homme qui réussit tout ce qu'il entreprend. Dont les mains ne tremblent jamais. Qui ne laisse aucune place au hasard, à la faiblesse ou au doute.

Cet homme qui a voulu tout lui donner. Parce qu'elle est son unique fille.

Pourtant, tu as oublié l'essentiel, papa. Tu as oublié de me laisser respirer. Oublié que je ne suis pas simplement un morceau de toi. Que je suis une personne avec des sentiments et des envies qui ne sont pas les tiens. Que je ne veux pas forcément te ressembler, que je ne peux pas toujours t'admirer.

Mon père... Cet homme qui répare les corps mais brise les rêves.

Cet homme si mystérieux.

Maud éteint la lumière de la salle de bains, retourne dans la chambre et avale un somnifère. Avant de s'endormir, elle pense au sourire de Luc. À son étrange regard.

De toute façon, elle n'arrête pas de penser à lui.

Puis son esprit divague lentement, empruntant d'autres chemins. Ceux du passé.

Au hasard, sans doute, un tiroir s'ouvre dans son cerveau, laissant entrevoir un souvenir poussiéreux.

... Maud a cinq ans, peut-être six.

Assise sur le sable, tout près de l'eau, elle s'applique à construire un château que la mer grignotera lentement. Effacera assurément.

Mais dans son esprit, cet édifice sera le plus solide, le plus beau.

Indestructible et immortel.

Elle tourne la tête, cherchant son père du regard.
Il est là, tout près, allongé sur le sable chaud.
Beau comme un dieu.
Il la couve d'un regard tendre, lui sourit.
Dès qu'elle l'appelle, il s'approche. Son ombre immense recouvre le château tordu et éphémère.
Il la félicite, s'agenouille à côté d'elle.
Plus loin, un jeune garçon court vers la mer. Une femme le rattrape et le prend dans ses bras.
L'enfant se débat en riant, le petit cœur de Maud se comprime.
Elle se souvient encore de la douleur.
Alors, elle demande :
— Pourquoi maman est partie ?
Elle se souvient du visage de son père, qui s'assombrit de façon soudaine. Comme si le soleil avait brusquement déserté cette plage immense.
Elle se souvient de ce sentiment étrange. Du regret.
Celui d'avoir posé la question.
D'avoir rendu son père si triste.
Puis elle se souvient de la vague, plus haute que les autres.
Qui emporte sa forteresse inachevée sans aucune pitié...

Luc termine de se bander les mains, puis enfile ses gants. Il monte sur le tapis, commence par s'échauffer.

Depuis la semaine dernière, le propriétaire de la salle lui a confié un double des clefs pour qu'il puisse venir s'exercer entre les cours, alors qu'ils se connaissent à peine. Une grande marque de confiance.

Mais le coach a tout de suite vu que Luc était un gars sérieux. Qu'il n'aimait pas la foule et n'avait plus besoin de personne pour s'entraîner.

Que pour lui, chaque combat était un combat à mort.

Le jeune homme a terminé son échauffement et se place face au sac de frappe. Il enchaîne les coups de poing, coups de pied. Très concentré, il ne voit plus que l'adversaire imaginaire contre lequel il s'acharne.

La boxe thaï est un sport difficile. Mais Luc n'a jamais aimé ce qui était facile, évident et clair.

Il aime l'ombre, le secret, le danger.

Il enlève ses gants et frappe, encore et encore. Avec toujours plus de puissance et de hargne.

Il pourrait démolir un mur de béton tant il a de rage en lui.

Entré sur la pointe des pieds, Armand s'est installé dans le fauteuil, juste à côté du lit.

Il la regarde dormir, perdant la notion du temps.

Ces chairs en souffrance sont les siennes.

Jamais il n'a su le lui dire. Pourtant, jamais il n'avait aimé quelqu'un aussi fort.

Malgré les déceptions, les ingratitudes. Les dérives et les défiances.

Malgré tout.

Avec Maud, il a découvert des choses vraies, belles ou douloureuses. L'amour, fou. L'inquiétude, la fierté, la jalousie.

Oui, la jalousie.

La seule personne au monde qui compte pour lui,

c'est elle. Et si un homme essayait de la lui prendre, il pourrait le tuer de ses propres mains.

Mais en cet instant, il est rassuré ; avec ce que Maud vient de subir, elle ne se laissera plus approcher avant bien longtemps.

Luc a enfin cessé de frapper. À bout de souffle, il tombe à genoux sur le tapis.

Ses mains sont en sang.

Il est en larmes.

6

Luc consulte sa montre. Quinze minutes de retard devraient suffire.

Quinze minutes qu'Armand Reynier patiente en plein soleil, au volant de sa Porsche.

Luc est arrivé sur place bien avant le chirurgien. Mais il avait envie de le laisser attendre.

Il démarre sa Kawasaki et s'approche enfin.

Le lieu de rendez-vous est une sorte de terrain vague à la sortie de Nice. Le chirurgien voulait un endroit discret, désert. C'est lui qui a appelé deux heures plus tôt.

Luc, il faut que je vous parle... Non, pas par téléphone... Oui, c'est urgent.

Le jeune homme gare sa moto à côté du Cayenne et Armand le rejoint. Il est toujours aussi impeccable et élégant. Pantalon en lin, chemise blanche, lunettes hors de prix. Mais il semble tendu, presque sur le qui-vive.

— Pourquoi vouliez-vous me voir ? demande Luc en ôtant son casque.

Le chirurgien remonte ses lunettes de soleil sur son crâne et regarde autour de lui. On dirait presque qu'il va sortir un kilo de cocaïne du coffre de sa voiture. Puis il extirpe une enveloppe de sa poche et la tend à Luc comme si elle lui brûlait les doigts.

— Je croyais avoir été clair, dit le jeune homme. Je ne veux pas de votre argent.

— Il ne s'agit pas de cela... Lisez.

Luc consent à prendre l'enveloppe et en sort une feuille format A4, sur laquelle s'étale un message confectionné à l'aide de coupures de journaux.

Le temps de l'impunité est révolu.
Le temps des souffrances est venu.

Macabre poème.

Luc relève la tête vers le chirurgien, plus blême que d'habitude.

— J'ai reçu ça ce matin, dit-il.

— Dans votre courrier ?

— Non. Une enveloppe déposée dans mon garage, sur le pare-brise de la voiture de Maud.

— C'est étrange, ça.

— C'est là que je l'ai trouvé et je ne vois pas ce que ça a d'étrange. C'est le fumier qui l'a agressée qui est revenu... Cette espèce de salopard !

— Pourquoi me faire lire ça ? s'étonne le jeune homme. Pourquoi ne pas plutôt apporter cette lettre aux flics ?

— Les flics sont des incapables ! objecte Reynier. Et puis il y a autre chose... Scotché à l'enveloppe, il y avait un DVD. Un film américain. Sur la boîte, il était écrit de regarder la vingt-sixième minute.

— Vous l'avez fait ?

— Évidemment ! C'est l'histoire d'un type à qui on a enlevé sa fille. À la vingt-sixième minute, le ravisseur appelle le père pour lui demander une rançon et lui précise que s'il prévient la police, il ne reverra jamais sa fille vivante... Je crois que le message est clair, non ?

Luc hausse les épaules.

— C'est classique...

— Comment ça, *classique* ?

— Intimidation, affirme Luc. Il espère vous effrayer pour que vous ne préveniez pas la police. Mais c'est ce que vous devriez faire.

Le professeur secoue la tête, apparemment peu convaincu. Luc lui rend l'enveloppe et le fixe droit dans les yeux.

— Qu'attendez-vous de moi ?

— Je veux que vous nous protégiez, ma famille et moi. Ma fille, surtout. C'est votre métier, non ?

Le jeune homme ne répond pas, il se contente d'allumer une cigarette.

— Pourquoi moi ? dit-il enfin.

— Vous êtes l'unique garde du corps que je connais !

— Vous devez d'abord alerter la police. Ensuite, on verra...

— Hors de question que je les prévienne.

Luc s'adosse à la Porsche, un léger sourire sur les lèvres.

— Si vous refusez d'aller chez les poulets, ce n'est pas à cause du film. C'est parce que vous avez des choses à vous reprocher... Je me trompe ?

— Ça ne vous regarde pas, tranche Reynier.

— Si vous voulez que je protège votre famille, ça me regarde, rectifie Luc. Je dois savoir qui je protège et contre quoi, ou plutôt contre qui. Le type qui a déposé cette lettre devait bien se douter que Maud n'allait pas reprendre sa voiture tout de suite et que c'est vous qui alliez trouver ce message.

Le regard de Reynier se perd dans l'horizon brumeux un instant.

— Je n'ai rien à me reprocher, ou alors des broutilles. Mais je fais un métier où l'on peut me rendre responsable de certaines choses.

— Responsable de quoi ?

— La mort d'un patient, par exemple. Même si aucune faute n'a été commise, certains peuvent se persuader du contraire... vous comprenez ?

— Possible... Monsieur Reynier, il vaudrait mieux jouer franc jeu avec moi. Si vous savez de qui provient cette lettre, dites-le-moi.

Armand s'approche du jeune homme.

— Le salaud qui m'a envoyé ça est le même qui a agressé ma fille. Et si je savais qui il est, j'irais lui régler son compte.

— Vraiment ?

— Soyez-en sûr, monsieur Garnier.

— Tuer quelqu'un n'est pas chose facile...

— Qu'en savez-vous ?

Le jeune homme ne répond pas.

— Moi, j'ai vu mourir des gens, reprend le chirurgien.

— Oui, mais vous ne les avez pas tués. Enfin, j'espère.

Ils se dévisagent un instant.

— Désolé, monsieur Reynier, mais j'ai déjà un travail. Au musée, vous vous rappelez ?

— Arrêtez de jouer avec moi ! Combien êtes-vous payé là-bas ?

— Ce que je gagne me suffit amplement.

— Combien ? répète le chirurgien.
— Deux mille net.
— Je double votre salaire. Et vous serez logé et nourri.

Luc allume une autre cigarette.

— Vous fumez beaucoup pour un sportif. Vous savez que c'est mauvais pour la santé ?
— Vous en voulez une ? propose le jeune homme en souriant. Ça pourrait vous calmer !
— Alors, vous décidez quoi ?
— Qui vous a envoyé cette lettre ?
— Aucune idée.
— Désolé, mais votre offre ne m'intéresse pas.
— Pourquoi ?
— Parce que vous ne m'êtes pas franchement sympathique.

Le chirurgien encaisse sans un mot.

— Si vous n'êtes pas allé au commissariat montrer cette lettre de menaces, c'est que vous avez des choses à cacher.
— Et alors ? Tout le monde a des choses à cacher, non ?

Luc hausse les épaules.

— Peut-être... Mais tout le monde ne reçoit pas ce genre de mot doux.
— Si vous ne le faites pas pour moi, faites-le pour Maud. Elle est en danger et vous le savez.
— Prévenez les flics, monsieur Reynier. Ça vaudra mieux.
— D'accord, j'ai des choses à cacher, c'est vrai ! concède enfin le chirurgien. Mais rien qui mérite qu'on s'en prenne à ma fille ou à ma femme. Ça vous va ?

— Quelles choses ?
— Ça concerne la clinique. Des petites indélicatesses fiscales. Vous êtes content ?
— À mon avis, ce n'est pas ça que l'expéditeur vous reproche !
— C'est un malade, c'est tout ! explose Reynier. Un putain de malade mental ! Qui en veut à ma fille ou me rend responsable de je ne sais quoi…

Luc fait quelques pas et regarde à son tour la ville en contrebas, écrasée par un soleil sans pitié. Et la mer, à perte de vue.

— J'ai besoin d'une réponse, monsieur Garnier. Si ce n'est pas vous, j'irai chercher un autre garde du corps.

Luc se retourne vers lui et sourit.
— Je suis le meilleur.
— Vraiment ?
— Vraiment, pavoise le jeune homme. Mais il y a une condition…
— Laquelle ?
— Vous devrez faire exactement ce que je vous dis. Ne jamais discuter mes décisions.

Le visage d'Armand se crispe.
— On verra, lâche-t-il.
— C'est tout vu. Soit vous acceptez, soit vous trouvez quelqu'un d'autre pour assurer votre protection.

Le professeur hésite. Puis finalement, il acquiesce sans grande conviction.
— C'est entendu.
— Très bien. Votre épouse est au courant du message ?
— Bien sûr que non !
— Et Maud ?

— Certainement pas. Et elle doit continuer à l'ignorer, c'est clair ?

— Et comment allez-vous justifier de m'avoir embauché ?

Reynier réfléchit un instant.

— Je dirai que c'est pour rassurer Maud... Elle est persuadée que l'agresseur rôde autour de la maison.

— Et elle a raison... À demain, monsieur Reynier.

* * *

Il devrait être au musée. En compagnie du vieux Stan. Mais à quoi bon y retourner ?

Luc n'a jamais aimé les adieux. Alors, il s'est contenté de lui faire livrer une boîte de chocolats avec un petit message.

J'ai suivi tes conseils, Stan. Je ne reviendrai pas. Prends soin de toi.

Le patron sera furieux, mais peu importe. Demain, il prendra ses quartiers dans la luxueuse villa des Reynier.

Pour le moment, il est allongé sur son lit, les yeux rivés au plafond. Comme toujours, sa fenêtre est ouverte sur la ruelle calme et endormie. Mais lui ne dort pas.

Sans somnifère, il en est rarement capable.

Il se relève, traverse son studio en quelques enjambées et se sert un verre d'eau fraîche. Il pense à Reynier, à la peur qu'il a perçue en lui. Cet homme est finalement vulnérable. Comme tous les hommes.

Ou du moins ceux qui tiennent à quelque chose. Ne serait-ce qu'à la vie.

Luc se cale devant la fenêtre et allume une cigarette. Puis il murmure :

— Le temps de l'impunité est révolu... Le temps des souffrances est venu.

Son regard vagabonde sur les toits et les lumières de la ville. Un air tiède frôle son visage. C'est une belle nuit. Pourtant, son corps est tendu comme un arc.

Il retourne s'allonger, ses yeux refusent toujours de se fermer.

C'est alors que Marianne apparaît, sortant de la pénombre comme par enchantement. Elle s'approche du lit, s'allonge doucement près de lui. Il entend ses mots tendres, rassurants, savoure la caresse de ses mains sur sa peau moite.

Seul dans son petit appartement, seul au milieu de son lit, Luc ferme enfin les yeux.

Il n'y a pas si longtemps, ils se sont violemment disputés. Et Marianne est partie.

Un seul amour, une seule rupture.

Tu es malade, Luc ! T'entends ? Malade ! Je ne peux plus rester près de toi !

Voilà ce qu'elle lui a dit avant de disparaître.

Souvenir obsédant et destructeur.

Malade, il l'est peut-être. Pourtant, aucun psychiatre ne pourra rien pour lui, il en est sûr. Mais bientôt, il ira mieux. Parce qu'il a identifié le mal et trouvé le remède.

Même s'il ne dort pas, Luc garde les yeux clos. Pour que Marianne reste près de lui, encore et encore.

De toute façon, il ne peut pas vivre sans elle.

7

Dès qu'elle a entendu le rugissement de la Kawasaki, Maud s'est levée. Protégée par les rideaux, elle observe Luc qui enlève son casque et se recoiffe machinalement.

Puis il lève la tête. C'est bien vers la fenêtre de sa chambre qu'il regarde. Alors le cœur de Maud accélère. Sa main droite serre le mouchoir qui recevait ses larmes l'instant d'avant.

Bouger le rideau pour qu'il sache qu'elle aussi le regarde ?

Elle n'a pas le temps de faire le moindre mouvement ; son père entre dans son champ de vision, se dirigeant d'un pas décidé vers le jeune homme. Le charme est rompu, Maud se précipite dans la salle de bains. Lorsque le grand miroir lui renvoie son reflet, elle vit un instant de découragement. Elle passe un peu de lotion sur son visage, donne un coup de peigne dans ses cheveux.

Peine perdue.

Les larmes reviennent. Elles ne cessent de couler, de toute façon.

Depuis des jours et des jours.

Depuis qu'elle a failli mourir.
Assassinée par un fou.

Luc pose son sac sur le divan et fait le tour du petit appartement situé à cinquante mètres de la maison, au beau milieu du parc.
— Ça vous convient ? s'impatiente Reynier.
— Ça ira. Maintenant, je dois faire le tour de la propriété et visiter la maison.
— Suivez-moi. Je vous préviens, je n'ai qu'une heure à vous consacrer. On m'attend à la clinique.
— Vous avez une très belle maison, certes, mais une heure, ça devrait suffire ! s'amuse le jeune homme.
Le chirurgien ne relève pas la remarque et le précède dans le grand jardin.
Huit heures du matin, la température est encore agréable. Les deux hommes descendent jusqu'à l'impressionnant portail automatique en fer forgé puis longent le mur d'enceinte, haut d'environ deux mètres.
— On peut facilement entrer chez vous, constate Luc.
— En effet. C'est une villa, pas un bunker.
Luc s'arrête pour admirer un magnifique bosquet d'arbustes.
— Ce sont des kentias, commente Armand.
— Très jolis. Vous avez un jardinier, je présume ?
— Évidemment !
— Évidemment, répète Luc en souriant. Il va falloir me donner la liste de toutes les personnes qui travaillent ici. Leur nom, leur photo…

— Vous pensez sérieusement que j'ai la photo de mon jardinier ?

— Eh bien il va falloir me les présenter.

— Ma femme s'en chargera. Je crois que le jardinier doit venir aujourd'hui, justement... À moins que ce soit demain, je ne sais plus.

— Vous avez embauché quelqu'un ces derniers temps ?

Reynier se remet à marcher, tout en lisant un texto.

— Le jardinier est arrivé cet hiver, quand le précédent a pris sa retraite. Et Amanda, la gouvernante, travaille pour nous depuis six mois environ.

— Elle vit ici ?

— Dans l'appartement à côté du vôtre.

— Et le jardinier, il possède les clefs ?

— La télécommande du portail et la clef du garage.

Ils sont remontés jusque derrière la maison et Luc découvre une immense piscine entourée de pierres sèches. Dans des jarres anciennes et imposantes fleurissent quelques plantes rares, venues des tropiques. Non loin de la piscine, une cuisine d'été, un barbecue en brique et un four à pizzas.

Un luxe qui impressionne le jeune homme. Pourtant, rien ne transparaît sur son visage.

— Où donne cette porte ? demande-t-il en s'approchant de la maison.

— Venez...

Les deux hommes se retrouvent dans une immense cuisine, digne d'un grand restaurant.

— Il faudrait changer la serrure de cette entrée, dit Luc. Trop facile à forcer.

— Vous me noterez tout quand vous aurez fait le tour, répond Reynier d'un ton agacé.

— Pas de problème…

Amanda, qui s'affaire déjà, salue le jeune homme.

— M. Garnier va s'installer ici, annonce son patron.

— Vraiment ?

— Il est garde du corps et sera chargé de veiller sur ma fille.

— Oh, je vois, dit la gouvernante en hochant la tête d'un air emprunté.

— Il logera dans l'appartement à côté du vôtre et vous lui préparerez ses repas qu'il prendra en cuisine ou dans son studio.

À la cuisine, comme un domestique. Pourtant, Luc ne s'en offusque pas. Il se contente d'un clin d'œil en direction d'Amanda.

— Nous serons donc voisins, dit-il.

— Mais oui !

— Vous venez ? ordonne Reynier.

Ils débouchent sur une salle à manger qui doit pouvoir accueillir une bonne vingtaine de convives. Une interminable table rectangulaire, plateau en verre et pieds sculptés en fer forgé, des chaises modernes et un bahut deux corps meublent la pièce.

— La salle à manger, indique Reynier.

— Je m'en doutais.

Ils arrivent alors dans le hall d'entrée gardé par l'armure japonaise, au pied du grand escalier.

— En face, c'est le salon, mais vous connaissez déjà…

Le chirurgien le traverse rapidement pour ouvrir une seconde porte.

— Mon bureau.

Luc jette un œil à la pièce, plus petite que les autres. Des étagères surchargées de livres, une table à écrire

Napoléon III où sont posés un ordinateur portable et une imprimante. Sur le côté, d'autres étagères ornées de dizaines de masques en bois.

— C'est une partie de ma collection de masques africains, explique Armand. Certains sont très anciens et valent une fortune.

Luc s'approche pour les admirer de près.

— Vous êtes allé en Afrique ?
— Souvent.
— Vous avez fait le tour du monde, n'est-ce pas ?
— À peu près, confirme Reynier.
— Pourtant le monde est si vaste…
— Et vous ? Vous êtes déjà allé en Afrique ? demande le chirurgien avec un brin de condescendance.
— Jamais, répond Luc en se retournant vers lui.
— On continue ?

Ils traversent à nouveau le salon et passent à côté de l'escalier pour découvrir une nouvelle pièce. Cette fois, il s'agit d'une bibliothèque. Une pièce plongée dans la pénombre avec plusieurs rayonnages remplis de livres, une méridienne en velours rouge où il doit faire bon s'installer pour lire. Et sur un pan de mur, la suite de la collection de masques. Certains sont intrigants, d'autres réellement effrayants.

Sur des meubles bas, divers objets sont alignés dans un ordre parfait. Des statuettes en bois ou en ivoire.

— J'adore l'art premier. Et vous ?

Luc sourit avec morgue lorsqu'il répond :

— Désolé, je ne connais que les arts martiaux.
— Je vois, fait Armand d'un air atterré.
— Mais je suis sûr que vous allez m'initier !

En guise de réponse, le chirurgien l'invite à quitter la pièce.

— Voilà, vous avez fait le tour. En haut, il y a cinq chambres, dont trois sont inoccupées. Mais vous les visiterez plus tard. Parce que Maud doit dormir. Ma femme aussi, d'ailleurs.

— Un système d'alarme ?

— Évidemment.

— Je dois voir le garage.

Armand ne cache pas son impatience et entraîne le jeune homme d'un pas rapide jusque dans l'entrée. Ils ressortent dans le jardin et descendent vers le garage. Immense, lui aussi. À l'intérieur, trois voitures. Le Porsche Cayenne, l'Audi A6 de madame et la Mini de Maud. Au fond, une porte qui mène à la maison.

— Amanda n'a pas de voiture ? demande Luc.

— Non. Elle se déplace en bus.

— La porte, là, elle donne où ?

— Dans le hall, à côté de la bibliothèque.

— Parfait…

Luc s'approche de la porte basculante et inspecte la serrure qui a été forcée deux nuits auparavant.

— Il n'y a pas de système d'alarme pour le garage ? s'étonne-t-il.

— Si, au niveau de la porte qui permet d'accéder au hall d'entrée. Mais je ne déclenche l'alarme que lorsque nous sommes absents, révèle Armand. Bon, je dois vous laisser, on m'attend à la clinique.

Ils ressortent dans le jardin où le soleil leur inflige ses premières morsures.

— Que les choses soient bien claires, monsieur Garnier… Vous n'entrez dans la maison qu'en cas de nécessité.

Luc le fixe avec insistance.

— Mais les choses sont très claires, monsieur Reynier. Ne vous inquiétez pas, je sais où est ma place.

— Je vous paye pour protéger ma fille contre ce fou, mais vous ne devez en aucun cas lui révéler l'existence de ce message.

— J'ai bien compris. Autre chose ?

Armand réfléchit quelques instants avant de continuer.

— Maud est fragile. Surtout en ce moment. Alors… Gardez vos distances avec elle.

Cette fois, Luc sourit.

— Moi qui pensais être le gendre idéal… ! Me voilà bien déçu.

Le visage d'Armand change brutalement. Luc a l'impression qu'il va se jeter sur lui.

— Je plaisantais, monsieur Reynier. Détendez-vous.

— Vous n'êtes pas là pour plaisanter, Luc. Mais pour faire en sorte qu'il n'arrive rien à ma fille. Me suis-je bien fait comprendre ?

Luc prend le temps d'allumer une cigarette avant de répondre.

— Message reçu. Cinq sur cinq.

— Et ne jetez pas vos mégots dans mon jardin, conclut le professeur en montant dans sa Porsche.

***

Luc est debout, près de la piscine. Il regarde fixement l'eau claire qui exhale une discrète odeur de Javel.

— Vous voulez vous baigner ?

Le jeune homme se retourne.

— Bonjour, madame Reynier.

— Je vous ai déjà dit de m'appeler Charlotte, le reprend-elle aussitôt avec un sourire appuyé.

— Je préfère vous appeler madame... Vous savez pourquoi je suis là ?

— Oui, mon mari m'a prévenue hier soir de votre arrivée. Vous êtes bien installé, au moins ?

— Tout est parfait, dit Luc en admirant les jambes de la maîtresse de maison.

Un short beige et un débardeur à fines bretelles, couleur jaune paille, font ressortir son bronzage irréprochable. Elle est d'une beauté stupéfiante et vénéneuse. On la croirait sortie tout droit d'un film américain des années cinquante. Cheveux mi-longs, méchés de blond. Visage à l'ovale idéal où scintillent ses yeux d'un gris métallique.

— Comment va votre fille ?

— Je suis allée la voir tout à l'heure. Son état n'a guère évolué...

— Il faut lui laisser un peu de temps, vous ne croyez pas ?

— Sans doute... Alors, vous voulez vous baigner, Luc ?

— Je ne suis pas là pour ça, madame.

Charlotte soupire, légèrement agacée.

— Mais merci de me le proposer, ajoute le jeune homme avec un sourire enjôleur.

— Vous savez, mon mari rentre tard. Très tard, même. Il ne vous verra pas dans la piscine, si c'est ce que vous craignez.

— Je ne crains pas votre mari, madame.

À ces mots, le regard de Charlotte change de nuance.

On la dirait subjuguée.

— Mais je suis payé pour faire un travail et non pour prendre du bon temps.

Elle passe à côté de lui, il sent sa main frôler son pantalon.

— Dommage, susurre-t-elle.

Elle enlève ses tongs et s'allonge sur un lit de repos. Même ses pieds sont parfaits, Luc ne manque pas de le remarquer.

— Et si vous alliez me chercher à boire ? dit-elle en fermant les yeux.

— Je ne suis pas payé pour ça non plus, madame.

— Parce que dans la vie, vous ne faites jamais rien gratuitement ? s'amuse Charlotte.

Luc s'approche du bain de soleil et se penche au-dessus de l'épouse du chirurgien.

— Si, mais jamais quand je suis en service.

— Et vous finissez à quelle heure ?

— C'est une information confidentielle, madame.

8

Il a fait le tour du jardin, une nouvelle fois, histoire d'apprivoiser les lieux et de déterminer par où l'auteur du message est passé. En fait, il a pu entrer par beaucoup d'endroits. Franchir un mur de deux mètres n'est pas compliqué, surtout quand on est grand.

Comme l'agresseur de Maud.

Puis Luc installe ses quelques affaires dans le studio, très fonctionnel, mais où il manque la climatisation. Une pièce d'une vingtaine de mètres carrés, avec un coin cuisine et un coin salon équipé d'une banquette. Il y a également une minuscule chambre où le lit prend quasiment toute la place, ainsi qu'une salle de bains.

Il place ses costumes dans l'unique placard, range ses chemises avec soin et planque son arme dans un petit meuble doté d'un tiroir fermant à clef.

À midi, Luc remonte vers la villa en se demandant si Charlotte est toujours en train de bronzer sur son transat… Il esquisse un sourire gourmand en pensant à elle ; il a toujours trouvé que les femmes d'une quarantaine d'années avaient un charme particulier.

Lorsqu'il arrive devant la maison, il a la surprise d'apercevoir Maud sur le perron. Assise sur les marches, elle fume une cigarette. Il en est sûr, elle l'attendait.

Lorsqu'il s'approche, elle se lève.

— Bonjour, Luc...

— Bonjour. Qu'est-ce que tu fais debout ?

— J'avais envie de prendre l'air.

Il remarque qu'elle a passé du fond de teint sur certains de ses hématomes. Des lunettes teintées cachent son œil abîmé.

— Ton père t'a dit ? demande Luc.

— Oui... Ta présence est censée me rassurer...

— Ce n'est pas le cas ?

— Si... Mais ça me gêne un peu, à vrai dire.

— Vraiment ? Je sais me faire discret, je t'assure. Et puis je m'en irai dès que les flics auront chopé ton agresseur.

Il lui confie un petit papier avec son numéro de portable.

— Mon téléphone restera allumé vingt-quatre heures sur vingt-quatre. Et je ne serai jamais loin.

Elle prend le morceau de papier, le met dans sa poche.

— Merci, Luc. J'espère que ce n'est pas un calvaire pour toi d'avoir accepté ce boulot...

— Un *calvaire* ? Qu'est-ce que tu vas chercher ! Ton père me paye, et plutôt bien. Je suis logé dans un endroit sympa et je suis chargé d'assurer la sécurité d'une fille adorable. Que demander de plus ?

Elle sourit bêtement et baisse la tête, embarrassée.

— J'ai croisé ta mère tout à l'heure...

— Charlotte n'est pas ma mère.

Luc fronce les sourcils.

— C'est ma *belle*-mère.

— Pardon, je l'ignorais.

— Elle a épousé mon père quand j'avais douze ans. Et elle se prend pour ma mère, du coup !

— Je vois. Et ta vraie mère, elle est où ?

— Loin, répond Maud. Très loin...

Luc sent qu'il vient de rouvrir une plaie. Qui était là, juste à fleur de peau.

— J'espère que Charlotte ne t'a pas emmerdé.

— Pas le moins du monde, prétend Luc. Pourquoi dis-tu ça ?

Maud hausse les épaules et écrase sa clope.

— Dès qu'elle voit un mec, elle a tendance à...

— Tendance à quoi ?

— Ben à le draguer !

Luc sourit.

— Elle a des amants ? demande-t-il à voix basse.

— Je ne crois pas, non ! chuchote Maud. C'est juste pour se faire remarquer... Mon père est plutôt du genre jaloux. À mon avis, elle se tient à carreau.

— Si elle fait ça, c'est peut-être parce qu'elle n'est pas très heureuse, souligne le jeune homme.

— Je sais pas... Peut-être. Et à vrai dire, je m'en fous un peu.

— Tu ne l'aimes pas ? s'étonne Luc.

Elle hausse à nouveau les épaules et s'abstient de répondre. Luc ôte ses lunettes de soleil et, pour la première fois, Maud découvre la couleur de ses yeux en plein jour. Verts, pailletés d'or.

— Tu veux déjeuner ? Amanda a préparé des cannellonis. C'était mon plat préféré...

— *C'était* ?

Maud détourne la tête un instant.
— Je n'ai plus trop d'appétit...
— C'est normal. Mais avec le temps, tu iras mieux.
— En tout cas, Amanda les réussit très bien, tu verras. Viens, suis-moi, ajoute la jeune femme en ouvrant la porte.
Luc reste sur le perron.
— Ton père a été clair : je ne dois pas partager vos repas.
— Hein ?
— Tu as très bien entendu. Je déjeunerai dans mon studio.
— Mais...
— Ne t'en fais pas, ça ne me dérange pas.
Il rebrousse chemin et Maud le regarde s'éloigner.
— Luc ?
— Oui ? répond-il en se retournant.
— Je... Je suis heureuse que tu sois là. Près de moi. Je crois que c'est le plus beau cadeau que mon père m'ait fait.
— Merci, dit simplement le jeune homme.
— Tu sais, il n'est pas aussi mauvais qu'il en a l'air... Il faut juste le connaître.
Luc hoche la tête.
— Tout se passera bien, fais-moi confiance, conclut-il.

***

— Je vous présente M. Garnier. C'est notre garde du corps.
Charlotte vient de dire ça avec une sorte de fierté

ridicule. Luc tend la main au jardinier, qui le dévisage d'un air incrédule.

— Garde du corps ? répète bêtement M. Ferraud.
— Oui, Sébastien. Je sais que ça a de quoi surprendre, mais Maud s'est fait agresser il y a quelques jours. Et Luc est là pour la protéger tant que ce malade mental ne se sera pas fait arrêter par la police. Vous comprenez ?
— Mon Dieu… Elle va bien ?
— Pas trop, non, répond Charlotte. Mais elle est en vie, c'est l'essentiel.

Le jardinier est un homme qui doit avoir entre trente-cinq et quarante ans. Petit trapu aux mains rugueuses et à la poigne virile. Sa chemise ouverte laisse apparaître un torse abondamment velu sur lequel repose une épaisse chaîne en argent, ornée d'un étrange et ostentatoire pendentif en métal.

— Si vous voyez quelqu'un rôder autour de la maison, prévenez-moi, ajoute Luc.
— Oui, bien sûr… Je le ferai, oui.

Charlotte s'éloigne et Luc entraîne le jardinier un peu plus loin.

— Nous craignons que cet homme soit obsédé par Maud, dit-il.
— Obsédé ?
— Oui… Il pourrait revenir pour finir le travail.
— Finir le travail ?

Luc soupire. Il a l'impression de causer à un volatile qui aurait troqué ses plumes contre des poils.

— Il voulait la tuer et n'en a pas eu le temps, précise-t-il.
— Mon Dieu… quelle histoire !

Luc se demande si Ferraud est aussi stupide qu'il en a l'air.

— Vous travaillez ici depuis longtemps ?

— Je suis arrivé à la fin de l'automne, répond Sébastien.

— OK, je vous laisse bosser... Et n'oubliez pas : si vous voyez quoi que ce soit d'anormal, appelez-moi.

— Bien sûr, mais... vous habitez ici ?

— Là, répond Luc en désignant son studio.

— D'accord.

Le jeune homme s'éloigne, laissant le jardinier à ses mauvaises herbes. Il retourne dans son appartement et, cinq minutes plus tard, quelqu'un frappe à sa porte. C'est Amanda et ses fameux cannellonis. Mieux qu'un room service.

— Fallait pas vous déranger, dit Luc en guise de merci.

— Je suis là pour ça. Je vous apporte votre déjeuner un peu tard, mais...

— Aucun souci.

Luc pose son plateau sur la petite table basse.

— Vous restez un moment avec moi ? propose-t-il.

Elle accepte, apparemment avec plaisir. Luc se dit qu'il est un peu l'attraction du jour. Il prend une chaise, lui laissant le canapé.

Sur le plateau, elle a posé un pichet de vin, une petite bouteille d'eau et un dessert.

— Je ne savais pas si vous vouliez du rouge ou du rosé, s'excuse-t-elle.

— Ni l'un ni l'autre. Je ne bois pas lorsque je suis en service.

— Ah oui, je comprends. Un peu comme les flics, finalement.

— Si vous le dites ! rétorque Luc.

Il prend deux verres dans le placard.

— Mais vous, vous avez le droit !

Il lui sert un verre de rosé, elle le remercie d'un sourire.

— Ce n'est pas trop dur de bosser ici ?

— Ça va, jure la gouvernante.

— Vous pouvez parler, vous savez, je serai muet comme une tombe ! ajoute Luc avec un clin d'œil.

Elle se met à rire, commence à se détendre.

— C'est vrai que les patrons ne sont pas faciles tous les jours, mais bon... j'ai connu pire !

— Ça ne fait pas longtemps que vous travaillez pour les Reynier, n'est-ce pas ?

— Non, à peine six mois.

— Et vous faisiez quoi, avant ?

— La même chose, mais chez une autre personne.

— C'est délicieux, félicitations ! Mais je vais avoir du mal à garder la ligne si vous me faites ça tous les jours !

Elle rit à nouveau, se ressert du vin.

— J'ai préparé ce plat pour faire plaisir à Maud. Il faut qu'elle mange, cette pauvre petite ! Mais elle a à peine touché à son assiette...

— Dites-moi, Amanda, que pensez-vous de M. Reynier ? J'avoue avoir du mal à le cerner.

— Eh bien... Je ne le connais pas très bien non plus. Je dirais qu'il est assez froid, assez autoritaire aussi... Parfois, il parle mal à sa femme.

— Vraiment ? Et il lui arrive de se montrer violent ?

— Non ! Enfin, seulement avec des mots. Je l'ai

parfois entendu parler à Charlotte d'une façon très dure.

— Je vois... Et avec vous, comment se comporte-t-il ?

— Ça peut aller. Il est intransigeant, mais si on fait ce qu'il souhaite, on a la paix.

— Et Maud, quelles relations a-t-elle avec ses parents ?

— Des fois, ça chauffe ! confesse la gouvernante. Il lui arrive d'être rebelle. Mais son père l'aime beaucoup. Vraiment, je crois qu'il tient à elle plus que tout au monde. Je pense qu'il serait capable de tout pour elle.

Le visage de Luc s'assombrit légèrement. Amanda ne s'en aperçoit même pas et continue sur sa lancée.

— Quant à Charlotte, elle n'est pas la mère de Maud, dit-elle en baissant la voix.

— Je le sais déjà, révèle Luc en allumant une cigarette. Maud me l'a dit.

— Vous m'en donnez une ?

— Une quoi ?

— Une clope.

— Pardon, dit Luc en lui tendant le paquet. Je ne savais pas que vous fumiez.

— Jamais quand je suis ici...

Sur le ton de la confidence, elle ajoute :

— Sur l'annonce, ils avaient bien précisé qu'il voulait une non-fumeuse, alors je suis obligée de cloper en cachette !

— Ils n'ont pas eu la même exigence avec le garde du corps ! dit Luc en riant. Et c'est pas trop dur de ne pas fumer ?

— Non, ça va.

— Mais vous avez un chez-vous ? Vous sortez d'ici de temps en temps ?

— J'ai droit à un jour de congé par semaine, mais comme je n'ai pas d'appartement, je vis ici sept jours sur sept. Et pendant mon jour de congé, je vais me balader à Grasse, à Nice ou à Antibes. C'est une belle région !

— Vous n'êtes pas née ici ?

— Non. Dans le nord de la France. J'ai travaillé sur Paris et puis lorsque j'ai vu leur annonce, je suis descendue vers le soleil !

— Et vous ne remontez jamais voir votre famille ? s'étonne le jeune homme.

Cette fois, c'est le visage d'Amanda qui accuse le coup. La question l'embarrasse, alors Luc fait aussitôt marche arrière.

— Je suis trop indiscret. Pardonnez-moi.

— Non, pas de problème... Et vous ? Vous êtes né ici ?

— En région parisienne.

Elle consulte sa montre et écrase sa cigarette.

— Oh ! Faut que je remonte. Je peux prendre votre plateau ?

— Bien sûr, je vais vous aider...

— Non, surtout pas ! Laissez-moi faire.

Encombrée du plateau, elle se dirige vers la porte. Mais avant de sortir, elle se retourne.

— Au fait, vous savez pour Charly ?

— Charly ?

— Le chien de Maud.

— Non, quoi ?

— Le vétérinaire a appelé... Il est mort.

— Merde... Maud est au courant ?

— Non, Charlotte nous l'a annoncé juste avant que je vienne ici, à Sébastien et à moi.

— C'est qui, *Sébastien* ? demande Luc en fronçant les sourcils.

— Le jardinier.

— Ah oui, c'est vrai...

— Il était vraiment mignon, ce chien. Je l'aimais bien. Et Maud va être tellement triste !

— J'imagine, dit Luc.

— Bon, faut que je file. Merci pour ce bon moment !

— Merci à vous de m'avoir tenu compagnie, dit Luc. Et si vous voulez fumer une clope, vous savez où venir, désormais !

Elle lui adresse un large sourire avant de s'éclipser.

9

L'homme rêvasse devant la fenêtre ouverte.
Dans deux heures, le soleil se couchera, emportant avec lui une journée d'été. Une de plus.
Ou plutôt, une de moins à affronter.
Soudain, il entend sonner son portable. Il décroche et s'assoit devant la table en formica. Pile en face de la photo du petit garçon.
— Allô ?
— C'est moi.
— Je vous écoute.
— Charly est mort.
— Et alors ? répond l'homme.
— C'était pas prévu que vous le massacriez de la sorte !
La voix est courroucée.
— Qu'est-ce que ça peut foutre ?
— J'aime pas qu'on fasse du mal aux animaux.
— On fait pas d'omelette sans casser les œufs, répétait ma mère.
L'homme vient de dire ça avec un ignoble sourire.
— Il était agressif, il m'a attaqué, ce con de clebs…

Vous vouliez que je fasse quoi ? Que je le laisse me bouffer ?

— Vous deviez le neutraliser avec une bombe paralysante, rappelle la voix dans le combiné.

— Ben j'ai pas trouvé la bombe, d'accord ? Alors j'ai fait comme j'ai pu. De toute façon, j'aime pas les clébards.

— Vous n'aimez personne, il me semble... Ni les chiens ni les gens.

— Bon, c'est quoi, la suite du programme ?

— Je vous rappellerai, indique la voix. Et la prochaine fois, pas d'improvisation, s'il vous plaît.

— C'est compris, prétend l'homme. Comptez sur moi.

Il raccroche et s'adresse au petit garçon de la photo.

— T'as entendu ça ? J'ai pas besoin de ses leçons de morale, putain !... *J'aime pas qu'on fasse du mal aux animaux* ! Et moi j'aime pas qu'on me parle sur ce ton...

D'un mouvement agacé, il pose le téléphone sur la vieille table boiteuse. Puis il passe dans la salle à manger, aussi mal meublée que la cuisine. Une pièce légèrement sombre, tout à fait triste.

Sur un vieux bahut en faux bois, un autre cadre est posé. C'est le même gamin que sur le mur de la cuisine. Ici, il doit avoir à peine cinq ans et adresse un large sourire à l'objectif. Mais déjà, on devine une étrange affliction au fond de ses yeux.

Puis le regard de l'homme dévie vers un second cadre qui abrite la photo d'une femme. La trentaine. Souriante, radieuse.

L'homme tourne bien vite la tête. La regarder est si douloureux.

Alors, il se vautre sur le canapé et allume la télévision. Comme si les images et les voix des vivants pouvaient lui faire oublier le visage des morts.

* * *

— Tu parlais avec qui ? interroge Maud en s'approchant de sa belle-mère.

— C'était ton père, dit Charlotte en rangeant le smartphone dans sa poche. Il rentrera très tard. Une opération qui n'était pas prévue...

— Comme d'habitude, soupire Maud en s'asseyant au bord de la piscine.

De ses yeux clairs, elle contemple l'eau limpide et calme. Pourtant, Maud a l'impression qu'elle est noire.

Noire, comme la mort.

— Tu devrais rester couchée, la sermonne Charlotte.

— Pourquoi ? Ça te fait chier de me voir ?

— Arrête, tu veux ? Ton père te l'a dit : tu dois te reposer.

— M'asseoir au bord de la piscine n'est pas franchement un effort titanesque.

— Fais comme tu veux ! s'agace Charlotte. Après tout...

— Tu sais pourquoi papa a embauché Luc ?

Charlotte la considère avec étonnement.

— Tu sais très bien pourquoi !

— Il pense que ce type peut venir jusqu'ici, c'est ça ? Jusque dans la maison ?

— Eh bien... Disons que tant qu'il n'est pas en prison, nous trouvons cela plus sûr.

— *Nous* ? Il t'en a parlé avant de prendre la décision ?

— Non, admet Charlotte. Il a décidé tout seul, comme à son habitude. Mais je crois que c'est une bonne chose. Il a voulu te rassurer. Pourquoi, ça te contrarie ?

Maud répond d'un mouvement de tête.

— Ça m'étonne de lui, c'est tout...

— Vraiment ? Tu sais bien qu'il ferait n'importe quoi pour toi !

— N'importe quoi, c'est sûr...

Charlotte se sert un cocktail. Un de plus.

— Tu bois trop, reproche Maud comme si ça ne la concernait pas.

— Garde tes leçons pour toi.

— Si papa te voyait...

Sa belle-mère lève les yeux au ciel.

Soudain, un raclement de gorge leur fait tourner la tête. C'est Luc qui vient de les rejoindre discrètement.

Depuis combien de temps les observait-il ?

— Tiens, voilà notre charmant bodyguard ! s'amuse Charlotte.

— Bonsoir, madame.

— Vous venez faire une ronde autour de la piscine ? continue Mme Reynier. Voir si ce taré n'est pas tapi au fond avec un masque et un tuba ?! À moins que vous ne veniez voir ma fille...

— Je ne suis pas ta fille ! lance Maud d'un air mauvais.

— Apparemment, je dérange, s'excuse Luc.

— Pas le moins du monde. Vous voulez un cocktail ?

— Non, merci. Je ne bois pas d'alcool lorsque je suis en service.

— C'est vrai, j'oubliais que vous êtes parfait ! Enfin presque... Vous auriez une cigarette pour moi ?

— Depuis quand tu fumes ? raille Maud.

Luc s'approche de la maîtresse de maison, installée sur le bain de soleil, et lui offre une cigarette.

— Merci, Luc. Vous êtes un ange.

— Je vous en prie, madame. Mais pour info, je suis tout sauf un ange.

— Vous êtes armé ? demande Charlotte.

Luc écarte légèrement le pan de sa veste, les deux femmes aperçoivent la crosse d'un pistolet.

— T'as le droit d'avoir un flingue ? s'étonne Maud.

— J'ai un port d'arme, oui.

— Mais pourquoi tu n'as pas tiré sur le type qui m'a agressée, alors ?

— Je n'étais pas en mission, ce soir-là. Je n'avais pas mon pistolet avec moi.

— Et vous avez le droit de descendre ce salopard s'il entre chez nous ? demande Charlotte.

— Uniquement en cas de légitime défense.

— Si vous le voyez, tirez à vue !

— Je n'ai pas envie de finir en prison.

— Mon mari a de très bons avocats ! s'esclaffe Charlotte.

— Je n'en doute pas, madame.

— *Madame, madame...* arrêtez un peu de m'appeler comme ça ! souffle-t-elle.

— Vous êtes mariée, alors je ne vois pas comment vous appeler, répond Luc.

— Et vlan ! balance Maud. Tu as raison de ne pas te laisser faire, Luc !

Charlotte assassine sa belle-fille du regard et avale encore quelques gorgées d'alcool. Luc s'assoit sur un muret et considère tour à tour les deux femmes qui semblent prêtes à s'étriper à la moindre occasion.

— J'ai envie de faire un tour dans le jardin, dit soudain Maud. Luc, tu m'accompagnes ?

— Je suis là pour ça.

En essayant de se relever, Maud pousse un cri de douleur. Luc se précipite pour l'aider, sous le regard exaspéré de Charlotte.

— Ça va ? s'enquiert-il.

— Oui, oui, ça va... J'ai mal à une côte, c'est tout.

— Je t'avais bien dit de rester couchée, lance sa belle-mère.

Tenant le bras de Luc, Maud s'éloigne. Dès qu'ils sont hors de vue, elle chuchote :

— Désolée pour ce spectacle lamentable...

— On ne choisit pas sa famille, dit Luc en substance.

— Malheureusement, non !

Ils descendent doucement l'escalier de pierres sèches qui mène au parc. Maud a encore beaucoup de mal à se déplacer.

— Je ne sais pas si c'est une bonne idée de quitter ta chambre, dit Luc.

— J'en peux plus de rester enfermée... Je deviens cinglée.

— Je comprends. Mais tu es encore très faible.

— Juste quelques minutes, d'accord ?

Le jeune homme hoche la tête.

— Tout à l'heure, tu m'as dit que ta vraie mère était loin... Ça veut dire quoi ?

Maud ne répond pas immédiatement.

— Peut-être que tu ne veux pas parler de ça, ajoute son garde du corps.

— Elle est morte. Voilà ce que ça veut dire... Morte quand j'avais trois ans et demi. Un accident.
— Désolé de l'apprendre...
D'un pas lent, ils arpentent les allées recouvertes de fin gravier blanc et arrivent près du bassin où évoluent de gracieuses carpes koï. Là, Maud s'assoit sur un banc en teck.
— Tu es fatiguée ?
— Un peu... Viens à côté de moi.
Il s'exécute de bonne grâce.
— Ma belle-mère est une salope, murmure soudain la jeune femme.
Luc décide de la laisser continuer. Décidément, depuis qu'il est arrivé ce matin, les gens qui vivent dans cette maison paradisiaque ont une étrange tendance à se confier à lui. Mais il a toujours su inspirer la confiance.
— Elle a épousé papa parce qu'il a du fric...
— Tu crois qu'elle ne l'aime pas ? s'étonne Luc.
— À vrai dire, j'en sais rien. Elle est tellement fourbe... Combien de fois a-t-elle reproché à mon père de m'aimer plus qu'elle !
— Elle est jalouse de toi, c'est ça ?
— Je crois, oui.
— Un jour, tu quitteras cet endroit et tu n'auras plus à la supporter, lui rappelle le jeune homme.
— Je sais pas... j'ai parfois l'impression que je ne m'en irai pas d'ici.
— Ta... Ta mère, elle est morte ici ?
Maud hoche la tête.
— Tu veux en parler ?
— Non. C'est trop difficile.
— Je comprends... Pardonne-moi.
Elle prend la main de Luc, la serre très fort.

* * *

Les équipes de nuit ont pris le relais. Les visiteurs ont déserté les chambres et seul le bruit des télévisions résonne dans les couloirs.

Armand pousse la porte de son bureau et se laisse tomber sur son fauteuil en cuir. Il est épuisé, même s'il n'a pas pratiqué la moindre opération aujourd'hui. Seulement des consultations. Des dizaines de patients à écouter, à rassurer.

Son regard se porte sur les cadres qui ornent son magnifique bureau à caissons. Plusieurs portraits de Maud, pas un seul de Charlotte.

Sa fille, quand elle avait quelques jours. Puis trois ans, puis six, puis douze…

Sur l'une de ces photos, sa première épouse, Sara, qui tient Maud dans ses bras à la maternité. La seule femme qui ait réellement compté dans sa vie. Parce qu'elle lui a donné Maud.

Lorsque Sara lui a annoncé qu'elle était enceinte, il se souvient d'un sentiment mitigé.

La joie d'être père.

La peur d'une charge qui lui tombait soudainement sur les épaules.

Il voulait un fils, il a eu Maud. Mais dès les premiers jours, il a senti naître en lui quelque chose de fort. D'extrême, même.

Quelque chose qui n'a fait que grandir avec elle.

Un amour si puissant, si bouleversant qu'il en a été effrayé. Plus rien d'autre n'avait une réelle importance.

Au fil des mois et des années, il a compris qu'il ne pourrait vivre sans elle.

Qu'elle ne s'éloignerait jamais de lui. Que personne ne pourrait la lui enlever.

Et qu'il était capable de tout pour la garder près de lui.

De tout, vraiment.

10

Luc s'est assis devant son studio. En plus de l'appartement, il jouit d'une petite terrasse privative agrémentée d'une table et de deux fauteuils en rotin. Il n'aurait pu rêver mieux.

Tout en admirant les étoiles, il dresse le bilan de sa première journée dans le monde des Reynier. Il a mis les pieds dans une famille comme il en existe beaucoup. Une famille qui ressemble à un panier de crabes. Où les gens ne savent pas partager, s'aimer.

Ici, l'argent, le luxe et les convenances ne sont qu'un tapis sous lequel s'accumule la pourriture.

Ici, tout le monde souffre sous le joug d'un seul homme.

Le grand professeur Reynier.

Justement, le portail s'ouvre et la Porsche s'avance jusque devant le garage. Armand récupère sa veste sur la banquette arrière et verrouille les portières. Luc espère qu'il va rentrer directement chez lui, mais il redescend jusqu'au studio.

— Bonsoir.
— Bonsoir, monsieur Reynier.
— Rien à signaler pendant mon absence ?

— Rien, non. Maud semble aller un peu mieux, elle a voulu faire un petit tour dans le jardin. Je l'ai accompagnée, bien sûr.

Reynier s'assoit en face de son interlocuteur.

— Je lui avais pourtant dit de rester couchée !

— Je crois qu'elle avait besoin de prendre l'air.

— Et moi, je crois plutôt qu'elle a besoin de repos.

Luc avale une gorgée de jus de raisin, sous l'œil inquisiteur de son nouveau patron.

— Vous buvez quoi ?

— Ce n'est pas de l'alcool, seulement un jus de fruits. Ne vous inquiétez pas.

— Hmm… J'ai signé votre contrat, mais je l'ai oublié à la clinique.

— Vous me le rapporterez demain. Rien ne presse.

— Comment allez-vous procéder ?

— C'est-à-dire ?

— Eh bien, pour nous protéger de ce fou, chuchote Reynier.

— Amanda n'est pas rentrée, précise Luc. Vous pouvez parler à voix haute…

— Alors, comment allez-vous faire ?

— Vous savez, un garde du corps est essentiellement là pour accompagner son client lorsqu'il est exposé. Autrement dit, j'accompagnerai Maud partout où elle se rendra. Pour le reste, je vérifierai chaque soir que les portes sont bien verrouillées, je ferai une ronde avant de me coucher.

— Et s'il vient chez nous en pleine nuit ?

— J'ai le sommeil léger. Mais je ne peux que vous conseiller d'enclencher l'alarme avant d'aller dormir… Et si elle se déclenche, je suis là dans la minute qui suit.

— Je le ferai. Bon, je dois maintenant aller annoncer à Maud que Charly est mort.
— Désolé de l'apprendre, prétend Luc.
— Ça va lui faire un choc.
— Elle l'aimait beaucoup ?
— Oui, beaucoup. Maud est très sensible, vous savez... Bon, je vous laisse.
— Bonne nuit, monsieur.
— Bonne nuit, Luc.

Le jeune homme regarde le professeur s'éloigner de son pas décidé.

— Bon courage, monsieur le professeur, murmure-t-il.

* * *

Il a été obligé de lui donner un somnifère. Heureusement, elle a accepté de l'avaler sans rechigner.

Le sommeil sera un refuge.

Il supporte difficilement de la voir pleurer. Ses larmes sont comme son sang. Lorsqu'elles coulent, il saigne.

Cela fait dix minutes qu'elle a sombré. Et qu'il la couve des yeux.

Le regard d'un homme qui aime passionnément une femme.

Il hésite un instant mais ne résiste pas à la tentation ; il fait descendre légèrement le drap. Admire ses épaules, ses hanches. Il caresse sa joue, effleure sa bouche, le haut de son bras.

— Tu viens ?

Armand sursaute et remonte le drap sur le corps de sa fille. Puis il se retourne vers la porte.

— J'arrive, répond-il. Va te coucher, j'arrive.

Charlotte reste encore quelques instants sur le seuil de la chambre, les bras croisés. Alors, contraint et forcé, Armand abandonne sa fille pour rejoindre son épouse. Il ferme la porte et suit Charlotte jusque dans la chambre. Elle se glisse sous les draps, il s'isole dans la salle de bains. Dans le miroir, il s'observe de longues minutes. Avec un doigt, il suit le tracé de ses rides. Même s'il paraît plus jeune que son âge, les outrages du temps ne l'ont pas épargné.

— Je semble si vieux à côté de toi, murmure-t-il.

Il prend une douche rapide et rejoint enfin Charlotte.

— Comment elle l'a pris ?

— À ton avis ? rétorque-t-il sèchement.

— Ça lui passera.

— C'est tout ce que ça t'inspire ?

Charlotte hésite face à la mine révoltée de son mari. Ne jamais toucher à sa petite chérie, elle devrait le savoir.

— Je suis désolée. J'irai lui acheter un beau cadeau, demain... Pour lui remonter le moral. Que penserais-tu d'un joli collier ? Cette brute lui a cassé celui que tu lui avais offert pour Noël...

Armand hausse les épaules.

— Pourquoi pas.

— Je l'aime tellement, cette petite, ajoute-t-elle. C'est comme ma fille, tu sais...

Impossible de savoir si elle est sincère ou si elle simule. Le chirurgien ne répond rien. Il se contente d'éteindre la lumière. Mais quelques secondes plus tard, il vient se coller à sa femme. Elle sent sa main autoritaire se poser sur son épaule et descendre le long de son bras. Elle ferme les yeux et murmure :

— Tu veux que je rallume la lumière ?
— Oui.

L'homme monte l'escalier d'un pas silencieux mais assuré. Arrivé en haut, sans aucune hésitation, il tourne à gauche.
Un tapis recouvre le couloir en son centre. Idéal pour passer inaperçu.
Il délaisse une première porte et s'arrête devant la seconde.
Celle de la chambre de Maud.
D'un geste précautionneux, il abaisse la poignée...

... Maud ouvre les yeux.
Quelque chose vient de la réveiller. Un bruit étrange.
Sa main voudrait attraper l'interrupteur. Mais son corps est paralysé.
Seul son cœur fonctionne encore.
À plein régime.
On dirait même qu'il bat dans son ventre et dans sa tête.
La faible clarté du dehors lui suffit pour distinguer une masse sombre au pied de son lit. Juste en face d'elle.
— Je suis revenu, ma poupée !
Soudain, une main gigantesque s'abat sur son visage...

D'une main, Armand serre les poignets de sa femme. Il lui tient toujours les poignets pendant qu'ils font l'amour.

Si on peut appeler ça faire l'amour.
De l'autre main, il a attrapé ses cheveux.
Il s'est positionné derrière elle, y met toutes ses forces.
À quatre pattes sur le matelas, la tête enfoncée dans l'oreiller, Charlotte pousse des gémissements étouffés.
Lui, des râles qui ont quelque chose de bestial…

… Maud suffoque.
Elle se débat.
L'homme serre ses mains autour de son cou. Il l'empêche de respirer, la regardant mourir lentement…

— Continue ! gémit Charlotte.
Pas besoin de lui faire croire qu'elle en veut encore. Armand n'avait pas l'intention de s'arrêter. Juste de changer de position.
Maintenant, sa femme est sur le dos. Lui est entre ses jambes.
Il recommence, avec toujours la même brutalité.
Il fixe sa femme.
Elle a le visage de Maud.

… Maud parvient soudain à entrouvrir la bouche. Avec une violence inouïe, elle mord la chair ennemie.
Le sang coule jusque dans sa gorge.
Alors, elle hurle de toutes ses forces…

Charlotte continue à gémir sous les assauts de son mari.

Elle ferme les yeux. Enfin, ce n'est plus le visage d'Armand qu'elle imagine au-dessus du sien.

C'est celui de Luc.

… Maud ouvre les yeux.

Son corps est couvert de transpiration. Son souffle est court, haletant. Son cœur bat n'importe comment, ses mains serrent les draps humides.

D'un geste tremblant, elle allume la lumière.

Personne. La chambre est déserte. Pourtant, elle aurait juré…

Elle a l'impression que le lit est un fragile esquif au milieu d'une mer démontée.

Putain de somnifères !

Elle retombe sur le dos, garde les yeux rivés au plafond, la lumière allumée. Maud voudrait se rendormir mais lutte pour ne pas replonger tête la première dans cet atroce cauchemar.

Pendant quelques secondes, elle songe à appeler Luc. Puis elle se résigne ; la honte serait trop forte.

Chaque nuit, il est là.

Chaque nuit, il revient.

Pour l'achever.

Maud voudrait se rendormir. Mais les bruits écœurants qui proviennent de la chambre d'à côté l'en empêchent. Malgré elle, son cerveau plaque des images ignobles sur la bande-son.

Son père en train de baiser Charlotte.

Maud a envie de vomir. Alors, elle attrape son portable, sélectionne un album à la va-vite et se colle les écouteurs dans les oreilles.

Depuis longtemps, elle vendrait son âme au diable pour ne plus les entendre.

Cette nuit, la chaleur est étouffante.
Pas un brin d'air.
Allongé au milieu de son lit, Luc écoute l'appel monotone d'une chouette esseulée.
Son pistolet, chargé, est posé sur la table de chevet.
Marianne est allongée près de lui, en chien de fusil. Elle le regarde, silencieuse et préoccupée.
Trois nuits d'affilée que Luc ne dort pas. Alors, il avale un calmant. Histoire de rêver deux ou trois heures.
Rêver.
À un autre passé.
Un autre avenir.
Une autre vie.
Un autre lui.

La chouette crie toujours. À intervalles réguliers.
L'homme escalade le mur d'enceinte de la propriété…

11

L'impression qu'on tape sur son crâne avec une masse.

Luc se réveille brusquement et réalise qu'on tambourine à la porte de son studio. Il bondit hors du lit, enfile un jean à la va-vite et se précipite vers la porte d'entrée.

Armand Reynier est sur le seuil. Vu sa mine renfrognée, il n'a pas dû se lever du bon pied. Luc n'a pas le temps d'ouvrir la bouche, le professeur le bouscule et entre dans la pièce comme s'il donnait l'assaut.

— Bonjour, monsieur, marmonne Luc en se frottant les yeux.

— Je vous réveille ? balance Reynier d'un ton perfide.

Le jeune homme consulte sa montre. Six heures et demie. Cela faisait bien longtemps qu'il n'avait pas aussi bien dormi.

— Qu'est-ce qui se passe ? demande-t-il d'une voix enrouée.

Armand vient se coller à quelques centimètres de lui.

— Il se passe qu'on a eu de la visite cette nuit, monsieur le garde du corps...

— Hein ?

— Il est revenu.

Luc reste bouche bée. Armand pose brutalement ce qu'il tient dans la main sur la table basse.

— J'ai trouvé ça punaisé sur la porte du garage. Lisez, ordonne-t-il.

Luc récupère la feuille, la déplie lentement, comme si elle pouvait lui exploser entre les mains. Un message, comparable au précédent, confectionné grâce à des lettres découpées dans un journal.

— *C'était un 19 septembre, rappelle-toi...*

Le jeune homme relève la tête vers son employeur.

— Ça évoque quoi, pour vous, le 19 septembre ?

— C'est l'anniversaire de Maud, répond le chirurgien.

Luc baisse à nouveau les yeux vers le message. Concis, mais explicite.

— Maud est née le 19 septembre 1994, ajoute Reynier.

— Rien d'autre ne s'est passé un 19 septembre ? insiste Luc.

— Non, rien d'autre. Ça me semble clair : ce fou est obsédé par ma fille. Et il rentre chez moi quand bon lui semble.

Le professeur fait quelques pas dans le studio avant de revenir à la charge.

— Je me demande bien pourquoi je vous paye ! crache-t-il à la figure de Luc.

— Doucement, monsieur Reynier... D'abord, vous ne m'avez pas encore payé. Et puis je ne suis pas un chien de garde. Je ne peux pas passer toutes mes nuits couché devant le portail à aboyer quand quelqu'un entre.

— Je n'ai plus de chien, rappelle Armand. Parce que ce taré l'a massacré... Vous vous souvenez ?

Luc s'assoit sur une chaise et passe une main dans ses cheveux ébouriffés.

— Bien sûr que je m'en souviens puisque j'étais là... C'est moi qui ai empêché ce salopard de violer Maud et sans doute de la tuer... *Vous vous souvenez ?*

Le bec cloué, Reynier s'assoit à son tour et les deux hommes gardent le silence un moment.

— Il a foutu ça sur la porte du garage parce qu'il ne peut pas pénétrer dans la maison, dit soudain Luc. Il veut nous mettre la pression, nous faire peur. Il faudrait vraiment appeler la police pour qu'ils fassent des rondes la nuit... Peut-être même qu'ils accepteront de laisser une voiture en planque près de votre maison.

— Si je vous ai embauché, c'est pour ne pas avoir les flics dans les pattes, rappelle le chirurgien.

Luc se relève et récupère deux tasses dans le placard.

— Un café ?
— Je veux bien...
— Vous vous levez toujours aussi tôt ?
— Oui. À part le dimanche...

Luc insère une dosette de café dans la machine et réprime un bâillement.

— Serré ou long ?
— Serré.

Il appuie sur le bouton, observe d'un œil fatigué le café qui coule dans les tasses transparentes.

— Du sucre ?
— Non.

Le jeune homme se rassoit face à son patron et plonge un sucre dans son café. Tout en tournant la cuillère, il réfléchit.

— Pourquoi avez-vous peur des flics ? demande-t-il soudain.

Le chirurgien le dévisage avec une fureur contenue.

— Je n'ai pas *peur* des flics, corrige-t-il. Et je crois vous avoir déjà expliqué la situation, non ?

— Les poulets ne sont pas des contrôleurs fiscaux, monsieur Reynier. Ils n'iront pas fouiller les comptes de la clinique.

Comme Armand ne répond pas, Luc enfonce le clou.

— Je sens que vous me cachez des choses.

— Vous savez ce qu'il y a à savoir, tranche le professeur. Je vous demande simplement d'assurer notre sécurité.

— Ça ne marche pas comme ça, monsieur. Rien, à ce jour, ne prouve que l'auteur de ces messages est bien celui qui a agressé Maud.

— Mais…

— Écoutez-moi, ordonne Luc.

Il reprend le message déposé la nuit même, le relit à haute voix.

— *C'était un 19 septembre, rappelle-toi…* On ne rappelle pas à quelqu'un sa propre date de naissance, ça n'a pas de sens ! souligne le jeune homme.

— C'est un fou, voilà tout.

D'un mouvement de tête, Luc rejette la théorie avancée par Reynier.

— Les déséquilibrés n'ont pas pour habitude d'agir de la sorte.

— Qu'en savez-vous ? s'énerve le professeur.

— Je vous rappelle que je suis garde du corps. J'ai protégé des gens célèbres, victimes de malades mentaux. À mon avis, c'est vous qui êtes visé. Pas votre fille.

Reynier repose sa tasse un peu brutalement sur la table.

— Et si c'est vous qui êtes visé, c'est *vous* que je dois protéger. Et non Maud...

— Maintenant, c'est vous qui allez m'écouter, répond Armand. Je veux que vous restiez ici pour protéger ma fille. Moi, je peux me défendre tout seul.

— Si vous le dites...

— C'est bien clair, Luc ?

— Très clair, monsieur.

— Et vous ferez des rondes pendant la nuit.

Luc hausse les épaules.

— Comme vous voudrez. Mais il attendra que j'aille me recoucher pour venir.

— Vous pouvez aussi tomber nez à nez avec lui, espère le professeur.

— Ça se peut, en effet, admet Luc.

— Et que ferez-vous, à ce moment-là ?

— Ce que je dois faire. Je le neutralise et j'appelle la police.

— Non. Vous le neutralisez et vous m'appelez. Moi, et personne d'autre. Compris ?

Luc le fixe longuement avant de répondre.

— Je le neutralise, je vous appelle... Et ensuite ? Vous l'égorgez avec votre scalpel ?

— Vous verrez bien, conclut le chirurgien.

— Vous n'aimez pas les violeurs, on dirait !

— Pourquoi ? Vous oui ?

Luc se permet un petit sourire en coin.

— Quel homme digne de ce nom les aimerait ? rétorque-t-il.

Armand se lève et se dirige vers la sortie. Mais au dernier moment, il se retourne et ajoute :

— Si je me retrouve en face de ce fumier avec un scalpel, ce n'est pas la gorge que je lui couperai.

Le chirurgien disparaît et Luc reste longtemps à fixer la porte qui vient de se fermer.

* * *

Il court à petites foulées dans les rues calmes.

Il est à peine huit heures, Maud n'est pas encore levée. Il peut donc se permettre un jogging en dehors de la propriété. Toutefois, Luc a décidé de rester dans le quartier pour pouvoir intervenir au plus vite en cas d'alerte.

Entretenir sa forme fait partie de son métier, après tout.

D'ailleurs, dès aujourd'hui, dans un coin de l'immense garage, il s'aménagera une mini-salle d'entraînement avec l'accord du maître des lieux. Un sac de frappe, un punching-ball, une barre pour les tractions, un mannequin de bois...

Il croise une vieille dame qui promène son chien, la salue d'un signe de tête. Il longe de magnifiques maisons, en partie cachées par de hauts murs d'enceinte et une abondante végétation.

Marianne aimerait vivre ici. Dans ce joli quartier, qui respire le calme et le luxe.

Luc ferme les yeux, elle arrive. Elle court à côté de lui, il entend son souffle régulier. Il accélère, elle aussi.

Marianne est une sportive, elle n'a jamais eu aucun mal à le suivre.

Il arrive devant la propriété des Reynier, appuie sur le bouton de la télécommande et monte l'allée en courant.

Sur la terrasse de son studio, il décide de poursuivre son entraînement tant qu'il est chaud. Il pousse la table et les fauteuils et commence une série de pompes. Mais il est très vite interrompu par la sonnerie de son portable.

— Allô ?
— Bonjour, Luc. C'est Maud.
— Bonjour, Maud. Qu'est-ce qui se passe ?
— Rien de grave... Tu peux venir dans la cuisine ?
— Oui, bien sûr. J'arrive.

Il pousse la porte de son studio, attrape une serviette dans la salle de bains, se sèche rapidement et change de tee-shirt avant de marcher d'un pas rapide vers la maison. Il la contourne, longe la piscine et toque à la porte.

En ouvrant, Maud lui offre un sourire timide.

— Je t'ai dérangé ?
— Non, pas du tout, je m'entraînais.
— Entre.

Il pénètre dans la cuisine où la température fait glisser un frisson le long de sa nuque.

— Vous voulez un petit déjeuner ? propose Amanda. Après tous ces efforts, vous devez avoir faim !
— Oui, je veux bien, merci.
— Assieds-toi, ajoute Maud.

Le jeune homme s'exécute et Amanda pose devant lui un mug de café et une panière de toasts.

— Ici, tu ne vas pas mourir de faim ! sourit Maud.

— Je vois ça ! Ta belle-mère n'est pas encore levée ?

— Pourquoi, elle te manque ? lance la jeune femme avec un regard oblique.

— C'était juste une question...

— Sa Majesté Charlotte prend son petit déjeuner au lit, voyons !

Luc rigole de bon cœur tandis qu'Amanda s'installe avec eux.

— Alors, comme ça, tu t'entraînes tous les matins ? demande Maud.

— Tous les jours, oui. Ça fait partie du boulot.

— Et ça consiste en quoi ? questionne Amanda.

— Muscu, course, krav-maga...

— *Krav-maga* ? répète Maud. C'est quoi, ce machin ?

— Du self-défense. Savoir désarmer un agresseur muni d'un couteau ou d'un flingue, notamment... Je fais aussi de la boxe thaï.

L'ambiance est détendue, Luc oublierait presque pourquoi il est là.

— D'ailleurs, faut que j'aille en ville récupérer quelques trucs pour m'aménager un espace d'entraînement dans le garage.

— Dans le garage de M. Reynier ? s'inquiète Amanda.

— C'est toujours mieux qu'au milieu de son salon, non ? Ne vous en faites pas, je lui ai demandé la permission et je n'abîmerai pas sa voiture !... Mais si je m'absente, ce serait bien que toi, tu ne sortes pas, ajoute-t-il à l'intention de Maud. Je n'en aurai pas pour très longtemps...

— Je t'ai justement appelé parce que je dois aller

à Nice. Le lieutenant Lacroix m'a téléphoné ce matin pour me demander de passer au commissariat. Je crois qu'il veut me montrer des photos de pervers en tout genre. Et comme papa m'a interdit de sortir seule...

— Je vais t'accompagner.

— Faut que je vous laisse, dit Amanda en préparant un petit plateau.

— Vous allez apporter le petit déjeuner à Charlotte ? suppose Luc en consultant sa montre.

— Non ! Ça, c'est pour le jardinier. Il vient d'arriver...

Amanda les abandonne et Luc termine son café.

— Je me demande si Amanda n'est pas amoureuse de Sébastien, murmure Maud avec un sourire d'adolescente. Dès qu'il arrive, elle lui saute dessus !

— Vraiment ? s'étonne Luc. Il m'a l'air un peu rustre, pourtant... Et pas très futé.

Maud hausse les épaules.

— Je sais pas. Ce qui est sûr, c'est qu'il est bizarre... Une fois, il m'a fait un cours sur la libération spirituelle et l'unité des visages de Dieu !

Luc écarquille les yeux.

— C'est quoi, ce charabia ?

— Aucune idée ! Je n'ai rien compris à ses théories... On bouge ? Quand on sera passés chez les flics, on ira récupérer ton matériel. On va prendre la caisse de Charlotte, elle est plus spacieuse que la mienne.

— Je suis à vos ordres, mademoiselle Reynier.

* * *

L'Audi de Charlotte roule sur la promenade des Anglais. Les plages sont noires de monde, la crème solaire coule à flots. Maud contemple la mer qu'un vent léger ourle d'écume. Puis son regard glisse sur la multitude de corps qui cuisent au soleil.

Elle n'a reconnu personne. Des dizaines de visages, effrayants ou banals. Mais aucun qui ressemble de près ou de loin à la brute l'ayant agressée.

Luc conduit en respectant scrupuleusement les limitations de vitesse. De temps en temps, il jette un œil à sa passagère, curieusement silencieuse.

Le lieutenant Lacroix a été surpris de le voir, mais le jeune homme est resté discret sur la raison de sa présence, préférant garder secret le contrat qu'il a passé avec Armand Reynier.

Ils ont ensuite fait un détour par la salle de sport où Luc a embarqué le matériel que l'entraîneur a bien voulu lui prêter. Il a fallu rabattre les sièges arrière de l'Audi pour pouvoir caser le mannequin de bois et le sac de frappe, mais ils ont réussi.

— On rentre ? demande Luc.
— Non, pas tout de suite...
— Tu veux aller où ?
— Là-bas, dit-elle.

Luc sourit en tournant la tête vers elle.

— *Là-bas* ? Il va me falloir un peu plus de détails pour entrer l'adresse dans le GPS !
— Là où ça s'est passé.

Embarrassé, Luc ne sourit plus.

— Je ne crois pas que ce soit une bonne idée...
— J'en ai besoin.
— Tu es sûre de toi ?
— Certaine. Et ne t'en fais pas, mon père n'en saura rien.
— Comme tu voudras.

Luc jette un œil dans le rétroviseur. Deux voitures derrière eux, dont une vieille Mercedes blanche qui les suit depuis qu'ils ont quitté le commissariat. Il ne dit rien à Maud et met un peu de musique pour détendre l'atmosphère. Dans l'autoradio, un album de rap.

— Ta belle-mère écoute ça ?
— Ma belle-mère inventerait n'importe quoi pour faire croire qu'elle est jeune.
— Remarque, elle n'est pas vieille !
— Tu es tombé sous son charme, toi aussi ? balance Maud d'un air mauvais. C'est ça ?
— Eh, du calme !
— Pardon... De toute façon, je sais bien qu'elle plaît aux mecs. Qu'elle est plus jolie que moi...

Luc la regarde encore, d'un air consterné.

— Elle n'est pas plus jolie que toi.
— Tu dis ça pour me faire plaisir.
— Même pas.

Enfin, Maud consent un sourire. Luc regarde à nouveau dans son rétroviseur. La Mercedes blanche est encore là. Elle a juste changé de file.

— Qu'est-ce que tu regardes ? demande soudain Maud. On est suivis, c'est ça ?
— Peut-être... J'ai repéré une voiture, mais à mon avis, ce n'est rien. Ne t'en fais pas.
— Je ne m'en fais pas. Avec toi, il ne peut rien m'arriver.

Ils n'échangent plus un seul mot et continuent à rouler en direction des bords de la Siagne.

En direction des lieux du crime.

Et de leur rencontre.

※ ※ ※

Il doit aller déjeuner avec un confrère, mais il a une petite heure devant lui. Alors Armand s'isole dans son grand bureau et compose le numéro de Maud.

— Bonjour, ma chérie, c'est moi.
— Salut, papa.
— Je voulais voir comment tu allais, dit-il avec un sourire tendre.
— Bof... J'ai les boules pour Charly.
— Je sais, ma puce. Je sais...
Soudain, Armand fronce les sourcils.
— Tu es dehors ? demande-t-il. J'entends du bruit, comme du vent...
— Oui.
— Dans le jardin ?
— Non, à Nice. Mais Luc est avec moi.
Les lèvres d'Armand se pincent.
— Qu'est-ce que tu fais à Nice, ma chérie ?
Elle lui explique sa visite au commissariat tandis qu'il avale son café.
— Ce flic aurait pu attendre avant de te convoquer, conclut le chirurgien. Tu es encore trop faible.
— Ça va, assure Maud. Arrête de t'inquiéter comme ça...
— Si je ne m'inquiète pas pour toi, qui le fera ? sourit son père.
— Bon, faut que je te laisse, Luc m'attend.
— Il peut attendre. Il est payé pour ça !
— À ce soir !
Il n'a pas le temps d'ajouter un mot, elle a

déjà raccroché. Reynier repose brutalement son portable sur le bureau.

C'était un 19 septembre, rappelle-toi...

***

La Mercedes blanche ne les a pas suivis jusqu'ici, bifurquant cinq minutes avant leur arrivée sur les lieux.

Fausse alerte.

Maud en a été soulagée, même si elle prétend ne pas avoir eu peur.

Elle a voulu emprunter le même trajet que le jour du drame mais s'est arrêtée avant le raccourci menant à la bâtisse en ruine.

Au-dessus de ses forces, sans doute.

Alors, ils se sont assis sur un banc, en face de la rivière. Luc attend qu'elle libère son cœur, qu'elle se mette à parler. Silencieux, fidèle et patient, il fume une cigarette.

— Tu as une petite amie ? demande-t-elle enfin.

La question qu'il attendait. Pourtant, il hésite quelques secondes avant d'y répondre.

— Oui, dit-il finalement. Elle s'appelle Marianne.

Elle a caché ses yeux derrière des lunettes de soleil, mais il devine qu'ils souffrent.

— C'est bien, dit-elle pour masquer sa déception.

— Et toi ? Tu as quelqu'un dans ta vie ?

D'un signe de tête, elle résume sa solitude.

— Elle vit à Nice ?

Sa voix a changé de partition. Plus aucune note d'espoir.

— Non, répond le jeune homme.

— Tu ne vas pas la voir souvent, ces prochains jours... Elle ne te manque pas trop ?

— Si, mais c'est comme ça.

— Tu es obligé de rester avec moi au lieu d'être près d'elle...

Vengeance bien dérisoire.

— On ne m'y a pas forcé, rappelle Luc.

— Mon père te paye bien, au moins ?

Elle a un sourire à la fois triste et cruel.

— Très correctement.

La jeune femme tourne la tête de l'autre côté.

— Maud... dis-moi ce qu'il y a.

Elle ne parvient toujours pas à le regarder. Il voit sa main gauche, encore marquée par un hématome, serrer l'anse de son sac.

— Je crois que...

— Que quoi ? l'encourage doucement Luc.

— Rien. Rien d'intéressant. Laisse tomber !

Elle se réfugie dans le silence, Luc piétine son mégot sur le sol meuble.

— Tu veux qu'on y aille ? espère-t-il.

— Non, pas encore.

Il peut attendre, il est payé pour ça...

— Tu penses à quoi ? lui demande Luc. Ou à qui...

— À ma mère.

— Je comprends...

— Ça m'étonnerait.

Le visage de Luc se crispe légèrement. À son tour, il regarde ailleurs. Maud arrache une herbe haute, juste à côté du banc. Avec de la rage plein les mains, elle la réduit en confettis.

— C'est ma faute si elle est morte.

Luc décide de ne pas l'interrompre. Mais il la regarde à nouveau, pour lui montrer qu'il l'écoute.

« C'est papa qui m'a raconté, parce que moi, je ne m'en souviens pas. Seulement quelques images, un peu floues... Rien de plus. J'avais même pas quatre ans. C'était un accident, comme il en arrive peut-être souvent. Il faisait nuit, c'était l'hiver. Juste avant le repas du soir... Papa était rentré et je me souviens qu'il criait. Maman et lui se disputaient. Papa m'assure que non, pourtant, dans mon souvenir, ils n'arrêtaient pas de se hurler dessus. Mais que valent les souvenirs quand on a trois ans ?

Je suis sortie de la maison pour aller dans le jardin. Sans doute pour ne plus les entendre s'engueuler... Quand mes parents se sont aperçus que je n'étais plus là, ils se sont mis à ma recherche. Papa m'a dit qu'à l'époque, la maison était en travaux, que le jardin n'était pas encore clôturé. Et qu'ils avaient peur que je sois partie sur la route. Que je me fasse écraser par une voiture, tu vois...

Ils m'ont cherchée partout. Il paraît que je m'étais cachée au fond du jardin, dans une sorte de cabane que papa m'avait construite. Il m'a récupérée et ramenée à la maison. C'est après qu'il a retrouvé maman. Dans la nuit, elle était tombée dans la piscine. Comme l'eau était froide et qu'elle ne savait pas bien nager, elle s'est noyée... Par ma faute. »

Maud s'arrête de parler, durement éprouvée par sa terrible confession.

— C'est comme si je l'avais tuée, murmure-t-elle.

— Non ! répond Luc. Tu ne dois pas penser ça. C'est absurde.

— Pourquoi, *absurde* ? Je ne l'ai pas voulu, mais

en allant me cacher dans le jardin, en pleine nuit, j'ai provoqué sa mort.

— Ton père te l'a reproché ?

— Jamais, non. Il m'a raconté tout cela quand j'avais une dizaine d'années. Quand j'ai voulu savoir... Au début, il m'a juste dit qu'elle s'était noyée et qu'il n'avait pas réussi à la réanimer. Mais j'ai insisté. Je lui ai demandé des détails. Alors, il m'a raconté.

— Il n'aurait pas dû. C'est criminel de dire ça à une enfant !

— Le psy a dit que c'était mieux qu'un mensonge ou qu'un non-dit. Parce que quelque part au fond de moi, je le savais. Je l'ai toujours su... Le souvenir de cette nuit est là, quelque part en moi. Enfoui dans ma mémoire. Depuis que je sais, j'ai souvent rêvé que je me noyais. Et je ne me suis plus jamais baignée dans cette maudite piscine... Ni dans celle-là ni dans une autre, d'ailleurs. Mon père a voulu rester dans cette maison, malgré le drame. Il dit que c'est parce que maman avait choisi elle-même cet endroit. Parce qu'elle rêvait que j'y grandisse. Il dit que rester là, c'est une façon de réaliser ses volontés. D'honorer sa mémoire...

Luc allume une nouvelle cigarette, en propose une à Maud. Lorsqu'elle l'allume, ses doigts tremblent un peu.

— Merci de m'avoir écoutée, dit-elle.

Luc prend sa main et y dépose un baiser.

— Merci à toi de m'accorder tant de confiance, répond-il d'une voix troublée. Il te reste de la famille, du côté de ta mère ?

— Ma grand-mère, Aurélia.

— Tu t'entends bien avec elle ?
— Je ne l'ai plus jamais revue.
— Pourquoi ?
— Papa m'a dit qu'elle avait pété les plombs après le décès de sa fille... Qu'elle était devenue hystérique. Qu'elle disait que j'étais une enfant maudite, qu'elle m'accusait d'avoir provoqué l'accident et qu'elle ne voulait plus me voir. Plus jamais...
— Une enfant *maudite* ? Elle était vraiment devenue cinglée !
— Sans doute.
— Tu sais où elle vit ?
— D'après papa, elle est dans un hôpital psychiatrique. Elle y a été internée moins d'un an après la mort de maman.

Elle se lève et le regarde fixement.

— On y va ?
— Tu veux rentrer ? suppose-t-il en se mettant debout à son tour.
— Non. Je veux retourner là-bas.

Elle attrape la main de Luc et ils marchent en direction du pont. Ils arrivent bien vite au petit sentier qui monte vers le parking, ce fameux raccourci qu'elle empruntait à chacune de ses balades. Dès qu'ils commencent à gravir le chemin, Luc sent qu'elle serre sa main plus fort. Bientôt, ils voient se dessiner la bâtisse en ruine devant eux.

En pleine journée, l'endroit est moins inquiétant. Pourtant, Maud a du mal à respirer.

Pourquoi ce pèlerinage ? Luc ne comprend pas vraiment, se contente de suivre sa protégée.

Près de la maison délabrée, Maud lâche sa main et

s'accroupit. Son doigt effleure une pierre. Une tache rouge se dessine en son milieu.

— C'est le sang de Charly, murmure-t-elle.

Elle se met à pleurer et Luc pose une main sur son épaule. Elle se redresse et, soudain, son corps se raidit d'effroi. Elle est tournée vers la maison, ses yeux hurlent de terreur.

Luc se retourne précipitamment et aperçoit alors la silhouette à contre-jour.

— C'est lui, murmure Maud.

12

Un homme, de grande taille, se tient debout près de la maison. Gêné par le soleil, Luc fronce les sourcils. Il ne distingue aucun détail, seulement sa silhouette massive.

— Ça m'étonnerait que ce soit lui, dit-il à voix basse.

— Si ! J'en suis sûre ! fait Maud d'une voix déformée par la peur.

— Calme-toi, je suis là. Reste derrière moi.

Luc continue de fixer l'homme, immobile telle une statue de pierre, à une trentaine de mètres d'eux. Lui aussi regarde dans leur direction.

Alors, Luc prend la clef de la voiture dans la poche de son pantalon et la passe discrètement à Maud. Puis il murmure :

— Je vais aller voir...

— Non !

— Toi, tu restes là. Et si jamais ça tourne mal, tu cours jusqu'à la voiture et tu files, ajoute-t-il d'une voix posée. Compris ?

— Non, n'y va pas ! supplie Maud. Partons !

— Fais ce que je te dis.

Il l'oblige à lâcher sa main et elle reste pétrifiée au milieu du sentier, tandis qu'il s'approche de la silhouette.

— Salut, mon petit cœur ! Tu as amené ton garde du corps, aujourd'hui ?

Maud cesse de respirer. Son instinct ne l'avait pas trompée.

Luc pose la main sur la crosse de son pistolet.

— Je suis armé.

— Vraiment ? Et tu vas tirer sur moi ? raille l'homme. T'as envie de finir en prison ?... Tu te prends pour un flic, mon garçon ?

Maud tremble de la tête aux pieds.

— Reviens, Luc ! On s'en va ! s'écrie-t-elle.

L'homme se met à rire.

— *Reviens, Luc ! On s'en va !* imite-t-il d'une voix moqueuse. Mais non, reste là, voyons ! On n'a pas terminé, la dernière fois...

— Tu ne vas rien terminer du tout, prévient Luc. C'est moi qui vais t'achever.

— Ouh ! Me voilà mort de peur ! Eh bien qu'est-ce que tu attends ? Approche ! Moi, je n'ai plus rien à perdre... Et toi ?

Luc dégaine son pistolet et le braque vers l'agresseur.

— T'as raison, dit-il. Je n'ai pas le droit de te buter. Mais si je te tire dans les jambes, je ne risque pas grand-chose...

Il arme son Glock, le bruit fait sursauter Maud.

— Et je ne vais pas m'en priver.

En même temps que Luc appuie sur la détente, l'homme se jette sur le côté, derrière le mur de la bâtisse.

— Va-t'en ! hurle Luc à l'intention de Maud.

Aussitôt, elle se met à dévaler le sentier en courant. Pourtant, après quelques mètres, elle s'arrête net et se retourne. Elle voit Luc qui monte vers la bâtisse, l'arme pointée devant lui. Elle se réfugie derrière un arbre, incapable d'abandonner le jeune homme. Comme si, en partant, elle le condamnait à mort. Elle serre la clef de la voiture dans sa main, sent les larmes inonder ses joues.

— Luc ! gémit-elle.

Il tourne la tête et, d'un geste de la main, lui enjoint encore de s'éloigner. L'homme en profite pour surgir de derrière la maison et se jeter sur lui. Le pistolet est projeté à plusieurs mètres. Les deux hommes sont à terre, Maud réprime un hurlement. L'inconnu, en position de force, assène plusieurs coups de poing à Luc, qui tente de se dégager. Il parvient enfin à repousser son agresseur et se relève prestement. Les deux hommes se retrouvent face à face. Le géant sort un poignard de sa poche.

Malgré le sang qui coule de son arcade sourcilière explosée, Luc voit étinceler la longue lame.

— Bon voyage, mon garçon...

L'agresseur passe à nouveau à l'attaque, le jeune homme esquive. Le couteau frôle son torse, il saisit le bras de son adversaire et le tord jusqu'à ce que la main épaisse lâche le couteau. L'homme hurle, le poignet sans doute cassé. Luc le plaque contre le mur de la bâtisse, lui porte une série de coups en pleine tête. L'inconnu encaisse et parvient même à riposter avec une force phénoménale qui envoie le garde du corps au tapis. Il prend alors la fuite en courant et Luc s'élance aussitôt à sa poursuite. Maud le voit disparaître dans les fourrés, un terrible silence s'abat sur elle. Elle entend seulement son cœur qui s'emballe.

Pourvu que Luc revienne. Sain et sauf.

Quelques secondes plus tard, son vœu est exaucé. Elle voit réapparaître le jeune homme près de la bâtisse en ruine. Il redescend vers elle à petites foulées et récupère son pistolet au passage. Il le remet dans le holster avant de rejoindre sa protégée.

Elle se jette dans ses bras en pleurant, il caresse ses cheveux.

— Il m'a échappé, murmure-t-il. Viens, ne restons pas là…

Tout en marchant, il essuie avec un mouchoir le sang qui inonde son visage. Bien vite, ils arrivent à la voiture et se réfugient à l'intérieur.

— Je suis désolée, gémit la jeune femme. Mais comment il a su qu'on était là ?!

— Il nous a suivis, révèle Luc. C'est moi qui suis désolé, Maud.

Elle prend un paquet de kleenex dans son sac et continue à essuyer délicatement le sang qui coule de son front.

— Il faut que tu ailles aux urgences, dit-elle.

— Non, ça ira. Je te ramène à la maison.

Il met le contact et démarre nerveusement, gardant les yeux dans son rétroviseur.

13

Luc est assis sur une chaise, torse nu. Armand enfile des gants de chirurgien et commence par nettoyer le visage de son patient à l'aide d'un coton imbibé d'eau.

Assise de l'autre côté de la table de cuisine, Maud se ronge les ongles. Dès qu'elle l'a appelé, son père a tout quitté.

— Il vous a copieusement refait le portrait, ce salaud, dit-il.

— J'ai connu pire, révèle Luc.

— Il va falloir des points sur l'arcade.

— C'est indispensable ?

— Vous voulez m'apprendre mon métier ?... Et lui, il est aussi amoché que vous ?

— Je lui ai pété le bras et peut-être la mâchoire, répond Luc sans aucune gloire.

— Génial ! rétorque Armand. J'espère qu'il n'a pas trop souffert, au moins ?

— Arrête, papa, prie Maud.

Reynier saisit la bouteille d'alcool et, sans la moindre délicatesse, désinfecte les différentes plaies qui émaillent le visage de Luc. Puis il enfile un masque et passe à la suture.

Luc serre les dents tandis que Maud l'encourage d'un sourire anxieux. Pendant que son père officie, elle ne se lasse pas de regarder le jeune homme.

Chaque seconde qui passe le rend plus beau encore à ses yeux. Mais malgré ce qui vient de se passer, malgré la terreur et l'effroi, un prénom continue de résonner dans sa tête.

Marianne.

— Dès que j'ai terminé, on va avoir une petite explication tous les trois, prévient Reynier.

— Concentrez-vous sur ce que vous faites ! conjure le jeune homme. Je n'ai pas envie de rester défiguré à vie.

— T'inquiète, papa ne va pas te rater, dit Maud.

— Ça, c'est sûr, marmonne Luc.

Il remet sa chemise tachée de sang, tandis que Reynier range les instruments dans sa trousse de secours.

— Maintenant, vous allez m'expliquer ce que vous foutiez là-bas avec ma fille, exige le professeur.

— C'est moi qui ai voulu y retourner, s'accuse Maud en baissant les yeux.

Charlotte choisit ce moment pour faire irruption dans la cuisine.

— Laisse-nous, ordonne son mari.

Elle lève les yeux au ciel et claque la porte. Reynier tourne la tête vers Luc.

— Ça ne vous est pas venu à l'idée de l'en empêcher ?

— J'ai essayé, assure le jeune homme. Mais elle m'a dit qu'elle en avait besoin. Et rien ne pouvait me laisser présager qu'il nous attendrait là-bas. Comment aurais-je pu le deviner ?

Armand fait les cent pas dans la cuisine.

— Et lui, comment il l'a deviné ? lance-t-il.

— Il nous a suivis.

Le chirurgien le fixe d'un air hargneux.

— Et vous ne vous en êtes pas aperçu ? Dites-moi, vous êtes garde du corps ou boulanger ?

— Je suis désolé, monsieur Reynier. Je crois en effet que je n'ai pas été assez attentif...

— C'est faux ! dit Maud. Tu m'as dit que nous étions suivis par une Mercedes blanche !

— Je ne comprends pas... Cette bagnole, je l'ai remarquée après le commissariat mais pas avant... Pas quand nous sommes partis d'ici. C'est pour ça que je ne me suis pas méfié plus que de raison.

— En clair, ça veut dire quoi ? l'interrompt Reynier. Que vous avez de la merde dans les yeux ?

— Peut-être, admet humblement Luc. Mais il y a malheureusement une autre hypothèse...

— Laquelle ?

Luc se lève et va se planter devant la porte-fenêtre.

— Il savait où nous allions.

— Mais c'est impossible, dit Maud. J'ai décidé ça sur un coup de tête !

— Il savait que nous allions au commissariat, rectifie Luc. Il nous attendait là-bas et nous a suivis ensuite jusqu'à la rivière. Mais il a pris soin de bifurquer bien avant le parking pour m'enfumer... S'il nous avait filé le train depuis ici, je m'en serais aperçu !

— Et comment aurait-il pu savoir que vous alliez chez les flics ? demande Reynier.

— C'est bien ça le problème, répond Luc en se

retournant vers le père. Si c'est le cas, ça veut dire que quelqu'un l'en a informé...

— Que voulez-vous dire ?

— Un complice au sein de la police ou... quelqu'un qui habite ici.

Un profond silence s'abat sur la pièce.

— Vous délirez ! réagit soudain Reynier. Vous avez été incapable de vous apercevoir que ce fou vous suivait depuis la maison, voilà tout ! Vous avez commis une faute, n'essayez pas de faire porter le chapeau à je ne sais qui !

Luc serre les mâchoires.

— Vous avez sans doute raison, dit-il. Il vaudrait mieux que je m'en aille...

— Non ! s'écrie Maud.

Son père la regarde de travers. Puis il s'adresse à Luc d'un ton sec.

— Laissez-moi en tête à tête avec ma fille, je vous prie.

Le jeune homme attrape sa veste et quitte la maison. En redescendant vers son studio, il tombe nez à nez avec Charlotte. À croire qu'elle l'attendait.

— Mon mari vous a congédié pour rester seul avec sa petite fille adorée ? suppose-t-elle.

— En plein dans le mille, madame.

Elle avance une main vers son visage tuméfié, il ne bouge pas. D'un doigt, elle effleure le pansement parfait réalisé par son mari.

— Vous faites un métier dangereux...

— Parfois.

— Qu'est-ce qui s'est passé, au juste ?

Luc soupire.

— Je viens de tout raconter à M. Reynier. Je suis certain qu'il vous fera un topo complet.

— N'en soyez pas si sûr... Racontez-moi, voulez-vous ?

Un terrible mal de crâne s'empare de lui. Pourtant, avec une patience d'ange, il lui relate les événements de la matinée.

— C'est incroyable, cette histoire, murmure Charlotte. J'en ai la chair de poule ! Savoir que ce malade rôde autour de la maison...

Elle scrute le jardin, comme si elle craignait de le voir surgir de derrière un bosquet.

— Dans l'état où je l'ai mis, il n'est pas près de revenir, espère Luc.

— Allez vous reposer. Vous l'avez bien mérité...

Il ne se fait pas prier plus longtemps et retourne s'enfermer dans son studio. Il enlève ses vêtements, s'offre une douche bien chaude en évitant de mouiller le pansement et s'allonge au milieu de son lit, les bras en croix.

***

— Je n'arrive pas à croire que ce type nous a suivis, murmure Maud.

Elle est toujours assise à la même place, le regard un peu perdu. Son père vient derrière elle, pose les mains sur ses épaules gracieuses.

— Qu'est-ce qu'il me veut, putain ?

Une larme coule sur sa joue, Armand ferme les yeux.

— Ne pleure pas, ma chérie. Ça va s'arranger, tu verras.

— Il faut que j'appelle Lacroix... Faut que je lui raconte ce qui s'est passé ce matin !

— Ça ne servira à rien, prédit Reynier d'une voix aussi douce que ferme. Mais je m'en chargerai, promet-il.

Maud fait pivoter sa chaise et se blottit contre son père.

— Heureusement que tu as fait venir Luc à la maison !

— Je me doutais qu'il n'en resterait pas là, continue Armand. C'est pour ça que j'ai pris cette décision...

— Mais comment tu pouvais le savoir ?! s'écrie-t-elle en levant les yeux vers lui.

Il caresse ses cheveux, l'embrasse sur le front.

— J'ai trouvé un message de menaces à ton égard... Accroché sur le portail, ment-il. Alors, j'ai tout de suite appelé Luc.

— Un message ? Mais pourquoi tu ne m'en as pas parlé ?

— Je ne voulais pas t'affoler. Tu étais déjà assez marquée par l'agression pour que je n'en rajoute pas... Tu comprends ?

Elle s'écarte de lui, pose les coudes sur la table. Alors, il vient s'asseoir en face d'elle.

— Ma chérie, j'ai fait tout cela pour te protéger, rien d'autre.

— Tu aurais dû me le dire... J'ai plus trois ans, merde !

Trois ans.

L'âge où j'ai tué ma propre mère.

— OK, j'aurais dû t'en parler, pardonne-moi. J'ai cru bien faire en t'épargnant.

— Que disait ce message ?

— Rien de précis, élude Armand. Mais j'ai compris qu'il t'était destiné. Que tu étais en danger...

— Montre-le-moi, exige-t-elle.

— Je ne l'ai pas ici. Il est dans mon coffre, à la clinique, prétend-il.

Elle soupire en signe d'agacement.

— Dis-moi ce qu'il y avait d'écrit...

Il soupire à son tour, embarrassé.

— C'était juste une photo de toi, prise à distance.

Les yeux de Maud s'arrondissent de frayeur.

— Une photo de moi ? Mais comment il a pu...

— Il devait te surveiller depuis un moment, avant l'agression. Il a dû se planquer dans la rue et faire un cliché quand tu sortais.

— Merde... Il est complètement barge, ce type !

— D'après ce que vous m'avez raconté, Luc l'a blessé, ce matin... C'est vrai ?

— J'étais loin, mais oui, il l'a frappé à plusieurs reprises.

— J'espère que ça suffira à l'éloigner définitivement.

— Tu vas appeler les flics ?

— Oui, je te le promets. Et je vais te trouver un garde du corps plus efficace.

Maud reste bouche bée.

— Il n'a pas assuré, poursuit Armand. Je n'ai plus confiance en lui...

— Tu es injuste, reproche Maud. Il m'a sauvé la vie à deux reprises, ça ne te suffit pas ?

— Il aurait dû s'apercevoir que vous étiez suivis et n'aurait jamais dû accepter de te conduire là-bas.

— Il a fait ce que je lui ai demandé ! rappelle Maud en haussant le ton. Et de toute façon, si tu embauches un autre garde du corps, je refuserai qu'il reste près de moi.

Sa voix s'est faite menaçante, alors Armand attrape sa main.

— Qu'est-ce qui se passe, Maud ?
— J'ai peur, voilà ce qui se passe !
— Je ne parle pas de ça... Ne me dis pas que tu es en train de t'enticher de Luc ?
— Mais non, qu'est-ce que tu vas chercher ! Je me sens en sécurité avec lui, c'est tout ! C'est bien pour ça que tu le payes, non ? Pour que je me sente en sécurité ?
— Pour que tu *sois* en sécurité, ma puce.
— Ne le renvoie pas, conclut-elle en se levant. Je ne te le pardonnerai pas.

Elle quitte la cuisine en claquant la porte un peu fort. Armand passe une main sur son visage fatigué. Il consulte sa montre et réalise qu'il est temps pour lui de retourner à la clinique.

14

L'homme est en caleçon, assis sur son lit défait. Un énorme tatouage orne son dos, tête de mort coiffée d'un béret vert, autour de laquelle sont inscrits deux mots.

Honneur et fidélité.

La fenêtre ouverte lui crache une haleine bouillante et fétide en pleine figure ; le bruit des voitures et des camions qui circulent sur le grand boulevard est assourdissant. Son bras droit est maladroitement bandé depuis le coude jusqu'à la main et lorsqu'il tente de bouger ses doigts, un râle de douleur lui échappe.

— Encore un peu et ce petit con me pétait le bras ! marmonne-t-il.

Il se lève dans un mouvement las et passe dans la salle de bains crasseuse qui jouxte la chambre. Il s'asperge le visage et la nuque puis considère son reflet dans le miroir moucheté de gouttelettes d'eau.

Un boxeur qui descend du ring.

Il ne sortira pas pendant quelques jours ou seulement à la faveur de l'obscurité.

En traînant les pieds, il se rend dans la cuisine et

s'arrête quelques secondes devant le portrait du petit garçon. Il lui offre un drôle de sourire.

— T'inquiète pas, petit. Je m'en remettrai.

Il jette un œil dans le frigo quasiment vide.

— Putain de merde... Y a jamais rien là-dedans !

Il attrape un vieux morceau de fromage et une boîte de pâté. Il récupère ensuite une demi-baguette de la veille et se confectionne un sandwich qu'il aura du mal à avaler.

Lorsque son portable sonne, il décroche sans hâte.

— Oui ?

— C'est moi, dit la voix. Je vous dérange, on dirait ?

— J'suis en train de bouffer.

— Comment ça va ?

— J'arrive plus à bouger mon bras, putain !

— Ce sont les risques du métier, soupire la voix.

— Ouais... Qu'est-ce qu'il y a ?

— Je souhaitais voir la suite avec vous. Mais peut-être voulez-vous abandonner ? Je vous sens... fatigué.

— J'suis pas fatigué, OK ?

— Parfait. Dans ce cas, ouvrez bien vos oreilles... Parce qu'on va passer à la vitesse supérieure.

— Il serait temps !

L'homme mord dans son sandwich.

— Annoncez la couleur, je vous écoute.

15

Luc s'est endormi.
Là, au beau milieu de son lit.
Au beau milieu de l'après-midi.
Tourné sur le côté, replié sur lui-même.
De ses yeux fermés coule un flot de larmes acides.
De sa bouche entrouverte coule une complainte sans fin.

Maud n'a pas réussi à dormir.
Elle a déjà rempli une corbeille de mouchoirs.
Impossible d'endiguer sa peine. À intervalles réguliers, son cœur se serre dans sa poitrine, comme si deux puissantes mains tentaient de le broyer pour en extraire la vie. Dans son cerveau, les images se mélangent, se déforment. Elle revoit l'homme près de la rivière. Le revoit en train de massacrer Charly. Elle se revoit mourir sous les coups de ce salaud.
Ces images-là sont curieusement floues. Douloureuses, mais floues. Comme si elles étaient reléguées au second plan.

Les seules images nettes sont celles de Luc en train de lui sauver la vie, à deux reprises.

Luc en train de lui sourire. Sa voix, son visage, ses yeux, ses mains.

Maud se demande si elle n'est pas en train de devenir cinglée.

J'aurais pu mourir il y a quelques jours. Crever il y a quelques heures à peine. Ce matin, j'ai compris que je suis devenue l'obsession d'un tueur sans pitié. Que je suis en danger de mort. Et pourtant, si je chiale cet après-midi, ce n'est pas parce que je suis persécutée par un dangereux psychopathe. Si je pleure, c'est à cause de Luc. Si je souffre, c'est parce que je suis tombée amoureuse de cet homme à une vitesse incroyable.

Maud se traîne jusqu'à la fenêtre. L'esprit humain ne cesse de la surprendre... Peut-être est-ce une réaction de survie ? Peut-être que ses pensées vont tout entières vers Luc pour lui éviter de sombrer corps et âme dans la peur ?

Entre les branches d'un magnifique cèdre, elle distingue la terrasse du studio où Luc s'est installé. Il est là, tout près d'elle.

Inaccessible.

Elle voudrait frapper à sa porte, se jeter dans ses bras. Lui faire oublier cette Marianne.

Prendre sa place.

De force.

Elle retourne sur son lit, essuie ses larmes.

— Pauvre petite conne ! se maudit-elle. Pourquoi faut-il toujours que tu veuilles ce que tu ne peux pas avoir ?

Puis elle se relève, incapable de tenir en place. Dans la salle de bains, elle boit directement au robinet. En relevant la tête, elle a un mouvement de recul en apercevant son visage dévasté.

— Et pourquoi je ne pourrais pas l'avoir ?

Elle n'est pas plus jolie que toi.

Il ne parlait pas de Marianne, mais peu importe. Il me trouve jolie. J'ai senti tout de suite qu'il y avait quelque chose entre nous. Dès que je l'ai vu, dès que je me suis retrouvée dans ses bras. Alors, je vais me battre. Me battre au lieu de pleurnicher comme une gamine.

Me battre pour qu'il m'aime. Qu'il ne puisse plus se passer de moi.

Luc ouvre les yeux. Un peu sonné, il essuie ses larmes d'un geste machinal.

Le mal de crâne a survécu aux deux heures de sommeil inattendues. Il fouille les tiroirs mais ne trouve nulle trace d'antalgique.

Avec des gestes lents, il se rhabille, sans toutefois remettre son costume. Un jean et un polo suffiront.

Puis il sort et allume tout de suite une cigarette qu'il fume en marchant jusqu'à la maison. Il la termine au bord de la piscine.

Elle s'est noyée... Par ma faute.

Luc imagine le corps sans vie de la mère de Maud. Il peut presque le voir flotter. Il a déjà vu un noyé, sait à quoi ça ressemble.

Il a déjà vu la mort, sait à quoi elle ressemble.

Il connaît nombre de ses visages, tous plus hideux les uns que les autres.

Enfin, il écrase son mégot dans l'une des jarres et frappe à la porte de la cuisine. Comme personne ne répond, il se permet d'entrer. À l'intérieur, la température est toujours aussi fraîche. Luc ne voudrait pas avoir à régler la note d'électricité de cette immense baraque. De toute façon, il n'en aurait pas les moyens.

Il se met à inspecter les placards, à la recherche d'un tube d'aspirine. Soudain, la porte s'ouvre sur Amanda. Quand elle voit Luc, elle sursaute et pousse un cri ridicule.

— Vous m'avez fait peur !

— Désolé, répond le jeune homme. J'ai frappé, mais il n'y avait personne...

Comme elle regarde les portes de placard restées ouvertes, il ajoute :

— Je cherche de l'aspirine. J'ai la migraine.

— Il n'y en a pas ici, répond la gouvernante. Reste là, je vais t'en chercher.

Elle disparaît et Luc s'assoit. Il se rend compte qu'Amanda vient de le tutoyer. Ça ne le surprend guère. Entre domestiques, après tout...

Sa tête atterrit entre ses mains, le mal empire. Les points de suture le font atrocement souffrir. Heureusement, Amanda revient très vite avec le médicament et le lui prépare sans qu'il n'ait rien à demander. Tandis que le cachet se dissout, elle le dévisage attentivement.

— Tu as pleuré ?

— Non, pourquoi ?

— Tes yeux... Ils sont rouges.

— Sans doute le mal de tête, prétend Luc.

Il avale son médicament, elle continue à le regarder avec un sourire qui a quelque chose de maternel.

— Où est Maud ? demande-t-il.

— Dans sa chambre. Elle dort, je crois.

— C'est bien. Elle a subi un nouveau choc, il faut qu'elle se repose.

— Elle est solide, tu sais. Sous ses airs de petite fille fragile...

— Et Charlotte ?

— *Sa Majesté* est partie faire une course ! révèle la gouvernante.

— Ah... Je n'ai même pas entendu la voiture, avoue Luc. Je me suis endormi, j'étais crevé... Merci pour l'aspirine.

— Tu pars déjà ?

— Je vais dans le garage installer mes affaires.

— Je peux t'aider ? Je n'ai rien à faire pour le moment, ça me changera les idées.

— Pourquoi pas ?

Ensemble, ils descendent jusqu'au garage. Charlotte a eu la bonne idée de partir avec la Mini et Luc peut donc décharger l'Audi de tout son matériel. Il dégage un coin du garage, finalement heureux d'avoir l'aide efficace de la gouvernante.

Il soulève le sac de sable pour le suspendre, reprend son souffle.

— Ça a l'air lourd ! dit-elle.

— Pas loin de cinquante kilos.

— Y a quoi dedans ? Du sable ?

— Du sable dans le premier tiers, explique Luc. Le reste est rempli avec des morceaux de tissu et de la mousse.

— Pourquoi pas du sable dans tout le sac ? s'étonne Amanda.

— Trop dur ! On risquerait des fractures.

— Oh, je vois...

Curieuse, Amanda continue de poser mille et une questions sur l'usage de chaque objet.

Au bout d'une heure, la « salle » d'entraînement est prête.

Maud vérifie sa coiffure et sa tenue devant le grand miroir du dressing. Une petite tunique blanche à dentelles et manches courtes, un short en jean. Une tresse qui lui descend jusqu'à la cambrure des reins. Elle a camouflé ses hématomes sous du fond de teint, passé un peu de brillant sur ses lèvres.

Avant de quitter la chambre, elle dépose un baiser sur la tête du bouddha géant qui trône près de la fenêtre.

— Souhaite-moi bonne chance, mon gros, murmure-t-elle. Porte-moi bonheur !

Elle descend le grand escalier et traverse la maison silencieuse. En milieu d'après-midi, Amanda regagne souvent son appartement pour des moments qui n'appartiennent qu'à elle. Maud n'est donc pas surprise de trouver le rez-de-chaussée désert. Charlotte est sans doute en train de se faire bronzer sur une plage privée, un cocktail à la main et un barman dans le viseur.

Lamentable.

Maud sort par la cuisine et longe la piscine. Une tombe qu'elle doit supporter de voir chaque jour.

Une torture comme une autre.

Une punition comme une autre.

Qu'elle endure depuis dix-sept longues années.

Après avoir contourné la maison, elle se dirige directement vers la dépendance. À chacun de ses pas, son cœur accélère encore. Pourtant, elle a bien appris sa leçon, répété sa partition. Chaque mot, chaque intonation, chaque regard ou sourire.

Son plan est simple : proposer à Luc un coup de main pour installer sa salle de gym.

Sa tristesse s'est envolée, comme par magie. Décidément, l'amour lui joue de drôles de tours. Jamais elle n'avait connu pareil chamboulement.

Elle frappe doucement à la porte du studio et attend patiemment. En vain.

C'est alors qu'elle entend des voix qui proviennent du garage dont la porte est levée. Quand elle pénètre dans le sous-sol, ses yeux mettent quelques secondes à s'habituer à la pénombre. Plus elle s'approche du fond, plus son visage se décompose.

Luc tient Amanda dans ses bras. Visiblement, il lui donne un cours très particulier de self-défense.

Posté dans le dos de la gouvernante, ou plutôt collé à elle, il guide son bras droit pour lui apprendre à donner un coup de poing.

Maud reste figée à son poste d'observation de longues secondes. Luc glisse quelque chose à l'oreille d'Amanda, elle éclate de rire.

Maud a l'impression qu'on vient de lui enfoncer une lame aiguisée dans la nuque. Son corps est paralysé pendant un instant. Puis une fureur inattendue la submerge.

Une vague immense, sorte de raz de marée.

— Je vous dérange ?

Elle aurait dû partir sur la pointe des pieds. Aurait dû se contenir.

Luc et Amanda se retournent en même temps et s'écartent naturellement l'un de l'autre.

— Non, pas du tout, assure la gouvernante. Luc est en train de m'apprendre à me défendre ! Viens, c'est drôle, tu vas voir !

Luc ne dit rien. Il se contente de dévisager la jeune femme qui les foudroie du regard.

— Je n'ai pas que ça à faire, rétorque Maud. Je te cherchais, Luc.

Le ton est ridiculement autoritaire.

— Je suis là, dit-il d'une voix calme. Qu'est-ce que je peux faire pour toi ?

— Je vais sortir.

Il s'approche d'elle, sans le moindre empressement.

— Tu es sûre ?

— Pourquoi, tu as autre chose de prévu ?

— Bon, je vous laisse, fait Amanda. À tout à l'heure et merci pour la leçon, Luc. Tu es un excellent prof !

— De rien, répond le garde du corps sans lâcher Maud des yeux. Merci à toi, c'était un plaisir.

Le tutoiement n'a pas échappé à Maud. Et Luc vient d'enfoncer la lame plus profondément encore dans sa moelle épinière. Il se permet même de sourire. Un sourire auquel Maud ne trouve plus rien de charmant.

Elle le trouve seulement odieux.

Elle préférerait encore qu'il la gifle. Ça serait moins douloureux.

— Alors, tu veux aller où ? demande Luc.

Il voit bien qu'elle cherche un bon prétexte. Qu'elle improvise maladroitement.

Il hésite entre la trouver pitoyable et la trouver touchante.

— Au club d'équitation, dit-elle finalement.

— Tu me laisses un moment pour me changer ?

— Je vais chercher mes affaires. On se retrouve ici dans dix minutes.

Elle tourne les talons et s'enfuit. Elle rejoint la maison d'un pas rapide, faisant son maximum pour retenir un geyser de larmes. Elle monte l'escalier en courant et s'enferme dans sa chambre. Là où elle peut laisser libre cours à ses sanglots.

Quel connard !

Elle se jette en travers de son lit, attrape son oreiller qui étouffera ses larmes et ses cris.

J'ai été minable... Grotesque ! Mais qu'est-ce qui m'a pris !

Mon Dieu, pourquoi j'ai réagi comme ça ? Je deviens folle, c'est pas possible !

Au bout de quelques minutes, elle se rue dans la salle de bains pour constater les dégâts. Encore heureux, elle ne s'était pas maquillé les yeux. Elle passe de l'eau sur son visage, tente d'endiguer le flot qui coule sur ses joues.

Puis elle se change, passant un jean, un tee-shirt et ses bottes. Quand elle regarde par la fenêtre, elle voit Luc, déjà prêt, qui patiente près de la voiture en fumant une cigarette.

Un bon petit soldat, à ses ordres. Mais pour lui, elle n'est qu'une cliente. Une fille qu'il est payé pour protéger.

Rien d'autre.

La mort dans l'âme, elle redescend, marchant beaucoup moins vite que l'instant d'avant. Elle met des lunettes de soleil sur son nez avant de franchir la porte. Qu'il ne voie pas ses yeux. Qu'il ne se rende pas compte qu'elle vient de chialer.

Dès qu'elle s'approche, Luc ouvre la portière de l'Audi côté passager. Sans un merci, Maud s'assoit.

— C'est à quelle adresse ? demande-t-il en prenant le volant.

— Prends la direction de Vence. Ensuite, je te montrerai.

— Très bien. Attache ta ceinture, s'il te plaît.

Luc met le contact, actionne l'ouverture du portail. Avant de s'engager, il scrute les abords de la petite route. Aucune voiture ni silhouette suspecte.

— Tu as dit à ton père que tu sortais ?

— Pourquoi ? Je suis majeure, je te rappelle.

* * *

Des nuages s'effilochent dans le ciel, accroissant encore la sensation de chaleur.

Un couvercle sur une cocotte-minute.

Depuis qu'ils ont quitté la maison, ils n'ont pas échangé un mot. Luc ne peut voir ses yeux derrière les verres fumés. Mais il sait que Maud a pleuré.

Il sait qu'elle souffre.

— T'attends quoi pour accélérer ? dit-elle soudain. On se traîne, putain...

— C'est limité à soixante-dix, ici.

— Rien à foutre. Accélère, je te dis.

Luc donne un coup de volant et stoppe la voiture sur le bas-côté. Ils sont en pleine colline, dans un endroit désert.

— Pourquoi tu t'arrêtes ? crache Maud.

Il coupe le contact, enlève ses lunettes et la dévisage. Sans un mot.

— Pourquoi tu t'arrêtes ? répète-t-elle en haussant la voix.

— Tu as quelque chose à me dire, Maud ? À me reprocher, peut-être... ?

— Démarre, ordonne-t-elle sans même le regarder.

— Je ne suis pas ton chien. Parle-moi autrement, s'il te plaît.

La bouche de la jeune femme se crispe.

— Mon chien, je ne lui parlais pas comme ça, balance-t-elle. Mon chien, je l'aimais. Maintenant, démarre.

Luc fixe toujours la jeune femme, lui faisant perdre ses dernières défenses.

— Démarre, putain ! hurle-t-elle. Ou casse-toi !

Doucement, il approche son visage du sien.

— Tu veux vraiment que je m'en aille ? murmure-t-il près de son oreille.

Elle veut s'éloigner, mais il passe une main derrière sa nuque et la force à rester collée à lui.

— Alors pourquoi as-tu supplié ton cher papa de ne pas me virer ce matin ?

— Tu rêves ! bredouille la jeune femme.

Il sourit en voyant trembler ses mains.

— Du calme, Maud... Qu'est-ce qui se passe ? Tu as peur de moi ?

— Mais non !

Il accentue la pression, elle se fige.

— Si tu as quelque chose à me dire, c'est le moment, ajoute-t-il calmement. Je t'écoute...

Elle a de plus en plus de mal à respirer.

— Puisque tu ne veux pas parler, je vais le faire à ta place, poursuit Luc. Tu es tombée amoureuse de ton garde du corps... Et ça, c'est vraiment pas de veine !

Elle commence à pleurer, il ne cède toujours pas.

— Le problème, tu vois, c'est que je ne suis pas là pour baiser la fille du patron. Ni pour subir ses crises de jalousie ou ses caprices de petite fille riche. Je suis là pour te protéger d'un fou qui veut te faire la peau. Tu comprends ça, Maud ?

Elle se contente de sangloter, il resserre sa poigne.

— Je veux une réponse.

— Oui, murmure-t-elle.

— Parfait, conclut-il en la lâchant enfin.

Elle continue de trembler, n'arrive plus à s'arrêter de pleurer. Il allume une clope, attendant qu'elle se calme.

Mais elle ouvre brusquement la portière et s'enfuit. Luc jette sa cigarette et s'élance à la poursuite de sa protégée. Elle quitte la route pour s'enfoncer dans le maquis, dévalant à toute vitesse une pente abrupte. On la croirait poursuivie par une armée de monstres.

Luc la rattrape en moins d'une minute. Il la saisit par le bras, elle se débat comme une hystérique. Il la ceinture et la soulève du sol.

— Lâche-moi !

— On se calme ! ordonne Luc.

Elle lutte quelques secondes jusqu'à ce qu'elle s'épuise et se noie dans ses propres larmes. Alors, il prend le risque de la libérer et reste assis près d'elle. Elle pleure encore et encore, il laisse passer l'orage, les yeux dans les nuages.

— Je suis désolé, dit-il enfin. Je n'aurais pas dû te parler comme ça... Mais tu as réussi à me faire péter les plombs ! ajoute-t-il avec un sourire un peu triste. Pourtant, c'est pas évident...

Il lui tend un kleenex.

— Tu sais, Maud, je ne vaux pas la peine que tu te mettes dans des états pareils. Je ne suis pas un mec pour toi... Tu mérites mieux que moi, je t'assure.

— J'y peux rien, murmure-t-elle. J'arrête pas de penser à toi. Depuis que je t'ai vu...

Il ramasse une pomme de pin et la mutile consciencieusement, arrachant une à une ses écailles.

— Je suis flatté...

Elle regarde ailleurs.

— Et puisqu'on en est aux confidences, faut que je te dise que moi aussi, je suis très attiré par toi.

Elle tourne la tête vers lui, les yeux saturés d'espoir.

— Mais nous deux, ce n'est pas possible, poursuit le jeune homme. Pas maintenant, en tout cas.

— Pourquoi ?

— Pour plusieurs raisons. D'abord parce que je suis avec quelqu'un...

— Marianne, murmure Maud.

— Marianne, oui. Et puis... Et puis j'ai pour habitude de ne pas tout mélanger. Tu es la personne que je suis chargé de protéger. Alors je ne veux pas que ça aille plus loin entre nous. Tu comprends ?

Non, elle ne comprend pas. Mais sa crise de larmes semble s'apaiser.

— Alors vu qu'on a du temps à passer ensemble, je te propose qu'au lieu de s'étriper, on apprenne à se connaître... Sans penser à la suite. D'accord ?

Elle hoche la tête, essaie de lui sourire. Sans succès.

— Excuse-moi, dit-elle enfin. J'ai été ridicule, tout à l'heure. Mais quand je t'ai vu dans le garage, avec Amanda, je... je sais pas ce qui m'a pris, pardon.

Il dépose un baiser sur sa joue, elle ferme les yeux.

— Pardon accordé, dit-il.

— Merci.

— Avec ce qu'on a vécu ce matin, je crois qu'on est un peu sur les nerfs, tous les deux... Et si ça peut te rassurer, il n'y a strictement rien entre Amanda et moi. D'accord ?

— D'accord...

Il se relève et lui tend une main secourable. Ils se retrouvent debout, collés l'un à l'autre. Luc passe ses doigts dans les cheveux de la jeune femme pour y enlever quelques brindilles.

— Tu veux toujours aller au centre équestre ? demande-t-il en souriant.

— Oui. Comme ça, je te présenterai Belphégor...

— *Belphégor* ?

— C'est mon cheval.

Il l'aide à rejoindre la route, serrant toujours sa main dans la sienne. Comme s'il avait peur qu'elle ne s'échappe à nouveau.

Maud est bien trop précieuse pour qu'il prenne le risque de la perdre.

16

Assis sur sa terrasse privée, Luc fume une cigarette. Il vient de terminer son repas, gracieusement apporté par Amanda. Elle est aux petits soins pour lui, au point que ça pourrait en devenir gênant.

Cela fait une semaine qu'il habite chez les Reynier. Une semaine qu'il évolue dans cette jungle familiale où tous les coups sont permis.

Tous ou presque.

Car Armand Reynier fait régner l'ordre, tel un mâle alpha.

Dictateur tout-puissant.

Sauf qu'il ne possède pas le don d'ubiquité et ne peut pas tout voir ni tout entendre. Contrairement à Luc, devenu en un rien de temps le confident des trois femmes qui se partagent ce microterritoire hostile.

Maud se montre patiente et obéissante, le cœur gonflé d'espoir. Petite fille sage qui porte sa culpabilité en bandoulière.

Amanda joue les bonnes copines et plus si affinités. Gouvernante omnisciente, concierge zélée à ses heures perdues.

Quant à Charlotte, elle continue à le provoquer à longueur de journée, entre deux verres d'alcool.

Luc se déplace élégamment sur cet échiquier. En faisant tout de même attention où il met les pieds.

Maud est peu sortie, ces derniers jours. Alors, Luc s'est occupé comme il a pu. Course, musculation, entraînement au self-défense et à la boxe thaï. S'il reste ici plusieurs mois, il va devenir une véritable machine de guerre.

Reynier l'a autorisé à se servir dans la bibliothèque et Luc y a découvert d'inestimables trésors.

Une machine de guerre érudite.

Il consulte sa montre : vingt-deux heures et le maître des lieux n'est toujours pas rentré.

Vingt-deux heures et Luc n'a pas sommeil. Il a beau s'épuiser à courir et frapper dans le sac de sable, il ne parvient toujours pas à trouver le repos. Ou si peu.

Quelques heures par-ci par-là, à condition que la lumière reste allumée.

Dans son testament, il demandera que l'intérieur de son cercueil soit éclairé. Il est incapable de passer une minute dans le noir complet. Alors l'éternité...

Dans la poche arrière de son jean, il récupère une lettre, reçue ce matin parmi le courrier qu'Amanda lui a remis. Il la déplie, allume la lumière, et la relit pour la troisième fois de la journée.

Mon chéri,

Quelques mots pour toi avant d'aller dormir.
Quelques mots pour mon fils qui me manque tant.
Ta présence, tes sourires, la tendresse de ton regard...

J'espère que ta nouvelle mission se passe bien, que tu as rencontré des gens intéressants. Et surtout, j'espère que tu ne prends pas trop de risques.

Oui, tu me l'as souvent dit, je ne devrais pas me faire autant de souci pour toi ! Je sais que tu es un homme désormais. Un homme intelligent et fort, dont je ne peux qu'être fière.

Mais si je ne m'inquiète pas pour toi, qui le fera à ma place ?

C'est le destin d'une mère, après tout...

Avant-hier, j'ai croisé Mme Lefèbvre, ton ancienne institutrice. Tu te souviens d'elle, j'en suis sûre.

Elle est aujourd'hui à la retraite et c'est une vieille dame à l'allure fragile, aux cheveux blancs et à la peau parcheminée. Mais ses yeux, eux, n'ont pas changé !

Nous avons parlé un petit moment et je peux te dire qu'elle ne t'a pas oublié ! Elle m'a demandé de tes nouvelles, ne tarissant pas d'éloges à ton sujet. Elle espérait que tu avais suivi de longues études, parce que tu étais doué. Si doué, c'est vrai...

Mais je lui ai expliqué tes choix et elle a dit que le plus important était que tu sois épanoui dans ta vie.

Je suis bien d'accord avec ça.

Et avec Marianne, où en es-tu ? Peut-être n'as-tu pas envie de m'en parler...

Si tu as le temps, passe-moi un petit coup de fil ou écris-moi. Mais si tu es trop occupé, ne t'en fais pas pour moi. Je sais que tu penses à moi comme je pense à toi, et cela suffit à me combler.

Prends bien soin de toi, mon fils.

Je t'embrasse tendrement,

Maman

Luc range la missive dans sa poche et allume une cigarette.

— Ne t'inquiète pas pour moi, maman, murmure-t-il.

Oui, il se souvient de Magali Lefèbvre, son institutrice en classe de CM2. Il en était secrètement amoureux, mais ça, sa mère ne l'a jamais su. Il la trouvait si douce, si compréhensive. Même son parfum était délicat. Parfois, en fin de journée, Luc tardait à quitter la classe et sortait de son cartable un petit cadeau confectionné pour elle. Un dessin, un poème, une fleur séchée collée sur une feuille. Elle le remerciait, plaçait le présent dans une boîte qui trônait sur une des étagères de l'armoire en bois, toujours fermée à clef. Elle lui offrait un dernier sourire qu'il gardait dans son cœur serré tout au long du trajet qui le ramenait chez lui.

Oui, Luc se souvient de Magali Lefèbvre, comme si c'était hier…

Soudain, la Porsche approche du portail. Luc aimerait rentrer, éviter la discussion qui va suivre. Mais il n'a guère le choix. Il a des choses à dire à Reynier. De bien mauvaises nouvelles…

Dernier effort de la journée. Qui le fatiguera peut-être assez pour qu'il s'endorme.

Armand laisse la voiture devant le garage et se dirige directement vers Luc. Le jeune homme se lève pour lui serrer la main.

— Je vous attendais, dit-il.

— Que se passe-t-il ?

Luc pousse une enveloppe kraft vers le professeur.

— Qu'est-ce que c'est ?

— J'ai reçu ça, ce matin, révèle Luc. Une enveloppe à mon nom, qui en contient une autre à votre nom. Je ne l'ai pas ouverte, bien sûr.

— Je ne comprends rien, dit Armand.

— J'ai fait suivre mon courrier à votre adresse, explique Luc.

Reynier décachette la lettre, postée à Cannes. Et au fil des mots, son visage se durcit. Alors, il s'assoit en face de Luc et lui tend la feuille.

— *C'était un 11 janvier, rappelle-toi*, lit-il à voix basse.

Luc remet le message dans l'enveloppe et la rend au chirurgien, ainsi qu'il se débarrasserait de quelque chose d'encombrant. Puis, Reynier restant silencieux, il engage l'inévitable discussion.

— Ça signifie quoi pour vous, cette date ?

Armand passe une main sur son visage, comme s'il était épuisé.

Peut-être l'est-il, après cette interminable journée.

— Absolument rien, prétend-il.

— Rien d'important ne s'est passé dans votre vie un 11 janvier ? creuse Luc.

— Pas que je me souvienne.

— Ça a peut-être un rapport avec la clinique ? L'un de vos patients serait-il mort un 11 janvier ?

— Mais comment voulez-vous que je le sache ? s'écrie Reynier.

Il réalise que l'appartement d'Amanda est tout à côté et qu'elle a sans doute les fenêtres ouvertes. En suivant son regard, Luc comprend ce qui le préoccupe.

— Ne vous en faites pas, Amanda est toujours chez vous... Elle doit vous attendre, je suppose.

— Vous croyez vraiment que je me souviens du décès de chacun de mes patients ? reprend le chirurgien.

— Non, bien sûr... Mais il va falloir vérifier.

— C'est impossible ! Si j'avais un nom, je pourrais faire une recherche dans les dossiers. Mais il n'y a même pas l'année, comment voulez-vous que je fasse ?

— Je comprends, dit Luc. Et cette date pourrait-elle avoir un rapport avec Maud ?

Armand soupire.

— Aucune idée... Je ne vois rien qui se soit passé la concernant un 11 janvier.

— Il faudrait peut-être lui poser la question ?

Reynier le fusille du regard.

— Vous êtes fou, ou quoi ? Je ne veux pas que Maud soit au courant de ce message, vous m'entendez ?

En signe de reddition, Luc lève les mains devant lui.

— Vous n'avez pas intérêt à lui parler de ça, c'est clair ?

— Très clair, monsieur.

Reynier se met debout et marche de long en large sur la petite terrasse.

— Ce taré se trompe de personne, c'est pas possible !

— Bien sûr que non, monsieur Reynier.

— Et pourquoi l'enveloppe vous était-elle adressée ?
— Sans doute pour me montrer qu'il sait que je suis ici et que ça ne lui fait pas peur... Il me défie, en quelque sorte.
— Manquait plus que ça ! Putain de merde...
— Écoutez, monsieur, je vous propose de prendre quelques jours pour réfléchir à cette date. Elle a forcément un lien avec vous.
— Vous avez raison... ça doit être un patient qui est mort à la clinique. Je vais tenter de faire une recherche, mais ça va prendre un temps fou !
— C'est important, l'encourage Luc. Très important...
— OK... Je mets quelqu'un dessus dès demain.
Reynier place l'enveloppe dans la poche intérieure de sa veste.
— Bonne nuit, Luc.
— Bonne nuit, monsieur.

17

C'était un 11 janvier, rappelle-toi...

Reynier relit une nouvelle fois le message avant de le placer au fond du coffre-fort de son bureau, dans l'enveloppe où se trouvent déjà les précédentes menaces.

Il a l'impression que l'oxygène se raréfie autour de lui. Que son univers se resserre, tel un étau géant qui tenterait de broyer sa vie.

Malgré l'heure tardive, sa femme et sa fille l'attendent pour dîner près de la piscine. Mais il ne se sent pas la force de les rejoindre...

Il va pourtant bien falloir y aller. Jouer le jeu. Mentir, faire comme si c'était un soir comme les autres.

Faire comme s'il n'avait pas les pieds au bord d'un précipice.

Alors, Armand s'approche de ses chers masques africains. Il les regarde, l'un après l'autre. Certains ont été achetés en Afrique, d'autres proviennent de galeries spécialisées. Ils expriment tous quelque chose de différent et d'unique. Le calme, la sérénité, la peur ou l'effroi. Ils symbolisent les dieux, incarnent une certaine vision de la beauté féminine ou masculine.

Guerriers, sorciers, animaux...

Reynier en choisit un. Un qu'il affectionne particulièrement. Un Kran, qui protégeait le village contre les mauvais esprits. Veillait sur les femmes et les enfants. Il le prend dans ses mains, le contemple longuement.

Qui se cache sous ce masque effrayant ?

Reynier le repose avec mille précautions et se décide enfin à rejoindre sa vie.

Tant qu'il en a encore une...

***

Il est minuit et Luc est toujours assis sur sa terrasse, plongé dans la lecture d'un livre commencée quelques jours plus tôt.

Il fait encore si chaud qu'il rêve de piquer une tête dans la piscine. Mais Reynier n'apprécierait pas, c'est évident.

Luc pose le bouquin et s'étire. N'ayant pas sommeil, il décide de faire le tour du parc, histoire de se dégourdir les jambes. Et si le chirurgien l'observe, il sera satisfait qu'il fasse une ronde.

Le jeune homme récupère son arme puis descend jusqu'au portail et remonte ensuite le long du mur d'enceinte. Alors qu'il s'apprête à rentrer chez lui, il croise Amanda qui rejoint également ses appartements.

— Qu'est-ce que tu fais dehors à cette heure-là ? s'étonne-t-elle.

— Je faisais une ronde.

— Ah... Évidemment.

— Et toi ? Ils t'ont libérée, ça y est ?

— Oui, ça y est, ils ont terminé leur repas...

— Comment était l'ambiance ? interroge Luc.

— Bof... M. Reynier n'avait pas l'air dans son assiette. Maud non plus, d'ailleurs. Ça se comprend, remarque. Avec ce qui s'est passé ces derniers temps !

— C'est sûr.

— Tu as sommeil ? demande la gouvernante.

— Pas vraiment.

— Alors je t'invite à boire un dernier verre chez moi ! J'ai du Get et de la glace, ça te tente ?

Face à l'hésitation du jeune homme, elle insiste :

— Allez, tu peux boire un verre, non ? Juste un verre, pas plus...

— OK, accepte-t-il en souriant.

En entrant chez elle, il est surpris de la température qui règne à l'intérieur.

— Eh oui ! Mon appart est mieux que le tien. Il est plus grand, mieux équipé et... climatisé !

Luc hausse les épaules.

— Le mien me convient très bien.

Pendant qu'elle sort les verres, la bouteille, la glace et quelques friandises salées, Luc jette un œil à la pièce.

— C'est toi qui as décoré ?

— Oui... enfin, j'ai juste mis deux ou trois photos sur les murs et quelques objets sur les étagères. Histoire de me sentir un peu chez moi.

Luc s'intéresse à deux petites figurines colorées qui flottent dans un vase rectangulaire rempli d'eau.

— Ils sont bizarres, tes poissons rouges ! dit-il.

— Ce sont des marionnettes d'eau, explique Amanda. C'est de l'artisanat vietnamien.

— C'est original et pas besoin de les nourrir, en plus !

— Ça sert à faire des spectacles...

— Tu les as achetées au Vietnam ?

— Je n'ai jamais mis les pieds au Vietnam...

Continuant son inspection, Luc remarque un petit cadre en laiton, finement ciselé, posé sur un semainier. Il le prend pour voir de plus près la photo qu'il protège de manière si délicate.

— C'est qui ?

Comme il n'obtient pas de réponse, il se retourne. Amanda le considère avec un embarras évident.

— Ma mère, dit-elle enfin.

— Elle est belle.

— *Était*, corrige la gouvernante.

Luc repose précipitamment le cadre.

— Pardon, dit-il.

— Viens t'asseoir.

Il prend place sur le petit canapé et elle s'installe à côté de lui. Tout à côté.

— Elle est morte il y a quelque temps et je n'ai jamais connu mon père, résume-t-elle en remplissant les verres de glace pilée.

Luc est étonné qu'elle se laisse aller de la sorte à ce genre de confidences intimes. Mais d'un regard tout en douceur, il l'encourage à continuer à se livrer.

— Je suis fille unique, alors je n'ai plus de famille.

— Désolé, répond simplement le jeune homme.

Elle reste silencieuse un moment, comme si elle revivait un instant douloureux. Puis elle poursuit sa confession :

— Maman était une femme formidable... Je la

regrette beaucoup. Elle m'a élevée seule, avec son petit salaire d'aide-soignante.

— Elle était née en France ?

Amanda sourit.

— Oui, mais elle était d'origine vietnamienne. Mon père était français. Enfin, je crois.

— Elle ne t'a jamais parlé de lui ? s'étonne Luc.

— Vaguement... Mais rien d'intéressant, je t'assure.

Elle lève son verre, signe que la discussion est close.

— À la nôtre ! dit-elle.

La lumière est tamisée, Amanda a même mis un peu de musique en sourdine. Luc a l'impression d'être tombé dans un piège.

Un piège de velours et de soie.

Pourvu que Maud ne m'ait pas vu entrer chez Amanda, sinon je vais encore avoir droit à une scène !

Il a toujours son pistolet, coincé dans la ceinture de son jean et qui lui blesse les reins. Il s'en débarrasserait volontiers sur la table basse, mais craint d'effrayer la gouvernante.

Soudain, elle pose une main sur sa cuisse et remonte jusqu'à son entrejambe. Luc hésite un instant. Il déteste les complications et ce simple geste augure les pires problèmes. Mais comment résister à ses yeux sombres ? À son sourire décidé et ravageur ?

— Ne t'inquiète pas, murmure-t-elle comme si elle pouvait lire dans ses pensées. Tu me plais, c'est tout...

Luc ne dit rien. Mais son regard la dévore déjà.

— On baise et après on oublie, continue la gouvernante. Ça te va ?

En guise de réponse, il caresse son visage et l'attire vers lui. Il l'embrasse, découvre la douceur exceptionnelle de ses lèvres. Amanda soulève son polo et tombe sur le pistolet.

— Une seconde, dit le jeune homme.

Il récupère l'arme et la dépose sur la table, tandis qu'Amanda suit chacun de ses gestes. Elle semble subjuguée par le Glock. Bien plus que par son propriétaire. Elle s'écarte de lui et effleure le pistolet du bout des doigts.

— C'est juste un flingue, murmure Luc, pressé de passer aux choses sérieuses.

Amanda saisit le Glock, l'approche de son visage. On dirait qu'elle est seule avec l'arme, que Luc n'existe plus.

— C'est beau, dit-elle.
— Hein ? Tu rigoles, ou quoi ?
— Non... Je trouve ça fascinant.
— Sérieusement ?
— Oui... Tu te rends compte ? D'une simple pression, on peut donner la mort.
— Et tu trouves ça *fascinant* ?

Lentement, elle dirige l'arme vers Luc. Il ne bouge pas d'un millimètre. Tant qu'elle n'ôte pas la sécurité...

— À quoi tu joues ? demande-t-il calmement.

Son sourire a quelque chose d'inquiétant. Et le canon du Glock reste pointé sur le torse de Luc. Pourtant, son visage ne trahit aucune nervosité.

— Tu devrais poser cette arme, dit-il.
— Tu as peur ?
— Non... Pourquoi me tuerais-tu ? Tu as envie de moi, je le sais. Et mort, je serais beaucoup moins sexy, je t'assure !

Soudain, elle part dans un éclat de rire cristallin et Luc en profite pour lui confisquer le Glock en douceur.

— Oublie ce pistolet, dit-il en la prenant dans ses bras.

— Avoue que tu as eu peur, murmure-t-elle près de son oreille.

Il ne répond pas tout de suite, s'appliquant à déboutonner son chemisier. Elle a une peau incroyable. La couleur et le goût du miel.

— Allez, dis-moi que tu as eu peur ! répète-t-elle.

Il plonge ses yeux dans les siens. Mystérieux à souhait.

Il reste collé à elle, mais d'une main saisit le pistolet. Il le fait remonter sur sa peau, depuis sa taille jusqu'à son cou. Il sent que le contact du métal lui procure d'infinis frissons.

Il plante tout à coup le canon dans sa gorge.

— Tu veux savoir ce que ça fait d'être braqué par un flingue chargé ?

Elle ferme les yeux, penche sa tête en arrière, comme si elle s'offrait à la mort.

— Alors, ça fait peur ? demande Luc.

— Non… C'est même très excitant !

Elle glisse entre ses mains et se laisse tomber sur le canapé en l'entraînant dans sa chute langoureuse.

Le Glock atterrit sur le parquet et disparaît bientôt sous un amas de vêtements.

***

Luc revient de son jogging matinal. Il passe le portail et remonte l'allée de pierre d'un pas lent, reprenant son souffle.

Puis il s'installe près du bassin, sur le petit banc en bois.

C'est le coin le plus agréable du jardin. Situé à une centaine de mètres de la maison, abrité par quelques arbustes plantés en arc de cercle. De gros galets jalonnent l'étendue d'eau, entourée d'une multitude de plantes aquatiques. Un morceau d'Éden, sorte d'île déserte où il doit faire bon venir savourer de rares parcelles de solitude.

D'ici, il ne peut voir la maison, mais aperçoit la dépendance qui abrite son studio et l'appartement d'Amanda.

Il ferme les yeux, laissant les premiers rayons du soleil pénétrer sa peau.

Il n'a même pas vu sa chambre. Tout s'est passé sur le canapé du salon. Et Amanda l'a viré juste après l'amour. Sans aucun cérémonial.

Tout juste si elle ne lui a pas glissé un petit billet dans le caleçon.

On baise, et après on oublie.

Promesse tenue.

Ce qui lui convient à la perfection.

Lorsqu'il rouvre les yeux, Luc a un léger sursaut. Maud se tient devant lui. Avec le bruit de l'eau, il ne l'avait pas entendue s'approcher. Avant d'ouvrir la bouche, il la dévisage, craignant peut-être qu'elle ne soit furieuse, au courant de ses aventures nocturnes. Mais elle lui sourit tendrement, alors il se détend.

— Salut, dit-il. Tu es déjà debout ?
— Comme tu vois... Tu es allé courir ?
— Comme tu vois !

On dirait qu'elle n'ose pas s'asseoir à côté de lui,

alors il tapote le banc avec sa main pour l'y encourager.

— Je te cherchais, dit-elle en se posant près de lui.
— Pourquoi ?
— Pour te proposer de venir prendre ton petit déjeuner avec moi, sur la terrasse.
— C'est gentil. Mais ton père n'est pas encore parti, n'est-ce pas ?
— Il ne va pas tarder, dit-elle comme si elle lui révélait un important secret.
— Alors, on va patienter un peu ! répond Luc avec un clin d'œil. Tu as bien dormi ? Pas trop de cauchemars ?

Elle fixe l'eau du bassin, aperçoit la silhouette fugitive d'une énorme carpe.

— Si, un cauchemar... Un qui me poursuit depuis des années. Je le fais souvent. Rien à voir avec l'agression.
— Tu veux m'en parler ?

Elle sourit tristement.

— Ça t'intéresse ? Ça t'intéresse *vraiment*, je veux dire ?
— Bien sûr, dit Luc. Pourquoi tu en doutes ? On a bien dit qu'on devait apprendre à se connaître, non ?

Elle hoche la tête.

— Alors, je veux tout savoir de toi.

Elle pourrait écouter sa voix des heures durant. Elle est si grave, si belle. Si sensuelle.

— J'ai rêvé de ma mère, avoue-t-elle. En fait, c'est très bizarre... Je sais qu'il s'agit d'elle mais elle n'apparaît jamais dans le rêve.
— Raconte.
— C'est toujours la même chose : je suis dans

la maison, je sors de ma chambre et je descends l'escalier en courant...

Elle marque une pause, comme si les images se bousculaient dans son cerveau.

— Je sors dans le jardin et je cours encore. Il fait très froid... Mais le jardin n'est pas du tout comme tu le vois aujourd'hui : c'est une sorte de... de jungle.

— *De jungle ?*

— Oui. Il y a des arbres partout, je suis obligée d'écarter les branches pour pouvoir continuer à avancer. Il y a du vent, un vent très fort. Et puis, d'un coup, je vois que mes pieds sont dans l'eau. Et l'eau commence à monter, monter, monter...

Maud semble terrorisée. Alors, Luc prend sa main dans la sienne.

— Ça a l'air terrifiant, murmure-t-il. Et que se passe-t-il après ?

— Bientôt, j'en ai jusqu'à la taille. Et puis jusqu'au menton... il y a des branches partout autour de moi. De temps en temps, je coule comme si quelque chose attrapait ma jambe et me tirait vers les profondeurs. Alors, je me débats pour remonter à la surface et reprendre un peu d'air... Ensuite, je vois quelque chose qui flotte et que le courant envoie vers moi. Je crois que c'est un gros morceau de bois, je me dis que je vais pouvoir m'y agripper. Mais quand la... chose arrive près de moi, je m'aperçois qu'il s'agit d'un corps. Il est retourné, je vois uniquement son dos... Son dos et ses cheveux. Des cheveux longs et clairs qui flottent dans l'eau sombre. Et là, je me réveille.

Les deux jeunes gens gardent le silence un moment, regardant l'eau calme du bassin.

— C'est effroyable, ce rêve, dit enfin Luc. Tu dois être morte de peur...

La main de Maud serre la sienne, comme un naufragé s'accroche à une bouée. C'est alors qu'ils aperçoivent la Porsche qui quitte le garage et descend vers le portail. Machinalement, Luc lâche la main de sa protégée.

— Tu avais quatre ans quand l'accident s'est produit, c'est ça ? demande-t-il.

— Trois ans et demi... Maman est morte en janvier.

— En janvier ? répète Luc.

— Oui, c'était le 11 janvier...

18

Cela fait deux jours que Luc n'a pas vu le professeur. Il a seulement aperçu la Porsche le matin et le soir.

Son employeur n'a visiblement pas envie de reparler du dernier message. De ce fameux 11 janvier... Quant à Luc, il a décidé de ne pas lui révéler sa petite conversation avec Maud, préférant attendre que Reynier se dévoile.

Allongé sur son canapé, face à la télé, il s'ennuie. Il n'a plus aucun roman à lire, il faudra qu'il se faufile dans la bibliothèque pour un ravitaillement.

En ce début d'après-midi, il fait trop chaud pour s'entraîner. Températures caniculaires depuis la veille, mieux vaut rester dans la relative fraîcheur du studio.

Ainsi qu'il l'avait prévu, Amanda ne laisse rien paraître. Ils se croisent, se parlent, comme si rien ne s'était passé. Même lorsqu'elle lui apporte ses repas et qu'ils sont seuls, elle semble un peu distante.

Tant mieux. Il ne faudrait pas que Maud se doute de quelque chose.

Chaque jour, la jeune femme s'arrange pour partager un moment avec lui.

Chaque jour, Luc voit grandir le désir dans ses grands yeux bleus. Clairs comme de l'eau de roche.

Il ne fait rien pour l'encourager.

Rien pour la décourager non plus.

Il éteint la télé et s'assoit sur le sofa. Depuis ce matin, il n'est pas au mieux de sa forme. Il sent une boule se former juste sous son plexus. Une sensation qu'il ne connaît que trop bien.

Il n'a jamais supporté l'inaction. Il faut toujours que son corps ou son esprit soient occupés. Sinon, le bateau commence à dériver. Et ses vieux démons se massent sur la rive pour l'appeler sans relâche. Avec leurs visages hideux et leurs voix criardes, ils le poursuivent jusque dans ses rêves... quand il a la chance de dormir.

Le jeune homme tire un tiroir et en sort une boîte de médicaments. Il l'examine longuement, hésitant à l'ouvrir.

C'est alors que Marianne s'approche de lui, d'un pas silencieux.

— Non, tu peux encore résister, dit-elle. Tu *dois* encore résister.

Luc hésite un instant, puis la boîte retourne dans le tiroir.

Tant pis pour la chaleur, il rejoint le garage. À l'intérieur, la température doit avoisiner les trente degrés. Il enlève son tee-shirt et exécute quelques mouvements d'échauffement avant de passer aux choses sérieuses.

Frapper, encore et toujours.

S'acharner sur le sac de sable ou contre le mannequin de bois. Peu importe, du moment qu'il cogne. Qu'il enlève la soupape de sécurité. Laisse sa rage exploser.

Avant qu'elle ne le submerge.

Qu'elle ne le transforme.

Cogner, toujours plus fort.

Dans ces moments-là, il révèle son vrai visage. Sa vraie nature.

Sa vraie douleur.

Il n'est plus le jeune homme patient, docile et compréhensif. Il n'est plus le garde du corps zélé et attentif.

Il est celui que personne ne connaît.

Personne, sauf Marianne...

Soudain, la porte intérieure du garage s'ouvre et Luc s'immobilise. Charlotte se dirige vers sa voiture.

— Bonjour, madame.

Elle le détaille de la tête aux pieds tandis qu'il attrape une serviette pour s'essuyer.

— Bonjour, Luc.

Il remet bien vite son tee-shirt et s'avance pour lui serrer la main.

— Désolée de vous avoir interrompu, dit-elle.

— Pas de problème.

— Vous arrivez à faire du sport par cette chaleur ? s'étonne-t-elle. Mon mari vous dirait que ce n'est pas très bon pour la santé !

— Sans doute. Mais votre mari n'est pas là...

Elle ouvre la portière de l'Audi. Avant de monter, elle se retourne et le considère avec une sorte d'envie.

— Ça doit faire du bien, non ?
— Quoi donc ?
— De taper comme ça... de se défouler.
— Oui, admet Luc.

Elle lui semble plus triste que d'habitude. Plus fatiguée. Il remarque qu'elle ne s'est pas maquillée, qu'elle est toute de noir vêtue.

— Vous allez bien ? s'enquiert-il.

Elle baisse les yeux.

— Il faut toujours faire comme si, vous ne croyez pas ?
— Peut-être.
— Je vais voir mon fils, dit-elle.
— Ah... je ne savais pas que vous aviez un fils. Quel âge a-t-il ?
— Il a eu dix ans le mois dernier.

Elle a dit ça sans aucune joie.

— Dix ans ? Mais... pourquoi ne vit-il pas ici, avec vous ?

Elle le regarde à nouveau. Ses yeux ont pris la couleur du deuil.

— Mon fils n'est pas... Enfin, il n'est pas comme les autres enfants. Il ne peut pas vivre avec nous. Alors, je vais le voir une fois par semaine. Parfois deux... Quand j'en ai le courage.
— Je suis désolé, murmure Luc. J'ignorais le malheur qui vous frappe.

Charlotte sourit. Pourtant, Luc a l'impression qu'elle va pleurer.

— Vous devez vous demander où vous êtes tombé, pas vrai ?

Il ne sait quoi répondre, alors elle s'assoit derrière le volant et le regarde une dernière fois.

— Dans une famille maudite, dit-elle avant de démarrer. Une famille maudite...

***

Charlotte gare sa voiture à l'ombre d'un pin parasol et se regarde dans le petit miroir du pare-soleil. Elle rectifie sa coiffure d'un geste rapide et se décide enfin.

Après avoir traversé le parking, avec l'impression de marcher sur des braises, elle entre dans la clinique et s'arrête à l'accueil pour saluer la secrétaire.

— Bonjour, madame Reynier.
— Bonjour, Béatrice.

Ici, elle connaît tout le monde. Et tout le monde la connaît.

Elle monte l'escalier qui mène au premier étage. La clinique est silencieuse, comme anesthésiée par la chaleur caniculaire. Toutefois, à l'intérieur, la climatisation permet de garder une température acceptable.

Les couloirs sont propres et blancs. Tout est toujours impeccable, ici.

Impeccable et aseptisé.

Mais de temps en temps, il y a les cris. Qui viennent briser cette impression de sérénité.

Les hurlements des enfants.

Car certains peuvent encore crier. Leur douleur, leur incompréhension, leur peur ou leurs angoisses.

Leur envie de mourir, peut-être.

Lukas, lui, ne peut plus. Ni crier, ni parler. Ni marcher, ni manger, ni boire.

Ni même respirer.

Charlotte pousse la porte de la 112. Son fils est étendu sur le lit, près de la fenêtre. Les stores sont baissés à moitié pour que le soleil ne fasse pas grimper la température dans la chambre.

Ils font les choses bien, ici.

Charlotte dépose un baiser sur le front de son fils, caresse ses quelques cheveux épars. Il ne s'en aperçoit même pas.

Car Lukas est une coquille vide. Mort à l'intérieur. C'est ce que disent les médecins.

Pourtant, Charlotte continue d'espérer. Qu'un jour il ouvrira les yeux, la regardera. La reconnaîtra.

L'appellera maman.

Elle espère l'impossible.

Qu'un sourire lui rendra la vie. Que Lukas ressuscitera. Que le miracle se produira.

Elle s'assoit sur une chaise près du lit.

— Maman est là, dit-elle.

Maman devrait toujours être là. Mais maman est lâche.

Maman n'a pas le courage de rester près de toi et d'affronter ce que tu es devenu.

Maman préfère se noyer dans l'alcool. Se suicider à coups de barbituriques et de rhum.

Charlotte contemple le corps, bien plus petit et maigre que la normale, qui se dessine sous les draps blancs. Impeccables, eux aussi.

Une sonde gastrique lui permet d'être nourri, un appareil sophistiqué lui permet de respirer normalement. Une perfusion lui permet d'être hydraté.

Ce n'est plus un enfant. C'est une sorte de poupée de chiffon, déformée et harnachée de toutes parts.

C'est une véritable vision d'horreur.

Lukas a grandi dans ce lit. Bien sûr, Charlotte aurait pu décider de le laisser partir. Mais elle n'en a jamais eu la force.

Il paraît qu'il ne souffre pas. Qu'il n'entend rien, ne voit rien, ne sent rien. Qu'il ne fait plus partie de ce monde. Mais qui peut lui en apporter la preuve ? L'irréfutable preuve ?

Personne.

Armand le lui a répété des centaines de fois. Mais Charlotte ne peut se résigner.

C'est sa faute si Lukas est ici. Si Lukas est mort.

C'est sa faute, elle le sait. Et n'a jamais essayé de le nier.

Quelques secondes d'inadvertance. Quelques secondes seulement.

Et une vie qui bascule. Une autre qui se brise.

Lukas avait à peine plus de deux ans quand c'est arrivé. C'était un petit garçon souriant, espiègle. Avec d'immenses yeux noisette.

Sur sa table de chevet en plastique blanc, il y a une photo de lui avant l'accident. Avant que son cerveau ne subisse d'irrémédiables lésions.

Souvent, Charlotte regrette qu'il ait été réanimé. Qu'on ait fait repartir son cœur alors que son cerveau était mort.

Souvent, elle se dit qu'il serait mieux dans un cercueil. Elle n'y aurait peut-être pas survécu, mais après tout, quelle importance ?

Elle récupère un livre dans son sac à main. Un petit bouquin plein d'illustrations colorées. Un de ceux que les parents lisent le soir à leur enfant pour qu'il s'endorme paisiblement. Charlotte, elle, fait la lecture à son fils depuis des années dans l'espoir de le réveiller. Pour qu'il continue à entendre sa voix.

Mais l'entend-il ?

Elle commence malgré tout à tourner les pages. Une histoire de lapin qui vole des fraises dans un potager... En plus de lire les quelques lignes de texte, elle lui décrit consciencieusement les images, les couleurs.

Au bout d'un quart d'heure, Charlotte ferme le livre et croise les mains sur ses cuisses. Son regard se pose encore sur son fils. Sur ce qu'il en reste. Puis il dérive lentement vers la fenêtre.

Elle songe au père de Lukas, un amour de jeunesse. Quand l'accident s'est produit, ils s'étaient déjà séparés. Elle se souvient lorsqu'il est arrivé à l'hôpital, qu'il a appris ce qu'était devenu son fils.

Elle se souvient de ses cris, de ses reproches, de ses insultes.

Charlotte a vraiment cru qu'il allait la tuer. Ensuite, il a disparu. N'a jamais voulu revoir Lukas.

Ce n'est plus mon fils. C'est un mort vivant. À cause de toi.

Puis, dans la seconde qui suit, Charlotte pense à son mari. Cet homme avec qui elle avait cru pouvoir redémarrer une nouvelle vie. Retrouver, peut-être, quelques instants de bonheur. Même si elle ne les méritait pas.

Terrible erreur.

Les deux premières années ont été les seules à valoir la peine d'être vécues.

Les six qui ont suivi ont été comme un mauvais rêve.

Si Armand aime les masques, ce n'est pas un hasard. Il en portait un lorsqu'elle l'a rencontré. Mais il n'a guère tardé à montrer son vrai visage et Charlotte s'est rendu compte qu'elle avait épousé un monstre.

Qui n'aime que Maud et sa putain de clinique.

Oui, Armand aime sa fille et son travail.

Mais pas sa femme.

Il ne la respecte même pas. Charlotte est seulement un faire-valoir. Il l'a épousée parce qu'elle était plus jeune que lui et parce qu'elle est belle. Parce qu'il aime être vu avec elle.

Il l'a épousée pour ne plus être veuf.

Jamais il n'a été violent envers elle. Pas physiquement en tout cas.

Pas de gifles ni de coups.

Mais jamais il ne s'est vraiment intéressé à elle, à ce qu'elle pouvait ressentir. Jamais il n'a partagé ses rêves ou ses cauchemars. Encore moins ses insomnies.

Une indifférence plus tranchante que n'importe lequel de ses bistouris.

D'un simple regard, il sait la rabaisser mieux que n'importe qui.

D'une simple phrase, il sait l'écraser de sa toute-puissance.

Charlotte entrouvre la fenêtre et ferme les yeux.

Bien sûr, elle pourrait divorcer. Partir.

Mais il y a le fric. Cette montagne de fric.

Retomber dans la misère ?

Car Reynier a tout prévu au moment du mariage. Conseillé par les meilleurs avocats, il s'est assuré qu'elle n'aurait rien en cas de divorce.

Rien, ou pas grand-chose. En tout cas, pas assez pour que Lukas reste dans cette clinique de luxe avec un personnel aux petits soins. Sans Armand, que deviendrait-il ? Il finirait à l'hôpital public. Là où on le laisserait partir, mourir.

Progressivement, la colère a remplacé l'amour. Puis la haine a germé, pour croître démesurément. Telle une plante vénéneuse capable d'empoisonner chaque moment.

Lorsque Charlotte a compris qui était son mari. Lorsqu'elle a compris qu'elle était prise au piège.

Combien de fois a-t-elle souhaité sa mort ? Combien de fois a-t-elle rêvé de le tuer de ses propres mains ?

S'il venait à mourir, elle pourrait espérer ramasser quelques miettes de sa fortune, la majeure partie allant évidemment à Maud. Car là aussi, Reynier a tout prévu, tout calculé.

Mais quelques miettes, c'est toujours mieux que rien.

Charlotte ferme la fenêtre et embrasse à nouveau son fils. Elle caresse sa joue, ses paupières.

Elle aimerait tant revoir ses yeux.

Le placer dans cette clinique est la seule chose que Reynier a faite pour elle. Payer chaque mois une somme astronomique pour qu'il reste ici. Mais ce n'est sans doute pas par compassion, générosité ou grandeur d'âme. Seulement pour que Charlotte soit sa prisonnière.

Son esclave.

Pour qu'il puisse la baiser quand il ne couche pas avec une autre.

Pour qu'il puisse parader avec elle.

Pour être marié avec une femme superbe. Envié par ses amis et ses collègues.

Charlotte regagne sa voiture. Mais elle ne redémarre pas tout de suite.
Elle a envie de vomir.
Quand elle pense à Armand. Et quand elle se regarde en face.
Cette voiture, ces vêtements, ces bijoux. Cette maison, ces voyages. Ces domestiques. Tout ce fric qu'il lui laisse dépenser. Pour mieux la tenir en laisse.
Tout ce faste dont elle profite lâchement. Tandis que son fils se meurt éternellement sur un lit.
Je ne vaux pas mieux que lui, finalement.
Sauf que moi, je l'aimais. Je l'aimais vraiment.
Elle se souvient du jour où elle l'a rencontré, lors d'une banale consultation. Dès qu'elle l'a vu, elle s'est sentie renaître. Cet homme si beau, si brillant, si intelligent.
Alors, Charlotte se demande si Armand l'a aimée. Ne serait-ce qu'un jour. Ou au moins une minute.
Elle ne l'a jamais su.
Mais aujourd'hui, ça n'a plus d'importance.
Car elle ne pourra pas revenir en arrière.

***

Luc a cessé de s'entraîner, vaincu par la chaleur assommante.
Sur son lit, il somnole.
Finalement, il a pris un comprimé. Une de ces saloperies dont il ne peut jamais se passer très longtemps.

Il divague, navigue entre deux mondes. Marianne apparaît, disparaît. Lui parle puis se tait. Rêve, réalité, tout se mélange.

Il lui faut donc un petit moment pour se rendre compte qu'on frappe à sa porte. Il se lève, péniblement, passe une main dans ses cheveux et ouvre enfin.

Bien sûr, c'est Maud. Pas une journée sans qu'elle passe le voir.

Elle a détaché ses longs cheveux, malgré la chaleur. S'est légèrement maquillée et porte une jupe courte avec un haut particulièrement décolleté.

Luc songe qu'elle a dû mettre des heures à choisir sa tenue.

Alors que lui est torse nu.

— Salut, marmonne-t-il.
— Je te réveille ?
— Pas vraiment... Entre.

Elle se faufile à l'intérieur, il referme derrière elle.

— Installe-toi. Je vais m'habiller, je reviens.

Il disparaît dans la chambre et Maud remarque une lettre posée sur la table basse. Peut-être une lettre de Marianne ?

Elle hésite une seconde puis, n'y tenant plus, s'empare de la feuille. Une écriture fine et régulière mais sans rondeur féminine.

Mon chéri,

Quelques mots pour toi avant d'aller dormir.
Quelques mots pour mon fils qui me manque tant.
Ta présence, tes sourires, la tendresse de ton regard...

J'espère que ta nouvelle mission se passe bien, que tu as rencontré des gens intéressants. Et surtout, j'espère que tu ne prends pas trop de risques.

Oui, tu me l'as souvent dit, je ne devrais pas me faire autant de souci pour toi ! Je sais que tu es un homme désormais. Un homme intelligent et fort, dont je ne peux qu'être fière.

Mais si je ne m'inquiète pas pour toi, qui le fera à ma place ?

C'est le destin d'une mère, après tout...

Avant-hier, j'ai croisé Mme Lefèbvre...

— Te gêne pas, surtout !

Maud sursaute et Luc lui confisque la lettre d'un geste nerveux.

— Pardon, dit-elle. Je... Je croyais que c'était l'écriture de mon père, bredouille-t-elle.

— Vraiment ? C'est une lettre de ma mère !

— Désolée... Elle habite où ?

— À Nice.

— Et elle t'écrit souvent ?

— De temps en temps. Tu veux boire un truc frais ? propose-t-il.

— Je veux bien, oui.

Il inspecte le petit frigo. Heureusement qu'Amanda pourvoit à son ravitaillement. Étant donné qu'il ne peut quitter la propriété, c'est indispensable.

— J'ai du jus de fruits, de la bière, du Coca... tu veux quoi ?

— Une bière, s'il te plaît.

— C'est parti !

Il lui donne une bouteille, elle refuse le verre.

Elle est debout, il sourit.

— Tu peux t'asseoir, tu sais.

Elle lui obéit, comme toujours. Ou presque.

Installée sur le canapé en face de lui, elle le dévisage avec un drôle de sourire. Un sourire béat. Il se demande soudain ce qu'elle lui trouve. Il ne s'est jamais considéré comme beau ou séduisant. Tout juste banal.

C'est sans doute parce qu'il lui a sauvé la vie...

— Qu'est-ce qu'il y a ? demande Luc en décapsulant son Coca. Pourquoi tu me regardes comme ça ?

— Pour rien... Elle fait quoi comme boulot, ta mère ?

— Elle vient de prendre sa retraite. Elle était préparatrice en pharmacie.

— Et ton père ?

— Il était routier.

— *Était* ? Il est à la retraite, lui aussi ?

— Non, il est mort.

Maud reste bouche bée un instant.

— C'était il y a longtemps, précise Luc. Je l'ai à peine connu. Il est mort de façon brutale, un accident de la route.

— Je suis désolée, murmure la jeune femme. Tu avais quel âge quand... ?

— À peu près le même âge que toi lorsque tu as perdu ta mère. Tout juste cinq ans.

— Voilà un bien terrible point commun, dit Maud d'une voix sombre.

Les deux jeunes gens restent silencieux un moment, comme s'ils se recueillaient devant la sépulture de leur parent disparu.

— Je ne savais pas que Charlotte avait un fils, reprend Luc en allumant une cigarette. C'est ton frère ?

Le visage de Maud se crispe.

— Non, Lukas n'est pas mon frère. Il était déjà né quand elle a épousé papa... Qui t'a parlé de lui ?

— Charlotte.

Les yeux de Maud s'arrondissent d'une surprise évidente.

— Charlotte ? Mais... elle n'en parle jamais !

Luc hausse les épaules.

— Elle partait le voir et j'étais là. Alors elle m'en a parlé. Elle m'a dit qu'il n'était pas comme les autres... Ça veut dire quoi ?

Visiblement, Maud n'a pas envie de cette conversation. Mais Luc la regarde fixement, attendant une réponse.

— Je l'ai vu une fois... j'avais treize ans. Il est dans le coma. Il a eu un accident à deux ans, je crois. Il est tombé du troisième étage... Elle l'avait laissé seul dans la chambre et il est passé par la fenêtre. La chute lui a endommagé le cerveau et la colonne.

— Ça fait huit ans qu'il est dans le coma ? s'étonne Luc.

Maud hoche la tête.

— Mais... il va se réveiller un jour ?

— Non, affirme Maud. Papa dit que non.

Et la parole paternelle est sacrée, songe Luc.

— Dans un hôpital classique, les médecins l'auraient débranché, continue Maud. Mais papa l'a placé dans une clinique hors de prix où ils le gardent en vie... Je trouve ça dégueulasse, d'ailleurs.

— Il ne se rend sans doute compte de rien, répond Luc.

— C'est sûr, mais...

— Mais quoi ?

— Je sais pas... Je trouve qu'on devrait lui foutre la paix, le laisser partir une bonne fois pour toutes !

— Tu ne penses pas que c'est à sa mère d'en juger ?

— Peut-être, admet Maud d'une voix penaude.

— Et tu ne vas jamais le voir ?

Comme prise en faute, Maud baisse les yeux.

— À quoi ça servirait ? Il ne se rend même pas compte qu'on est là... Et puis je ne l'ai pas connu... vivant.

— Je comprends, dit Luc d'un ton rassurant. Et ton père ?

— Quoi, mon père ?

— Il n'accompagne pas Charlotte ?

— Au début, si. Mais ça fait un moment qu'il n'y est pas allé. Je crois qu'ils ne s'entendent plus très bien, tous les deux.

— Au fait, tu voulais quoi ? Pourquoi tu es venue ici ?

Maud entrouvre la bouche, mais les mots ont du mal à sortir.

— Pour rien, avoue-t-elle. Juste pour voir si tu allais bien...

— Ah... eh bien te voilà rassurée, alors !

— Ça t'embête que je sois venue ? Tu n'avais pas envie de me voir ?

— Si, ça me fait plaisir, prétend-il.

Soudain, ils entendent la Porsche monter l'allée.

— On dirait que ton père rentre plus tôt, dit Luc en consultant sa montre.

— C'est bizarre. Il ne rentre jamais avant vingt heures...

Après le ronronnement du moteur, c'est un bruit de pas qui approchent de la dépendance. Puis trois coups contre la porte.

— Aïe ! murmure Luc. Je sens que je vais encore me prendre une rincée...

Lorsqu'il ouvre la porte, il tombe nez à nez avec le chirurgien.

— Bonsoir. Je peux entrer ?

Comment lui dire non ?

— Je vous en prie, répond Luc en s'effaçant.

— Il faut que je vous...

Reynier s'interrompt net en apercevant Maud sur le canapé, une bière à la main. Il la détaille de la tête aux pieds, remarque évidemment sa tenue.

Luc essaie de désamorcer la bombe.

— Maud est passée me voir pour me dire qu'elle...

Reynier l'arrête d'un simple geste de la main.

Maud vient embrasser son père, aussi raide qu'un piquet de clôture.

— Ça va, papa ?

Incapable de répondre, le chirurgien hoche simplement la tête. Son regard scrute la pièce, comme s'il cherchait les indices d'un crime. Une boîte de préservatifs, une petite culotte, un caleçon...

Puis enfin, il retrouve la parole.

— Maud, ma chérie, laisse-nous, s'il te plaît. Il faut que je parle à M. Garnier.
— Qu'est-ce qui se passe ? demande-t-elle.
— Rien qui te concerne, tranche-t-il.
— OK, soupire-t-elle. Merci pour la bière, Luc.
— De rien, répond le jeune homme en la raccompagnant.

Il referme la porte et se tourne vers le père. Toujours secoué, visiblement.

— Qu'est-ce que ma fille foutait chez vous ?

Luc répond d'une moue dubitative :

— Rien de particulier, monsieur. Vous vouliez me parler ?

Reynier tente visiblement de recouvrer son calme. Il aurait sans doute préféré découvrir sa femme dans le lit de Luc plutôt que sa fille sur son canapé.

Il sort de sa sacoche une enveloppe et la jette sur la table basse.

— Un nouveau message ?
— C'était dans mon courrier, à la clinique.

En regardant l'enveloppe, Luc découvre qu'elle a été postée dans le Var. À Fréjus. À l'intérieur, le même type de message que les deux précédents.

— *C'était un 16 mars, rappelle-toi...* lit-il.
— Je commence à en avoir plein le dos, de ce taré ! s'écrie le chirurgien.

Luc remet le message dans l'enveloppe et se rassoit sur le canapé.

— Je ne sais pas quoi vous répondre, monsieur. Si ce n'est qu'il faut découvrir un lien entre toutes ces dates... Le lien entre le 19 septembre, le 11 janvier et, maintenant, le 16 mars.
— Un lien ?

— Oui. Il ne prend pas ces dates au hasard sur le calendrier !

— Qui sait ? Ce type est complètement givré !

— À mon avis, le seul lien entre ces dates, c'est vous, assène Luc. Puisque c'est à vous qu'il dit : *rappelle-toi*. Et s'il a agressé Maud, c'était bien pour vous faire du mal.

Reynier lui tourne le dos, debout devant la fenêtre, les bras croisés.

— Pour l'instant, je n'ai rien trouvé concernant le 11 janvier, dit-il. J'y passe un temps fou, mais aucun décès dans la clinique un 11 janvier.

— Et si ça ne concernait pas la clinique ? dit Luc.

Le professeur se retourne brusquement.

— Que voulez-vous dire ?

— Ça pourrait concerner votre vie privée, pas votre travail.

Armand fait quelques pas, apparemment plongé dans une profonde réflexion.

— Il y a un truc que je ne vous ai pas dit l'autre soir, reprend-il soudain. Le 11 janvier, c'est la date de la mort de ma première épouse, Sara.

Luc tente de feindre la surprise.

— Pourquoi m'avoir caché cela ?

— Je ne sais pas, avoue le chirurgien. C'est stupide, j'en ai conscience... C'est sans doute parce que j'ai du mal à en parler, tout simplement.

— Elle est morte comment ?

— Elle s'est noyée dans la piscine. J'ai tenté de la réanimer, mais je n'ai pas réussi.

Armand tombe sur une chaise. Luc a le sentiment qu'il est très affecté par ce souvenir. À moins qu'il ne simule à merveille.

— Lui reste-t-il de la famille, des proches ?

— Non, affirme Reynier. Enfin si, sa mère est toujours en vie, mais elle est internée en HP. Pourquoi ?

— Je cherche qui pourrait vous reprocher sa mort.

— Me reprocher sa mort ? Mais c'était un accident, je vous dis ! Un accident, vous comprenez ?

— Je comprends, monsieur, mais on ne sait jamais ce que peuvent croire les gens...

— Elle n'a plus aucun proche, j'en suis certain. Elle n'avait plus son père et n'avait ni frère ni sœur. Juste un oncle et une tante qui ne vivent pas en France et qu'elle ne voyait plus depuis des lustres...

— Et vous êtes sûr que sa mère est toujours enfermée ?

— Certain.

— Alors, il faut continuer à creuser du côté de la clinique.

Armand soupire en se levant.

— Je vais le faire. Mais je ne pense pas trouver quoi que ce soit...

— Tenez-moi au courant, dit Luc en lui ouvrant la porte.

Ils se serrent la main, se regardant droit dans les yeux.

— Soyez vigilant, Luc. Je sens que ce malade ne va pas tarder à frapper à nouveau...

— Je ne sais pas, monsieur. Mais vous pouvez compter sur moi.

Soudain, ils entendent le bruit d'un moteur poussé à son maximum et voient l'Audi de Charlotte monter la pente à vive allure.

Si vite qu'elle ne peut pas freiner à temps et se plante dans le mur du garage.

Les deux hommes restent une seconde stupéfaits avant de s'élancer vers la voiture.

19

Charlotte a le front posé sur le volant. Reynier ouvre la portière et se baisse.

— Chérie ? Tu m'entends ?

Elle tremble de tout son corps. Ses épaules sont secouées par de violents sanglots.

— Qu'est-ce qui se passe ? s'écrie le chirurgien.

Luc grimpe sur le siège passager et décroche la ceinture de sécurité. Doucement, il aide Charlotte à se redresser.

Lorsqu'ils découvrent son visage, les deux hommes restent sans voix.

Écarlate. Entièrement recouvert de sang. Elle en a sur les mains, les bras, et même dans les cheveux. Ses vêtements noirs sont trempés et ce n'est sans doute pas de l'eau.

— Appelez le SAMU ! dit Luc.

— Non, laissez-moi faire ! rétorque Armand.

Il aide sa femme à sortir de la voiture. Elle s'effondre dans ses bras, comme si elle n'avait plus aucune force.

— Aidez-moi ! ordonne Reynier dont la chemise

est déjà largement tachée de sang. On va l'emmener chez vous. Je ne veux pas que Maud la voie comme ça !

Luc se précipite pour lui donner un coup de main, ils soutiennent Charlotte jusqu'au studio. Luc se hâte d'ouvrir la porte et ils l'accompagnent jusqu'au canapé.

Elle n'a pas prononcé un seul mot, se contente de trembler.

— Je vais chercher de quoi la soigner, indique Armand. Restez près d'elle...

— Bien sûr, je m'en occupe. Allez-y !

Reynier part au pas de course tandis que Luc s'agenouille face à Charlotte.

— Qu'est-ce qui vous est arrivé, madame ? demande-t-il doucement.

Elle pose sur lui un regard terrifié, mais ne parvient toujours pas à parler.

— On vous a agressée, c'est ça ? Ou... vous avez eu un accident ?

Luc prend sa main dans la sienne.

— Dites-moi quelque chose, prie-t-il d'une voix douce.

— Je... J'étais sur la route et... Et il y a un homme qui...

Elle éclate à nouveau en sanglots, ne pouvant aller plus loin.

— Calmez-vous. C'est fini, vous êtes en sécurité, maintenant.

Il l'abandonne un instant pour aller chercher un verre d'eau fraîche.

— Buvez, dit-il.

Elle semble tellement traumatisée qu'il doit l'aider à porter le verre à sa bouche. Puis il prend un mouchoir et essuie délicatement son visage. C'est à ce moment-là que Reynier revient.

— Ne la touchez pas ! dit-il. On ne sait pas ce qu'elle a...

— J'essuyais juste le sang.

Luc s'écarte pour laisser la place à son patron. Armand, en bon chirurgien, enfile des gants et nettoie le visage de sa femme avec une compresse stérile. Ils s'attendent à des blessures, des plaies. Vu la quantité de sang, ils s'attendent au pire.

Mais le visage de Charlotte est intact. Elle n'est pas blessée.

— D'où vient tout ce sang ? murmure Reynier. C'est le sang de qui ?

— Je ne sais pas...

Charlotte tremble encore, même si elle s'est un peu calmée.

— Dis-moi ce qui s'est passé, ordonne Armand. Parle, s'il te plaît !

— Je... Je suis allée à la clinique voir Lukas...

Elle boit encore une gorgée d'eau. A du mal à poursuivre sa confession.

— Continuez, madame, demande Luc.

— J'étais sur la route pour rentrer quand... Quand un fourgon m'a percutée à l'arrière... C'était pas loin d'ici.

— Et après ? fait son mari.

— Je suis sortie pour voir les dégâts et... le type qui conduisait est sorti aussi et... Et il portait une cagoule.

— Une cagoule ? s'étonne Luc.

Charlotte hoche la tête.

— Je n'ai pas vu son visage... Il m'a prise par

le bras et... Et m'a forcée à monter à l'arrière de sa fourgonnette.

Le visage de Reynier accuse le coup. Il prend une chaise pour s'asseoir en face de sa femme et écouter la suite.

— Là, il m'a dit qu'il avait un cadeau pour moi... Il... Il a ouvert une sorte de bac en plastique qui était plein de sang et... il me l'a versé dessus ! C'était horrible !

— Il t'a aspergée de sang ? dit Reynier.

— Oui ! hurle Charlotte. Y en avait des litres !

Elle se remet à pleurer et Armand attrape sa main pour la serrer dans la sienne.

— Calme-toi, chérie. Calme-toi, je t'en prie.

— J'ai cru que j'allais mourir... J'en ai même avalé !

— Il t'a touchée ? demande Armand. Il t'a frappée ou...

— Non... Il m'a juste fait mal au bras pour me tenir. Et... Et il m'a collé une gifle parce que j'ai essayé de m'enfuir.

— Et ensuite ?

— Il m'a jetée hors de la camionnette, sur la route. Et il m'a dit que je ferais mieux de rentrer chez moi. Il m'a dit aussi que si on prévenait la police il... Il tuerait nos enfants.

— *Nos enfants* ? répète Armand avec effroi.

Charlotte hoche plusieurs fois la tête.

— Il connaissait même leurs prénoms... Maud et Lukas.

Elle se remet à pleurer, essuie ses larmes avec la paume de sa main. Reynier regarde le sol comme s'il allait s'ouvrir sous ses pieds et l'engloutir.

Luc s'approche du couple, se penche vers Charlotte.

— Il a dit quelque chose d'autre ? Il a dit ce qu'il cherchait ?

— Non... Mais il a ajouté que...

Elle s'arrête une seconde, les deux hommes suspendus à ses lèvres.

— Que tout ce sang, c'était celui que tu avais sur les mains, dit-elle en regardant son mari.

* * *

Luc effectue sa ronde du soir. La température a légèrement baissé, il peut enfin respirer. Apercevant une faible lumière dans le bureau du professeur, il tape trois petits coups sur la vitre. Armand apparaît aussitôt.

— Bonsoir, dit Luc. Je suis en train de faire ma ronde et je voulais prendre des nouvelles de votre épouse...

— Faites le tour, on se retrouve sur la terrasse.

— D'accord.

La fenêtre se referme et Luc se dirige vers la piscine. Reynier le rejoint rapidement.

— On marche un peu ? propose-t-il.

— Si vous voulez.

Ils repartent en direction du parc, sans échanger un mot.

— Je ne veux pas que Maud nous entende, dit le chirurgien quand ils sont suffisamment loin de la maison.

— Bien sûr, répond Luc. Comment va votre femme ?

— Elle s'est calmée, elle va mieux. Mais elle a dû

prendre au moins dix douches depuis qu'elle est rentrée...

— Ça doit être traumatisant... Vous croyez que c'était du sang humain ?

— Je n'en sais rien.

— Vous comptez avertir la police ?

— Pourquoi me posez-vous cette question ? Vous savez très bien que non ! dit Reynier d'un ton nerveux. Vous avez entendu ce qu'a dit Charlotte, non ? Vous étiez là ! Il a dit que si on les prévenait, il tuerait Maud et Lukas !

— Oui, j'ai entendu, mais...

— Il faut qu'on règle ce problème nous-mêmes, conclut Reynier.

— *Nous-mêmes* ? Mais nous ne sommes pas des justiciers, monsieur !

Reynier se plante face à lui.

— Pour la dernière fois, je ne veux pas que les flics se mêlent de mes affaires. C'est clair ?

Luc refuse d'acquiescer.

— Faites comme vous voulez, répond-il simplement. Mais je crains que vous ne parveniez pas à vous en tirer tout seul.

— Je vais retrouver l'identité de ce salopard et le faire payer ! Il s'en est pris à ma fille et maintenant à ma femme...

— Justement, il faudrait prévenir...

— Stop ! s'écrie Reynier. Inutile de revenir là-dessus. Je ne prendrai pas ce risque, c'est clair ? Cet enfoiré finira bien par commettre un faux pas et vous et moi lui ferons passer l'envie de recommencer.

Luc secoue la tête.

— Vous êtes malade, ma parole !

— Je ne peux pas les prévenir... Vous ne comprenez donc rien ?

Luc allume une cigarette.

— Oh si, je comprends ! dit-il d'une voix sombre. Je comprends que vous êtes coupable de quelque chose de grave. Et pas seulement de ne pas avoir déclaré vos dessous-de-table.

Les deux hommes se fixent un moment dans la pénombre. Mais aucun ne baisse les yeux.

— Si les flics se mettent à fouiner dans les comptes de la clinique, je peux mettre la clef sous la porte, révèle Armand.

— C'est seulement une histoire de comptes ?

— *Seulement* ? Mais dans quel monde vivez-vous, mon garçon ? rétorque Armand avec un sourire amer. S'ils me tombent dessus, je suis mort. Vous comprenez ça ? Mort !

— Je vois... Et pour ne pas perdre votre clinique, vous êtes prêt à perdre votre fille ou votre femme ? provoque le jeune homme.

— Ne dites pas des choses pareilles ! Bien sûr que non... De toute façon, les flics ne nous seront d'aucune utilité.

— Peut-être que Charlotte a vu la plaque d'immatriculation du fourgon ?

— Je le lui ai demandé, dit Reynier en se remettant à marcher. Et la réponse est non. Les flics ne le retrouveront pas, je vous dis. Il faut qu'on se débrouille tout seuls.

Cette fois, c'est Luc qui s'immobilise.

— Ce sera sans moi, dit-il.

Reynier fait demi-tour pour se poster devant lui.

— Vous n'allez tout de même pas me laisser tomber ?

— Je ne veux pas entrer dans votre jeu, monsieur. Et je suis persuadé que vous me cachez des choses...

Ils sont près du bassin et Armand invite Luc à s'asseoir sur le banc.

— Écoutez, Luc, j'ai besoin de vous. Maud a besoin de vous. Ce fumier n'en restera pas là et vous le savez... Les flics ne feront rien pour nous protéger, j'en suis certain. La preuve : ils ne lui ont pas mis la main dessus après l'agression de ma fille...

Luc ne peut pas nier l'évidence et décide de laisser parler son interlocuteur. Voir jusqu'où il veut l'emmener.

— J'ai commis des fautes, vous le savez. Si les comptes de la clinique sont épluchés, je vais devoir payer des sommes astronomiques. Et sans doute faire de la prison. Je ne veux pas laisser des dettes à Maud. Vous pouvez accepter cette idée ?

— Ce que j'ai du mal à accepter, c'est que vous vous êtes illégalement enrichi. Et je suis sûr que ça ne s'arrête pas là. Parce que cet homme ne vous reproche pas d'avoir fraudé le fisc. Il vous reproche *d'avoir du sang sur les mains*... Et apparemment, une bonne quantité.

— Il ment ! s'écrie Reynier. Il ment, je vous dis ! Il ment ou il se trompe...

Luc ne semble pas convaincu par ce cri du cœur. Il reste silencieux, Reynier est obligé d'insister.

— Écoutez, Luc, je vous ai accordé ma confiance et je vous demande de m'accorder la vôtre. De ne pas me laisser tomber alors que j'ai tant besoin de vous... Dites-moi ce que vous voulez et vous l'aurez.

Luc écrase sa cigarette par terre. Aux pieds du chirurgien.

— Je ne veux rien, monsieur. Rien du tout.

— Allons, Luc...

— C'est bon, je vais rester. Mais ne me demandez pas de vous faire confiance !

— Merci, Luc. Merci beaucoup...

— Je ne peux pas veiller sur Maud et votre épouse en même temps. Sauf quand elles sont ici, bien entendu... Si elles sortent, je ne peux pas me couper en deux !

— J'en ai conscience... Et je vais leur demander la plus grande prudence.

— Vous savez, aujourd'hui, ce type aurait pu tuer votre femme. S'il avait voulu, c'était l'occasion rêvée. Elle était seule, sur une route déserte... Et pourtant, il ne l'a pas fait.

— Que cherchez-vous à me dire ?

— Je ne suis pas certain qu'il ait vraiment l'intention de les tuer. Je crois qu'il veut vous effrayer. Seulement vous effrayer.

— J'espère que vous avez raison, Luc. Mais je n'en suis pas aussi certain que vous... Alors c'est sûr, vous allez m'aider ?

Luc hoche la tête.

— Je vais continuer mon travail ici. Mais je vous préviens, monsieur : si jamais je chope ce type, je le livrerai à la police. Rien de plus.

— D'accord, Luc. Marché conclu.

— Je vais me coucher, dit le jeune homme en se levant. N'oubliez pas de mettre l'alarme en rentrant.

— Je le ferai, dit Reynier. Bonne nuit, Luc.

— Bonne nuit, monsieur.

* * *

En passant dans le couloir, Reynier ne peut s'empêcher de pousser doucement la porte de la chambre de Maud. Discrètement, il s'approche du lit.

Sa fille dort profondément. Allongée sur le dos, le drap descendu jusqu'à la taille. Grâce à la lumière du couloir, il peut distinguer sa peau diaphane.

Il a une furieuse envie de la toucher, mais se retient.

Avec les yeux. Seulement avec les yeux.

Depuis toujours.

Elle se tourne vers la fenêtre et il continue à l'admirer. Ses épaules, sa nuque.

Il ne lui trouve aucun défaut.

Il remonte le drap sur elle et, à contrecœur, quitte la chambre de Maud pour rejoindre la sienne. Charlotte ne s'est pas couchée. Assise sur le lit, elle contemple le mur comme si elle pouvait y lire la parole divine.

— Ça va ? demande Armand.

— Non.

Il s'assoit près d'elle et caresse ses cheveux encore mouillés de la dernière douche.

— Tu ne m'as pas tout dit, n'est-ce pas ? murmure-t-elle.

Armand déboutonne sa chemise.

— Je savais seulement que ce malade rôdait encore dans le coin...

— Et tu le savais comment ?

— Parce qu'il m'a adressé des menaces. C'est la raison qui m'a poussé à embaucher Luc.

— Des menaces ?

— Dirigées contre Maud, précise Reynier. C'est pour ça que je n'aurais jamais pensé qu'il t'attaquerait.
— Qu'est-ce qu'il te reproche ?
— Si je le savais ! Je n'en ai pas la moindre idée...
Elle tourne la tête vers lui, scrutant son regard.
— Tu es sûr ?
— Évidemment que je suis sûr ! Peut-être qu'un de mes patients est mort et qu'il me juge responsable ? Je ne vois que ça... Et en étudiant le contenu de ses messages, nous essayons, Luc et moi, de trouver qui ça peut bien être.
— Tu as contacté la police ?
— Non. Je pense qu'il ne vaut mieux pas... Tu as entendu ce qu'il t'a dit ?
— Je ne risque pas de l'oublier, murmure Charlotte. Il avait une voix effrayante. Mais bizarrement, il m'a semblé l'avoir déjà entendue...
— Vraiment ?
Elle hoche la tête.
— Je ne dis pas que je l'ai reconnue. Simplement qu'elle m'a rappelé quelque chose... Je me trompe, sans doute.
— Je suis désolé, tu sais. Vraiment désolé que tu aies eu à subir ça.
Elle le regarde encore, entre méfiance et étonnement.
— Je te garantis que je vais retrouver l'identité de ce fumier et m'en occuper, ajoute Armand. Il est allé trop loin en s'en prenant à ce que j'ai de plus cher au monde...
Il effleure sa joue avant de continuer :
— À Maud et à toi.

Charlotte baisse les yeux. En proie à un doute inédit.

Elle secoue la tête, comme pour chasser ce trouble soudain.

— Qu'est-ce qu'il y a ? demande Armand.
— Rien.

Elle se lève et passe dans la salle de bains. Là, elle s'observe longuement.

Ce que j'ai de plus cher au monde...

Il est peut-être sincère. Mais il est bien trop tard pour recoller les morceaux.

Pour faire marche arrière.

* * *

Maud n'entend plus aucun bruit dans la maison. À part les ronflements de son père.

Alors, elle se lève, éteint la climatisation et ouvre doucement la fenêtre.

Luc est sur la terrasse, en train de fumer une cigarette.

Son ange gardien.

Son supplice.

Mais au bout d'une minute, le jeune homme rentre chez lui et lorsqu'il disparaît de son champ de vision, Maud a l'impression que la nuit se fait plus noire. Que l'univers se vide de sa substance.

Elle retourne se coucher, la lassitude épousant chacun de ses gestes. Elle se demande soudain comment son père a pu accepter de faire entrer cet homme dans leur vie. Comment il a pu prendre ce risque, lui qui a si peur qu'elle tombe amoureuse et lui échappe. Il fallait vraiment qu'il soit effrayé. Qu'il ait peur pour sa vie.

Elle en est persuadée, il lui cache quelque chose.

Elle en est persuadée, la menace est réelle. Presque palpable.

Pourtant, au lieu de la terroriser, cette certitude lui procure une étrange excitation. Se sentir en danger, c'est se sentir vivant. Et tant qu'elle sera menacée, Luc sera près d'elle.

Elle place les écouteurs dans ses oreilles, monte le son du téléphone et laisse la musique l'emporter ailleurs.

Elle fait un bond dans le futur, se voit marchant dans une rue imaginaire, une ville imaginaire. Luc la tient par la taille, lui sourit. Images furtives qui lui semblent tellement réelles.

Elle ferme les yeux, plonge alors dans le passé.

La première fois qu'elle a fait l'amour avec un homme.

C'était il y a quelques années.

Pas si longtemps que ça, en vérité.

Ç'aurait dû être beau, inoubliable...

... Maud a quinze ans et demi, presque seize.

Elle est censée dormir chez une copine de classe.

Fin de soirée, elle est dans une voiture, sur un parking désert, en pleine forêt. Avec Mathéo, un jeune type d'une vingtaine d'années.

Taille moyenne, sportif, bourré de fric. Il aime les belles voitures, l'alcool, le foot et les filles.

Maud le connaît depuis à peine une semaine, croit qu'elle est amoureuse de lui. Elle le trouve beau, drôle, différent des autres.

Il est pourtant affreusement banal.

Quand il commence à la déshabiller, elle se dit qu'elle est prête, sans doute. Prête à franchir le pas, à devenir autre chose qu'une adolescente névrosée qui suffoque sous les preuves d'amour que lui donne son père.

Oui, elle est prête, n'est plus une enfant.

Pourtant, l'excitation, l'exaltation laissent bien vite la place à un sentiment étrange, mélange de peur et de culpabilité.

Si papa me voyait...

Si papa savait...

La suite, elle aussi, est affreusement banale.

Le plaisir attendu se fait attendre. Ce parking lui semble soudain un endroit sordide.

La situation, glauque.

Mathéo, maladroit.

Ça ne dure pas très longtemps. Ça fait mal, un peu.

Ils se rhabillent en silence, au cœur de cette nuit différente.

Indifférente.

Mathéo raccompagne Maud chez sa copine de classe. Elle ne le reverra plus jamais, pleurera quelques jours durant, puis l'oubliera doucement.

Elle ne l'aimait pas, finalement.

Rien n'a vraiment changé, finalement.

Maud est toujours une adolescente névrosée qui suffoque sous les preuves d'amour que lui donne son père...

20

Reynier actionne la télécommande du portail et la Porsche s'élance sur le goudron. Mais dix mètres plus loin, il freine en apercevant Luc qui revient vers la maison à petites foulées.

Armand baisse sa vitre, Luc s'arrête à sa hauteur.

— Bonjour, monsieur.
— Bonjour, Luc... Vous avez terminé votre footing ?
— Oui, je rentre.
— Combien de kilomètres ? interroge le professeur.
— Une dizaine.
— Le footing, c'est pas terrible pour les articulations.
— Je l'ignorais.
— Maintenant, vous le savez. Bon, je dois y aller...
— Bonne journée, monsieur.
— À vous aussi.

La Porsche s'éloigne et Luc rejoint la propriété en marchant. Après une douche rapide, il s'aventure jusque dans la cuisine. Amanda s'y trouve, occupée à vider le lave-vaisselle.

— Salut ! dit Luc en lui déposant un baiser furtif sur la bouche.

Il se prépare un café et s'installe devant une panière de pain toasté. C'est alors que la gouvernante lui tend une enveloppe.

— Tu as une lettre de ta maman ! dit-elle avec un sourire tendrement moqueur.

— Comment tu sais que c'est ma mère ?

— C'est marqué *Madame Garnier* au dos de l'enveloppe ! Et comme tu n'es pas marié...

Luc met la lettre dans sa poche et étale une épaisse couche de beurre sur une tartine.

— Elle t'écrit souvent, souligne Amanda.

— Et alors ?

— Avec l'adresse au dos, j'ai vu qu'elle habitait Nice. Je trouve ça curieux, c'est tout.

— Tu as remarqué que je suis ici vingt-quatre heures sur vingt-quatre ? rétorque Luc avec un sourire crispé. Je peux difficilement passer la voir !

— C'est sûr, mais... Les gens, aujourd'hui, préfèrent téléphoner.

— Eh bien ma mère préfère écrire. Elle a toujours aimé ça... Parce qu'un coup de fil, ça disparaît. Alors qu'une lettre, ça se garde.

— C'est pas faux, concède la gouvernante.

— Maud n'est pas encore levée ?

— Non, répond Amanda.

Luc termine son petit déjeuner et se hâte de retourner dans son studio. Il ouvre l'enveloppe blanc perlé et déplie la feuille.

Mon chéri,

Avec cette canicule, j'espère que l'endroit où tu loges est climatisé ! Ici, dans ma petite maison, je dois dire que je souffre de la chaleur, surtout la nuit.

Tu sais que j'ai du mal à dormir depuis longtemps. Depuis que ton père...

Mais à mon âge, quelques heures de sommeil suffisent amplement !

J'ai fait du tri dans les photos, hier. J'ai eu tant de plaisir à te revoir lorsque tu étais enfant ! Et ça m'a replongée dans les souvenirs...

Tu te souviens, l'été où nous sommes partis en vacances en Auvergne ? Nous avions loué une maison dans un minuscule hameau, perdu dans les montagnes. Tu avais neuf ans, tu étais déjà très dégourdi. Tu avais rencontré une petite fille de ton âge, la fille du menuisier du village. Et je ne te voyais quasiment pas de la journée ! Chaque matin, juste après le petit déjeuner, tu prenais un petit sac à dos et tu courais la retrouver. Et le soir, tu me racontais tes balades avec elle dans la forêt toute proche. J'ai tenté de me rappeler son prénom, mais ma mémoire commence à flancher... Impossible de m'en souvenir. J'ai retrouvé une photo où vous posez tous les deux et j'en ferai faire une copie pour te l'envoyer. Ou bien tu la récupéreras lorsque tu passeras me voir. Ta chambre est toujours prête, tu le sais.

Je t'embrasse fort,

Maman

Luc ferme les yeux et sourit.
La petite fille s'appelait Audrey…

* * *

Lorsque Luc s'aperçoit qu'il y a quelqu'un dans la piscine, il hésite.

Puis, finalement, il s'approche d'un pas discret. Charlotte est en train de nager la brasse coulée. Dans un mélange de puissance et de grâce. Le jeune homme ne peut s'empêcher d'admirer ce corps parfait glissant dans l'eau pure comme si tel était son élément.

Il s'assoit sur le muret et allume une cigarette. Lorsque Charlotte repart dans l'autre sens, leurs regards se croisent. Elle continue à nager jusqu'aux marches et sort de l'eau.

Vision éblouissante.

Luc se hâte de récupérer un drap de bain et de le lui déposer sur les épaules.

— Merci, sourit Charlotte.

— Je vous en prie, madame.

Elle se sèche rapidement les cheveux et s'allonge sur un bain de soleil. Sûre d'elle, de son charme, elle dégage un étrange pouvoir d'attraction.

— Venez, dit-elle.

Luc attrape une chaise et vient s'installer près d'elle. Elle est sur le dos, une jambe repliée. Sur sa peau, une multitude de gouttelettes scintillent sous le soleil de ce début d'après-midi.

— Comment allez-vous ?

Il n'a pas vu Charlotte depuis deux jours. Depuis qu'elle a pris une autre sorte de bain.

Un bain de sang.

— J'y pense constamment, murmure-t-elle. Ça fait un drôle d'effet, vous savez... J'ai beau prendre des douches ou nager dans la piscine, j'ai toujours l'impression d'être sale. L'impression que je baigne dans cette horreur...

Elle tourne la tête vers lui avant d'ajouter :

— Je ne connaissais pas l'odeur du sang. Maintenant, oui... Et je ne suis pas près de l'oublier.

— Désolé, dit Luc. Je comprends.

— Eh bien moi, je n'y comprends rien... Que nous veut ce type ?

— Nous ne le savons pas, madame. Il reproche quelque chose à votre mari, mais nous ignorons quoi.

— Mon mari le sait, objecte Charlotte. Je n'ai aucun doute là-dessus.

— Ce n'est pas ce qu'il m'a dit, rétorque Luc sans aucune conviction.

— C'est le plus grand menteur que la Terre ait jamais porté, soupire-t-elle.

Embarrassé, Luc préfère se taire.

— Je vous choque ?

— Vous avez une drôle de façon de parler de votre mari.

Elle lui offre un sourire amer.

— Vous avez raison, je ne devrais pas. Mais lui et moi, ce n'est plus qu'une façade... Une façade qui cache des ruines.

— Navré de l'apprendre, madame.

— *Madame, madame...* Quand allez-vous m'appeler enfin par mon prénom ?

Cette fois, c'est Luc qui sourit.

— C'est une marque de respect, dit-il.

— Êtes-vous en train de me rappeler que je suis bien plus âgée que vous ?

— Eh bien... C'est un fait. Mais rassurez-vous,

ça n'enlève absolument rien à votre charme... Bien au contraire.

Sur le visage de Charlotte, la surprise laisse bien vite la place à un sourire conquérant.

— Merci du compliment, Luc.

— De rien, madame.

Elle se retourne sur le ventre, croisant ses bras sous sa tête.

— Auriez-vous la gentillesse de dégrafer mon maillot ? C'est pour éviter les marques.

— Pas de problème.

Il s'exécute avec délicatesse, tandis que le sourire de Charlotte s'élargit. Elle vient de remarquer une silhouette derrière la vitre de la cuisine.

— Je ne voudrais pas abuser, continue-t-elle, mais vous seriez adorable de me passer un peu de crème solaire dans le dos...

— Avec plaisir, madame.

Maud claque la porte de sa chambre et reste quelques secondes immobile.

Poings serrés, mâchoires crispées. Méconnaissable.

Son visage, d'habitude si angélique, n'est plus qu'un masque de haine.

Son regard, celui d'un rapace.

Dans un abominable silence, elle attrape la chaise et la lance en direction de la porte de son dressing. Sous l'impact, le miroir se fend en son milieu, formant une toile d'araignée géante.

Maud regarde son reflet morcelé, déformé.

Effrayant.

Elle s'approche de la glace et termine le travail à coups de pied. Puis à coups de poing.

Jusqu'à ce que le sang coule.

— Tu perds rien pour attendre, espèce de salope ! Je vais te pulvériser, te crever les yeux !

Elle se précipite dans la salle de bains et ouvre le robinet d'eau froide. Elle place sa main ensanglantée sous le jet, regarde la porcelaine se teindre d'un rouge vif.

— Tu vas me pourrir la vie jusqu'à ce que tu crèves ?! hurle-t-elle.

Elle a envie de péter l'autre miroir, celui de la salle de bains. Pour ne plus voir la douleur qui la défigure.

Pour ne plus voir ce que l'amour a fait d'elle.

Et, alors qu'elle ne les espérait plus, les larmes viennent adoucir son visage.

— Luc ! sanglote-t-elle. Luc ! Pourquoi tu me fais souffrir comme ça ? Pourquoi tu ne veux pas de moi, putain ? Et... Pourquoi tu me regardes comme une petite fille, pas comme une femme ? Pourquoi tu joues avec moi ? Pourquoi tu refuses de m'aimer ?

* * *

— Tu es beau, quand tu t'entraînes...

Luc cesse de frapper le malheureux sac de sable et se retourne. Amanda le considère d'un regard sans équivoque.

— Et quand je ne m'entraîne pas ?

Elle sourit et s'avance. D'un geste qui a quelque chose d'autoritaire, elle caresse son visage, s'attarde sur sa barbe naissante.

— Tu passeras chez moi, ce soir ?

— Je sais pas, fait Luc. Faut voir...

Elle retire sa main, lui jette un regard légèrement vexé. Puis elle se reprend aussitôt.

— Je sais que tu viendras, dit-elle.

— Je te trouve bien sûre de toi.

— Un peu avant minuit, ce sera parfait, ajoute-t-elle. En attendant, travaille ton endurance.

Il reste bouche bée, tandis qu'elle s'éloigne, le gratifiant d'un dernier regard enjôleur. Il attrape une serviette, s'éponge le visage et le cou.

— Y a que des nymphos dans cette baraque! murmure-t-il.

Sourire aux lèvres, il reprend son entraînement. Mais le bruit d'une voiture qui entre dans la propriété l'interrompt. En sortant du garage, il voit arriver la petite camionnette du jardinier. Sébastien Ferraud vient immédiatement à sa rencontre.

— Bonjour, monsieur...

— Garnier, rappelle Luc en lui serrant la main.

— Oui, monsieur Garnier... Désolé, j'avais oublié votre nom!

— Vous n'avez qu'à m'appeler Luc.

— Fait drôlement chaud aujourd'hui, non?

— Oui, très chaud, confirme Luc avec un drôle de sourire.

— Et comment va la petite?

— Ça peut aller.

— Tant mieux. Je l'aime bien, cette gamine. Elle est sympa.

Luc hoche la tête, priant pour que cette conversation en plein soleil ne s'éternise pas.

— Vous allez rester longtemps ici? demande Ferraud.

— Je ne sais pas. C'est M. Reynier qui le décidera.

— Bien sûr... Amanda m'a dit que vous vous étiez installé une petite salle d'entraînement dans le garage ?

Visiblement, les mauvaises herbes attendront, aujourd'hui.

— Oui.

— Il faut que vous soyez toujours au top, c'est ça ?

— C'est ça, acquiesce Luc.

— Mais vous faites quoi, exactement ? Du judo ?

— Non. Du self-défense et de la boxe.

— Ah oui... Faudrait pas vous marcher sur les pieds, hein ? rigole le jardinier.

— Vaudrait mieux pas, confirme Luc.

— Moi aussi, j'ai fait de la boxe. Mais c'était y a longtemps.

Luc le considère de la tête aux pieds. Petit et large d'épaules, il doit avoir une droite assassine.

— J'ai même gagné pas mal de combats, vous savez !

— Je n'en doute pas. Et pourquoi ne pas avoir continué ?

— Un accident. Je me suis pété la clavicule.

— Navré...

— C'est réparé, mais pour moi, le sport, c'est fini ! Ceci dit, il y a plein de choses dans la vie à part la boxe ! Vous êtes marié ?

Luc répond d'un signe de tête.

— Moi, j'ai une femme et trois gamins. Ça occupe, vous pouvez me croire ! Et puis j'aime mon boulot.

Le jardinier s'approche du garage et inspecte le mur.

— Qu'est-ce qui s'est passé, ici ?
— Une voiture qui n'a pas freiné à temps, résume Luc.
— La Porsche ?
— Non, l'Audi.
— Ah... *Femme au volant, c'est la mort au tournant !* sourit le jardinier. Pas vrai ?
— Elle avait une raison de ne pas freiner, précise Luc.
— Combien de grammes ?
— Pardon ?
— Combien de grammes d'alcool elle avait dans le sang ?
— Zéro, je dirais. Elle n'était pas dans son état normal, mais ce n'était pas dû à l'alcool.
— Ah bon ? Pourtant, elle a le gosier en pente, Mme Reynier ! chuchote-t-il. Alors, pourquoi elle a pas freiné à temps ?
— Je ne vous en dirai pas plus, annonce Luc d'un ton ferme.
Ferraud lui jette un regard détestable.
— Secret professionnel, je suppose ?
— Tout à fait.
— Bah... c'est pas grave, je finirai bien par savoir !
Sur ce, le jardinier entre dans le garage. Luc lève les yeux au ciel avant de le suivre. Il le retrouve en train d'examiner l'avant de l'Audi.
— Putain ! dit-il en regardant le pare-chocs. Va y en avoir pour cher...
— Vous êtes aussi garagiste ? balance Luc.
Ferraud lui adresse un étrange sourire.
— Avec tout le pognon qu'ils ont, je vais pas pleurer, hein ?

Il abandonne l'Audi et s'approche du domaine réservé de Luc.

— C'est quoi, ce truc ?

Le jeune homme tente de garder son calme. Ce jardinier commence sérieusement à lui taper sur les nerfs.

— Un mannequin de bois.

— Et ça sert à quoi ?

— À votre avis ?

— À cogner ?

— C'est à peu près ça, confirme Luc. Ça sert à travailler sa technique.

— Je vois...

Soudain, Ferraud s'approche de lui. Comme s'il allait lui livrer un secret de la plus haute importance.

— Soyez très prudent, monsieur Garnier.

Luc fronce les sourcils.

— Pardon ?

— Soyez très prudent, répète le jardinier.

— Que voulez-vous dire ?

— Faites attention à vous... Vous êtes en danger, dans cette maison.

Luc reste un moment silencieux. Le visage de Ferraud a changé.

— Expliquez-vous, dit-il finalement.

— Je sais des choses que les autres ignorent, poursuit le jardinier en triturant son pendentif en métal.

— Vraiment ? Et quoi donc ?

— J'ai certaines facultés que les autres n'ont pas.

La faculté d'emmerder le monde ?

— Je vois des choses que les autres ne voient pas. J'ai comme qui dirait un... un sixième sens.

— Oh... Vous m'impressionnez, monsieur Ferraud. Et que vous dit votre sixième sens ?

— Il me dit qu'il se passe des choses pas très catholiques dans cette baraque.

— Du genre ?

Ferraud hausse les épaules.

— Je préfère ne pas vous donner de détails. Mais vous êtes jeune, vous êtes sympa... Alors, ce serait vraiment dommage qu'il vous arrive malheur.

Le visage de Luc se crispe.

— Vous me menacez ?

— Bien sûr que non ! Je vous mets simplement en garde. Et c'est pour votre bien. Bon après-midi, monsieur Garnier.

Le jardinier tourne les talons et s'éloigne, sous le regard abasourdi de Luc.

***

L'homme est allongé sur son vieux sofa déchiré.

La télé est allumée, le son coupé.

Un documentaire animalier sur les fauves d'Afrique. D'un œil éteint, l'homme regarde une antilope se faire dévorer en silence par une meute de hyènes.

Immanquablement, il repense au sang. Alors, un sourire éclaire son visage.

Près de dix litres. Du sang de bœuf, bien frais.

Il passe dans la cuisine, récupère une bière dans le frigo et la boit d'un trait.

Putain de chaleur...

Il a hâte que l'été se termine. Septembre approche à grands pas. Et enfin, il aura ce qu'il désire plus que tout au monde.

Il s'arrête devant le portrait du petit garçon, lui sourit tendrement.

— Ce soir, je sors, dit-il. Il ne faudra pas m'attendre car je rentrerai tard. Très tard...

21

Luc boit trois verres d'eau d'affilée et se laisse tomber sur une chaise. Il repense à Ferraud qui vient de quitter la propriété alors qu'il est déjà plus de vingt heures.
Un sixième sens...
— T'as fumé de l'engrais, c'est pas possible !
Il contemple le canapé beige taché de sang. Celui que Charlotte avait sur ses vêtements, quarante-huit heures plus tôt. Luc a essayé de le faire partir, en vain. Il faudra qu'il se dégote un plaid pour camoufler ces immondes traces.
Soudain, il réalise qu'il n'a pas vu Maud aujourd'hui. Bizarre qu'elle soit restée cloîtrée dans sa chambre toute la journée...
Alors, il attrape son portable et lui envoie un texto. Quelques mots simples pour savoir comment elle va. Il attend plusieurs minutes mais n'obtient pas de réponse. Il s'allonge sur son lit et décide de l'appeler.
— Salut, dit-il. Comment tu vas ?
— Mal. Mais je suppose que tu t'en fous ?
Il lève les yeux au ciel.

— Si je m'en foutais, je ne t'appellerais pas, répond-il simplement. Qu'est-ce qu'il y a ?

— Ça ne te regarde pas.

— OK, je vois que mademoiselle est d'excellente humeur...

Elle reste silencieuse, Luc essaie de l'amadouer.

— Allez, dis-moi ce qui t'arrive !

— Non.

— Tant pis, soupire Luc. Si tu as besoin de moi, tu sais où me trouver.

— Ouais, je sais : au bord de la piscine en train de tripoter ma belle-mère.

Luc reste sans voix un instant. Puis il ne peut s'empêcher de pouffer.

— Ça te fait rire, en plus ? balance Maud.

— Du calme ! Je n'ai pas *tripoté* ta belle-mère...

— Je vous ai vus !

— Ah oui ? Et tu as vu quoi ? Elle m'a demandé de lui passer de la crème solaire, on va pas en faire tout un plat, non ?

— Tu crois que mon père aimerait l'apprendre ? menace Maud.

Cette fois, Luc soupire en signe d'agacement.

— Écoute, Maud, tu te fais des idées, je t'assure... Tu crois que je couche avec ta belle-mère, c'est ça ?

— Rien que de l'imaginer, ça me file la gerbe !

— Arrête de délirer, prie le jeune homme. Grandis un peu...

— Va te faire foutre !

Elle raccroche et Luc reste ébahi quelques instants. Il ferme les yeux et, au bout de quelques secondes, ne peut retenir un nouveau rire.

Il s'enferme dans la petite salle d'eau, se déshabille et entre dans le bac à douche. Tandis qu'il se délecte du jet d'eau à peine tiède, il repense à Maud. Soit elle est vraiment amoureuse de lui, soit elle est terriblement jalouse de Charlotte. Les deux, peut-être...

Brusquement, il entend la sonnerie de son portable. Il ferme le robinet, manque de glisser sur le carrelage en sortant de la douche.

— Allô ?
— C'est moi.

La voix de Reynier.

Ton peu engageant.

— Ça fait trois minutes que je suis devant votre porte. Où êtes-vous ?
— Sous la douche... Laissez-moi un instant, j'arrive.

Son patron raccroche et Luc attrape une serviette. Il remet son jean, récupère une chemise propre et s'habille rapidement.

Deux minutes plus tard, il ouvre enfin.

— Bonsoir, dit le professeur d'une voix taciturne.

Luc referme la porte derrière lui et passe une main dans ses cheveux trempés.

— Vous avez quelque chose à boire, ici ? demande Armand.
— De l'eau ou du jus de fruits... Vous savez bien que je m'abstiens de boire de l'alcool.
— Tant pis.

Reynier dépose une enveloppe sur la table.

— Regardez, ordonne-t-il.

Dans l'enveloppe, pas de message comparable aux précédents. Une simple page, arrachée à un vieux livre de poche. Une page jaunie par le temps, qui porte le numéro 332.

— J'ai reçu ça dans le courrier de ce matin, à la clinique...

Luc s'assoit sur son petit divan, allume une lampe. Quelques lignes sont entourées au stylo rouge. La réplique d'un personnage nommé Ethan.

Luc décide de lire à haute voix.

— *Jusqu'à présent, ce n'étaient que de simples avertissements. Mais désormais, tu vas connaître la peur, la vraie. La douleur ultime... Tu pensais que tes crimes resteraient impunis, mais aujourd'hui, tu vas payer. Et avant de crever, tu vas perdre tout ce que tu as construit. Et tous ceux qui te sont chers...*

Luc relève les yeux sur le visage livide du chirurgien.

— Nous y sommes, ajoute le jeune homme. Cette fois, c'est très clair.

Fortement ébranlé, Armand tourne d'un pas lent autour de la table.

— Il est temps de prévenir la police, monsieur, poursuit Luc.

Le chirurgien lui répond d'un signe de tête.

Un non catégorique.

— Quels sont vos crimes, professeur ? questionne Luc d'une voix étonnamment douce.

Reynier fixe la porte comme s'il songeait à s'enfuir.

— Si vous voulez que je vous aide, il va falloir me parler. Me parler *vraiment*.

Le chirurgien est toujours silencieux, alors Luc relit le passage en y mettant l'intonation nécessaire.

— *Tu pensais que tes crimes resteraient impunis, mais aujourd'hui, tu vas payer. Et avant de crever, tu vas perdre tout ce que tu as construit. Et tous ceux qui te sont chers...* Vous voulez perdre ceux qui vous sont chers, professeur ? Vous voulez perdre Maud ?

— Taisez-vous ! supplie Armand.

— C'est une déclaration de guerre, au cas où vous ne l'auriez pas compris. Maintenant, vous avez le choix : soit vous vous confiez aux flics, soit vous vous confiez à moi.

22

Vous voulez perdre Maud, professeur ?

Les mots de Luc ne cessent de retentir dans le crâne douloureux de Reynier.

Il ouvre le coffre, y range la page du livre avec les autres messages. C'est alors qu'Amanda lui annonce que le repas est servi.

— J'arrive dans un instant, répond-il.

La gouvernante s'éclipse, le chirurgien s'assoit dans son fauteuil. Il n'a plus le choix, va devoir révéler à Luc certaines choses.

Passer aux aveux.

Pour qu'il lui vienne en aide. Lui tende une main secourable et le hisse hors du piège dans lequel il est tombé. Et dont l'issue ne tardera pas à se refermer irrémédiablement, il en est sûr.

Ce soir, il réalise que son avenir est entre les mains d'un jeune homme de vingt-six ans.

Sa propre vie est en train de lui échapper, Armand est terrorisé. Il sent une présence constante derrière lui. Une menace sournoise qui ne lui laisse plus un seul instant de répit.

Armand le sait, son existence est sur le point de basculer. Cette nuit, demain, dans une semaine ou dans un mois, tout peut changer.

Se briser.

— C'est pas possible ! murmure-t-il soudain. J'ai pas mérité ça...

Pas mérité de voir ma vie voler en éclats. De voir mon avenir s'assombrir chaque jour un peu plus.

Jamais il ne s'est apitoyé sur son sort, même dans les pires moments. Mais ce soir, le désespoir frappe à la porte de son inconscient.

Il regarde les photos de sa fille, prend l'un des cadres entre ses mains.

Vous voulez perdre Maud, professeur ?

Il préférerait qu'on lui arrache le cœur ou les tripes. Ce serait sans doute moins douloureux. De longues minutes encore, Reynier contemple le visage de Maud. Sur ce cliché, elle ressemble tant à Sara !

Sara, qui elle aussi a voulu lui enlever sa fille, il y a bien longtemps de cela.

Enfin, il remet le cadre à sa place et se décide à reprendre le cours de sa vie. Il quitte son bureau et se rend dans la cuisine. Au travers de la porte-fenêtre, il observe Charlotte et Maud déjà attablées sur la terrasse. Concentrées sur leur smartphone, elles ne se parlent pas, ne se regardent même pas. Deux étrangères qui vivent sous le même toit.

Comment a-t-il pu laisser cela arriver ?

Jour après jour, le fossé s'est creusé, les éloignant l'une de l'autre. Il en est en partie responsable, n'a pas su y remédier.

Après une longue inspiration, il franchit enfin la porte et les deux femmes posent leur téléphone sur la table. Armand embrasse d'abord sa fille, puis s'installe à côté de Charlotte et dépose un baiser furtif sur ses lèvres.

— Désolé pour le retard, dit-il.

— Pas grave, papa, sourit Maud.

Amanda apporte le hors-d'œuvre, remplit les verres et se retire dans la cuisine pour préparer la suite.

— Vous avez passé une bonne journée ? demande Armand.

Faire comme si tout allait bien.

Comme si cette soirée était identique à tant d'autres. Un père de famille qui rentre chez lui, dîne en compagnie de ses proches dans un décor idyllique.

Faire comme s'il ne marchait pas en équilibre sur un fil ténu, au-dessus d'un abîme dont il ne peut même pas voir le fond.

Faire comme si…

— Ça va, assure Maud.

Charlotte, elle, ne répond pas.

— Par contre, j'ai pété le miroir de mon dressing, annonce la jeune femme.

— Vraiment ? s'étonne son père. Mais comment tu as fait ?

— Je me suis pris les pieds dans mon sac à main et je suis tombée contre la glace…

— Tu ne t'es pas fait mal au moins ?

Maud lui montre la coupure sur sa main.

— Rien de grave, ne t'en fais pas.

— Sept ans de malheur ! prédit alors Charlotte.

Reynier sent un frisson secouer son échine.

— N'importe quoi ! dit Maud en fixant méchamment sa belle-mère. C'est juste l'inverse !

Charlotte attrape son verre, le laisse tomber sur les dalles de la terrasse où il explose en mille morceaux.

— Ça, ça porte bonheur, dit-elle. Mais un miroir, ça porte malheur.

— C'est malin ! sermonne Armand. Maintenant, il y a du verre partout... Tu veux qu'on se blesse, ou quoi ?

— Amanda fera le nécessaire, n'aie crainte.

Reynier retient un soupir d'agacement et vide la moitié de son verre de vin. C'est alors que Charlotte lui tend un paquet.

— C'est quoi ?

— Un cadeau, répond simplement sa femme.

— Je le vois bien, mais... En quel honneur ?

— Comme ça, pour te faire plaisir.

Intrigué et surpris, Armand arrache le papier et découvre un masque africain en bois, laiton et bronze. Une petite merveille.

— C'est un Tchokwé, dit Charlotte.

— Il est magnifique, dit Armand. Tu l'as trouvé où ?

— Je l'ai acheté dans une galerie parisienne. Il a été livré aujourd'hui...

Armand embrasse sa femme, tandis que les doigts de Maud se crispent sur le manche de son couteau.

— Il te plaît ? renchérit Charlotte d'une voix doucereuse.

— Beaucoup, assure Armand. Merci.

Maud lâche alors ses couverts et se plie en deux, comme si elle souffrait subitement d'un terrible point de côté. Elle porte ses mains à son abdomen, pousse une plainte aiguë.

— Qu'est-ce qu'il y a ? s'inquiète Armand.

— J'ai mal !

Le professeur abandonne le masque et s'approche de sa fille.

— Montre...

— C'est rien, assure la jeune femme en se redressant. Ce doit être les restes de l'agression... La côte fêlée.

— Je vais te donner un antalgique.

Reynier disparaît à l'intérieur et Maud fixe Charlotte droit dans les yeux avec un petit rictus sadique.

— Il est sympa, ce masque, dit-elle. Tu l'as trouvé dans une poubelle ?

Charlotte n'a pas le temps de répondre, son mari revient sur la terrasse et tend deux comprimés à sa fille.

— Prends ça, dit-il. Ça va te soulager...

— Merci, papa.

— Tu ne te reposes pas assez, ma chérie.

— Mais si, ne t'en fais pas.

Maud avale les cachets, tandis que Charlotte mâche longuement l'insulte qu'elle n'a pas eu le temps de cracher.

Amanda vient débarrasser les assiettes, les couverts, et remarque alors les morceaux de verre qui jonchent le sol.

— Y a eu de la casse, on dirait ! dit-elle.

— Oui, répond Charlotte. Vous serez gentille de nettoyer ça, qu'on ne se coupe pas.

— Je m'en occupe tout de suite !

La gouvernante retourne dans la cuisine et Maud adresse un sourire angélique à son père.

— Tu te souviens ? commence-t-elle.

— Quoi ?

— Quand on est partis tous les deux au Québec...

— Bien sûr que je m'en souviens, répond le chirurgien avec un sourire ému. Tu avais quoi... ?

— Onze ans, affirme Maud sans la moindre hésitation. C'était les vacances les plus géniales de ma vie ! Tu te rappelles quand on a vu les baleines dans le Saint-Laurent ?

— Je risque pas de l'oublier !... On avait loué une cabane dans un parc qui s'appelait...

— Le parc national de La Mauricie ! Elle était cool, cette cabane. C'était au bord d'un immense lac... Il y avait une grande cheminée. Et quand on avait fait du canoë, tu te souviens ?

Père et fille voyagent ensemble dans leurs souvenirs communs, se remémorant chaque instant, chaque image, chaque bonheur. Tandis que Charlotte réprime l'envie d'étrangler sa belle-fille. Qui n'a pas choisi par hasard d'évoquer une période où elle n'était pas encore entrée dans leur vie.

Totalement exclue de la discussion, elle se ressert un troisième verre de vin. Pour oublier la douleur. L'humiliation de n'être rien à leurs yeux. Rien ou si peu.

À la fin du repas, Reynier quitte la table, prétextant un travail à terminer.

— Faudra qu'on se revoie les photos du Canada, dit Maud.

— Bien sûr, ma chérie, répond le professeur. Demain soir, si tu veux...

Puis il s'éclipse, oubliant le masque sur le bord de la table.

Alors, Maud allume une cigarette et dévisage sa belle-mère avec un sourire cruel.

— Tu es contente de toi ? balance Charlotte.

— Je ne vois pas ce que tu veux dire, rétorque Maud d'un air innocent. Tu aurais préféré que je lui parle de Luc et toi, peut-être ?

Là, c'est Charlotte qui sourit.

— Et tu voudrais dire quoi, hein ? Qu'il m'a passé un peu de crème solaire dans le dos ? Très intéressant, en effet...

— Lui dire que t'es une putain d'allumeuse !

— Contrairement à toi, je n'ai pas besoin *d'allumer* qui que ce soit, Maud... Et je n'y peux rien si Luc est attiré par moi. Luc et beaucoup d'autres !

Le sourire de Maud a totalement disparu. Alors, Charlotte porte l'estocade.

— Ça doit être tellement dur, pour toi... Tu voudrais qu'il t'aime alors qu'il ne te regarde même pas. Ma pauvre *chérie* ! Mais ne t'en fais pas : je suis sûre qu'un jour, un homme s'apercevra enfin que tu existes.

* * *

Il est vingt-deux heures trente lorsque Reynier revient dans le studio, une bouteille de single malt à la main.

— Vous avez de la glace, au moins ? espère le chirurgien.

— J'en ai, confirme Luc en ouvrant le petit congélateur au-dessus de son frigo.

Il remplit deux verres et s'assoit sur une chaise, laissant le canapé à son patron.

Reynier vide la moitié de son whisky en une seule fois.

— Je suis désolé de vous avoir fait attendre, dit-il, mais je voulais dîner avec ma femme et ma fille, sinon elles se seraient doutées de quelque chose...

— Je comprends.

Silencieux, le professeur contemple son verre.

— Je vous écoute, engage Luc.

— Je ne sais pas quoi vous dire, avoue Armand.

C'est la première fois que Luc le sent aussi faible. Aussi vulnérable.

— C'est pourtant simple, continue le garde du corps. Vous devez bien savoir de quels crimes parle cet homme, non ?

— Pas le moins du monde, prétend le chirurgien. Tout au long de ma carrière, j'ai évincé des gens. J'étais prêt à tout pour réussir, c'est vrai, mais...

— Monsieur Reynier, le message parle de *crimes*. Marcher sur la gueule des autres pour arriver à ses fins, c'est un comportement ignoble mais ce n'est pas un crime. Un meurtre, un assassinat ou un viol, ça, ce sont des crimes.

— Mais je n'ai jamais commis de choses pareilles ! s'offusque Armand. Jamais, je vous l'assure. Par contre...

Reynier termine son verre, Luc se hâte de le remplir à nouveau.

— Par contre ? dit-il pour l'encourager.

— Eh bien comme je vous l'ai dit lorsque je vous ai embauché, j'ai vu des gens mourir. Il y en a que je n'ai pas pu sauver pendant ma carrière et qui ont succombé pendant une opération ou des suites opératoires...

— Avez-vous commis une erreur médicale,

professeur ? Aurait-on pu, lors de l'un de ces décès, vous accuser d'une négligence ou d'une faute ?

— Une fois, oui, concède Reynier. C'était il y a cinq ans. Un jeune garçon... Il avait neuf ans, je m'en souviens très bien. C'était une intervention de routine sur la vessie. Mais... Mais je sortais d'une mauvaise grippe et j'avais enchaîné opération sur opération depuis le matin. J'étais épuisé... Et pendant l'intervention, je lui ai perforé l'intestin. J'ai pu réparer mon erreur, mais il est mort quelques jours plus tard d'une septicémie foudroyante.

— Il est donc bien mort par votre faute ?

— C'est ce que je viens de vous dire... Et depuis le dernier message, j'ai fait des recherches dans les dossiers de la clinique. Ce jeune garçon est mort un 16 mars...

— *C'était un 16 mars, rappelle-toi*, murmure Luc. Je suppose que vous avez étouffé l'affaire ?

Reynier hoche la tête.

— Les parents n'ont jamais su la vérité.

— Vous les avez rencontrés ?

— Évidemment... Enfin, le père seulement. Le père et la grand-mère, il me semble. Je n'ai aucun souvenir de la mère... Je crois qu'il était veuf. Ou divorcé, je ne sais plus. Après la mort de son fils, il a déposé une plainte, mais il a été débouté.

— Vous avez menti ?

— Oui, j'ai menti. Ainsi que tous ceux qui étaient au bloc.

— Vous vous rappelez la tête qu'avait le père ? demande Luc.

— Vaguement. Il était plus grand que moi. Une sorte de brute épaisse mal fagotée...

— Ça pourrait correspondre à celui qui a agressé Maud. Très grand, baraqué, les cheveux longs et grisonnants attachés en queue-de-cheval...

Reynier ingurgite le deuxième verre de scotch en quelques secondes et se ressert lui-même.

— Vous croyez qu'il me rend responsable de la mort de son fils et qu'il veut m'enlever ma fille, c'est ça ?

— Il ne vous rend pas responsable de la mort de son fils, corrige Luc, vous *êtes responsable*.

Reynier ne baisse pas les yeux, contrairement à ce qu'avait espéré Luc.

— C'est une hypothèse sérieuse, juge-t-il.

— Mais comment aurait-il su, des années après ?

— Lorsque vous avez opéré ce gamin, vous n'étiez pas seul dans le bloc...

— Vous croyez que quelqu'un a parlé ?

— Pourquoi pas ? Soyons précis, monsieur Reynier : vous rappelez-vous qui était présent à vos côtés ce jour-là ?

— Parfaitement. Ce sont des moments qu'on n'oublie pas... Il y avait l'anesthésiste et deux infirmières.

— Ces trois personnes font-elles toujours partie du personnel de la clinique ?

— Non. Enfin, deux d'entre elles sont toujours là, mais une des infirmières est partie... C'était il y a trois ans, il me semble.

— Partie de son plein gré ?

— À votre avis ? Vous me croyez assez con pour licencier une personne qui sait quelque chose de compromettant sur moi et qui a accepté de faire un faux témoignage en ma faveur ?

— Non, bien sûr...

Ils gardent le silence de longues secondes. Chacun réfléchissant de son côté.

— Qu'est-ce que vous comptez faire ? demande enfin Reynier.

Luc le considère avec un étonnement non dissimulé.

— Protéger Maud... C'est bien pour ça que vous m'avez engagé, non ?

— C'est vrai. Mais si je vous donne l'identité de cet homme, le père du petit Dimitri, est-ce que vous...

— *Est-ce que je quoi*, monsieur Reynier ? Qu'êtes-vous en train d'essayer de me dire ?

— Vous avez vu son visage, non ? Si je vous donne le nom, vous pouvez vérifier si c'est bien lui qui s'en est pris à Maud ?

— Possible. Et ensuite ?

Armand boit une gorgée de single malt avant de continuer.

— Ensuite, je ne sais pas, avoue le chirurgien. Que me proposez-vous ?

— Je ne suis qu'un simple garde du corps. S'il s'avère que le père de ce gosse est bien celui qui veut votre peau, mais que vous ne voulez pas aller voir les flics, je ne vois pas très bien ce que je peux faire... Je n'ai aucun pouvoir de police.

Reynier fait quelques pas mal assurés avant de secouer la tête.

— On est peut-être à côté de la plaque, murmure-t-il. Ça n'a peut-être rien à voir avec la mort de ce garçon...

— Pourquoi, monsieur Reynier, vous avez commis beaucoup d'autres crimes ?

Le chirurgien le fixe avec colère.

— Ce n'était pas un crime, c'était un accident.

— Question de point de vue. Si c'est bien le père qui vous en veut, je ne suis pas certain qu'il considère la mort de son fils comme un banal accident... Si vous aviez reconnu votre faute immédiatement, il l'aurait peut-être acceptée.

— Dès demain, je vous communique l'adresse du père et vous essaierez de l'approcher pour voir si c'est bien lui... Vous êtes d'accord ?

— Ça ne fait pas partie de mes attributions, rétorque Luc.

Reynier reste médusé un instant.

— Vous refusez de m'aider ?

Luc se lève à son tour et se poste devant la fenêtre. Il demeure là quelques secondes, plongé dans une profonde réflexion.

Le professeur vient à côté de lui.

— Écoutez, Luc, je comprends votre dilemme... Je sais que j'ai commis une faute. Une faute grave. Impardonnable, même.

— Impardonnable, répète Luc dans un souffle.

— Mais Maud n'a rien à voir avec ça. Elle est innocente. Et si on ne fait rien, c'est elle qui va payer. Vous ne voudriez pas ça, n'est-ce pas ?

— Non, admet Luc.

— Ce fou va de nouveau s'en prendre à elle ou bien à Charlotte... Maud est tout ce que j'ai. Toute ma vie, vous comprenez ?

Luc voit briller les yeux du chirurgien dans la pénombre. Jamais il ne l'aurait cru capable de tels sentiments.

— Et si c'est bien lui, si je le reconnais, que ferez-vous ?

— J'essaierai de lui faire entendre raison... Lui

expliquer que c'était un accident, que je n'ai jamais voulu la mort de son fils.

— *Lui faire entendre raison* ? Et de quelle manière ?

— Avec un dédommagement important.

Luc retourne s'asseoir près de la table et remplit les deux verres.

— Si c'est du fric qu'il voulait, il vous l'aurait déjà fait savoir, souligne-t-il.

Reynier s'installe en face de lui. L'alcool adoucit son regard d'une curieuse manière. À moins qu'il ne soit réellement soulagé par sa confession.

— Ça viendra peut-être...

Luc secoue la tête.

— Le fric ne lui rendra pas son gamin, monsieur.

— Je sais...

— Et on ne peut pas tout acheter.

Armand lui adresse un sourire aussi triste que sincère.

— On peut tout acheter. Tout et tout le monde.

— Si vous le dites...

— Alors, vous allez me filer un coup de main ?

— Oui. Mais soyons clairs : je le fais pour Maud.

— Et je vous en remercie. Elle le mérite, vous savez... Elle a vécu des choses difficiles, mais elle est forte.

— Elle m'a dit, pour sa mère.

Le professeur ne cache pas sa surprise.

— Elle s'est confiée à vous ?

— Un peu, tempère Luc. Seulement un peu. Elle m'a raconté ce dont elle se souvenait. Mais elle était si jeune...

— En effet, elle n'avait que trois ans quand Sara s'est noyée. Que vous a-t-elle dit exactement ?

— La même chose que vous. Que sa mère était tombée dans la piscine. Et qu'elle se sentait responsable de cet accident.

— Je sais. Et pourtant, elle n'y est pour rien... Elle a seulement désobéi, comme n'importe quel enfant de son âge peut désobéir !

— C'est ce que j'ai tenté de lui faire comprendre. Mais visiblement, ce sentiment de culpabilité est bien ancré.

— Dites-moi, Luc, quel comportement a-t-elle avec vous ?

— Elle aime bien ma compagnie, je crois. J'ai l'impression que je suis un peu le grand frère qu'elle n'a pas eu.

— Hmm...

— Qu'est-ce qui se passe, professeur ? Vous avez peur que je couche avec votre fille ?

Les traits de Reynier se figent.

— Soyez rassuré : ça n'arrivera pas.

— Je vous fais confiance, prétend Armand. Vous savez, Luc, je n'ai pas eu de fils. Et... ça me fait du bien d'avoir un gars comme vous à la maison. Bonne nuit.

— Bonne nuit, monsieur.

La porte se ferme, Luc termine tranquillement son verre.

— Ben moi, j'ai pas envie d'avoir un père tel que toi, murmure-t-il. Mais merci pour la bouteille de whisky !

* * *

Il est presque une heure du matin quand Luc se décide. Amanda ne met qu'une seconde à ouvrir, comme si elle l'attendait derrière la porte.

— Tu es en retard, reproche-t-elle avec un sourire.

Elle referme aussitôt et le pousse contre le mur d'un mouvement qui a quelque chose de brutal, avant de l'embrasser furieusement.

Ce soir, pas de Get, pas de glace, pas de préliminaires. En moins d'une minute, Luc se retrouve quasiment nu.

Amanda sait ce qu'elle veut, ne tait aucun de ses désirs. C'est la première fois que Luc rencontre une femme aussi désinhibée.

Pendant un instant, il se sent mal à l'aise.

Curieuse impression d'être un objet.

Alors, il tente de retourner la situation, de prendre le dessus. Il soulève la jeune femme et la porte jusqu'à la chambre avant de la déposer sur le lit.

Mais l'instant d'après, elle est à califourchon sur lui. Menant la danse, dictant le rythme.

Finalement, il baisse les armes. Avec le sentiment d'être entre les griffes d'une panthère aussi belle que dangereuse...

***

L'homme gare sa vieille voiture au bout de la rue. Il met un petit sac à dos sur ses épaules et marche jusqu'au mur d'enceinte de la propriété en regardant constamment autour de lui.

Tout est calme, ici.

De belles maisons, de magnifiques jardins, des grilles en fer forgé. Un quartier où il ne pourra jamais habiter.

Mais quelle importance, maintenant ?

L'homme porte un pantalon noir, un pull noir, des gants de cuir noir, un bonnet foncé.

Même ses yeux sont noirs.

Seule la peau de son visage se détache des ténèbres.

Avec agilité et puissance, il escalade le mur de clôture et saute de l'autre côté. En passant près du bassin, il s'arrête un instant pour écouter le bruit de l'eau, puis continue son chemin.

Il prend tout son temps, ne montrant aucun signe de fébrilité.

Arrivé devant la porte du garage, il fouille dans son sac à dos et en extirpe le matériel nécessaire.

De quoi forcer n'importe quelle serrure, ou presque.

Il ne lui faut pas plus de trois minutes pour venir à bout de l'obstacle, dans une totale discrétion. Il allume une lampe torche et se faufile entre les voitures et le mur, jusqu'à atteindre la porte qui mène à la maison.

C'est là qu'il ne faut pas commettre d'erreur.

Mais l'homme est un professionnel. Et cinq minutes plus tard, sans que l'alarme ne se soit déclenchée, il arrive dans le grand hall de la maison. Il prend le temps d'admirer l'armure japonaise avant de monter lentement l'escalier qui conduit au premier étage.

23

Luc se réveille en sursaut. Pendant un instant, il se demande où il est. Ses yeux scrutent la pénombre à la recherche d'un repère.

Lorsque ses idées se remettent en place, il réalise que son portable vibre sur la table de chevet. Il allume la petite lampe en forme de champignon avant de décrocher.

— Oui ?
— C'est moi, Reynier.

Luc jette un œil au radio-réveil : 5 : 40.

— Qu'est-ce qui se passe ?
— Venez immédiatement. C'est urgent !
— J'arrive !

Il attrape son jean, enfile un polo et ses chaussures. Puis il récupère son arme dans le tiroir et se précipite vers la maison. Reynier l'attend en haut du perron, vêtu d'un simple tee-shirt et d'un pantalon de toile.

— Que se passe-t-il ? demande Luc.
— Il est entré dans la maison, chuchote le professeur.
— Vous l'avez vu ?
— Non. Suivez-moi et ne faites pas de bruit...

Luc talonne Reynier jusque dans son bureau où la lumière est déjà allumée. Dès qu'il pénètre dans la pièce, le jeune homme se fige.

Les étagères sont vides. Tous les masques africains ont disparu.

— C'est lui qui...

— Évidemment que c'est lui ! enrage Reynier à voix basse.

— C'est peut-être un cambrioleur, argue Luc. Vous m'avez dit que certains de vos masques valaient une fortune...

— Non, ce n'est pas un cambrioleur.

Reynier récupère quelque chose sur son bureau et le tend à Luc.

— En me réveillant, j'ai trouvé ça sur mon chevet, dit-il.

Un vieux livre de poche, corné et jauni.

— Vous avez vu le titre ? poursuit Reynier.

— *Vengeance mortelle...*

Luc feuillette le bouquin et, bien sûr, il manque la page 332.

— C'était sur votre table de nuit ? s'étonne le jeune homme.

Reynier hoche la tête.

— Ce fumier est entré chez moi et il est venu jusque dans ma chambre.

— Mais... vous aviez enclenché l'alarme ?

— Bien sûr.

— Merde...

Luc prend son pistolet et ôte la sécurité.

— Restez là et enfermez-vous, dit-il. Je vais inspecter la maison.

— Je viens de le faire, confesse Reynier.

— Hein ? Mais vous êtes malade, ou quoi ? C'est à moi de le faire, pas à vous !

— Il n'est plus là... Visiblement, il est entré par le garage, la serrure a été forcée. Et je ne sais pas comment il a fait pour neutraliser l'alarme.

Luc range son arme.

— Apparemment, nous avons affaire à un spécialiste... Quelqu'un d'entraîné. Peut-être un ancien flic ou quelque chose dans le genre.

Reynier se laisse tomber dans son fauteuil en cuir et secoue la tête.

— Vous n'avez rien entendu ? s'étonne Luc.

— Non, rien.

— Et votre épouse ?

— Charlotte prend des somnifères pour dormir. Même une explosion ne la réveillerait pas.

— Et Maud ? Vous êtes allé voir si...

— Bien sûr. Je suis entré dans sa chambre. Elle va bien, elle dort.

— Tant mieux, dit Luc. Je suis désolé pour votre collection de masques, je sais que vous y teniez beaucoup...

Reynier a la gorge si serrée qu'il ne peut répondre tout de suite. Et c'est d'une voix déformée qu'il ajoute :

— Vous vous rendez compte, Luc ? Ce salopard est venu jusque dans ma chambre ! Si ça se trouve, il est allé dans celle de ma fille...

Soudain, le professeur frappe du poing sur son bureau. Luc sursaute.

— Je comprends ce que vous ressentez, assure-t-il.

— Ça m'étonnerait !

— Écoutez, il faut appeler la société qui a posé l'alarme, il faut renforcer le système.

— Je vous donnerai les coordonnées, si vous voulez bien vous en occuper...

— Bien sûr, dit Luc. Je le ferai.

— Vous voulez un café ?

— Volontiers.

En plus du bar, Reynier a une cafetière dans son bureau et il fait couler deux petites tasses dans un silence pesant.

— En arrivant à la clinique, je vous donnerai l'adresse du père de Dimitri et vous irez le voir...

Luc acquiesce d'un simple signe de tête.

— J'espère qu'il n'aura pas déménagé depuis que son fils est mort, dit le professeur.

— Avec son identité, j'arriverai sans doute à le retrouver, assure Luc. Et nous saurons très vite si c'est lui.

— Comment allez-vous procéder ? Si c'est notre homme, il connaît votre visage...

— Je vais me faire passer pour un livreur et je garderai mon casque sur la tête.

— Je vous laisse gérer ça, Luc. Il faut que je me prépare pour aller bosser. Je vous appelle dès que j'ai retrouvé l'adresse.

— Très bien, monsieur. Et pour vos masques, qu'allez-vous dire à votre femme ?

— Je ne sais pas.... Que je les ai mis dans un coffre à la banque ? Ou bien que je les ai filés à un expert pour connaître leur valeur exacte. Je trouverai bien une explication.

24

Samedi matin, huit heures et demie.
Luc enfile son casque et ses gants. Il met le contact et s'amuse à faire rugir le moteur de sa Kawasaki Ninja, histoire de réveiller Charlotte.
Avant de quitter la propriété, il lève la tête vers la maison. Ainsi qu'il l'aurait parié, Maud est à la fenêtre en train de l'observer. Prise sur le fait, elle n'a d'autre choix que de lui adresser un petit signe de la main auquel il répond en faisant hurler les quatre cylindres en ligne.
Le portail s'ouvre, la moto s'élance sur le bitume.
Luc a appris l'adresse par cœur. Celle de Michel Abramov, le père de Dimitri. Celle que Reynier a trouvée dans le dossier et lui a donnée, une demi-heure plus tôt.
Au travers de la visière fumée, les kilomètres défilent à une vitesse hallucinante. Marianne est assise derrière lui. Luc peut sentir ses bras autour de sa taille. Entendre ses petits cris lorsqu'il penche un peu trop la moto dans un virage.
Maud, pourquoi passes-tu des heures et des heures à me regarder ? N'as-tu donc pas compris qui je suis ?
Qui je suis vraiment ?

Et toi, monsieur *le grand professeur*, comment peux-tu aimer ta fille de cette manière ?

Pas comme un père. Plutôt comme un mari possessif et jaloux.

Luc accélère encore.

Se jouant de l'équilibre. Et de la mort.

J'ai bien vu comment tu la regardes. Comment tes yeux se posent sur elle, à la dérobée. Comme si elle t'appartenait.

Car tel est ton désir. Que les gens t'appartiennent. Qu'ils te craignent, t'admirent et t'envient.

Mais ce n'est pas à toi que Maud pense à longueur de journée.

Malgré tes belles paroles. Malgré tout le fric que tu gagnes et que tu dépenses pour elle. Malgré tes gestes tendres et tes inquiétudes pathétiques.

Peu t'importe son bonheur.

Peu t'importent les autres, d'ailleurs. Du moment qu'ils sont à toi.

Si je le voulais, Maud serait à moi.

Quand je le voudrai, elle sera à moi.

Luc prend l'autoroute, ralentit à l'approche d'un radar, accélère juste après. Le compteur de son bolide flirte avec les deux cents kilomètres à l'heure. Les voitures s'écartent en l'entendant arriver, il s'enivre de vitesse et de danger.

Tu vois, professeur, moi je n'ai rien eu à faire pour qu'elle m'aime.

Tu verras, un jour, elle t'abandonnera.

Et tu seras le plus malheureux des hommes.

* * *

Armand Reynier compose le numéro de Maud et sort dans le parc qui entoure la clinique de l'Espérance.

— Bonjour, ma chérie, c'est papa.
— Salut.
— Ça va ? Tu es où ?
— Dans ma chambre.
— Je ne te réveille pas au moins ?
— Non. Je me suis levée de bonne heure... Qu'est-ce qu'il y a ?
— Rien, je voulais juste voir comment tu allais... Luc va s'absenter aujourd'hui.
— Il est déjà parti, répond Maud dans une sorte de soupir.
— Je l'ai envoyé me faire une course, dit Reynier.
— *Une course* ? Tu le prends pour ton domestique ?
— Pas du tout... Il a accepté d'aller voir quelqu'un pour moi, pour me rendre service. Je ne sais pas quand il va revenir à la maison, alors je voudrais que tu ne sortes pas. D'accord, ma chérie ?
— OK, dit-elle.
— Très bien... je te fais confiance, ma puce. Faut que je retourne bosser. À ce soir.
— Ouais, à ce soir.
— Je t'embrasse très fort.
— Moi aussi.

Dès qu'elle a raccroché, Maud soulève la porte du garage et grimpe dans sa Mini. Elle enlève le frein à main et la Cooper descend en roue libre jusqu'au portail.

Derrière les rideaux de sa chambre, Charlotte regarde la voiture de Maud disparaître. Un sourire se dessine sur ses lèvres charnues.

Elle enlève son peignoir, ouvre le dressing. Les piles de vêtements propres et repassés sont parfaitement alignées.

Elle n'imagine pas qu'il puisse en être autrement.

Elle choisit un pantalon large en matière fluide, un débardeur en soie sauvage et s'habille devant la psyché. Puis elle se maquille et attache ses cheveux.

Elle descend ensuite au rez-de-chaussée et se rend directement dans la cuisine.

— Amanda ?
— Oui, Madame ?
— Vous pouvez faire ma chambre.
— Très bien. Je termine de nettoyer la cuisine et je monte.
— Vous pourrez également faire la chambre de Maud.
— Je préfère la laisser se reposer.
— N'ayez crainte ! sourit Charlotte. Mademoiselle est partie en douce...

Le visage d'Amanda se décompose. Charlotte feint de ne pas le remarquer et continue sur sa lancée.

— Je suppose qu'elle avait envie de prendre l'air...
— Monsieur m'avait demandé qu'elle ne sorte pas, avoue Amanda.

Charlotte la dévisage avec un sourire cruel.

— Vraiment ? Et pourquoi donc ?
— Parce que Luc n'est pas là aujourd'hui.
— Ah... C'est pour ça que j'ai entendu la moto ce matin. Réveil en douceur !
— Désolée... Je devrais peut-être appeler Monsieur pour le prévenir, non ?
— Vous ne pensez pas que c'est à moi de le faire ? objecte Charlotte.

— Oui, bien sûr, bredouille Amanda.
— Passez-moi le téléphone, voulez-vous ?
— Tout de suite, Madame.
Charlotte attend que la gouvernante lui donne le combiné puis elle sort sur la terrasse. Elle compose le numéro de portable de son mari et tombe sur le répondeur. C'est si rare qu'il décroche quand elle appelle...
— Bonjour, c'est moi. Je me suis aperçue que Maud était partie en voiture et Amanda m'annonce que Luc n'est pas là aujourd'hui... Je ne sais pas quoi faire, je suis inquiète. Rappelle-moi quand tu as ce message. Sur mon portable parce que je vais essayer de retrouver Maud. À très vite.
Elle revient dans la cuisine et pose le téléphone sur la table.
— Moi aussi, je sors, annonce-t-elle. Je pars à la recherche de cette petite écervelée...

* * *

Ce matin, Nice est engorgée. Elle patiente dans les embouteillages, la nervosité se devinant dans chacun de ses gestes.
Régulièrement, Maud jette un œil dans le rétroviseur pour vérifier que la Mercedes blanche n'est pas derrière elle. Mais ce malade pourrait tout aussi bien être dans une autre voiture...
Le fourgon de devant met quelques secondes à démarrer au feu vert, Maud envoie un coup de klaxon.
— Avance, putain !
Dix mètres plus loin, la file est de nouveau arrêtée.

Les doigts de la conductrice tapotent le volant. Elle est pressée d'arriver.

Pourtant, plus elle approche, plus son cœur se serre. Elle s'apprête à faire ce qu'elle redoutait le plus. Mais elle ne peut s'en empêcher, comme si une force invisible et démoniaque l'avait conduite jusqu'ici.

Une force invisible et démoniaque ? Seulement sa propre faiblesse.

Elle ferme les vitres, pousse la climatisation à fond. Un souvenir, brutal, remonte à la surface contre sa volonté.

... Les couloirs uniformes, peints en bleu pastel.
Deuxième étage, des grilles à chaque fenêtre.
Pour éviter les suicides.
Pas le droit d'abandonner, ici.
Pas le droit de décider.
Juste se laisser faire.
Subir une loi qu'on n'a pas choisie, tout juste acceptée...

La Mini plonge dans un parking souterrain et il faut que Maud descende au troisième sous-sol pour trouver une place libre. Avant de sortir de sa voiture, elle passe un coup de fil.

— C'est Maud...
— Tu es en retard.
— Je sais, ça circule très mal. Mais je suis là dans cinq minutes.
— Je t'attends.

L'homme raccroche sans rien ajouter et Maud court jusqu'à la sortie. Elle monte les escaliers à toute vitesse et débouche à bout de souffle sur une petite rue animée.

Elle pourrait faire le chemin les yeux fermés.

Elle aimerait fermer les yeux sur ce qu'elle est en train de faire.

Pourtant, elle continue à courir. Impatiente et désespérée.

Trois minutes plus tard, elle appuie sur la sonnette.

— Oui ?

— C'est moi. Maud...

La lourde porte se déverrouille et elle s'engouffre dans l'immeuble de standing. Un ascenseur étroit l'emporte jusqu'au cinquième et dernier étage. La porte de l'appartement s'ouvre avant qu'elle ait le temps de frapper.

Un homme d'une trentaine d'années se tient dans le vestibule. Il n'a pas pris la peine de s'habiller pour la recevoir et porte seulement un jean déchiré et une chaîne en or autour du cou avec un pendentif en forme de tête de mort.

Maud pénètre dans l'appartement, son cœur accélère encore. Et quand la porte se referme dans son dos, elle sursaute.

Prise au piège.

C'est elle qui l'a voulu.

— Bonjour, Axel.

— Viens, dit l'homme en la précédant jusqu'à l'immense salon.

La pièce est impeccablement rangée, Maud s'assoit sur le canapé et son hôte s'installe en face d'elle.

— Ça faisait longtemps, murmure Maud.

— Très longtemps même... Je t'offre un truc à boire ?

— Je veux bien.

— Une bière ?

Il est bien trop tôt pour la bière, mais Maud hoche la tête. Axel file jusqu'à la cuisine et revient avec deux bouteilles mais pas un seul verre.
— Merci.
— Qu'est-ce que tu as sur le visage ?
— Je... Je me suis fait agresser il y a deux semaines par un taré.
— Il voulait de la thune ?
— Non...
— Il te voulait toi ?
— Oui.
— Et ?
— Et un mec qui passait par là s'est interposé.
— Tu vas l'épouser, j'espère !
Elle sourit tristement.
— Apparemment ce type est toujours après moi... Mais parlons d'autre chose, d'accord ?
— Comme tu voudras. Tu as le pognon ?
— Bien sûr.
Axel avale une gorgée de bière et s'éclipse. Pendant qu'elle est seule, Maud s'exile sur la magnifique terrasse et allume une cigarette. Ses doigts tremblent de façon poignante.

Putain, mais qu'est-ce que je suis en train de faire ? Je dois être cinglée, c'est pas possible...

Pendant quelques secondes, elle songe à s'enfuir.

... Deuxième étage, des grilles à chaque fenêtre pour éviter les suicides.

Pas le droit d'abandonner, ici.

Pas le droit de décider...

Sortir de cet appartement luxueux, courir jusqu'à sa voiture.

Mais ses jambes sont paralysées. Quelque chose dans son cerveau lui impose de rester.

De plonger.

De retourner dans ces contrées qu'elle a eu tant de mal à quitter.

Dans cet enfer qui lui a tant manqué.

Perdue dans ses tourments, elle n'entend pas Axel arriver. Et lorsqu'il pose une main sur son épaule, elle sursaute une nouvelle fois.

— Rentrons, dit-il.

Maud regarde fixement ce que l'homme vient de poser sur la table basse en verre fumé.

Un petit plateau argenté, ciselé. Étincelant.

Sur le plateau, un sachet.

Dans le sachet, un aller sans retour.

... Les couloirs uniformes, peints en bleu pastel. Quelques autocollants de fleurs en guise de décoration. Quelques dessins d'adolescents torturés.

Appels au secours sur feuilles blanches.

Les chambres spacieuses, donnant sur l'immense parc, parfaitement entretenu.

Rien n'est laissé à l'état sauvage, ici. Tout est carré, taillé, ordonné. Réglé au millimètre.

Deuxième étage, des grilles à chaque fenêtre.

Pour éviter les suicides, les sauts dans l'inconnu.

Pas le droit d'abandonner, ici.

Pas le droit de décider.

Juste se laisser faire.

Subir une loi qu'on n'a pas choisie, tout juste acceptée...

Mille euros par jour, mais c'est papa qui paye.

Mille euros par jour pour se libérer de la mort.

Et s'inféoder à la vie.
Mille euros par jour pour apprendre l'espoir. Apprendre à s'aimer soi-même, si c'est encore possible.
Chaque jour, avaler les substituts, suivre les cours de yoga, parler au psy, participer aux groupes de parole.
Mettre son âme à nu, alors qu'elle est déjà à vif...

* * *

Elle regarde le plafond.

Cette chambre hideuse. Au fond d'un appartement sans âme ni confort.

Le temps d'un instant, Charlotte se demande ce qu'elle fait là.

Pourtant, elle sait très bien ce qu'elle est venue chercher ici.

De quoi se haïr, encore et encore.

De quoi se punir, encore et toujours.

Elle tourne la tête vers l'homme étendu à côté d'elle. On dirait qu'il s'est assoupi, sous l'effet de la chaleur. Il s'appelle Nathan, il est jeune, pas vraiment beau.

— À peine baisable, murmure-t-elle.

— Quoi ? dit l'homme en sortant de son demi-sommeil.

— Rien, répond Charlotte. Je vais y aller, ajoute-t-elle en se levant. Il fait vraiment trop chaud ici...

— Désolé, chérie, j'ai pas les moyens d'installer la clim !

Elle passe dans la salle de bains, remarque qu'il a fait l'effort de la nettoyer. Sans doute pour elle, mais elle n'en est pas certaine.

Elle a du mal à régler la température de l'eau, finit par obtenir quelque chose de tiède qui coule sur sa peau.

Rapidement, elle se sèche devant le miroir collé à l'arrière de la porte. Elle laisse tomber la serviette blanche à ses pieds, se regarde droit dans les yeux.

Soudain, elle se met à pleurer. Sans vraiment savoir pourquoi.

Quelques larmes, aucun sanglot. Des perles qui tracent leur chemin sur sa peau encore parfaite. Ou presque.

L'alcool et les somnifères commencent à laisser des traces. Bientôt, elle sera laide. Bientôt, on ne la regardera même plus. Pourtant, sa beauté est tout ce qui lui reste.

Mais ça aussi, il faut le détruire.

Elle a épousé un homme riche et brillant.

Un despote, un tyran. Un homme amoureux de lui-même et de sa fille. Sans doute parce qu'elle est un morceau de sa propre chair.

Charlotte, elle, ne verra jamais grandir son enfant. N'entendra plus jamais le son de sa voix, son rire. Ne saura jamais pour quoi il aurait été doué. Les lettres ? Les sciences ? La musique ?

Serait-il devenu professeur, avocat ou artiste ? Peut-être rien de tout ça.

Au début de sa relation avec Armand, elle a espéré une seconde chance. Espéré qu'il lui ferait un autre enfant. Mais Armand a toujours refusé.

Pour quoi faire ? disait-il. *Nous avons déjà Maud.*

Sauf que Maud ne l'a jamais aimée. Jamais acceptée.

Impossible de s'immiscer entre eux, de trouver une place dans leur couple.

Tu as Maud. Moi, je n'ai rien.

Rien qu'un fils qui agonise sur un lit d'hôpital. Par ma faute.

Alors, se consumer lentement mais sûrement.

Se punir.

Se salir.

S'anéantir.

L'homme allongé de l'autre côté de la cloison n'est qu'un inconnu contacté par Internet. Cela fait quelques mois que Charlotte s'adonne à ces pratiques.

Se donne à des inconnus.

Une heure ou deux. Des rendez-vous à la sauvette, parfois dans des hôtels douteux. Des hommes mariés ou célibataires. Jeunes ou moins jeunes.

Peu importe.

Ce qui compte, c'est s'humilier.

Et humilier Reynier, sans même qu'il le sache.

Charlotte essuie ses larmes et se rhabille. Une fois encore, elle se regarde.

Qu'est-ce que je suis devenue ? Que m'est-il arrivé ?

Comment ai-je pu tomber aussi bas ?

Je coule, lentement, inexorablement. Mais une chose est sûre : je ne sombrerai pas seule.

**

Déjà une heure que Luc attend, assis dans un couloir, sur une chaise en plastique.

Reynier est au bloc, personne ne peut dire avec exactitude quand il en remontera.

Le jeune homme est plongé dans la lecture d'un magazine de voyages. Couverture glacée et alléchante. Destinations aussi lointaines que paradisiaques. Plages de sable blanc, cocotiers ou neiges éternelles.

Des photos qui cachent à merveille l'envers du décor.

Les décharges sauvages, les enfants qui marchent pieds nus dans la fange. Les femmes obligées de se prostituer ou, dans le meilleur des cas, de nettoyer la merde des touristes.

Luc repose son magazine et sourit à une infirmière qui passe par là, se hâtant vers une urgence imaginaire ou réelle. Dès qu'elle a disparu, Luc se lève pour faire quelques pas. Il s'arrête devant la porte du bureau de Reynier. L'antre depuis lequel il dirige sa florissante entreprise.

D'une main de fer, sans aucun doute.

Luc teste la poignée, la porte résiste. Dommage, il se serait bien imaginé dans le fauteuil du boss…

— Bonjour, Luc.

En se retournant le jeune homme se retrouve nez à nez avec le chirurgien. Il ne l'avait jamais vu vêtu de sa blouse blanche, ça lui fait un drôle d'effet. De toute façon, en smoking comme en pyjama, cet homme est toujours élégant, Luc doit bien le reconnaître.

— Bonjour, monsieur.

— Désolé de vous avoir fait attendre, poursuit Armand en donnant un tour de clef.

Luc découvre le bureau du professeur, spacieux et

lumineux, avec une large baie vitrée donnant sur le parc arboré.

— Asseyez-vous, propose Reynier.

Luc pose tout son attirail de motard sur l'un des deux fauteuils, s'assoit dans l'autre.

— J'ai besoin d'un café... Vous en voulez un ?
— Oui, merci.

Reynier appuie sur un bouton, sa secrétaire répond immédiatement.

— Blandine, apportez-nous deux cafés, s'il vous plaît.
— Tout de suite, professeur.

Ici aussi, on lui obéit au doigt et à l'œil.

— Alors ? s'impatiente soudain Reynier.
— Ce n'est plus Michel Abramov qui habite à cette adresse. C'est un certain M. Brémond. J'ai pris sa boîte aux lettres en photo et puis, par acquit de conscience, j'ai attendu de voir l'homme sortir de sa maison. Et ce n'était pas l'agresseur de Maud, je vous le garantis. Désolé...

Le chirurgien ne cache pas sa déception.

— Merde...
— Peut-être que c'est bien Abramov qui vous en veut, poursuit Luc, mais il peut aussi avoir payé quelqu'un pour faire le sale boulot.
— Vous croyez ?

Le jeune homme hausse les épaules.

— Ce n'est pas impossible. Mais à ce stade, nous ne pouvons pas le savoir.

Le professeur attrape un stylo et forme des cercles sur le cuir de son bureau.

— C'est vraiment très contrariant.
— Je sais, monsieur.

Reynier balance son stylo et fait pivoter son fauteuil en direction du parc. Tournant le dos à Luc, il continue à maugréer.

— Très contrariant... J'espérais qu'on allait retrouver ce malade...

— Navré... Je vais faire des recherches pour retrouver Michel Abramov. Il faut que je voie son visage pour qu'on en ait le cœur net.

— Et comment allez-vous faire ?

— J'ai quelques relations qui vont pouvoir m'aider, explique Luc. Mais il faudrait que vous me donniez son numéro de Sécurité sociale, ça serait très utile.

— Pas de souci, je dois l'avoir dans son dossier.

— Si Abramov est toujours en vie et qu'il habite encore en France, je le saurai. À moins que...

— À moins que quoi ?

— À moins qu'il ait changé d'identité. Auquel cas, c'est foutu.

— On ne change pas d'identité comme de chemise, souligne Armand.

Puis il se retourne brusquement.

— Ma femme m'a appelé ce matin, annonce-t-il. Malgré mes ordres, Maud est sortie.

— Pour aller où ? demande Luc.

— Aucune idée. Et ce qui m'inquiète, c'est qu'en quittant le bloc, j'ai eu Amanda au téléphone et que Maud n'est toujours pas rentrée...

— Je vais aller la chercher, dit Luc calmement.

— Vraiment ? Et comment comptez-vous la retrouver ?

— C'est mon boulot.

— *Votre boulot* ? répète le chirurgien avec un

sourire cynique. Vous êtes chien de chasse ou garde du corps ? Vous pouvez flairer ma fille à des kilomètres à la ronde ?

— Non, c'est beaucoup plus simple que ça. Je suppose qu'elle a pris sa voiture ?

— Exact... Et alors ?

— Alors, j'ai posé un mouchard sous l'aile avant droite, annonce Luc.

Le professeur écarquille les yeux.

— Vous avez fait *quoi* ?

— Vous avez très bien entendu.

— Mais...

— Ne faites pas cette tête, monsieur Reynier. Je ne l'ai pas activé et ne le ferai pas sans votre accord. C'était au cas où ce genre de situation se présenterait.

— Vous m'étonnerez toujours...

— J'espère bien. Alors, voulez-vous que je la retrouve ?

— Évidemment... Vous pouvez me dire où elle est ?

— Non, je ne peux pas. Je vais m'en servir pour la retrouver et lui proposer de rentrer à la maison. Mais elle est majeure et je n'ai pas à vous dire où elle se trouve si ce n'est pas ce qu'elle souhaite.

Le visage de Reynier change de couleur. L'Etna, juste avant l'irruption.

— Vous plaisantez, j'espère ?

— Pas le moins du monde. Ce qui m'importe, c'est de vérifier qu'elle est en sécurité. Pas de la fliquer et de vous faire un rapport.

Le chirurgien se lève et s'apprête à hurler lorsque sa secrétaire entre dans le bureau avec le café.

— Posez ça là, ordonne-t-il.

Blandine s'éclipse bien vite, heureuse de ne pas

être la cible de la colère de son patron. Luc prend la parole, ne laissant pas le temps à Reynier de déverser son fiel.

— Je vais d'abord lui téléphoner et si la situation me semble inquiétante, j'activerai le mouchard pour la localiser.

— Vous croyez que je n'ai pas essayé d'appeler ma fille ? fulmine le professeur.

— Si c'est moi, elle décrochera sans doute.

Il a l'impression que Reynier va lui sauter à la gorge.

— Appelez-la. Maintenant !

— Non, monsieur. Si elle ne veut pas que vous sachiez où elle est, il est hors de question que vous puissiez entendre notre conversation.

— Bordel de merde ! hurle le chirurgien. C'est moi qui vous paye et vous allez obéir !

Luc se lève à son tour. Histoire que leurs yeux soient à la même hauteur.

— Du calme, professeur. Inutile de vous énerver, vous n'obtiendrez rien de plus. Je suis payé pour assurer la sécurité de votre fille, pas pour l'espionner.

Reynier tente de recouvrer un semblant de calme.

— Ce qui vous importe, c'est qu'elle revienne saine et sauve à la maison, non ?

— Évidemment ! s'écrie Armand.

— Alors laissez-moi gérer ça.

— Bon, nous reparlerons de tout cela, je vous le garantis... Dès ce soir.

— À votre disposition, monsieur.

— En attendant, retrouvez ma fille. Et si ce n'est

pas contraire à vos principes, merci de me tenir au courant de la situation.

— Je n'y manquerai pas. Vous pouvez compter sur moi, monsieur.

Luc récupère son casque, son sac et sort sans ajouter un mot.

— *Vous pouvez compter sur moi, monsieur*, murmure-t-il en arpentant le couloir. Mais pour qui tu me prends, sale con !

25

Maud décroche dès la seconde sonnerie.
— Salut, c'est Luc. Comment tu vas ? s'enquiert le jeune homme.
— Impeccable, prétend Maud.
— Tu es où ?
Elle ne répond pas tout de suite, Luc écoute sa respiration un peu rapide.
— Je me balade, dit-elle finalement.
— Je peux te rejoindre ?
Là encore, elle hésite.
— C'est mon père qui me cherche, c'est ça ?
— Oui, il te cherche. Ou plutôt, il aimerait savoir où tu es. Mais ce n'est pas pour ça que je t'appelle... Je t'appelle parce que je suis inquiet pour toi.
Cette fois-ci, c'est l'étonnement qui lui coupe la parole.
— Tu dis ça parce que...
— Parce que c'est vrai, l'interrompt Luc. Mais si tu ne veux pas que je te rejoigne, je n'insisterai pas, tu sais... Du moment que tu m'assures que tu es en sécurité, pas de souci. Alors ?
— Oui, je veux bien que tu viennes.

— Tu es où ?
— Je viens d'arriver au centre équestre, je m'occupe de Belphégor.
— Je suis là dans moins d'une demi-heure, dit Luc.
— OK.

Luc a la désagréable impression qu'on l'observe. Il raccroche et se retourne. Derrière la baie vitrée, il distingue l'ombre du professeur Reynier. Il pourrait l'appeler maintenant pour lui annoncer la bonne nouvelle mais décide de le laisser macérer encore un peu dans son délicieux jus d'angoisse.

* * *

Charlotte gare sa voiture dans le garage et monte directement dans la maison par l'escalier intérieur. Dès qu'elle pousse la porte de la cuisine, elle tombe nez à nez avec sa gouvernante.
— Vous l'avez retrouvée ? espère Amanda.
— Qui ?

Amanda fronce les sourcils.
— Maud, bien sûr...
— Non, répond Charlotte.
— Ah... Votre mari m'a téléphoné en début d'après-midi pour savoir si elle était rentrée.
— Il se fait beaucoup trop de souci.
— Après tout ce qui est arrivé, je pense que c'est normal, rétorque la gouvernante.
— Écoutez, Amanda, vous êtes bien gentille, mais je crois que nos histoires de famille ne vous concernent pas. Vous êtes payée pour vous occuper de cette maison, pas pour penser à notre place. C'est clair ?

— Très clair, Madame.

— Pourriez-vous me préparer un cocktail ? Je vais m'allonger près de la piscine.

— C'est mon heure de pause, rappelle la gouvernante.

Charlotte la fustige du regard.

— Dans ce cas, pourquoi n'êtes-vous pas chez vous ?

— J'y allais, prétend Amanda.

— C'est ça, allez-y donc ! balance Charlotte en claquant la porte.

* * *

On dirait qu'ils ne font qu'un.

Que rien ne pourrait les séparer.

Maud et Belphégor tournent dans le grand manège. Ils tournent, comme si le monde extérieur n'existait plus.

N'avait jamais existé.

Belphégor est un robuste Quarter horse à la robe isabelle. Sa longue crinière noire se soulève chaque fois que ses sabots frappent le sol.

Appuyé sur la palissade en bois, Luc semble fasciné.

Au bout d'un quart d'heure, Maud arrête son cheval devant lui.

— Tu veux faire une balade en forêt ? propose-t-elle.

— Tu crois qu'ils vont me prêter un cheval ?

— Bien sûr.

Elle descend de sa monture et confie les rênes à Luc.

— Attends-moi ici, je m'en occupe...

Elle se dirige vers les écuries, mais se retourne au bout de quelques mètres.

— Au fait, tu sais monter ?
— Non...
— Tu n'as pas peur ?
— Pas encore, dit-il en souriant.
— Tant mieux ! Je reviens.

Belphégor suit Maud du regard puis s'intéresse soudain au jeune homme qui tient les rênes. Luc lui caresse le museau en souriant comme un gamin.

— Dis donc, le canasson, tu dois savoir plein de trucs sur Maud, toi... Est-ce qu'elle t'a parlé de moi ?... Je suis sûr qu'elle t'a parlé de moi ! Combien tu veux pour tout me dire ? Dix mille, ça irait ?

Le cheval dresse les oreilles et hoche plusieurs fois la tête.

— En petites coupures ?

Luc ramasse une touffe d'herbe en dehors du manège et l'offre au cheval.

— C'est une avance, dit-il. Je t'apporte le reste demain. Mais je veux des infos solides, d'accord ?
— Tu parles à Belphégor ?

Maud approche en tenant un autre cheval. Très différent de Belphégor, mais tout aussi magnifique.

— Oui, je lui demandais de me confier tes secrets les plus intimes, répond Luc avec un clin d'œil.
— C'est vrai qu'il doit savoir plein de choses sur moi, admet la jeune femme. Je te présente Nell.
— Salut, Nell... Dis donc, il est immense, ce cheval !
— C'est une fille, une hanovrienne... Ils sont un peu plus grands, mais Nell, c'est un amour ! Je l'ai choisie parce que Belphégor s'entend bien avec elle.

Je crois même qu'il est amoureux d'elle, dit-elle en baissant la voix.

Maud lui énonce les consignes de base et, après quelques tours de manège, les deux cavaliers partent directement dans la forêt communale toute proche. Les chevaux avancent au pas, côte à côte sur un large sentier.

— Je suis désolée pour hier, dit Maud.

— Pour le *va te faire foutre*, tu veux dire ?

— C'est ça...

— C'est oublié, prétend Luc. Où étais-tu ?

— Je... J'ai passé la journée avec Mélina, une copine de la fac, imagine Maud.

— Et pourquoi n'avoir rien dit à ton père ?

— Il m'aurait fait une crise, soupire la jeune femme. J'aime beaucoup papa, tu sais, mais... il croit encore que j'ai cinq ans.

Pas vraiment, songe Luc. Mais il se garde bien de la contredire, préférant qu'elle se laisse aller à la confidence.

— Et toi ? demande-t-elle. Tu es proche de ta mère ?

Visiblement, elle n'a pas envie de raconter ce qu'elle a réellement fait de sa journée.

— Oui, je m'entends bien avec elle, même si je ne la vois pas très souvent... Avec mon boulot, je n'arrête pas de bouger. Pas très pratique pour les repas de famille ! Mais si je suis venu m'installer ici, c'est justement pour me rapprocher d'elle.

— Pourquoi tu es devenu garde du corps ?

— Le goût du risque, sans doute ! Et toi, tu comptes faire quoi après tes études ?

— Je n'ai rien décidé, révèle la jeune femme.

Papa voulait que je sois toubib mais je crois que j'aurais détesté ça...

— Qu'est-ce que tu en as à foutre, de ce que voulait ton paternel ! Tu es une grande fille, non ?

Maud voudrait lui expliquer qu'elle a toujours eu peur de décevoir son père. Parce qu'il est sa seule famille, son repère, le pilier de sa vie. Que ça changera peut-être, le jour où elle rencontrera un homme. Un qui l'aimera, l'inspirera. Peut-être même la guidera.

Peur de décevoir son père parce qu'elle l'a déjà déçu, il y a bien longtemps.

De façon cruelle.

En causant la mort de sa propre mère. Et en faisant de lui un veuf.

Maud voudrait lui expliquer tout ça.

Pourtant, Maud ne dit rien.

* * *

Depuis la fenêtre du salon, Armand Reynier voit la voiture de sa fille passer le portail, suivie de près par la moto de Luc.

Cela fait une heure qu'il est planté là, espérant ce moment. Une heure où sa colère a eu le temps de grandir lentement.

Après cette interminable journée d'angoisse, il hésite entre courir pour la prendre dans ses bras ou la gifler et l'enfermer à double tour dans sa chambre. Mais il ne bouge pas. C'est à elle de faire le premier pas.

Il l'observe, tandis qu'elle échange quelques mots avec son garde du corps. Qu'elle lui sourit bêtement, le couvant d'un regard qu'il n'aime pas. Lui touchant même le bras, l'épaule.

Quand vas-tu te décider à venir, bon sang ?

Armand sent sa colère monter encore d'un cran. Elle est presque au maximum quand les deux jeunes gens se dirigent vers la maison. Reynier passe dans son bureau et s'installe dans son large fauteuil, feignant de travailler sur un dossier. Au bout de quelques instants, sa fille apparaît sur le seuil, Luc juste derrière elle. Elle est souriante, comme si elle avait passé une excellente journée.

— Bonsoir, papa.

Il ne la regarde pas. Ne lui répond pas.

— Ça va ? demande-t-elle.

— Non, ça ne va pas.

Le visage de Maud se crispe.

Rien à faire, elle n'est pas encore prête à affronter la douleur de son père.

— Je suis désolée si tu t'es inquiété...

— Vraiment ?

Enfin, il lève les yeux vers elle. La présence de Luc l'importune. Il n'a rien à faire entre eux.

— Pourriez-vous nous laisser, monsieur Garnier ?

— Bien sûr, répond Luc.

Mais Maud attrape son bras.

— Non, reste. S'il te plaît.

Ça ressemble à un appel au secours. Alors, Luc consulte son patron du regard.

— Très bien, restez, dit Armand d'un ton nerveux. Qu'est-ce que tu cherches, Maud ? Tu veux te faire tuer ?

— Avec la rouste que Luc lui a filée, il est pas près de revenir m'emmerder ! affirme-t-elle.

— Maud, ton père a raison, intervient Luc. Et toi, tu as eu tort de faire ça... Tu es en danger dès que tu sors sans moi.

— Tu vois ! exulte son père. Tu vois que j'ai raison !

Maud adresse un coup d'œil amer à son garde du corps mais il reste sur ses positions. Reynier se lève et la prend par les épaules.

— J'étais mort d'inquiétude pour toi... Où étais-tu ?

— J'ai passé la journée avec Mélina et ensuite, je suis allée au centre équestre. Tu vois, rien de bien méchant.

— Tu aurais dû attendre le retour de Luc, sermonne Reynier. Il doit t'accompagner partout où tu vas. Je sais que cette situation est pénible, mais tant que nous ne sommes pas sûrs d'être débarrassés de ce malade, je te demande de suivre cette consigne... Je peux compter sur toi ?

— Oui, papa, soupire la jeune femme. Je le referai pas, OK ?

Il la serre dans ses bras, mais elle esquive aussitôt son étreinte.

— Allez, on se voit pour le dîner, dit-elle. Et arrête de te faire du souci... Tu viens, Luc ?

— Non, Luc va rester ici, décrète Reynier. J'ai deux mots à lui dire.

D'un signe de tête, Luc demande à Maud d'obéir et elle quitte le bureau. Les deux hommes se regardent, Reynier ne propose pas à Luc de s'asseoir mais lui demande de fermer la porte.

— Où était-elle ? attaque-t-il.

— Vous n'avez pas eu mon texto ? Je l'ai rejointe

au centre équestre, c'est là qu'elle était lorsque je l'ai appelée...

— Avant le centre équestre, précise sèchement le chirurgien.

— Elle m'a dit la même chose qu'à vous, qu'elle était avec sa copine Mélina.

Armand continue à le fixer avec une rage à peine dissimulée.

— Vous êtes un garçon intelligent, Luc. Très intelligent, même.

— Merci du compliment.

— Mais faites attention.

— À quoi ?

— Pas à quoi. À *qui*...

— À qui, alors ?

— À moi ! assène Reynier. Ne vous avisez plus jamais de me tenir tête de la sorte.

Luc prend le temps de réfléchir avant de répondre.

— Vous avez besoin de moi, dit-il finalement. L'inverse n'est pas vrai.

Le chirurgien s'approche de son jeune interlocuteur.

— Ce que je voulais vous dire, c'est que je peux devenir féroce, précise Reynier d'une voix étrangement calme.

— Je n'en doute pas, monsieur.

— Vous n'imaginez pas à quel point.

— Si, je crois.

Ils s'affrontent encore un instant du regard. Le chirurgien vient de réaliser que Luc sait désormais beaucoup trop de choses sur lui. Qu'il pourrait être préjudiciable de se le mettre à dos. Le message s'affiche clairement dans les yeux de son adversaire.

Pourtant, malgré sa position de force, Luc décide de faire profil bas.

— Je suis désolé pour tout à l'heure, monsieur, dit-il. Je vous présente mes excuses... Mais il faut que vous soyez conscient d'une chose importante : si je perds la confiance de Maud, je ne pourrai pas la protéger. Et si je veux qu'elle ait confiance en moi, je ne dois pas la trahir.

Le torse du professeur se regonfle, il se permet même un sourire.

— Je comprends vos arguments. Mais essayez donc de comprendre les miens.

— J'essaierai, promet le jeune homme avec une sincérité désarmante.

— Très bien... Vous y croyez, vous, à cette histoire de copine de fac ?

Luc hausse les épaules.

— Je n'ai pas de certitudes, à vrai dire. Maud ne m'a donné aucun détail sur sa journée...

— Son comportement m'inquiète. Pourquoi prend-elle le risque de sortir seule ?

— Peut-être est-ce une façon de se rebeller, imagine Luc.

— Ce n'est plus une adolescente, merde !

— C'est *presque* une adolescente, rappelle le jeune homme. Mais elle aimerait que vous la considériez un peu plus comme une adulte.

— Elle vous l'a dit ? s'étonne Reynier.

Luc hoche la tête.

— Elle n'a qu'à se comporter en adulte responsable, dans ce cas.

— Laissez-lui-en l'occasion, suggère Luc.

— Allez-vous m'apprendre à m'occuper de ma fille ? J'ai hâte d'entendre vos conseils !
— Je ne me le permettrais pas, monsieur.
— À la bonne heure !

Reynier se poste face à ses étagères vides ; on dirait qu'il peut encore admirer les masques qui y trônaient jusqu'à cette nuit.

— Je devais partir en voyage dans dix jours, mais je crois que je vais annuler. Je ne veux pas la laisser seule. Charlotte va me faire une scène, mais tant pis...
— Maud ne sera pas seule, je serai là. Et je vous promets de veiller sur elle.
— Je n'en doute pas ! balance Reynier.
— De veiller à sa sécurité, précise Luc.
— Je vais réfléchir.
— Où devez-vous partir ?
— À Bali, répond le professeur. Nous avons réservé pour une dizaine de jours.

Ce voyage ne semble pas l'emballer plus que ça. Luc suppose que ce doit être une torture pour lui d'être séparé plus d'une semaine de sa petite fille.

— Ça doit valoir le coup ! dit-il simplement.
— Sans doute. J'aurais aimé que Maud nous accompagne, c'est même pour son anniversaire que j'avais organisé ce voyage... Mais elle n'a pas souhaité venir.

Maud et Charlotte en vacances sur la même île ? Rien qu'en songeant à la situation, Luc ne peut contenir un sourire.

— Bien... Laissez-moi, maintenant, ordonne Reynier. J'ai du travail.
— Je comprends. Bonne soirée, monsieur.

Maud regarde Luc descendre vers son studio. Chaque image de lui s'imprime au plus profond de son cerveau. Elle ne savait pas qu'on pouvait tomber amoureuse si vite, si fort.

Et que ça faisait si mal.

Tant que ce malade lui en veut, ou tant que son père le croit, Luc restera là. Mais ensuite ?

Ensuite, il partira.

Le supportera-t-elle ?

Bien sûr que non.

Le jeune homme entre chez lui, Maud tire le rideau. Elle verrouille la porte de sa chambre et s'assoit sur son lit. Au fond de son sac, elle récupère la précieuse cargaison.

Il faudra qu'elle demande de l'argent à son père. Qu'elle lui fasse miroiter n'importe quel caprice pour justifier la dépense d'une pareille somme.

Mais l'argent n'est vraiment pas le problème.

Elle contemple le sachet de brown sugar posé sur le couvre-lit.

Non, je ne vais pas en prendre. Je dois résister.

Pourtant, il fallait qu'elle en ait à portée de main, c'était plus fort qu'elle. Savoir qu'elle possède la clef du paradis, du réconfort. Qu'elle a une issue de secours si ça devient trop dur.

Maud serre les dents.

Elle a envie de jeter tout ça dans les toilettes.

Envie de le sniffer ou de se l'injecter d'un seul coup.

Envie de se taper la tête contre le mur.

Pendant presque deux ans, elle a été dépendante de cette saloperie.

Pendant presque deux ans, elle n'a vécu que pour ça. N'étant plus que l'ombre d'elle-même.

Pourtant, elle regrette parfois cette période de sa vie. Où elle connaissait le plaisir pervers de se détruire doucement. De glisser lentement vers la folie et la mort.

Les flashs, plus forts que n'importe quel orgasme. Et cette sensation d'apesanteur que rien ne remplace.

Ces voyages extraordinaires où l'on modèle la réalité à sa guise. Ces traversées sur une mer d'huile vers des continents interdits, des contrées vierges où tout reste à découvrir.

Ces journées dont on pense que ce sont les dernières.

Le problème, ce sont les escales. Entre deux voyages.

Les vomissements, les démangeaisons, les insupportables maux de ventre, la soif qu'on n'arrive jamais à calmer. Le manque, de plus en plus cruel. Qui arrive de plus en plus vite. Qui devient constant.

Bientôt, la magie se dérègle. Les fameux orgasmes faiblissent avant de disparaître.

Bientôt, en prendre seulement pour ne plus souffrir. Doses de plus en plus fortes, prises de plus en plus rapprochées.

Se détacher du monde. N'avoir plus qu'une seule obsession : l'héroïne.

— Non, je ne dois pas recommencer, murmure Maud en fixant le sachet. Je ne dois pas replonger, putain...

La cure de désintoxication.

Des semaines d'enfer pour retourner au point

de départ. En se persuadant qu'on a de la chance d'être vivant.

Alors qu'on préférerait être mort.

Non, ça ne peut pas recommencer...

Maud se met à pleurer doucement.

— Luc, s'il te plaît... Ne me fais pas ça ! Pas ça...

Elle s'allonge sur son lit, sanglote sur son fidèle oreiller.

Entendant quelqu'un monter l'escalier, elle attrape le sachet de drogue et le planque dans une boîte avec un petit cadenas.

On frappe à la porte. On essaie d'entrer.

— C'est moi, ma chérie. Le dîner est servi, on t'attend !

La voix de son père, tel un électrochoc.

— Une seconde ! s'écrie Maud.

Elle cache la clef, retrouvant les réflexes du passé, puis sèche rapidement ses larmes. Enfin, elle ouvre la porte. Reynier se tient sur le seuil.

— Pourquoi tu t'enfermes ? demande-t-il.

— Je me changeais.

Son père récidive en la prenant dans ses bras puissants. Cette fois, coupable, elle se laisse faire.

Coupable, comme toujours.

Coupable, depuis tant d'années.

Non, papa, je ne suis pas allée voir une copine de fac. Je suis passée prendre livraison chez mon dealer. J'ai claqué le fric que tu gagnes pour m'acheter quelques grammes de mort.

— Ma chérie, murmure Reynier en caressant les cheveux de sa fille. J'étais tellement inquiet pour toi !

— Pardonne-moi, papa...

— Tu es tout ce que j'ai, dit-il. Je ne veux pas te perdre...
— Je sais, papa. Moi non plus, je ne veux pas te perdre.
— Allez viens, ma puce. Charlotte nous attend pour manger.

* * *

Luc fume une cigarette sur sa terrasse. Trompées par les lumières artificielles, quelques cigales chantent encore désespérément malgré l'heure tardive.
La tête ailleurs, Luc ne les entend même pas.
Il regarde Marianne. Toujours belle au moment d'aller dormir.
Belle, tout le temps.
Elle est assise là, près de lui. Admirant les étoiles.
Elle est toujours là, de toute façon. Il prend sa main, la serre très fort. Puis il décide enfin d'aller se coucher même s'il n'a pas sommeil. Un anxiolytique l'aidera à trouver le repos quelques heures.
Il constate qu'Amanda n'est pas redescendue chez elle. Ces Reynier sont vraiment des esclavagistes, songe-t-il.

Le professeur est assis derrière son ordinateur. Trois coups discrets à la porte lui font lever la tête.
— Oui ?
Amanda pousse la porte.
— Entrez, dit-il. Asseyez-vous.
Elle obéit, docile et souriante.

— Vous voulez un verre ? propose Armand.
— Pourquoi pas !
— J'ai un très bon rhum, ça vous dit ?
Dans son bureau, Reynier a tout à portée de main : scotch, rhum, digestifs. Il remplit deux petits verres, en dépose un devant la domestique.
— Alors ? demande-t-il.
— Rien de spécial à signaler aujourd'hui, répond-elle. Mis à part que Mlle Maud nous a fait une grosse frayeur en partant en douce ! Mais ça, vous le savez déjà...
— Vous n'avez toujours rien remarqué entre elle et Luc ?
— Écoutez, Monsieur... Je ne peux rien vous certifier, mais j'ai comme l'impression que Maud est sous le charme.
— C'est aussi mon impression, maugrée le père. Mais lui, vous croyez que... ?
— Je suis quasiment sûre qu'il garde ses distances. C'est un garçon sérieux et un vrai professionnel.
— Bon, continuez à les avoir à l'œil, tous les deux. Et si vous avez le moindre doute...
Elle hoche la tête d'un air important et zélé avant de terminer son verre.
— Je vous laisse, Monsieur.
— Bonne nuit, Amanda. Et merci de votre aide.
— Merci à vous de votre confiance.
Reynier la suit d'un regard appuyé tandis qu'elle s'éloigne. Il trouve qu'elle a du charme, une jolie silhouette. Un jour, il faudra qu'il aille plus loin avec elle.
Il termine son verre de rhum, mais l'angoisse lui

serre la gorge lorsqu'il repense à la petite fugue d'aujourd'hui.

Lorsqu'il repense à la première fugue de Maud.

Quatre jours sans aucune nouvelle d'elle. Quatre jours à se demander si elle était vivante ou morte. Si elle était tombée entre les griffes d'un psychopathe.

Quatre jours et trois nuits à imaginer sa petite fille enfermée dans un sous-sol obscur, en train de se faire violer par un malade. À imaginer son corps martyrisé, désarticulé, abandonné dans une clairière. Ou une décharge sordide.

Quatre jours d'une indicible souffrance toujours tatouée au plus profond de ses chairs.

Quatre jours et trois nuits qui ont laissé de terribles séquelles. Marquant son âme à tout jamais.

26

Depuis la petite escapade de Maud, quarante-huit heures auparavant, il ne s'est pas passé grand-chose chez les Reynier.

La vie suit son cours et Luc s'ennuie.

Ce matin, de très bonne heure, il est allé courir. Puis après un bon petit déjeuner, il s'est réfugié dans le garage pour s'entraîner.

Bizarrement, la Porsche est encore là, le chirurgien n'est pas parti bosser. Alors que chaque matin, il s'en va très tôt.

Sur le tapis qu'il a installé, Luc fait quelques assouplissements, puis enchaîne avec des mouvements rapides de self-défense. Très concentré, il ne fait pas attention aux pas discrets dans son dos.

— Bonjour, Luc.

Maud se tient juste à côté du tapis. Les mains jointes devant elle, comme une enfant sage.

— Salut.

Il s'essuie le visage avec une serviette et vient l'embrasser.

— Je peux rester un peu ?

— Tu es chez toi, rappelle Luc.

— Oui, bien sûr... Mais ça ne te dérange pas que je te regarde t'entraîner ?

— Pas du tout ! assure le jeune homme.

Il pense exactement l'inverse mais dissimule à la perfection ses sentiments, ainsi que la vie lui a appris à le faire.

Oui, il aurait préféré rester seul. Ou en tête à tête avec Marianne. Mais puisqu'il a un public, autant en profiter.

Il se positionne face au sac de frappe et commence à distribuer les coups.

Assise en tailleur sur le tapis, Maud est subjuguée. Il sent son regard l'envelopper tout entier, le pénétrer. Alors, il accentue encore la force de ses frappes. Il se donne en spectacle, avec le sentiment jouissif d'être l'objet d'un désir brûlant. Finalement, il a quelques points communs avec Reynier...

Au bout de dix minutes, il cesse enfin sa démonstration et se tourne vers elle. Tout juste s'il est essoufflé.

— Tu veux que je t'apprenne des trucs ?

— Ça serait cool !

— Vire tes pompes.

Elle enlève ses mules en cuir et monte sur le tapis, docile comme jamais. Elle se moque complètement du self-défense mais chaque moment passé avec lui est une bénédiction. Même si ça creuse encore plus profondément la plaie.

Il lui montre quelques mouvements, qu'elle tente d'imiter sans grand succès. Alors, il se positionne derrière elle et la prend dans ses bras pour guider chacun de ses gestes.

Maud n'est plus sur un tapis, au fond d'un garage.

Elle est au septième ciel.

Luc pourrait presque sentir son cœur tant il bat fort. Il lui parle doucement, dans l'oreille, passe un bras autour de sa taille.

Ce n'est plus un cours de krav-maga, c'est un torride pas de deux.

Mais soudain le charme est rompu. Armand Reynier vient de les rejoindre.

— Je vous dérange ? demande le chirurgien.

Cette scène en rappelle étrangement une autre à Luc. Sans lâcher Maud, il se retourne. Et, comme à chaque fois, il fixe l'homme dans les yeux avant de lui adresser la parole. Entre eux, le défi est permanent.

— Bonjour, monsieur.

Le regard de Reynier est sans équivoque. S'il avait un fusil dans les mains, il abattrait Luc sans sommation.

— J'apprends à votre fille à se défendre, ajoute-t-il.

Consciente du danger, Maud s'écarte de Luc et va embrasser son père.

— C'est bien, non ? dit-elle. Comme ça, si l'autre enfoiré se pointe, je l'explose !

— C'est à Luc de le faire, pas à toi, rappelle Reynier.

— Tu ne vas pas bosser ? poursuit Maud pour dévier leur conversation.

— Non, pas ce matin. J'avais envie de me reposer et comme je n'avais rien d'important de prévu... Je partirai en début d'après-midi, je donne un cours à la fac. Luc, je vous cherchais, j'aimerais vous parler deux minutes.

— Je vous écoute.

— Pas ici. Suivez-moi.

— Et pourquoi pas devant moi ? s'offusque Maud. Le professeur hésite.

— Très bien, dit-il enfin. J'ai décidé d'annuler notre voyage.

Luc a envie de sourire, mais se retient. Comme s'il était venu dans le garage pour lui annoncer cette nouvelle !

— Mais pourquoi ? s'étonne Maud. Tu as bien mérité de partir en vacances !

— Je ne veux pas m'éloigner de toi. Pas en ce moment. On ne sait jamais.

— Écoute, papa, je pense que cette histoire est terminée. Que ce salopard ne reviendra pas. Mais au cas où, Luc est là.

Reynier secoue la tête.

— Nous partirons quand tout sera fini.

La jeune femme soupire.

— C'est n'importe quoi ! Je te promets que je ne sortirai pas seule, ça te va ?

— Là n'est pas la question, ma chérie. Je veux être présent s'il t'arrive quoi que ce soit.

Soudain, Maud explose.

— Putain ! Mais j'ai plus quatre ans ! hurle-t-elle. Arrête un peu de me traiter comme une gamine !

Reynier reste interloqué. Ça faisait longtemps que sa fille ne lui avait pas parlé sur ce ton.

— Tu as déjà payé ce voyage, ça t'a coûté une blinde et tu veux annuler ? C'est vraiment trop con !

— L'argent n'est pas le problème, répond le chirurgien.

— T'as raison ! envoie Maud. Le problème, c'est toi.

Luc fait mine de regarder ailleurs, se gardant bien d'intervenir.

— Tu sais quoi ? ajoute-t-elle. Si tu n'y vas pas, c'est moi qui pars. Avec Luc.

Elle se retourne vers le jeune homme avant d'embrayer.

— Ça te dirait, dix jours à Bali ? C'est papa qui paye !

— Arrête ton cinéma ! ordonne Armand. Ça suffit, maintenant !

Maud ose l'affronter du regard. Elle ne baisse pas les yeux.

Pas devant Luc.

— Oui, ça suffit, répète-t-elle. Il va falloir que tu admettes que je ne suis plus une enfant. Et tu serais ridicule d'annuler tes vacances... Maintenant, j'aimerais continuer à m'entraîner avec Luc. Si tu n'y vois pas d'inconvénient, bien sûr.

Presque par miracle, Reynier parvient à se contenir. Il tourne les talons et quitte le garage. Maud remonte sur le tapis et Luc voit ses mains trembler.

— Tu n'y es pas allée avec le dos de la cuillère, murmure-t-il.

— J'ai pas raison ? s'écrie-t-elle.

— Je ne sais pas...

Finalement, la jeune femme abandonne le self-défense et s'appuie contre le mannequin de bois.

— Peut-être que j'y suis allée un peu fort. Mais il l'a cherché !

— Il est seulement inquiet pour toi... Ce qui peut se comprendre.

Elle hausse les épaules.

— J'aimerais qu'il me lâche, de temps en temps. J'étouffe !

— Tu veux continuer ?

Elle revient se poster à côté de lui et tente de suivre ses indications. Mais elle est bien incapable de se concentrer.

— Tu te souviens de ta première fois ? demande-t-elle soudain.

— Ma première quoi ?

— Ben... La première fois que tu as couché avec une fille.

Le jeune homme la dévisage avec un sourire embarrassé.

— Évidemment que je m'en souviens. C'est le genre de choses qu'on n'oublie pas !

— C'était comment ?

Il attrape sa bouteille, avale quelques gorgées d'eau.

— Je te trouve bien indiscrète... C'est plutôt intime, comme question !

— Moi, j'avais quinze ans, relate Maud. C'était sur une plage déserte, dans une petite crique...

Adossé au mur, Luc croise les bras.

— Il s'appelait Mathéo, il avait vingt-cinq ans, je crois. Il était charmant, attentionné, très amoureux de moi... C'était un des plus beaux moments de ma vie.

— Eh bien moi, j'avais seize ans et c'était tout sauf inoubliable.

Soudain, Maud se met sur la pointe des pieds et passe ses bras autour du cou du jeune homme.

— Maud...

Il n'a pas le temps de finir sa phrase. Elle vient de poser ses lèvres sur les siennes.

Pourvu que le paternel se soit bien barré, songe-t-il en fermant les yeux.

27

Maud n'en revient pas.

D'avoir osé.

Il y a deux heures à peine, elle embrassait Luc. Ce n'est pas la première fois qu'elle se montre entreprenante avec un homme. Mais les autres, c'était différent. Les autres n'étaient pas Luc.

Attablée avec ses parents près de la piscine, elle n'a pas encore touché à son assiette.

Certes, il ne lui a pas rendu son baiser. Mais c'est parce qu'il ne veut pas avoir de problèmes avec son père, elle en est sûre.

Sur ses lèvres, un sourire béat. Au fond de ses yeux, une flamme nouvelle.

— Tu ne manges pas ? s'inquiète son père.
— Pas faim...
— Qu'est-ce que tu as ? Tu es malade ?
— Non...

Charlotte esquisse un sourire et pose une main sur celle de son mari.

— Mais non, elle n'est pas malade ! dit-elle. Elle est simplement amoureuse.

On dirait que la foudre vient de pétrifier le père et la fille. Contente de son effet, Charlotte continue à sourire d'un air innocent.

— Tu te souviens ? Quand je suis tombée amoureuse de toi, je ne mangeais plus non plus...

Mais Armand ne l'écoute pas. Il ne l'entend même plus. Il dévisage sa fille comme s'il venait d'apprendre qu'elle était recherchée par toutes les polices du monde. Qu'elle était atteinte d'une maladie incurable. Ou comme si elle venait de lui enfoncer une dague dans le ventre.

Il attend qu'elle contredise Charlotte. Qu'elle se défende de pareil crime.

Face à ce regard effrayant, Maud trouve enfin l'énergie de répondre.

— Mais qu'est-ce que tu racontes ? Faudrait arrêter de parler pour dire n'importe quoi !

Les yeux clairs de Reynier ne changent pas d'expression. Le poignard est toujours fiché dans son abdomen.

Profondément.

— Me regarde pas comme ça, papa ! souffle Maud.

— Allons, Maud ! reprend Charlotte. Y a pas de honte, voyons...

La jeune femme sort de ses gonds.

— Tu aimes foutre la merde, hein ? C'est plus fort que toi !

— Ne me parle pas comme ça ! s'insurge Charlotte.

Puis, tournant la tête vers son époux :

— Tu entends ça ?

Le professeur demeure silencieux. Incapable de parler, sans doute.

— Je t'emmerde ! hurle Maud.

Elle se lève, balance sa serviette par terre et quitte la table comme une furie. Reynier est toujours prostré et Charlotte lui adresse un sourire qui a quelque chose de perfide.

— Tu vois, j'ai raison... Si elle réagit comme ça, c'est que j'ai raison.

À son tour, Armand quitte la table sans un mot. Il longe la piscine et descend dans le jardin. Ou plutôt, il fonce tout droit vers la dépendance.

Plus précisément vers l'appartement de Luc.

Il ne prend pas la peine de frapper avant d'entrer.

Allongé sur le canapé, devant la télé, Luc se redresse d'un bond. Il n'a pas le temps d'ouvrir la bouche que Reynier l'a déjà saisi par le col de sa chemise pour le mettre debout.

— Eh ! gueule Luc. Qu'est-ce qui vous prend ?

Le jeune homme ne réagit pas, ne se défend pas, attendant la suite.

— Tu couches avec ma fille ? demande le chirurgien d'une voix sourde. Réponds !

D'un geste rapide et précis, Luc se dégage et repousse le chirurgien à un mètre de distance.

— Calmez-vous, monsieur, ordonne-t-il.

— Réponds !

— Non, je ne couche pas avec votre fille. Combien de fois faudra-t-il que je vous le dise ?!

Reynier est face à lui, les poings serrés et le visage déformé par la haine.

— Vous avez entendu ? Je-ne-couche-pas-avec-votre-fille, répète Luc en articulant chaque syllabe.

— Alors pourquoi elle est dans cet état ? s'emporte le chirurgien. Tu crois que je n'ai pas vu ton petit jeu ?

— Si vous voulez qu'on parle, il va falloir vous calmer, monsieur Reynier.

Le professeur inspire profondément et desserre les poings.

— Vous avez raison, dit-il.

Luc éteint la télé et pose deux verres sur la table. Décidément, Reynier montre de plus en plus de signes de faiblesse.

— J'ai gardé la bouteille de whisky, dit Luc. Vous en voulez un ?

Il fait le service sans attendre la réponse, tandis que Reynier se laisse tomber sur une chaise. Il avale une gorgée, Luc reste sur ses gardes.

— Que se passe-t-il ?

— À vous de me le dire. Maud n'est pas dans son état normal. Charlotte pense qu'elle est amoureuse de vous.

Luc sourit.

— Je crois que vous faites erreur, monsieur. Ce n'est vraiment pas l'impression que j'ai, je vous assure. Ou alors, elle cache bien son jeu...

Le professeur ne semble toujours pas convaincu, alors Luc continue sur sa lancée.

— On s'entend bien, c'est vrai... Comme je vous l'ai déjà dit, je crois qu'elle me considère un peu comme son grand frère. Rien de plus. Et puis vous savez, je suis déjà amoureux.

— Vraiment ?

— Oui, j'ai une petite amie, depuis plusieurs années... Mais pourquoi vous mettez-vous dans cet état ? Vous me trouvez donc si repoussant que ça ?

— Bien sûr que non ! Ce n'est pas ça... Maud est fragile et lorsque votre mission sera terminée, vous

vous en irez. Et je n'ai pas envie qu'elle ait le cœur brisé...

— Écoutez, monsieur, si vous voulez savoir ce que Maud ressent pour moi, le mieux serait peut-être de le lui demander, vous ne croyez pas ? Voulez-vous que je l'appelle, qu'on en discute tous les trois ?

Reynier hésite. Face à l'apparente sincérité de Luc, il ne sait plus trop sur quel pied danser.

— Non, je vais aller lui parler.

— Je suis sûr que cela dissipera le malentendu.

— Je l'espère...

— Et puis vous savez, ajoute Luc sur le ton de la confidence, si je dois briser quelque chose, ce sera les cervicales du malade qui vous harcèle, vous et votre famille. Pas le cœur de votre fille...

Reynier esquisse un sourire.

— Désolé de m'être emporté comme ça.

— Pas de problème, prétend Luc. Vous êtes un père attentionné, Maud a beaucoup de chance.

Le chirurgien le considère avec étonnement.

— C'est vraiment ce que vous pensez ?

— Oui... Cependant, si j'étais vous, je lui lâcherais un peu la bride. Vous avez peur pour elle, mais je crois qu'elle n'est pas si fragile que ça. J'ai même l'impression qu'elle est forte et courageuse... Après ce qu'elle a vécu ces derniers jours, elle récupère vite. Beaucoup seraient mortes de trouille à sa place !

— Bien sûr, elle n'a pas que des faiblesses, admet Reynier. Mais je sais qu'elle peut rapidement sombrer. Et je ne voudrais pas qu'elle rechute à cause de vous...

— *Qu'elle rechute* ? C'est-à-dire ?

À cet instant, Reynier se maudit de s'être montré sous un jour peu reluisant. D'avoir révélé tant de choses à cet homme. De l'avoir laissé ainsi entrer dans sa vie.

Mais il a tant de mal à clarifier ses sentiments envers lui.

Tour à tour un allié, un ennemi.

Un danger, un réconfort.

Un confident, un adversaire...

— Elle a eu des problèmes, il y a quelques années, révèle le chirurgien. Drogues dures.

— Merde, murmure Luc. Je l'ignorais...

— L'adolescence, de mauvaises fréquentations et puis... Et puis je crois que la mort de sa mère reste une blessure profonde.

— Je comprends mieux votre comportement, maintenant, dit Luc. Mais vous n'avez pas à avoir peur de moi, rassurez-vous... Voilà ce que je vous propose : allez lui parler et si jamais vous avez raison, si jamais Maud est amoureuse de moi, eh bien je m'engage à partir et à vous trouver quelqu'un de sûr pour me remplacer.

Reynier est de plus en plus surpris.

— Marché conclu ?

— Marché conclu, répond le chirurgien. Au fait, vous avez pu joindre vos relations concernant Michel Abramov ?

— Oui, j'ai téléphoné à deux personnes, répond Luc. Ils ont entamé les recherches et doivent me rappeler dès qu'ils ont du nouveau.

— Bien... Tenez-moi au courant.

— Bien sûr, monsieur.

Lorsque Reynier quitte l'appartement, Luc se rallonge sur le canapé et termine son verre de scotch.

— Pauvre *papa*, murmure-t-il avec un sourire. Tu es vraiment pathétique… Tu me ferais presque de la peine !

* * *

Maud s'est enfermée dans sa chambre. Armand a déjà frappé, mais elle n'a même pas répondu.

— Maud… Ouvre, s'il te plaît. Il faut qu'on parle.

Il attend, patient, sur le seuil.

— Maud ! Allez, ouvre-moi.

Enfin, elle daigne tourner la clef dans la serrure et l'accueille froidement. Reynier s'avance doucement, comme s'il marchait sur des œufs.

— Tu es calmée ?
— Non ! Elle me fait chier !
— Tu n'as pas à lui parler sur ce ton, blâme le père en s'asseyant sur le lit. Je te rappelle que Charlotte a toujours été là pour toi !
— Ah oui ? Si ça te fait du bien de le penser…
— Qu'est-ce que tu lui reproches à la fin ?
— Tu ne vois pas qu'elle est jalouse ?
— Jalouse de quoi ? De qui ?
— Mais de moi, papa ! Elle voudrait que tu l'aimes plus que moi !

Reynier esquisse un sourire un peu triste.

— C'est impossible, répond-il. Je ne peux aimer personne plus que toi…

Maud baisse la tête.

Touchée, plein cœur.

— Tu le sais, n'est-ce pas ? Et Charlotte le sait aussi. Je ne suis pas aveugle, tu sais, ma chérie... Je vois bien qu'il y a des tensions entre vous. Mais je te demande de faire un effort. Pour moi.
— Ça fait des années que je fais des efforts...
Reynier réfléchit avant de poursuivre.
— Maud, est-ce qu'il y a quelque chose entre Luc et toi ?
Elle prend une longue respiration et vient s'asseoir à côté de lui. Elle sait ce qu'elle doit répondre. Consciente qu'au moindre faux pas, Luc sera congédié.
— Non, papa. Charlotte se goure complètement. Je ne suis pas amoureuse de lui et il n'est pas amoureux de moi... D'ailleurs, il a une petite amie.
— Il t'en a parlé ? s'étonne Reynier.
— Bien sûr ! Qu'est-ce que tu crois ? Tu sais, je l'apprécie beaucoup. Et je lui dois la vie, ne l'oublie pas...
— Je ne l'oublie pas.
— C'est un bon copain et j'espère qu'on deviendra amis. On s'entend bien, on rigole bien ensemble. Mais je le trouve... Enfin, c'est pas mon genre de mec, quoi.
— Et c'est quoi, ton *genre de mec* ?
Elle hausse les épaules.
— Je crois que je ne l'ai pas encore rencontré !
— Tu as tout le temps, dit son père.
— Alors, tu es rassuré ?
— Oui, avoue Reynier.
— Mais franchement, je ne vois pas pourquoi tu réagis comme ça ! Même s'il y avait eu quelque chose

entre Luc et moi, ça ne te regarde pas... Et puis, en quoi ce serait si terrible ?

Reynier a du mal à trouver une réponse.

Parce que aucune ne serait la bonne.

— Je veux que tu sois heureuse dans la vie, prétend-il simplement. Et Luc, avec le boulot qu'il fait, ne serait pas un homme pour toi. Regarde, en ce moment, il n'est pas avec sa copine !

— C'est vrai, acquiesce Maud.

Elle serait prête à admettre n'importe quoi pour calmer les soupçons de son père.

Mentir et cacher ses sentiments s'apprend.

Comme à peu près tout.

— Tu sais, papa, je crois que tu ne devrais pas annuler ce voyage à Bali. Parce que ça nous ferait du bien, à Charlotte et moi, de ne plus nous voir quelques jours. On se tape sur les nerfs, ces derniers temps.

— J'ai déjà pris ma décision, révèle Reynier.

Maud retient sa respiration.

— Charlotte partira comme prévu et je la rejoindrai pour la deuxième semaine. Je ne me sentais pas de te laisser seule pendant quinze jours.

Sa fille respire à nouveau. C'est moins catastrophique que prévu.

— D'accord, papa, dit-elle en souriant.

Elle l'embrasse sur la joue et il ne peut s'empêcher de la serrer dans ses bras.

***

Dès que Maud lui a téléphoné, Reynier a annulé son cours à la fac. Au volant de sa voiture, il traverse Nice en direction du commissariat.

Il trouve une place dans un parking souterrain et, quelques minutes plus tard, pénètre dans l'hôtel de police.

Maud et Luc patientent dans une petite salle surchauffée et le professeur vient s'asseoir près de sa fille.

— Alors ?

— Alors rien, soupire Maud. Ça fait une demi-heure qu'on poireaute...

À peine a-t-elle dit cela que le lieutenant Lacroix fait son apparition.

— Bonjour, dit-il. Veuillez me suivre.

Ils le talonnent jusqu'à son bureau exigu et Luc est obligé de rester debout par manque de chaises.

— Merci d'être venus tous les trois, poursuit Lacroix. Et désolé pour l'attente.

— Que se passe-t-il exactement ? interroge le chirurgien.

— Nous avons arrêté un individu ce matin, annonce le lieutenant. Il venait d'agresser une jeune femme qui faisait son footing du côté du canal de Gairaut. Comme il correspond à peu près au signalement de votre agresseur, mademoiselle Reynier, nous pensons qu'il peut s'agir du même homme. Alors nous avons préparé une parade et...

— Une quoi ? l'interrompt Maud.

— Une parade, c'est une séance d'identification, explique Lacroix. Nous allons vous placer dans une pièce et vous allez observer plusieurs hommes parmi lesquels il y aura ce fameux individu. Vous pourrez nous dire si vous reconnaissez le type qui vous a attaquée. Et monsieur Garnier, en votre qualité de témoin de l'agression, vous ferez la même chose. D'accord ?

Luc hoche la tête.

— Allons-y, dit le lieutenant.

Ils traversent un couloir et Lacroix invite Maud à pénétrer dans un petit bureau. Une vitre fumée le sépare d'une autre pièce, plus grande, dans laquelle cinq hommes sont alignés de face et tiennent dans les mains un petit carton marqué d'un numéro.

Dès qu'elle les aperçoit, Maud a un mouvement de recul.

— N'ayez crainte, dit Lacroix à voix basse. Ils ne peuvent pas vous voir.

La jeune femme s'approche du miroir sans tain et met moins d'une minute à répondre.

— Non, dit-elle. Il n'est pas là.

— Prenez votre temps, prie le lieutenant. Et si vous le souhaitez, je peux leur demander de se mettre de profil.

Maud les observe à nouveau et arrive à la même conclusion.

— Non, je ne reconnais personne, désolée.

Elle rejoint son père dans le couloir, tandis que Luc pénètre à son tour dans la pièce. Il observe longuement les hommes alignés face à lui puis se tourne vers Lacroix.

— Ce n'est pas l'un d'entre eux, dit-il.

— Vous êtes sûr de vous ? Parce qu'il faisait sombre, ce soir-là...

Évidemment, Lacroix ignore que Luc a revu l'agresseur en plein jour.

— Aucun doute, lieutenant.

— Bon, tant pis, soupire Lacroix.

Ils quittent la pièce et le flic leur serre la main.

— Merci d'être venus. Et navré pour le dérangement.

— C'est pas grave, répond Maud.
— J'espère que la prochaine fois, vous arrêterez le bon ! balance Reynier.
— On y travaille, professeur, assure Lacroix. On y travaille...

* * *

La nuit est tombée, la chaleur persiste. Mais le ciel est menaçant, ce soir. L'orage gronde déjà sur les Alpes toutes proches.

Luc termine sa ronde dans le jardin et lorsqu'il revient à son studio, il trouve Maud assise sur la terrasse.

— Bonsoir, dit-il en s'installant près d'elle.
— Ça ne te dérange pas que je sois venue ? espère-t-elle.
— Pas du tout.

Il allume une cigarette, lui en propose une.

— Ton père est venu te parler après le déjeuner ? demande Luc.
— Oui... À toi aussi ?

Luc hoche la tête.

— Je lui ai dit qu'on était juste amis.
— Ce qui est le cas, assène-t-il un peu brutalement.

Maud sent son cœur s'arrêter pendant une longue seconde.

— Je crois qu'on avait déjà parlé de ça, non ? poursuit Luc. On s'était mis d'accord...
— Je sais, mais... Tu m'en veux ?

Elle sait à merveille jouer les petites filles coupables, adorables. À qui on pardonnerait tout.

— Non, je ne t'en veux pas. Mais je te l'ai dit :

pour le moment, ça ne nous mènera à rien de bien. Alors je ne veux plus de ça entre nous.

Elle ne comprend pas vraiment son raisonnement, mais suppose qu'il ne veut pas tromper sa copine.

Un vrai gentleman, en somme.

Pourtant ce baiser, il l'a accepté. Il aurait pu la repousser, ne l'a pas fait. Alors, Maud se dit qu'elle a eu tort. Qu'elle ne doit rien précipiter. Plutôt œuvrer pour qu'il se détache de Marianne tout en se rapprochant d'elle.

Prendre la place de cette femme fantôme, voilà sa mission.

Dissimuler ses sentiments, montrer ses qualités. Et se faire désirer.

Lorsqu'elle le quitte, ce soir-là, elle est presque sereine.

Malgré cet amour fou qui la consume de l'intérieur. Malgré la douleur qui palpite dans sa poitrine.

Ce soir, elle est sûre qu'avec le temps, Luc sera à elle.

On passera notre vie ensemble.

Papa finira bien par l'accepter.

Et cette salope de Charlotte en crèvera de jalousie.

28

L'homme est devant la télé. Un reportage sur la Légion étrangère retient toute son attention. Vautré sur son vieux canapé en velours brun, déchiré à plusieurs endroits, il a les yeux rivés sur l'écran plat petit format et la main dans un sachet de chips goût poulet rôti. Ce sera son seul repas du soir.

Soudain, son portable sonne et l'homme baisse le son de la télé avant de décrocher.

— Oui ?
— C'est moi, dit la voix. Je vous appelle pour voir si tout est prêt.
— Affirmatif. Vous avez l'argent ? Parce qu'il a fallu que j'engage des frais et...
— Je viens de faire le virement.
— Parfait ! se réjouit l'homme.

Il croque dans une chips.

— Je vous dérange pendant votre repas, peut-être ? dit la voix.
— Pas grave.
— Vous avez trouvé l'arme facilement ?
— Aucun problème. Les armes, ça se trouve, si on cherche bien... En plus, j'ai eu un prix d'ami.

— Tout cela est parfait, conclut la voix. Je vous rappellerai bientôt pour les prochaines instructions.

— J'ai hâte ! dit l'homme.

Il raccroche et remonte le son de la télé.

Sur la table basse, à côté d'un paquet de cigarettes, brille la robe en métal argenté du Beretta Cougar Inox.

Une belle arme.

Calibre 9 mm. Quinze coups dans le chargeur.

De quoi décimer une famille entière.

29

Ce matin, Luc n'est pas allé courir.

Il n'a même pas mis le nez dehors et tourne en rond dans son petit studio.

Un animal fourbu dans une cage. Voilà à quoi il ressemble.

Il pleut depuis l'aurore. Averses sporadiques et violentes. Mais ce n'est pas l'orage qui a empêché Luc de s'adonner à son plaisir quotidien. De prendre sa dose d'endorphine, comme d'autres prennent leur dose de cannabis.

Cette nuit, il s'est noyé dans d'abominables cauchemars. Lorsqu'il s'est réveillé, son oreiller était trempé.

Saturé de larmes.

Aujourd'hui, il va très mal. Et ne parviendra pas à donner le change, il le sait. Alors, il n'espère qu'une chose : que Maud ne voudra pas sortir. Qu'elle le laissera en paix.

Que Reynier ne viendra pas lui infliger l'une de ses pitoyables leçons de morale ou l'accabler de ses tourments de père incestueux.

Que Charlotte évitera de lui faire son numéro de charme.

Il veut être seul. Souffrir en paix.

Il n'a plus de comprimés. Ses précieux calmants. Sa came personnelle et légale.

Il était certain qu'il lui en restait une boîte mais impossible de mettre la main dessus. Il a vidé tous les tiroirs, les placards. A mis son appartement sens dessus dessous. En vain. Pourtant, il n'a pas pu se laisser démunir de la sorte. Alors, où est passée cette maudite boîte ? L'a-t-il oubliée chez lui, à Nice ?

Il se pose sur le sofa et observe, impuissant, le tremblement pathétique de ses mains, le mouvement répétitif et involontaire de ses jambes.

Il n'a rien pu avaler. Incapable de desserrer les dents.

Les images ne le quittent pas. Ce qu'il a vu pendant la nuit défile devant ses yeux meurtris. L'angoisse est à son paroxysme.

Personne ne doit le voir comme ça. Tel qu'il est vraiment.

Un petit garçon mort de peur.

Alors, il envoie un texto sur le portable de Reynier et sur celui de Maud. Quelques mots qu'il a du mal à taper tellement ses doigts paniquent.

Suis obligé de m'absenter aujourd'hui. Urgence personnelle. Je reviens dès que je peux, sans doute en fin de journée. Maud, ne sors pas sans moi. Luc.

Puis il récupère une ordonnance dans le tiroir de sa table de chevet, enfile son blouson de cuir et se dirige vers le garage, en priant pour ne croiser personne.

Malheureusement, il tombe nez à nez avec le jardinier. Avec cette pluie, il aurait pensé qu'il ne viendrait pas.

— Bonjour, monsieur Ferraud, parvient-il à dire en lui serrant la main.

Le jardinier a une poigne de fer. Et pour Luc, aujourd'hui, chaque contact sera une brûlure. Il a l'impression que Ferraud vient de lui briser les phalanges.

— Bonjour, monsieur... monsieur...
— Garnier, rappelle Luc.
— Ah oui, monsieur Garnier ! Désolé, j'avais encore oublié votre nom.
— Pas important, marmonne Luc.
— Comment va Mlle Maud ?
— Ça va, dit Luc en soulevant la porte du garage.

Soudain, la douleur le plie en deux. Ferraud se précipite pour retenir la porte qui allait lui retomber sur le crâne.

— Ça ne va pas ?
— Si si, dit Luc en se redressant. C'est rien...
— Vous êtes blessé ?
— Non, tout va bien, je vous assure.

Ne parvenant pas à enfiler ses gants, le jeune homme se contente de mettre son casque et enfourche sa moto.

— Bel engin ! dit le jardinier en s'approchant.

Luc a tellement envie de partir qu'il songe à sortir son arme pour effrayer l'intrus. Mais il se contrôle, in extremis.

— Merci, dit-il.
— C'est une Kawasaki Ninja, c'est ça ?

Luc hoche la tête. Sébastien Ferraud s'est planté devant la moto. On dirait qu'il le fait exprès.

— Vous n'avez pas l'air bien, répète-t-il.

— Ne vous en faites pas pour moi. Il faut que j'y aille, désolé...

Le jardinier s'écarte enfin et Luc s'élance sous la pluie.

* * *

Elle court.

Avec l'impression de ne pas avancer, ou si peu.

Elle sait qu'il est là, juste derrière. À quelques mètres, à peine.

Elle sait qu'il va la rattraper, que ce n'est plus qu'une question de secondes.

Elle l'entend ricaner dans son dos. Peut même entendre sa respiration. Et les hurlements déchirants de Charly qui agonise quelque part dans la forêt.

Un vent fort se déchaîne, comme pour la ralentir encore. Son cœur la fait souffrir, sa cage thoracique étant soudain trop étroite pour en contenir les battements affolés.

Ses pieds s'enfoncent dans la terre meuble. De plus en plus molle.

En sortant des bois, elle arrive devant un immense lac. Eau noire, surface visqueuse.

La nuit tombe, brusque et mortelle.

Elle entend les pas du chasseur qui se rapprochent, encore et encore. Alors, elle s'avance dans l'eau. Bientôt, elle en a jusqu'à la taille. Le froid la pénètre, telles des milliers d'aiguilles gelées.

Elle hurle, mais ses cordes vocales ne fonctionnent plus.

L'eau lui arrive désormais au menton.

Elle se retourne et voit l'homme sur la berge. Il a une batte à la main et sourit en la regardant se noyer.

Elle perd pied, coule à pic dans l'eau sombre et sale, peuplée de visages cadavériques.

Maud pousse un cri en se réveillant. Elle se redresse d'un seul coup dans son lit.

Pendant quelques secondes, elle se demande si elle est vivante ou morte.

Elle tente de reprendre une respiration normale, attend que son cœur se calme. Puis elle retombe sur le dos et, dès qu'elle ferme les yeux, les images de son cauchemar refont surface.

* * *

Devant lui, la route se contorsionne, tel un serpent venimeux.

Il est obligé de ralentir. Puis carrément de s'arrêter.

La douleur le submerge, il tremble de la tête aux pieds. Mort de froid en plein mois d'août, Luc enfile ses gants avec des gestes maladroits.

Il a dû parcourir un kilomètre à peine depuis la maison des Reynier et se sent incapable d'aller plus loin. Pourtant, il lui faut une pharmacie de toute urgence.

Il consulte sa montre : huit heures du matin. Il lui faudra attendre la demie pour en trouver une ouverte.

Trente minutes. Largement le temps de crever.

La route est toujours déformée, gondolée. Elle bouge sous ses yeux comme un océan déchaîné. À nouveau, un coup de boutoir dans son abdomen le plie en deux.

La blessure est ancienne, mais quand elle se réveille, elle peut tout détruire sur son passage.

Luc gémit, serre les poings pour ne plus voir trembler ses doigts. N'ayant plus la force de maintenir sa moto, il met la béquille. Il descend, essaie de tenir debout malgré le vertige qui s'empare de lui.

De plus en plus fort.

Il fait quelques pas, prend appui sur l'arbre le plus proche. Marianne pose une main sur son épaule.

— Reste calme, Luc. Sois fort et accroche-toi, ça va se calmer.

Il tombe à genoux dans l'herbe détrempée. Puis soudain, il s'étouffe. Alors, tel un dément, il arrache son casque pour trouver de l'air.

C'est à cet instant que la voiture s'arrête. Juste à côté de sa moto.

Le conducteur descend et s'approche de Luc, toujours à genoux.

— Qu'est-ce qui vous arrive ?

Le jeune homme tourne la tête et tombe nez à nez avec Reynier. Le chirurgien l'aide à se relever et l'observe d'un air préoccupé.

— Venez, dit-il. Venez vous mettre à l'abri dans ma voiture.

Il le soutient jusqu'à la Porsche, ouvre la portière et aide Luc à grimper sur le siège passager. Puis il fait le tour et s'installe au volant.

Putain, j'aurais dû attendre qu'il se casse ! songe Luc au milieu du tumulte qui règne dans son cerveau à vif.

— Qu'est-ce qui vous arrive ? répète le chirurgien. Vous êtes en train de faire un malaise ?

— Non, ça va.

— Arrêtez vos conneries ! Je vous emmène aux urgences...

— Non ! s'écrie Luc. Ça va aller, je vous dis !

— Ne vous énervez pas. Dites-moi plutôt ce que vous ressentez... Je vous rappelle que je suis médecin.

— Je sais que vous êtes toubib, marmonne Luc. Mais je n'ai pas besoin de vous.

Armand observe le jeune homme qui continue à trembler. Sa respiration est irrégulière, exagérée. Son regard, fixe.

Luc puise dans ses dernières forces pour se sortir de ce traquenard.

— Désolé, murmure-t-il. Je... J'ai eu une sorte de malaise, c'est vrai, mais ça va mieux.

— Ça n'a pas l'air, constate Reynier.

— Si, ne vous inquiétez pas. Je dois y aller...

— C'est quoi, cette urgence dont vous me parlez dans le texto ?

— C'est perso, élude Luc. Je reviens aussi vite que je peux.

Il descend de la voiture et récupère son casque sur le sol. Quand il se redresse, des milliers de points lumineux dynamitent son champ de vision.

Ne pas s'écrouler alors que le professeur continue à le surveiller comme le lait sur le feu. Il se remet sur sa moto, adresse un signe à Reynier pour lui dire que tout va bien. Enfin, le chirurgien se décide à redémarrer la Porsche. Mais il baisse la vitre et crie :

— Je vais vous suivre un moment, on ne sait jamais !

Luc ferme les yeux un instant.

Résister, coûte que coûte. Sinon, il ne s'en débarrassera pas.

Il remet son engin sur la route et s'élance à nouveau. Il fait des efforts surhumains pour rester dans le droit chemin. Maintenant, la bande d'asphalte est écarlate. Il a l'impression qu'elle monte, qu'elle descend. Qu'elle dévie à gauche, puis à droite.

Il est sur une ligne droite. Il roule à cinquante à l'heure, le Cayenne collé derrière lui, telle une sangsue.

Un peu par miracle, ils finissent par rejoindre l'entrée de Grasse et Luc fait à nouveau un signe à Reynier, lui indiquant qu'il peut partir. Mais le chirurgien s'incruste. Il s'arrête à côté de la Ninja.

— Vous êtes sûr que je peux vous laisser ?

— Oui, monsieur. Ça va mieux, maintenant. Merci de votre aide.

Chaque mot est un effort titanesque.

— OK. N'hésitez pas à m'appeler si vous avez besoin de moi... À ce soir.

— À ce soir.

Enfin, la voiture s'éloigne et dès qu'elle est hors de vue, Luc s'effondre littéralement sur lui-même. Arrêté sur le bord de la route, il tente de se contrôler. La douleur irradie ses rayons malfaisants dans chacun de ses muscles, tendons, ligaments.

Elle est là, juste sous sa peau.

Profonde et superficielle à la fois.

À nouveau, il enlève son casque. Pour pouvoir respirer plus librement.

Et soudain, il hurle. Un cri qui pourrait s'entendre à des kilomètres à la ronde s'il n'y avait le bruit continu des voitures qui le dépassent, indifférentes.

Il est presque huit heures et demie quand Luc redémarre. Le bitume a encore changé de couleur, la route continue à danser sous ses yeux. Serrer la poignée d'accélération lui provoque une indicible douleur qui remonte jusque dans son épaule.

Enfin, il aperçoit une croix verte qui clignote. Il stoppe la moto juste devant, ne songe pas à bloquer le guidon de son engin, ni même à ôter la clef du contact.

Il marche, ou plutôt vacille, jusque dans l'officine.

Par bonheur, il n'y a qu'une personne devant lui. Un vieil homme élégant qui s'appuie sur une canne.

Son casque à la main, Luc patiente. Il compte les secondes, les minutes.

Mais subitement, le décor s'écroule tel un château de cartes.

Monsieur ? Ça va ?
Monsieur ? Vous m'entendez ?
Il faudrait appeler les pompiers !
Trois voix différentes, inconnues.

Luc essaie d'ouvrir les yeux. Des visages apparaissent, par intermittence.

Enfin, ses paupières résistent. Deux femmes en blouse blanche et un vieux monsieur sont penchés sur lui. Il réalise qu'il est par terre, dans la pharmacie.

Son évanouissement n'a duré qu'un instant.

— Monsieur ? Vous m'entendez ?
— Oui, parvient à dire Luc.
— Voulez-vous qu'on appelle un médecin ? Les pompiers ?
— Non... Non, pas besoin.

Les deux employées de la pharmacie l'aident à se remettre debout et le soutiennent jusqu'à une chaise.

Il lui faut quelques secondes pour revenir complètement à lui.

L'une des pharmaciennes lui tend un verre d'eau qu'il saisit machinalement.

Mais il n'a pas soif. Juste très mal au cœur.

— Je voudrais ça, dit-il en sortant l'ordonnance de sa poche. Il me faut ça...

La femme en blouse blanche prend l'ordonnance et part vers ses rayonnages tandis que sa collègue reste près de Luc.

— Ça vous arrive souvent, ce genre de malaise ?
— Oui, c'est rien. Pas grave...

La pharmacienne revient avec la boîte de neuroleptiques.

— Vous avez l'habitude de prendre ce médicament ? demande-t-elle d'un ton suspicieux.

Luc hoche la tête et tend la main, tel un mendiant.
Il les lui faut, maintenant.

— Vous avez votre carte vitale ?

Épuisé, Luc sent ses forces l'abandonner à nouveau.
Ne pas flancher.

A-t-il seulement pensé à prendre son portefeuille ?

Heureusement, il est dans la poche de son blouson.
Mais ses doigts se remettent à trembler et il a un mal de chien à en extirper la carte verte.

— Attendez, je vais vous aider, propose la plus jeune des employées.

Elle prend la carte vitale et Luc peut enfin ouvrir la boîte. Il en extrait deux comprimés et les met dans sa bouche.

— C'est pas un, normalement ? panique la jeune femme.

Trop tard. Luc avale les deux et ferme les yeux.

— Merci, dit-il.

Il récupère sa carte vitale, sa boîte de médicaments et parvient à rejoindre sa moto en titubant. Il entend des voix, derrière lui.

Tu crois qu'il a bu ?

On devrait pas le laisser partir.

Luc ne prend pas la peine de se retourner et s'assoit lourdement sur la selle de sa Ninja.

* * *

La pluie s'est arrêtée. Derrière le rideau de sa chambre, Maud regarde le parc. Sans doute espère-t-elle voir Luc franchir le portail.

Elle a entendu partir sa moto, a lu son texto.

Pourvu qu'il revienne vite.

Qu'il revienne, simplement.

Pourvu que l'urgence personnelle qu'il évoque ne soit pas trop grave.

Pourvu qu'il ne soit pas parti rejoindre cette maudite Marianne.

Rien qu'en y songeant, Maud sent une cruelle morsure au creux de son ventre.

Mais elle a beau s'user les yeux, Luc ne revient pas.

C'est alors qu'elle voit Amanda rejoindre Sébastien Ferraud près de la dépendance. Curieuse, elle observe leur étrange comportement. Elle ne peut entendre leur échange tant ils parlent à voix basse. Mais surtout, l'un après l'autre, ils regardent en direction de la maison. Comme s'ils craignaient de voir apparaître quelqu'un.

Comme s'ils craignaient qu'on ne les surprenne.

D'après Charlotte, le jardinier est membre d'une

secte. Un illuminé, pas vraiment dangereux. Mais que vaut la parole de sa belle-mère ?

Au bout de quelques minutes, Maud se lasse de les épier et s'assoit à son secrétaire. D'un tiroir secret, elle extirpe une petite clef. Elle récupère ensuite une grande boîte en bois cachée sur une étagère, derrière un amas de livres.

Dans cette boîte, il y a tout ce que son père ne doit jamais voir.

Son journal intime.

Une photo de Sara, sa mère.

Une autre de sa grand-mère maternelle, Aurélia.

Et un sachet d'héroïne. Encore intact.

Mais pour combien de temps ?

30

Il monte l'escalier d'un pas lourd, instable. Il bute sur chaque contremarche, sa main droite serrant désespérément la rampe.

Luc a peur de tomber.

Les comprimés ont commencé leur ouvrage, mais le malaise n'est jamais loin.

Il a toutefois trouvé la force de rentrer chez lui, dans son appartement en plein cœur de Nice.

Arrivé enfin au troisième étage, il donne un tour de clef. Dès qu'il entre, il jette son casque, son sac, son blouson. Puis il enlève ses chaussures, laissant tout derrière lui.

Il titube jusqu'à l'évier, remplit un verre d'eau et avale deux autres cachets.

Une boule de feu explose dans son ventre, consumant lentement ses organes.

Il brûle de l'intérieur.

Alors, il ôte ses vêtements et tombe sur le lit.

Mais au bout de quelques minutes, c'est le froid qui repasse à l'attaque...

Il rampe dans un désert de glace avant d'être jeté à nouveau dans les flammes de l'enfer.

Combien de temps encore va-t-il devoir supporter ça ?

Il a l'habitude de ces crises, mais celle-ci est l'une des plus fortes qu'il ait eu à affronter.

Il n'y a plus qu'à attendre que les comprimés fassent leur effet. Qu'ils neutralisent le mal qui le ronge. Qu'ils le renvoient au plus profond de lui.

Dans sa tanière.

Là, au beau milieu de son cerveau.

Depuis toujours, il abrite cette bête immonde.

Qui, parfois, se réveille.

Pour le dévorer vivant.

Luc se recroqueville dans ses draps, serre l'oreiller contre son ventre. La douleur le broie, puissante mâchoire de fer, s'acharnant sur lui sans aucun répit.

Il a envie de hurler, n'y parvient pas.

Seulement gémir.

Attendre les larmes. Qui viendront forcément.

Ne pas chercher à les retenir plus longtemps.

Enfin, il se met à pleurer. Se laisse submerger par les sanglots et les cris.

Personne pour lui tenir la main. Personne pour l'entendre. Personne pour le voir.

Tel qu'il est lorsque le masque se déchire.

Lorsqu'il baisse la garde.

Que les digues lâchent, que les remparts s'effritent et tombent.

Lorsqu'il devient vulnérable, sans défense.

Ses sanglots se calment. Ne restent que les larmes qui coulent sans relâche dans un silence de mort.
Ses muscles se détendent enfin. L'un après l'autre.
Ses paupières luttent encore.
Brûlées par les larmes, elles refusent de se fermer.

Il lui faut presque une heure pour gagner le combat.
Son visage martyrisé reprend forme humaine.
La bête recule enfin.
Doucement, elle se replie dans son antre secret. Cette caverne que Luc lui a patiemment creusée au fond de lui-même. Quelques grognements sinistres et elle disparaît derrière des nimbes noirs et vaporeux.

Oui, je sais.
Tu reviendras.
Jamais tu ne me quitteras.
Et un jour tu me tueras.
Ou je me tuerai pour me soustraire à ta tyrannie.
Pour abréger les supplices que tu m'infliges.

Mais l'heure n'est pas encore venue.
Aujourd'hui encore, j'ai été plus fort que toi.

Luc a cessé de pleurer.
Il vient de tomber dans le coma.

31

Quand il se réveille, il fait nuit.
Son premier réflexe est de chercher l'interrupteur de la petite lampe.
Enfin, la lumière le sauve du noir.
Coup d'œil sur sa montre : il est vingt-trois heures. Luc a dormi pendant douze heures.
Il s'assoit sur le bord de son lit avec une grimace de douleur.
Impression d'avoir été battu à mort.
En se levant, il manque de tomber. Les médicaments font encore effet. Ses nerfs sont sectionnés, ses muscles n'obéissent pas. Son cerveau baigne dans une eau tiède et sale, une étrange confusion. Ses yeux ont du mal à tenir le cap.
Il passe dans la salle de bains, remplit le lavabo et plonge la tête dedans jusqu'à manquer d'air. Il recommence plusieurs fois puis observe son visage dégoulinant dans le petit miroir. Ses yeux sont gonflés et rouges, son teint blafard.
Pas beau à voir.
Il se douche, gardant toujours appui sur le mur au

cas où. Sans prendre la peine de s'habiller, il se plante devant la fenêtre et allume une cigarette.

Un vent léger s'est levé, rafraîchissant et bienfaisant.

Luc ferme les yeux pour savourer ce moment.

Cette impression de revenir d'entre les morts.

***

Maud consulte son portable pour la énième fois.

Pourquoi ne répond-il pas à mes messages ? Où est-il ?

Avec elle, bien sûr.

Avec cette Marianne. Qui a eu la chance de le rencontrer avant moi.

Font-ils l'amour, en ce moment ? Me trompe-t-il avec cette fille de malheur ?

Maud voudrait avoir une photo d'elle. Pouvoir mettre un visage sur son cauchemar.

Identifier l'ennemie.

Elle en est sûre, Marianne est bien plus jolie qu'elle. Plus intelligente. Plus âgée, aussi.

Elle imagine une trentenaire qui a réussi dans la vie. Une femme déterminée, élégante, cultivée.

L'instant d'après, elle change la bobine du film.

Marianne est une fille fragile que Luc a prise sous son aile. Si fragile qu'il ne sait pas comment la quitter. Peut-être menace-t-elle de se suicider dès qu'il s'éloigne trop longtemps d'elle ?

Maud est douée d'une imagination sans limite.

Elle tourne sur elle-même, suivant les circonvolutions de son cerveau.

Minute après minute, Marianne devient son obsession. La femme à abattre.

Il faut qu'elle connaisse son nom de famille, trouve son adresse. Il faut qu'elle voie son visage.

Maud se met à élaborer des stratagèmes délirants.

Engager un tueur.

Quelqu'un qui l'écraserait avec une voiture pendant qu'elle traverse la rue.

Trouver un poison. Le lui faire avaler de force.

Luc sera malheureux de la perdre. Alors Maud le consolera. Y passera le temps qu'il faut.

Avec la persévérance du chasseur, la patience de l'araignée.

Mais elle n'a aucun indice.

Peu importe, elle en trouvera. Questionnera habilement Luc, feignant de s'intéresser à la femme qu'il aime. Ou qu'il croit aimer.

Un jeu d'enfant.

Soudain, son portable vibre. Elle l'extirpe de sa poche, sa main tremble, son cœur s'emballe.

Je rentre dans une demi-heure. Désolé pour cette absence. Luc.

Elle sourit, même si elle aurait espéré un *Je t'embrasse.*

Je t'embrasse fort.

Mais l'important, c'est qu'il revienne.

Alors qu'il est près de minuit, elle est toujours habillée. Dès qu'elle entendra la moto approcher du portail, elle ira à sa rencontre. Le poussera à se confier, telle une amie sincère et inquiète.

Oui, Maud en est sûre : leur histoire ne fait que commencer.

Et Luc finira par l'aimer.
De force.

* * *

Maud passe discrètement devant la chambre de ses parents puis descend l'escalier.

En ce moment même, la Ninja se gare devant la dépendance.

Elle a l'impression que Luc est parti depuis des jours, des semaines.

Elle rectifie sa coiffure avant de pousser la porte.

Mais lorsqu'elle arrive près de la dépendance, elle entend des voix et s'immobilise.

Son père l'a devancée. Alors, Maud se cache derrière un buisson...

— Bonsoir, Luc.
— Bonsoir, monsieur.

Reynier était en embuscade sur sa terrasse. Impossible de lui échapper.

Vu l'heure, Luc espérait rentrer discrètement et se réfugier dans son petit appartement sans avoir à rendre de comptes.

Il s'assoit en face du chirurgien qui le dévisage sans relâche.

— Comment allez-vous ? s'enquiert Reynier.
— Mieux.
— Ce matin, vous m'avez fait peur... Je me suis inquiété pour vous toute la journée.

Reynier a l'air sincère et Luc ressent quelque chose d'embarrassant au fond de lui.

Une sorte de proximité coupable avec cet homme.

— Que vous est-il arrivé ?

— Désolé, je n'ai pas envie d'en parler.

— Je suis passé à la pharmacie Delantre, en fin de journée. J'avais une commande à récupérer.

Luc devient plus pâle encore.

— Les filles m'ont dit que ce matin elles avaient eu la visite d'un jeune homme... Un motard qui s'est évanoui au beau milieu de leur officine.

Luc allume une cigarette.

— Elles m'ont également dit que ce jeune homme avait un besoin urgent de Dimexat.

— Et alors ?

— Alors, je sais ce qu'est le Dimexat. Je sais à quoi il sert...

— Heureusement ! Vous êtes médecin, non ? rétorque Luc.

Reynier esquisse un sourire avant de continuer.

— J'ai demandé des précisions aux filles de la pharmacie et elles m'ont dit que le motard était un homme jeune, grand, avec des cheveux châtain clair et des yeux verts... Ça ne vous rappelle pas quelqu'un ?

Luc sourit à son tour.

— Ça me rappelle tout un tas de personnes, dit-il.

— Donc, vous n'êtes pas allé dans une pharmacie ce matin ?

— Je n'ai pas à vous dire ce que j'ai fait ce matin, monsieur.

Cette fois, le chirurgien le considère avec une tendresse inattendue.

— On a tous nos faiblesses, n'est-ce pas ?

— Sans aucun doute.

— Il vous reste du whisky ?

Luc hoche la tête avant de disparaître dans son studio. Il revient rapidement avec la bouteille, deux verres et de la glace.

— Ça devient une habitude, souligne-t-il.

Il se rassoit, fait le service.

Reynier lève son verre. C'est la première fois qu'il propose de trinquer.

— À votre santé, dit-il.

Luc ne répond pas, mais accepte de cogner son verre contre le sien.

— Je vous aime bien, dit Reynier après la première gorgée.

Luc est de plus en plus surpris. De plus en plus mal à l'aise.

— Je crois que quelque part, on se ressemble, vous et moi. Et je ne parle pas que du physique…

Luc manque de s'étrangler avec son whisky. Mais le professeur ne remarque rien.

— Et vous laisser ma fille pendant une semaine, c'est une vraie preuve de confiance…

— J'en ai conscience, monsieur. Et je vous en remercie. Je serai à la hauteur, ne vous en faites pas.

— Je ne suis pas inquiet, prétend Reynier… Comment va votre petite amie ?

Avec ses sens aiguisés, Luc a remarqué la présence de Maud à quelques mètres de la dépendance. Depuis plusieurs minutes déjà. Dans son métier, il faut savoir tout observer, ne jamais se faire surprendre par l'ennemi.

— C'est elle que je suis allé voir, dit-il. Elle avait besoin de moi. Un problème important à régler.

— Où vit-elle ?

— Près d'Avignon. C'est pour ça que je suis rentré si tard.
— Et alors ? Son problème s'est arrangé ?
— Oui. Elle va mieux, elle aussi. Et on était tellement heureux de se retrouver après des semaines de séparation...
Reynier sourit à ce sous-entendu.
— J'imagine très bien !
— Vous partez quand ? interroge Luc.
— Ma femme s'en va après-demain et je la rejoins la semaine prochaine.
— Vous devez avoir hâte ! suppose le jeune homme.
Reynier hausse les épaules.
— J'adore mon métier, vous savez. Alors, je n'ai jamais vraiment aimé les vacances...
— Un peu comme moi.
— Je vous l'ai dit : nous avons beaucoup de choses en commun, Luc. Allez, je vous laisse vous reposer. Le Dimexat a tendance à endormir, n'est-ce pas ?
— Aucune idée, répond Luc en le défiant du regard. Bonne nuit, monsieur.

* * *

Maud pleure sans faire de bruit. Pour ne pas alerter son père qui n'est pas encore couché.
À côté d'elle, sur le lit, la boîte en bois est ouverte.
Maud découpe un angle du sachet et étale un peu de poudre sur un petit miroir rectangulaire.
Elle a un instant d'hésitation. Un instant où une voix hurle à l'intérieur de son cerveau.
Ne fais pas ça !

Ne fais pas ça, Maud.
Sinon, tu es perdue.
Ne te condamne pas !
Pendant de longues secondes, elle erre dans les couloirs aseptisés, peints en bleu pastel. Ses mains serrent désespérément les grilles cimentées à sa fenêtre. Elle revoit les visages dévastés, subit les hurlements de celles et ceux qui n'en peuvent plus. Qui réclament leur dose.
Ou la mort.
Entend ses propres hurlements de douleur.
Puis elle revient dans la réalité et sniffe la ligne entière.
Alors elle tombe sur le dos et ferme les yeux.
Elle le sait, il n'y aura pas de marche arrière possible.
L'héroïne est de grande qualité. Rapidement, Maud sent monter une vague de plaisir. Partie dans une dimension qu'elle seule connaît, elle savoure ces retrouvailles magiques...

... Luc entre dans la chambre et s'approche lentement du lit. Il est encore plus beau que d'habitude.
Il enlève sa chemise et s'allonge à côté d'elle. Il la déshabille, elle se laisse faire sans bouger.
Il l'embrasse dans le cou, descend jusque sur son ventre.
Puis il se glisse entre ses jambes.
Maud n'arrive plus à respirer tellement c'est bon. Tellement c'est fort.
Si longtemps qu'elle n'avait pas connu une telle jouissance.
Si irrésistible qu'elle gémit de plaisir.

Elle en veut encore, il est à ses ordres.

Elle le serre dans ses bras, de plus en plus fort.

Enfin, un puissant orgasme la foudroie sur place.

Ses bras retombent dans le vide, ses yeux se ferment.

Un sourire s'éternise sur ses lèvres.

Non, aucune marche arrière possible, désormais.

* * *

Au même moment, Luc s'allonge sur son lit. La douleur continue à le harceler. Des courbatures qu'il gardera plusieurs jours.

Je crois que quelque part, on se ressemble, vous et moi. Et je ne parle pas que du physique...

Non, je te ressemble pas. Je ne te ressemblerai jamais.

Je refuse de te ressembler.

Je ne veux pas de ta compassion, de ta confiance ou, pire encore, de ton amitié.

Cette nuit, Luc ne dormira pas. Après douze heures d'un coma artificiel, il n'a plus du tout sommeil.

Des nuits d'insomnie en perspective.

Alors, il se confie à Marianne. Encore et encore.

Le seul être au monde qui puisse le comprendre et l'aimer pour ce qu'il est vraiment.

Avec ses forces et ses faiblesses.

Ses failles, gigantesques.

Aussi profondes que des abîmes.

32

L'homme a aligné tous les masques sur sa table de salle à manger.

Il les détaille avec attention et respect.

Ça lui rappelle l'Afrique. Les quelques pays où il a combattu sous l'uniforme.

Souvenirs de sable chaud et de sang-froid.

De cris de joie, de silences de mort.

Sourires et larmes.

Blessures lointaines, fierté passée.

Il ne sait pas quoi faire de ces trophées de chasse. Impossible de les vendre sans attirer l'attention, mais peut-être que plus tard…

Après une longue hésitation, il choisit un masque Gouro, anthropozoomorphe. Visage de guerrier en bois d'hévéa, ornementé de cornes d'antilope.

Il l'accroche dans sa chambre, juste en face de son lit. Puis il le contemple de longues minutes, songeant que chaque matin, ce visage belliqueux et déterminé lui rappellera quelle est sa mission.

Sa dernière mission.

Satisfait de ce changement dans son univers pétrifié,

il range les autres masques dans un grand carton qu'il descend à la cave.

Et lorsqu'il remonte, il va directement dans la cuisine et s'arrête, comme toujours, devant la photo du petit garçon.

— Quand tu iras dans la chambre, tu verras quelque chose au mur... Mais il ne faut pas que tu aies peur, hein ? dit-il dans un sourire tendre. Ne le prends pas mal, allons ! Je sais que tu es un garçon courageux. Je le sais, ne t'en fais pas...

* * *

— Je suis venue vous dire au revoir.

Charlotte se tient sur le seuil du studio. C'est la première fois qu'elle rend visite à Luc.

— Ça y est, vous nous quittez ?

Elle lui adresse un sourire un peu triste.

— Oui, on m'expédie à l'autre bout de la planète !

Ne sachant quoi répondre, Luc lui propose d'entrer.

Il est dix heures du matin et, en ce début septembre, les températures ont enfin baissé.

— Je vous fais un expresso ?

— Pourquoi pas ! répond Charlotte en se posant sur une chaise.

Tandis que le jeune homme prépare le café, elle fixe le canapé.

Les taches de sang.

— Je vais mettre quelque chose dessus ! fait Luc.

— Ne vous donnez pas cette peine. Je ne risque pas de tourner de l'œil, ne vous en faites pas !

Il place les deux tasses et le sucre sur un petit plateau qu'il pose devant elle.

— Merci, Luc.

— J'espère que vous allez apprécier votre séjour, dit-il en s'asseyant.

Elle hausse les épaules.

— Il paraît qu'il faut mettre de la distance entre Maud et moi !

— Vraiment ?

— C'est ce que m'a fait comprendre mon mari...

— Eh bien, profitez-en pour vous éclater, conseille Luc avec un sourire plein de sous-entendus.

— Vous avez raison.

Elle avale son café sans le quitter des yeux, au point qu'il finit par se sentir mal à l'aise.

— Je ne sais pas si je vous reverrai, dit-elle soudain.

— Je pense que je serai là à votre retour.

— Possible, mais... quelque chose me dit que non.

— Intuition féminine ?

— Peut-être ! dit-elle en souriant.

— Eh bien si je ne suis plus là, ça signifiera que le problème est réglé. Ce sera plutôt une bonne nouvelle pour vous et votre mari.

— Sans doute... Mais vous me manquerez.

Cette fois, Luc garde le silence.

— Je ne sais pas ce que vous pensez de moi, poursuit Charlotte. Vous devez me prendre pour une cougar alcoolique, mais...

— Arrêtez, prie Luc d'une voix douce mais ferme. Vous avez mal, je le sais et je le comprends. Vous souffrez, parce que votre fils est dans le coma et... parce que votre mari ne sait pas vous aimer.

Une vague d'émotion submerge les yeux de Charlotte.

— Je sais tout ça, dit-il. Mais j'espère qu'un jour, vous vous sortirez de cette situation. Que vous irez mieux et recommencerez une autre vie. Il faut juste arrêter de vous culpabiliser et de vous détruire.

Elle baisse la tête, chasse discrètement une larme.

— Vous avez raison, tout doit changer... Et tout va changer.

— Tant mieux, dit Luc. Vous ne vous entendez pas avec Maud, pourtant vous avez quelques points communs.

— Lesquels ?

— Elle aussi est rongée par la culpabilité.

— La mort de sa mère...

— Exactement. Alors qu'elle n'y est pour rien !

— On a tous une croix à porter, n'est-ce pas ? Et je suis sûre que vous avez la vôtre...

Luc s'abstient d'acquiescer.

— Bon, je vous laisse, mon mari m'attend.

— C'est lui qui vous accompagne ?

Elle hoche la tête.

— Votre avion est à quelle heure ?

— Quatorze heures, mais je veux passer à la clinique voir Lukas, d'abord.

— Je comprends.

Elle se lève, il la raccompagne jusqu'à la porte. Ils se regardent un instant, puis Luc avance une main vers son visage et l'attire à lui pour l'embrasser. Elle ferme les yeux, l'enlace avec force.

— Faites attention à vous, Luc, murmure-t-elle. Ne donnez pas votre vie pour lui, d'accord ?

Il se contente d'un sourire et la regarde s'éloigner.

* * *

Il est venu avec elle dans la chambre de Lukas.

— Ça faisait longtemps que tu ne l'avais pas vu, murmure-t-elle.

— Ne crois pas ça, répond Armand.

Elle le considère avec étonnement.

— Il m'arrive de passer le voir, ajoute le chirurgien. Je suis venu il y a quinze jours, environ.

— Mais... pourquoi tu ne me l'as pas dit ?

— Je sais pas, avoue Reynier.

Les époux se taisent un instant, les yeux posés sur l'enfant qu'ils obligent à survivre depuis tant d'années.

De force.

— Tu dois tellement m'en vouloir, dit soudain Armand.

Charlotte continue à regarder son fils, mais son visage se transforme. La haine et la douleur contractent ses traits délicats.

— Tu voulais un autre enfant et moi, je n'ai pas su t'écouter...

— C'est trop tard, maintenant, rappelle-t-elle sans même le regarder.

— Je le sais. Et j'espère que tu me pardonneras.

Cette fois, Charlotte tourne la tête.

— Jamais.

Reynier baisse les yeux. Et se demande soudain ce qui lui arrive. Depuis plusieurs jours déjà, il se sent chamboulé, bousculé de l'intérieur. Un peu comme s'il arrivait à la fin de sa vie et en dressait le bilan.

Un bilan peu reluisant, finalement.

Malgré sa réussite sociale et tout le fric qu'il a engrangé.

Malgré le nombre de vies qu'il a sauvées.

Malgré tous ces gens qu'il a soulagés.

Il ne sait pas vraiment qui il est.

Un monstre, peut-être.

Un homme, sans doute.

Une heure plus tard, la Porsche roule en direction de l'aéroport. Charlotte et Armand n'ont pas échangé un seul mot depuis qu'ils ont quitté Lukas. Le chirurgien conduit nerveusement, comme à son habitude. La circulation est plutôt fluide et Charlotte regarde le paysage, évitant de tourner la tête vers son mari.

Reynier gare le Cayenne sur le parking et récupère les deux valises dans le coffre.

— On mange un morceau ? propose-t-il.

— Je n'ai pas faim, répond Charlotte.

Il verrouille la voiture et accompagne sa femme dans l'aérogare puis jusqu'au guichet d'enregistrement.

— Tu peux y aller, si tu veux, dit-elle.

— Je vais attendre avec toi, on ne sait jamais...

Quelques minutes plus tard, les valises sont dirigées vers les soutes et Charlotte tient sa carte d'embarquement.

— Tu sais, dit Armand, je ne suis pas sûr de pouvoir te rejoindre la semaine prochaine. Ça dépendra de ce qui se passe.

Elle le dévisage avec un drôle de sourire.

— Je sais que tu ne me rejoindras pas, dit-elle.

Il l'embrasse et elle se détache rapidement de lui.

— Appelle-moi quand tu arrives, demande-t-il.

Elle hoche simplement la tête puis s'éloigne en direction de la salle d'embarquement. Quand elle se retourne, elle voit Armand parmi la foule.

Et elle se dit que c'est sans doute la dernière fois.

* * *

Au fond du garage, Luc cogne sur le sac de sable.

Assise sur les marches de l'escalier qui descend du vestibule, Maud le regarde.

Il sait qu'elle est là, ne s'est pas interrompu pour autant.

Enfin, il cesse de s'acharner et s'éponge le visage.

— Pourquoi tu ne viens pas ? demande-t-il.

— Pour ne pas te déranger.

— Tu ne me déranges pas.

Elle s'avance enfin, dépose un baiser sur sa joue. Alors qu'elle aimerait tant l'embrasser.

— Tu es contente ?

— De quoi ?

— Que Charlotte soit partie à des milliers de kilomètres ! ajoute Luc en souriant.

— Je vais ouvrir une bouteille de champ' pour fêter ça, tu veux dire !

— Tu comptes sortir aujourd'hui ?

— Je sais pas encore...

— Quand est-ce que tu reprends tes cours à la fac ?

— En octobre, soupire Maud.

— Ça n'a pas l'air de t'emballer !

— Si, ça me va...

Elle s'assoit sur le bord du tapis, replie ses jambes devant elle.

— Continue, dit-elle. Fais comme si j'étais pas là.

Luc récupère une bouteille d'eau et en boit la moitié avant de verser ce qui reste sur son crâne.

— Comment va Marianne ? demande soudain Maud.

— Très bien.

— Vous vous appelez tous les jours ?

— Bien sûr... Et même plusieurs fois par jour !

— Qu'est-ce qu'elle fait dans la vie ?

Luc remonte sur le tapis et recommence à frapper. De toutes ses forces.

— Elle est étudiante.

— En quoi ?

Coups de pied, coups de poing. Le sac va finir par rendre l'âme, c'est certain.

— En dernière année de droit, dit-il. Elle prépare un doctorat.

Le visage de Maud accuse le coup.

— Et après, qu'est-ce qu'elle veut faire ?

— Avocate, souffle Luc.

— Ça t'ennuie de me parler d'elle ?

Il cesse de distribuer les coups et se retourne brusquement.

Il a quelque chose d'effrayant au fond des yeux.

— Pas du tout... Mais en quoi ça t'intéresse ?

— Ce qui te concerne m'intéresse, répond Maud. Ce n'est pas ce que tu m'as dit, l'autre jour ?

— C'est vrai, acquiesce-t-il avec un sourire forcé. Elle est très brillante, tu sais...

— Et... comment elle est ?

— Qu'est-ce que tu veux dire ?

— Physiquement.

— Grande comme toi, à peu près... un peu plus, peut-être. Brune, cheveux longs.

— Je suis sûre qu'elle est très belle...

Luc s'accroupit en face d'elle.

— À mes yeux, c'est la plus belle des femmes, dit-il.

Maud a l'impression que c'est dans son ventre que Luc vient de frapper.

— Mais tu devrais arrêter de te faire du mal, ajoute-t-il.

— Pourquoi tu dis ça ? J'aimerais bien la rencontrer, au contraire...

— Vraiment ?

— Oui. Pourquoi tu ne l'invites pas ?

— Ici ?

— Tu pourrais lui proposer de venir pour le week-end, puisque toi tu ne peux pas la rejoindre.

— Je vais y penser, prétend Luc. Mais je te rappelle que je suis ici pour bosser.

— Tu as bien le droit de te détendre, non ?

— Non. Je dois rester constamment sur mes gardes.

— Il ne va tout de même pas venir m'attaquer ici !

— Qu'est-ce que tu en sais ? murmure Luc d'un ton inquiétant.

Elle reste bouche bée. Il se force à lui sourire et ajoute :

— Je ne pense pas, en effet. Mais on ne sait jamais.

— Vous me cachez des choses, papa et toi, n'est-ce pas ?

Il garde le silence mais ne détourne pas les yeux.

— Je sais que vous ne me dites pas tout, poursuit Maud. Je sais qu'il s'en est pris à Charlotte. Et s'il s'en est pris à Charlotte, ça veut dire que...

— Que quoi ?
Elle hésite à continuer, réfléchit quelques secondes.
— C'est après mon père qu'il en a, n'est-ce pas ?
Luc hoche la tête.
— Possible. Mais nous ne savons pas vraiment pour le moment, élude-t-il.
— S'il vient ici, tu vas le tuer ?
— Si j'y suis obligé, oui.
— Tu as le droit ?
— Seulement en cas de légitime défense.
— Tu as déjà tué quelqu'un ?
Le jeune homme retourne se poster face au malheureux sac de sable.
— Tu veux pas me dire ?
Luc attrape le sac, comme s'il allait l'enlacer, et pose son front dessus.
— Je préfère pas parler de ça, dit-il simplement.

33

Vingt heures trente, Reynier jette un dernier coup d'œil sur son programme du lendemain et quitte enfin son bureau. Il salue l'infirmière en chef, le médecin de garde et traverse l'accueil déserté. Sur le parking, il récupère sa voiture et allume aussitôt la radio. Tout en traversant Nice, il songe avec un étrange plaisir au dîner qui l'attend.

Tête à tête avec sa fille.

L'instant d'après, il pense à Charlotte. Cela fait deux jours qu'elle est partie et il ne peut pas dire qu'elle lui manque. Mais il a la désagréable impression qu'elle reviendra changée de ce séjour lointain. Elle était si bizarre lorsqu'il l'a laissée à l'aéroport...

Il quitte Nice, prend l'autoroute et se cale sur la voie de gauche. Quelques minutes plus tard, il s'engage dans la bretelle de sortie pour Grasse, continuant à ignorer les limitations de vitesse.

Comme chaque soir.

Et chaque matin.

Les règles sont faites pour les autres, ceux qui composent le troupeau.

Pas pour lui.

Il n'est plus qu'à cinq minutes de la maison lorsqu'un utilitaire blanc débouche d'une petite route sur sa droite et grille le stop. Reynier enfonce la pédale de frein et donne un coup de volant pour éviter l'obstacle.

— Connard ! s'écrie-t-il.

Il parvient à redresser la trajectoire et la voiture monte sur un trottoir avant de s'immobiliser enfin, à quelques millimètres du mur d'enceinte d'une grande propriété. Reynier ferme les yeux et respire un bon coup pour se remettre de ses émotions.

L'utilitaire aussi s'est arrêté. L'homme en descend, une capuche sur la tête. Reynier s'apprête à lui hurler dessus lorsqu'il aperçoit l'arme dans sa main droite.

L'homme lève lentement le bras, jusqu'à ce que le professeur soit dans sa ligne de mire.

Armand cesse de respirer.

Redémarrer, lui foncer dessus ?

Il n'en aura pas le temps.

N'aura plus le temps de rien, d'ailleurs.

Il fixe le canon de l'arme et pense à Maud.

À Maud, et à personne d'autre.

À tout ce qu'il n'a pas eu le temps de lui dire.

Avec horreur, il réalise que dans quelques secondes, elle sera orpheline.

34

Luc repousse son plateau et allume une cigarette.

Amanda lui a apporté son repas très tôt ce soir. Au passage, et d'un clin d'œil, elle lui a signifié qu'elle l'attendrait cette nuit, une fois son service terminé.

Luc songe à lui poser un lapin, histoire de lui montrer qu'il n'est pas à sa disposition. Mais saura-t-il résister ?

Perdu dans ses contradictions, il ne fait pas attention au bruit discret du portail automatique. N'entend pas non plus les pas dans l'allée.

Et soudain, dans la pénombre, quelqu'un approche. Luc reconnaît immédiatement la silhouette qui vient vers lui.

— Bonsoir, monsieur. Vous êtes à pied ?

Reynier s'écroule dans un des fauteuils en rotin. On dirait qu'il pèse une tonne.

— Ça va ? s'enquiert le jeune homme.

Le chirurgien ne répond pas et Luc se lève pour allumer la lumière de la terrasse.

— Qu'est-ce qui se passe ?

Son patron est méconnaissable. Pâle comme un linge, les yeux hagards.

— Où est votre bagnole ? interroge Luc.

Le professeur secoue la tête, incapable de parler.

À court de questions, Luc lui sert un verre d'eau qu'Armand vide d'un trait.

— Il m'a tiré dessus, dit-il enfin d'une voix déformée.
— Pardon ?
— Ce salopard m'a tiré dessus, murmure Reynier.
— Vous êtes blessé ?!
— Non... Non.
— Racontez-moi, prie le jeune homme. Que s'est-il passé ?
— Je... C'était il y a un quart d'heure. Pas loin d'ici...

Reynier relate enfin la scène. Ses phrases sont hachées, ses propos difficiles à saisir.

— Quand j'ai vu qu'il allait tirer, je me suis jeté sur le siège passager. La balle a traversé le pare-brise...
— Et ensuite ?
— Ensuite, il est venu jusqu'à la portière... Il... il a pointé son flingue sur moi.

Le professeur boit un nouveau verre d'eau. En réclame un autre.

— Bon sang, j'ai bien cru qu'il allait me descendre... Mais il m'a juste regardé et...
— Et quoi ?
— Avec son autre main, il a fait mine de se trancher la gorge.

Reynier refait le geste de son agresseur.

Sans équivoque.

Les deux hommes se taisent pendant quelques secondes. Puis Luc disparaît un instant dans son studio et revient avec la bouteille de whisky.

— Buvez, ça vous fera du bien, dit-il en servant le professeur.

— Merci...

— Où est votre voiture ?

— Je l'ai laissée au bout de la rue... Je ne veux pas que Maud voie l'impact dans le pare-brise. Je le ferai changer demain.

— C'est plus sage, en effet, acquiesce Luc. Et personne n'est venu à votre secours ? Un coup de feu, ça ne passe pas inaperçu !

— Il avait un silencieux, explique Reynier.

— Il pense décidément à tout.

— Bon Dieu... Je me suis vu crever !

— Essayez de garder votre calme. Une fois de plus, c'était pour vous foutre la trouille, rien de plus. S'il avait voulu vous tuer, ce serait déjà fait.

— Vous avez raison... il veut m'intimider. Et ensuite ?

— Je ne sais pas, avoue Luc.

— Il va me demander du fric... Je suis sûr qu'il va exiger de l'argent pour disparaître de ma vie !

— Possible, admet Luc. Et êtes-vous prêt à payer ?

Reynier ferme les yeux.

— Remarquez, vu que vous refusez de prévenir les flics, vous n'avez guère d'autre solution...

— Tout dépend de la somme qu'il va exiger. Encore faut-il qu'elle soit en ma possession !

— Quelque chose me dit qu'on ne va pas tarder à savoir ce qu'il veut vraiment, enchaîne Luc.

Le professeur termine son verre et se lève. Il titube légèrement, se tient à la table.

— Ça va aller ?

— Oui... Ma fille m'attend. Je ne voudrais pas qu'elle se doute de quelque chose.
— C'est déjà le cas, révèle Luc.
— Comment ça ?
— Elle m'a posé des questions, il y a deux jours... Elle est persuadée qu'on lui cache des choses.
— Que lui avez-vous dit ?
— J'ai noyé le poisson, résume le jeune homme. Je préfère vous laisser lui expliquer la situation...
— Je ne vais rien lui expliquer du tout, soupire Reynier. Elle ne doit rien savoir de tout ça.
Luc hausse les épaules.
— C'est une grande fille, rappelle-t-il.
— Non... Je ne veux pas la terroriser.
— Comme vous voudrez.
— À demain, Luc.
— À demain, monsieur.
Reynier s'éloigne et Luc rentre dans son studio. Il récupère une enveloppe blanche posée sur la table basse et l'ouvre. Une lettre arrivée au courrier du matin mais qu'il n'a pas encore pris le temps de lire.
Il s'installe sur le canapé, allume la petite lampe et commence sa lecture.

Mon chéri,

Ce matin, j'ai nettoyé la maison de fond en comble. Avec cette chaleur, c'était éprouvant, mais il fallait bien le faire... Même si personne ne vient jamais.

En rangeant le placard de l'entrée, j'ai retrouvé un cadeau que tu m'avais fait à l'école pour la fête des Mères. Tu étais au CM1, si mes souvenirs sont bons. C'était un pot de confiture décoré d'un joli ruban avec une étiquette sur laquelle tu avais écrit : « Confiture de mots d'amour pour maman. Composition : 100 % tendresse. À consommer sans modération. »

À l'intérieur, plein de petits papiers, écrits de ta main.

Tu ne peux pas savoir l'émotion que j'ai ressentie en le retrouvant ! Du coup, je l'ai mis sur le buffet de la salle à manger, ainsi je le verrai chaque jour.

Je me souviens t'avoir puni parce que tu avais mangé la totalité du pot de confiture. Je croyais que tu l'avais jeté à la poubelle pour que je ne m'en aperçoive pas alors qu'en fait, tu l'avais mis dans ton cartable et l'avais emporté à l'école pour pouvoir le décorer avec ta maîtresse.

J'ai parfois été dure avec toi, mon fils, mais élever un enfant seule n'est pas chose facile, tu sais... Et quand je vois ce que tu es devenu, je me dis que je n'ai pas dû commettre trop d'erreurs avec toi.

J'espère que tu auras des enfants un jour (tu as encore le temps !) et que tu seras un bon père pour eux. Que tu éprouveras les mêmes joies que celles que tu m'as procurées. Les mêmes fiertés, aussi.

Sans toi, je ne sais pas ce qu'aurait été ma vie. Je crois qu'elle aurait été une sorte de long désert hostile à traverser, sans eau ni nourriture...

Fais attention à toi, mon fils. Je t'envoie mille baisers.

Maman

Les doigts de Luc serrent la lettre, jusqu'à la froisser involontairement. Il demeure pensif un instant puis murmure quelques mots.

— Je viendrai te voir bientôt, maman. Je te le promets…

* * *

Assis devant sa table de cuisine, l'homme nettoie consciencieusement son Beretta.

Une belle arme, décidément, qu'il ne se lasse pas d'admirer.

Il y avait longtemps qu'il n'avait pas tenu un pistolet en main. Il se rend compte que ça lui a manqué.

Lorsqu'il a terminé, il enveloppe le Cougar dans un chiffon et va le dissimuler derrière la plinthe amovible d'un vieux meuble de cuisine. Puis il décapsule une bière et allume sa télévision avant de s'allonger sur le vieux sofa déchiré par les griffes d'un chat mort depuis longtemps.

Il a souvent songé retourner à la SPA pour en adopter un autre. Un gros matou noir ou tigré, une compagnie discrète mais fidèle. Il n'a jamais aimé les chiens, trop dociles, trop obéissants. Leur a toujours préféré les chats.

Une fois la mission terminée, peut-être se laissera-t-il convaincre.

Son regard flotte sur les lumières de la ville qui s'invitent dans son modeste appartement.

Il ne se lasse pas de repasser le film de sa soirée. Le visage de Reynier, la terreur qui s'imprime au fond de ses yeux clairs. Ses mains crispées puis qui tremblent.

Longues secondes d'une jouissance extrême. Son cœur, qui bat à nouveau, réanimé par un mélange d'adrénaline et de plaisir.

Des moments comme celui-là, il y en aura d'autres. Très bientôt.

Et chaque seconde sera une bénédiction.

* * *

Maud est à sa fenêtre.

Sa chambre est devenue une cellule. Ou un refuge. Elle ne sait plus vraiment.

Elle se rend compte qu'elle n'a plus quitté la propriété depuis des jours.

Elle se rend compte qu'elle sombre, lentement.

Les cauchemars nocturnes succèdent à cet étrange sentiment de chagrin qui l'accable du matin au soir.

Elle ne pense qu'à Luc. Prisonnière d'une obsession dévastatrice. Qui ne laisse la place à rien d'autre.

Elle a envie de se taper la tête contre les murs. Comme si ça pouvait vider son cerveau, expurger le mal qui la ronge.

Les lumières du studio sont encore allumées, alors elle attend. Elle espère. L'apercevoir quelques secondes, entre les branches du grand cèdre. Voler un instant de son intimité, ajouter une nouvelle image à sa collection.

Marianne est jeune, brillante, promise à un grand avenir.

Marianne est belle. La plus belle femme à ses yeux.

Comment lutter ?

Parfois, Maud retrouve du courage. Reprend confiance.

Parfois, elle a envie de mourir.

Marée haute, marée basse, Maud finira par se noyer dans ses tourments. Comme elle se noie dans ses cauchemars.

Soudain, la lumière du studio s'éteint et Luc sort sur la terrasse. Elle le voit embraser une cigarette et s'appuyer sur la rambarde en fer forgé.

Il ne tourne pas la tête vers la maison. Ne songe pas à regarder vers elle.

Comme si elle n'existait pas.

Les mains de Maud se crispent sur le rebord de la fenêtre. Et lorsqu'elle voit le jeune homme frapper à la porte d'Amanda, son cœur se fend comme un rocher sous l'effet du gel.

La gouvernante ouvre et passe ses bras autour du cou de Luc. Lui, ses bras autour de sa taille. Ils s'embrassent, un baiser qui dure de longues secondes.

Maud plonge dans une mare de lave incandescente. Ses jambes peinent à la porter, des larmes acides inondent ses joues.

Elle ne peut pas croire ce qu'elle voit.

Elle ne peut pas fermer les yeux.

La porte de l'appartement claque, mais Maud continue à s'infliger la pire des tortures. Derrière la fenêtre, elle aperçoit encore Luc en train d'ôter sa chemise. En train d'enlacer Amanda. Puis ils disparaissent, sans doute dans la chambre.

Un sanglot lui déchire la poitrine, ses jambes cèdent, elle tombe.

À genoux sous la fenêtre de sa chambre, Maud cherche de l'air.

Une issue.

Après plusieurs minutes, elle titube jusqu'au couloir et descend dans la cuisine. Elle ouvre un placard, saisit une bouteille de tequila et un grand verre. Avant d'éteindre la lumière, son regard se pose sur le bloc de couteaux.

Un flash la percute de plein fouet.

Couteau de cuisine à la main, elle se voit pénétrer dans l'appartement d'Amanda. Se faufiler jusqu'à la chambre.

Luc et Amanda sur le lit. En train de baiser comme des bêtes.

L'acier qui déchire la peau, s'enfonce au plus profond de ces corps enlacés.

Le sang, sur les draps blancs.

Alors, Maud éteint la lumière et remonte dans sa chambre, en essayant de ne pas faire de bruit pour ne pas réveiller son père.

Elle ferme sa porte à double tour et ouvre son secrétaire. Elle commence par avaler un verre de tequila. Puis un deuxième. Ensuite, elle récupère la boîte en bois et le petit miroir.

Sniffe une ligne entière d'héroïne.

Ajoute une nouvelle dose d'alcool.

Elle s'allonge en travers de son lit. Les larmes continuent de couler, inlassablement. Mais en quelques minutes, la drogue la libère enfin de sa camisole de douleur. Son corps s'allège de ces tonnes de désespoir et des ailes gigantesques surgissent dans son dos.

Plus elle monte, plus ses souffrances deviennent minuscules.

Bientôt, elle ne les voit plus.

Déchirant le ciel telle une comète, elle grimpe jusqu'aux étoiles. À la vitesse de la lumière.

Les bras en croix sur son grand lit, Maud sourit.

Et sa main droite serre le manche d'un énorme couteau.

Dans la chambre voisine, Armand est assis sur son lit.

Il se demande pourquoi Maud est descendue. Sans doute avait-elle soif ?

Il ne parvient pas à trouver le sommeil.

Le canon de l'arme est toujours pointé droit sur lui.

Dans la ligne de mire d'un fou.

Un fou, vraiment ?

Reynier sait qu'il doit payer. Un jour ou l'autre, il faut régler l'addition.

Et ce jour approche.

Le temps de l'impunité est révolu.
Le temps des souffrances est venu.
Rappelle-toi...

Oui, il se rappelle.

Oui, il a tué un petit garçon. Mais ce n'était qu'une erreur.

Pourtant, il aurait dû sentir qu'il n'était pas en état d'opérer. Qu'il avait poussé trop loin ses propres limites.

Reynier aurait dû reconnaître sa faute. Il devait bien ça au père de cet enfant. Au moins ça.

Rappelle-toi...

Mais comment cet homme peut-il savoir cela ? Qui est-il vraiment ? Et depuis combien de temps Armand est-il dans son viseur ?

Assis sur son lit, Reynier laisse libre cours à ses sanglots. Comme un enfant en proie à ses démons.

La tête entre ses mains, le grand professeur pleure.

Et personne ne l'entend.

* * *

— Il paraît que tu as une petite amie ? murmure Amanda. C'est Maud qui me l'a dit... Marianne, c'est ça ?

Allongé près d'elle, Luc fume une cigarette.

— Oui, dit-il.

— Et tu la trompes souvent ?

Il tourne la tête vers elle. Son regard brille d'une colère soudaine.

— Je ne la trompe jamais.

Amanda éclate de rire.

— Ah bon ? Et qu'est-ce que tu viens de faire, alors ?

— Je viens de tirer mon coup avec une fille facile.

Le sourire d'Amanda s'efface lentement. On dirait qu'elle est en train d'avaler une potion particulièrement amère.

— Pardon ?

— Tu as très bien entendu, dit Luc.

Il écrase sa cigarette dans le cendrier et se lève. Il enfile son pantalon, sa chemise, et la regarde. Elle ressemble toujours à une panthère.

Mais sur le point d'attaquer.

— Fais pas cette tête ! ajoute Luc avec un sourire qui a quelque chose de cruel. Je plaisantais.

— T'es dégueulasse de balancer des trucs pareils !

Il se penche vers elle et murmure :

— Tu l'as cherché. Fallait pas me parler de Marianne... Faut jamais me parler d'elle, compris ?

Elle reste sans voix, tandis qu'il dépose un baiser sur son front.

— Bonne nuit, Amanda.

35

Reynier arrive à son bureau très en avance. Il n'a eu aucun mal à se lever ce matin vu qu'il n'a pas réussi à fermer l'œil de la nuit.

Il se prépare un café serré et s'installe devant son ordinateur. Il consulte son agenda, qui lui rappelle froidement qu'il doit opérer une demi-douzaine de patients aujourd'hui.

Dure journée en perspective.

Alors qu'il signe les courriers dans un parapheur déposé la veille au soir par son assistante, son portable sonne.

Numéro inconnu.

— Allô ?
— Professeur Reynier ?
— Lui-même…
— Tu as passé une bonne nuit ?

Armand sent son pouls accélérer.

— Qui parle ? rétorque-t-il.
— Tu le sais bien…
— Qu'est-ce que vous me voulez ?
— Ça aussi, tu le sais.
— Non, je ne le sais pas ! s'écrie Reynier.

— Vraiment ? s'étonne l'homme au bout du fil. Pourtant, je t'ai envoyé plein de petits messages qui ont dû te mettre sur la piste, non ?

— Écoutez, dites-moi ce que vous voulez et on va trouver un moyen de s'arranger...

— *Un moyen de s'arranger* ? Tu crois peut-être que c'est possible ?

Reynier prend une longue inspiration. Il décide de laisser l'inconnu abattre ses cartes.

— Eh bien, doc, tu as perdu la parole, ou quoi ?

Armand continue à garder le silence. Sa jambe droite bat la mesure sous son bureau.

— Tu es encore là ?

— Je t'écoute. Parle.

— Je suis sûr que t'as fait dans ton froc, hier soir... Je me trompe ?

— Oui, tu te trompes, affirme Reynier. Et si tu voulais me descendre, fallait en profiter.

— J'ai tout mon temps. Vraiment tout mon temps...

Les mâchoires du chirurgien se crispent douloureusement.

— Pourquoi tu m'appelles ?

— Un brin de causette, ça fait pas de mal, non ?

— J'ai autre chose à foutre ! rétorque Reynier. Alors si t'as rien d'intéressant à me dire, je raccroche.

— Holà ! Doucement, toubib... Tu ne voudrais pas que j'aille rendre une petite visite à ta fille, n'est-ce pas ?

La tension artérielle d'Armand monte en flèche. Jusqu'à atteindre des sommets.

— Laisse ma fille tranquille, espèce d'enculé !

— Reste poli. Sinon tu vas le regretter...

Dans un effort surhumain, Reynier s'impose le silence.

— Elle est si jolie, ta fille. Si jolie et si fragile, soupire l'homme.

— Elle est sous bonne garde, rappelle Reynier.

L'inconnu éclate de rire.

Un rire glaçant. Comme sorti des profondeurs d'une caverne humide.

— Tu parles du petit gars qui a peur de son ombre ? Allons, Reynier, soyons sérieux ! Tu crois quand même pas que c'est cet avorton qui va m'empêcher de baiser ta fille si j'en ai envie ?

Reynier ferme les yeux. Il a envie de hurler. De tuer. De serrer ses mains sur quelque chose.

— Maintenant, tu vas m'écouter attentivement, reprend l'homme d'une voix effrayante. Je sais tout des saloperies que tu as commises. Tout, tu entends ? Et si tu veux que je garde ça pour moi, va falloir te montrer généreux. C'est clair ?

Reynier sent une sorte de soulagement s'emparer de lui. Ce salaud veut du fric.

Et du fric, Reynier en a plein les poches.

— Combien tu veux ?

— Combien vaut la vie de ta fifille chérie ?

— Combien tu veux ? répète Armand d'une voix ferme.

— Deux cent cinquante mille euros, en petites coupures. Je te laisse vingt-quatre heures pour réunir la somme. Je te rappelle demain soir pour te fixer un rendez-vous.

— J'ai besoin de plus de temps ! s'insurge Reynier.

— Pas une minute de plus... Et si tu alertes les flics, je te jure que tu le regretteras jusqu'à la fin de tes

jours. Parce que si tu les mêles à nos histoires, je viens chercher ta fille, je la découpe en petits morceaux et je te les renvoie par la poste. C'est bien compris ?
— Je n'appellerai pas la police.
— Parfait ! Alors à demain, professeur.
L'homme raccroche et Reynier se laisse aller en arrière dans son fauteuil. Il a l'impression qu'on vient de le tabasser à coups de crosse. Et lorsqu'il compose le numéro de Luc, sa main tremble encore.

36

Luc s'arrête pour décrocher.
— Oui ?
— C'est moi. Il vient de m'appeler...
— Vrai... ment ?
— Qu'est-ce qui vous arrive ?
— Je suis en plein jogging, explique Luc en reprenant son souffle.
— Désormais, vous éviterez de sortir de la propriété, ordonne Armand. Il menace encore de s'en prendre à Maud, vous ne devez pas vous éloigner.
— D'accord, promet Luc. Que vous a-t-il dit ?
Reynier lui fait un topo rapide. Luc sent une nervosité extrême derrière chacun de ses mots.
— Vous aviez donc raison, admet-il.
— Je vous l'ai dit : le fric intéresse tout le monde. Tout le monde sans exception.
— Espérons qu'il en restera là.
— On en reparlera ce soir, conclut le professeur. Je dois descendre au bloc dans une demi-heure.
— Bien, monsieur. Je rentre immédiatement.
— Restez sur vos gardes... Ce fumier est capable de tout.

— N'ayez crainte. S'il se pointe, je lui ferai regretter d'être en vie.

Armand raccroche et Luc repart en petites foulées jusqu'à la propriété. Il vient de courir pendant une heure dans la relative fraîcheur du matin. Et se demande comment il fera pour s'en passer à l'avenir...

Il remonte l'allée qui mène à la maison puis s'assoit sur la terrasse. Il vide une demi-bouteille d'eau, enlève son tee-shirt trempé. Il a une faim de loup et se hâte de prendre sa douche avant de rejoindre la maison.

La porte de la cuisine est ouverte, Amanda s'active déjà. Luc entre sans faire de bruit et l'enlace par surprise. Elle sursaute et pousse un petit cri.

— Tu m'as fait peur...

— Désolé pour cette nuit, dit-il en déposant un baiser dans son cou. Tu me pardonnes ?

— T'as faim, c'est ça ?

Il se met à rire.

— Terriblement faim !

Elle lui prépare un café et dépose devant lui de quoi le rassasier. Lorsqu'elle s'assoit, il lorgne son décolleté plongeant. La tigresse est très en beauté, ce matin.

— Cette coiffure te va à ravir, dit-il.

— Merci. Tu as du linge à laver ? C'est le jour de la lessive !

— Oui, je te l'apporterai tout à l'heure... Merci de prendre soin de moi.

— C'est mon boulot.

— Il me semble que tu vas bien au-delà de tes obligations, ajoute Luc avec un clin d'œil.

— Et si tu veux que ça continue, faudra que tu...

Elle s'interrompt au moment où Maud pousse la porte de la cuisine.

— Bonjour, Maud ! lance-t-elle. Bien dormi ?

La jeune femme ne répond pas. Elle attrape une tasse dans le placard, se sert un café.

— Attends, je vais le faire, dit Amanda.

— C'est bon, je peux me débrouiller toute seule.

— Mais…

— Je suis pas handicapée, d'accord ? Alors, tu me lâches !

La gouvernante reste interdite quelques secondes, ne sachant pas quelle attitude adopter. Un froid polaire vient de s'abattre dans la pièce. Maud embrasse Luc sur la joue et s'assoit près de lui. Il la dévisage un instant, avec la curieuse impression qu'elle a vieilli.

En une nuit seulement.

— Tu ne te sens pas bien ? demande-t-il.

— Très bien, au contraire, prétend-elle.

Elle a des cernes, le regard un peu flou. Des gestes hésitants. Elle porte un bermuda en jean et il remarque un pansement sur sa cuisse gauche.

— Tu t'es blessée ?

Elle soupire, comme si cette conversation l'agaçait profondément.

— C'est rien, je me suis coupée.

— *Coupée* ? Avec quoi ?

— Ça n'a pas d'importance, conclut-elle sans même le regarder.

Amanda, debout près du plan de travail, essaie de réchauffer l'ambiance.

— Tu veux que je te prépare des gaufres ?

Maud la fusille du regard.

— Non, je n'ai pas faim.

— Ah bon ? Mais le matin, d'habitude, tu...

La jeune femme prend sa tasse et se dirige vers la porte. En passant près d'Amanda, elle s'arrête et la fixe droit dans les yeux.

— Eh bien ce matin, j'ai la gerbe. Y a une saloperie que j'ai pas digérée. Un truc bien dégueulasse...

Puis elle quitte la pièce en claquant la porte.

— Mais qu'est-ce qu'elle a ? murmure la gouvernante. Je ne l'ai jamais vue comme ça !

Luc soupire à son tour. Depuis que Maud est entrée dans la pièce, depuis qu'il a vu son regard, il sait.

— Elle a compris pour nous deux, dit-il.
— Tu crois ?

Il hoche la tête.

— J'en suis sûr. Et c'est la merde.
— Mais... il y a quelque chose entre Maud et toi ?
— Absolument rien, répond Luc en terminant son café. Seulement dans ses rêves...

Luc prend une profonde inspiration avant de taper à la porte.

Évidemment, elle ne répond pas.

Alors, il insiste. Bien décidé à crever l'abcès, avant que la situation ne dégénère.

— Maud, ouvre, s'il te plaît. Je voudrais te parler.

Comme elle l'ignore toujours, il se fait plus persuasif.

— Tu sais, je peux passer ma journée dans le couloir, s'il le faut... Je sais me montrer patient !

Il soupire face à la porte close.

— Allez, Maud, je t'en prie...

Il ferme les yeux un instant.

— Tu veux que je te supplie, c'est ça ?... Maud ?... Je te préviens, si tu ne réponds pas, je défonce la porte !

Enfin, la clef tourne dans la serrure et la jeune femme apparaît. Luc tente un sourire un peu coupable. Un regard tendre.

En face, une sorte d'iceberg. Prêt à fondre, il le sait.

— Tu me laisses entrer ?

Il n'attend pas la réponse et s'invite dans la chambre. Elle claque la porte derrière lui et croise les bras. Luc s'approche du bouddha en bois, caresse son crâne lisse et brillant. C'est alors qu'il remarque le couteau de cuisine qui traîne sur la moquette. Il ressent un choc violent.

Cette nuit, elle s'est mutilée.

À cause de lui.

— Je crois qu'il faut qu'on ait une discussion, toi et moi.

— À quel sujet ?

Elle essaie de rester froide et distante. Alors qu'elle est sur le point de pleurer.

Luc aimerait être ailleurs mais ne peut s'empêcher de la trouver touchante.

Touchante et incroyablement belle.

Plus aucune trace de l'agression sur son visage. Juste une dernière marque à la base de son cou gracile.

— On s'assoit ? propose le jeune homme.

Il se pose sur le lit défait, mais elle demeure à distance, sur la défensive.

— Tu me détestes, c'est ça ? demande Luc.

Elle est tellement surprise que sa bouche s'entrouvre. Mais aucun mot ne sort. Elle détourne son regard, incapable de répondre. Ou de mentir.

Elle contemple le sol, puis le mur.

— Donc, tu ne me détestes pas, en conclut Luc. C'est déjà une bonne chose !... Allez, Maud, vide ton sac. Balance ce que tu as sur le cœur.

Comme elle garde toujours le silence, il s'approche d'elle. Sa poitrine se serre douloureusement, ses ultimes défenses s'effondrent. Il la prend par les épaules, la regarde droit dans les yeux. Puis il l'attire contre lui et la serre dans ses bras. Si fort qu'elle cesse de respirer.

Alors, elle se met à pleurer.

— Ne pleure pas, je t'en prie, murmure Luc. Amanda ne compte pas, tu sais. C'est juste... On a passé quelques moments ensemble, c'est vrai, mais elle ne compte pas. Et elle n'en a rien à foutre de moi... C'est la vérité !

Les sanglots de Maud deviennent plus violents encore et Luc continue à l'étreindre avec force.

— Toi, tu comptes pour moi, ajoute-t-il. Toi, tu comptes vraiment...

Soudain, elle se dégage de son emprise et recule.

— Tu mens ! hurle-t-elle. Tu mens, espèce de salaud !

— Non, je ne mens pas ! jure le jeune homme.

— Alors pourquoi tu couches avec elle et pas avec moi ?

Luc fait quelques pas dans la pièce, comme on récupère ses forces entre deux rounds.

— Parce que toi, je te respecte. Voilà pourquoi.

Les lèvres de Maud se remettent à trembler. Les larmes continuent de couler, connaissant le chemin par cœur.

— Ça me fait mal de te voir pleurer, reprend Luc. Je te jure que ça me fait mal...

Maud secoue la tête, comme si elle refusait de le croire.

— Je ne suis pas un mec pour toi, Maud. Je ne pourrai jamais l'être. C'est comme ça, on n'y peut rien...

— Mais pourquoi tu dis ça ? sanglote-t-elle.

— Parce que je le sais. Et je voudrais que tu arrêtes de souffrir à cause de moi... Je le voudrais, plus que tout au monde.

Il la regarde se noyer dans ses larmes et ne peut se résoudre à rester éloigné d'elle. Alors, il la serre à nouveau contre lui et elle se laisse faire.

— Un jour, tu verras que j'ai raison, murmure-t-il.

— Non !

— Si, Maud. Fais-moi confiance.

Elle s'accroche désespérément à lui.

— Nous deux, ce n'est pas possible. Pas comme ça... Il faut que tu le comprennes. Que tu l'acceptes.

Il l'accompagne jusqu'au lit et la fait asseoir. Il reste près d'elle, passe un bras autour de ses épaules.

— Déteste-moi si tu veux. Insulte-moi, si ça peut te soulager ! Mais arrête d'avoir mal à cause de moi, je t'en supplie...

***

La journée a été éprouvante. Épuisante, même. Il a enchaîné les opérations, malgré le manque de sommeil, malgré l'angoisse. Encore un jour où il aurait pu provoquer l'irréparable.

Comme le jour où il a tué le petit Dimitri.

Reynier n'arrête pas d'y penser. Alors qu'il avait refoulé cette histoire au plus profond de son âme, voilà que désormais elle le hante. Jour et nuit.

Sans doute parce qu'il n'a pas payé pour son crime.

Mais cela ne tardera plus.

Il est sur la route, il vient de dépasser Grasse. Il scrute chaque intersection, ne cesse de regarder dans son rétroviseur, craignant à chaque instant de voir un utilitaire blanc.

Un homme armé.

La mort au tournant.

La peur au ventre.

Enfin, le portail apparaît et la Porsche remonte l'allée jusqu'au garage. Armand se rend directement chez son garde du corps. Les deux hommes s'installent à l'intérieur, par souci de discrétion. Armand commence par lui retranscrire en détail la conversation qu'il a eue le matin même avec l'inconnu.

— Il dit qu'il n'a pas peur de vous, précise-t-il. Que vous êtes un *avorton*, un *petit gars qui a peur de son ombre*... Je cite.

Luc sourit, un peu crânement.

— Eh bien qu'il vienne me le dire en face. Je me ferai un plaisir de lui faire ravaler ses belles paroles, à ce connard.

— Luc, acceptez-vous de m'accompagner pour la remise de l'argent ?

Le jeune homme met quelques secondes à répondre. Laissant planer un terrible doute dans l'esprit du chirurgien.

— Oui, dit-il finalement. Je serai là.

— Merci... Merci beaucoup.

— Quand va-t-il dicter ses instructions ?

— Il doit me rappeler demain soir pour me le dire.
— Et l'argent, vous l'aurez ?
— Pas le choix. J'ai déjà contacté ma banque, ils me le fileront demain en fin d'après-midi. Ils ont rechigné, mais je les ai menacés de clôturer tous mes comptes. Ça les a décidés !
— Je viendrai avec vous à la banque. Mieux vaut ne pas vous balader seul avec une telle somme.
Reynier hoche la tête.
— Ceci dit, reprend Luc, je trouve qu'il n'est pas très gourmand. Deux cent cinquante mille euros... il aurait pu demander plus !
— On voit que c'est pas vous qui payez ! s'offusque le professeur.
— Pardon, je sais bien que c'est une somme, mais...
— Vous n'avez pas tort, concède Armand. Et qu'est-ce que vous en concluez ?
Luc soupire.
— Rien de précis, dit-il. J'ai seulement peur qu'il revienne à la charge plus tard.
— Vous pensez qu'il va me faire chanter jusqu'à la fin de mes jours, c'est ça ?
— On ne peut pas l'exclure, malheureusement.
Les épaules de Reynier s'affaissent subitement.
— Manquerait plus que ça...
Puis le professeur se redresse et ajoute :
— Bon Dieu, si jamais il ne nous laisse pas tranquilles après ça, je vous garantis que je lui fous un contrat sur la tête !
Luc ne répond pas. Il sait Reynier capable de ça et de beaucoup d'autres choses.

— Et vous ne voulez toujours pas prévenir la police ? essaie-t-il.

— Excellente idée, Luc. Je vais les appeler et leur dire que j'ai causé la mort d'un petit garçon de neuf ans. Je vais aussi leur expliquer qu'il y a cinq ans, j'ai fait un faux témoignage, que j'ai menti à un juge et incité trois de mes collaborateurs à faire pareil. Pendant que j'y suis, je vais leur dire que j'ai planqué du fric à l'étranger et que j'ai trafiqué les comptes de la clinique... Vous croyez qu'ils vont réagir comment ?

— OK, oubliez ce que je viens de dire.

— Ça vaut mieux, en effet. Vous avez une bière au frigo ?

Luc se lève et rapporte deux canettes.

— Vous voulez un verre ?

— Ça ira, merci... Avez-vous des nouvelles de vos amis ? Ceux qui pourraient vous permettre de loger Michel Abramov.

— Oui, j'allais justement vous en parler... Malheureusement, ils ont fait chou blanc. Abramov a disparu de la circulation.

— Comment est-ce possible ? On ne disparaît pas comme ça, bon sang !

— Si, dit Luc, on peut très bien disparaître... Il a sans doute changé d'identité. Niveau Sécurité sociale, ses droits ont été fermés il y a plusieurs mois. Il n'a plus de compte client chez les fournisseurs d'énergie non plus...

— Mais il habite bien quelque part ! Il reçoit bien des factures, non ?

— Il loue peut-être un appartement au black, sous

un faux nom. Ou alors, il sous-loue à quelqu'un qu'il règle en liquide. Ça se fait, vous savez...

— Quelle merde ! Impossible de le retrouver, alors ?

— Mes connaissances continuent à chercher et il y a encore quelqu'un qui pourrait nous aider mais que je n'ai pas réussi à joindre pour le moment parce qu'il est en mission à l'étranger... Toutefois, mieux vaut cesser d'espérer de ce côté-là.

Reynier pousse un soupir de lassitude.

— Luc, j'aimerais que vous dormiez dans la maison.

Le jeune homme le considère avec étonnement.

— Il y a une chambre d'amis très confortable, ajoute Reynier.

— Vous savez, je peux être sur place en moins de deux minutes.

— Ça me rassurerait beaucoup, insiste Armand. En deux minutes, on a le temps d'assassiner quelqu'un...

— D'accord.

— Parfait. Ce soir, vous dînerez avec nous. Et à partir de maintenant, vous passerez vos nuits dans la maison.

En regardant le chirurgien s'éloigner, Luc songe qu'il doit vraiment être mort de trouille pour souhaiter le voir s'immiscer entre Maud et lui.

* * *

Maud pénètre dans le bureau et son père lui sourit.
Un sourire un peu crispé.
Un regard un peu différent.

Mais son père n'est pas dans son état normal, ces derniers temps.

— Tu n'as toujours pas récupéré tes masques ? demande-t-elle en s'asseyant en face de lui.

— Non, l'expert n'a pas terminé.

— Tu as l'air fatigué…

— Non, pas du tout… Ne t'inquiète pas. Et toi ? Comment ça va ?

Elle hausse les épaules. Puis elle fixe ses pieds, comme une petite fille qui a quelque chose à avouer mais n'ose pas.

— Qu'est-ce qu'il y a, ma chérie ? Tu as des problèmes ?

— Non, mais… Je crois que tu devrais virer Amanda.

Reynier écarquille les yeux.

— Pourquoi tu dis ça ?

Maud hésite.

— Elle couche avec Luc.

— Pardon ?

— Elle couche avec Luc, je te dis !

— Et comment tu sais ça ?

— Je regardais par la fenêtre, hier soir, et je les ai vus. Aucun doute possible.

Reynier fait basculer son fauteuil vers l'arrière, visiblement contrarié par les propos de sa fille.

— Et alors ? Qu'est-ce que tu en as à faire, qu'ils couchent ensemble ?

Elle ne répond pas immédiatement et les craintes de Reynier prennent une nouvelle ampleur.

— Tu es jalouse, c'est ça ?

— Mais non, papa… Je trouve juste que c'est un manque de respect envers toi… Tu le payes pour me

protéger, non ? Pas pour tirer son coup avec Amanda !
Et s'il arrive quelque chose, hein ? Si le type se pointe,
Luc sera bien trop *occupé* pour intervenir !

— Tu as raison, concède son père.

— Tout ça, c'est la faute de cette fille ! crache
Maud. C'est une putain d'allumeuse...

Le professeur hoche la tête sans aucune conviction,
juste pour faire plaisir à sa fille. Et pour cacher que
lui aussi est jaloux.

— Tu vas la virer ? espère Maud.

— Non. J'ai besoin d'elle. Mais ça n'arrivera plus,
je te le garantis.

Soudain, la peur transforme le visage de Maud.
Pourvu qu'il ne congédie pas Luc !

— À partir de cette nuit, Luc dormira dans la
chambre d'amis, ajoute Armand au grand soulagement de sa fille.

— Vraiment ?

Reynier hoche la tête.

— Je le lui ai demandé tout à l'heure, justement.

Maud fronce les sourcils.

— Tu lui as demandé de dormir ici ? Mais pourquoi ?... Qu'est-ce que tu me caches, papa ?

Armand se lève et se poste devant la fenêtre, tournant le dos à sa fille.

— Le type qui t'a agressée est toujours après moi,
révèle-t-il. S'il s'en est pris à toi, c'était pour me
faire du mal...

— Mais pourquoi ?

— Il s'agit visiblement d'un maître chanteur.

Reynier se retourne avant d'ajouter :

— Il sait certaines choses sur moi et menace de
tout déballer si je ne le paie pas.

— Putain... C'est quoi, ces choses ?

Le professeur hésite un instant, ne sachant pas jusqu'où il doit aller. Jusqu'à quelle vérité. Ou quel mensonge. Lever le voile, ne serait-ce qu'un peu, serait prendre un risque. Mais il n'a plus vraiment le choix.

— Il y a cinq ans, j'ai opéré un jeune garçon et il est mort des suites de l'opération...

— Je m'en souviens, murmure Maud.

— À l'époque, le père a porté plainte mais n'a pas eu gain de cause. Luc et moi pensons que c'est lui qui a orchestré tout ça, pour se venger. Et qu'il paye un homme de main pour nous foutre la trouille. Et ce matin, il m'a appelé pour me demander du fric.

— Et tu vas le lui donner ?

— Je n'ai pas d'autre choix. Ce qui compte, c'est te protéger. Quel qu'en soit le prix.

— Mais pourquoi tu ne préviens pas les flics ?

— Maud, écoute... au moment du procès, j'ai menti. J'ai fait un faux témoignage. Ce garçon est mort par ma faute. C'était un accident, j'étais épuisé et j'ai commis une erreur... Mais n'empêche que je suis responsable et que ce type le sait.

— Merde, c'est pas vrai...

— J'espère que quand il aura son fric, il nous foutra la paix. Et... Et je suis vraiment désolé que tu aies eu à souffrir par ma faute.

Il baisse la tête et serre le dossier de son fauteuil entre ses mains.

— J'espère que tu me pardonneras...

Maud vient se réfugier dans ses bras.

— Bien sûr que je te pardonne, dit-elle. Mais tu aurais dû tout me dire, papa.

— Je sais, ma chérie. Je voulais te préserver de toute cette merde, j'ai été idiot.

Il caresse son visage, tente de lui sourire.

— Ça va aller. Ne t'inquiète pas...
— Personne n'est plus fort que toi, dit-elle. Personne...

37

Luc a pris ses nouveaux quartiers. La chambre est spacieuse, joliment décorée et dotée d'une salle de bains. Malgré tout, il préférait son petit appartement.

Son indépendance.

Pendant le dîner, il n'a quasiment pas ouvert la bouche. Se sentant curieusement embarrassé.

Se sentant de trop.

Il s'appuie à la fenêtre et allume une cigarette. Maud a mis de la musique dans sa chambre, peut-être parce qu'elle ne veut pas qu'il l'entende pleurer.

Il a fait tout ce qu'il a pu, mais sait qu'il demeure son obsession. Et contre ça, il ne peut rien.

Quand on frappe à sa porte, il jette précipitamment son mégot par la fenêtre. Il trouve le professeur au garde-à-vous sur le seuil.

— Vous avez besoin de quelque chose ? demande Reynier.

— Non, tout va bien.

— Écoutez, Luc, poursuit-il en refermant la porte derrière lui, j'ai quelque chose à vous dire et je ne vais pas y aller par quatre chemins : vous n'êtes pas ici pour vous taper la gouvernante.

Le jeune homme préfère ne pas répondre. Mais en cet instant, il irait volontiers coller une gifle à la petite peste qui dort dans la chambre voisine. Il ne s'était pas préparé à pareille déception. Pourtant, il aurait dû se douter que Maud n'en resterait pas là et lui ferait payer son affront.

— Alors je vous demande de ne pas recommencer. Pas ici, en tout cas. C'est clair ?

— Très clair, monsieur.

— Tant mieux.

Soudain, Reynier sourit.

Un sourire libidineux, que Luc trouve abject.

— Je vous l'accorde, cette fille est très attirante. Je vous comprends ! Mais...

— J'ai bien reçu le message, coupe Luc. Et j'espère qu'Amanda n'aura pas de problèmes.

— Si ça ne se reproduit pas, elle n'en aura pas. Bonne nuit, Luc.

— Bonne nuit, monsieur.

**

Dans la cuisine, Amanda termine de ranger et de nettoyer. Lorsqu'elle voit son patron arriver, elle a un mauvais pressentiment.

— Monsieur, vous désirez quelque chose ? demande-t-elle.

— Vous parler.

Elle pose le torchon qu'elle tient entre ses mains et lui fait face.

— Je sais pour Luc et vous.

— Mais monsieur, je vous assure que...

— Pas la peine de mentir, tranche Armand. Je sais que vous couchez ensemble.

— Il est majeur et moi aussi, riposte Amanda avec un sourire crispé. Alors, je ne vois pas ce qui vous dérange.

— Ma maison n'est pas un bordel, assène brutalement Reynier. Et ni vous ni lui n'êtes payés pour baiser sous mon toit.

Elle reste sidérée un instant par la violence des propos.

— Nous l'avons fait dans mon appartement et en dehors de nos heures de service, souligne-t-elle.

— Ah oui ? Et qu'est-ce qui me le prouve ?

Sentant arriver les problèmes sérieux, Amanda décide de faire profil bas. Ce n'est vraiment pas le moment qu'elle se fasse congédier.

— Je suis désolée, dit-elle. Ça ne se reproduira pas.

— J'y compte bien. Désormais, Luc dormira dans la chambre d'amis. La journée, il pourra rester dans son studio s'il le souhaite et vous continuerez de lui apporter son déjeuner.

— Très bien, monsieur. C'est noté.

Dans le couloir, l'oreille collée à la porte de la cuisine, Maud sourit méchamment. Puis elle se hâte de remonter pour ne pas être aperçue par son père.

Lorsqu'elle arrive à l'étage, elle tombe nez à nez avec Luc.

— Tu es contente de toi ?

Il la regarde avec un mépris blessant.

— Comment ça ?

— J'espère que ça t'a soulagée d'aller nous balancer à ton *papa chéri* !

Ne trouvant aucune contre-attaque possible, elle entre dans sa chambre et claque violemment la porte. Une fois à l'intérieur, elle s'affale sur son lit. La jubilation aura été de courte durée. Non seulement Amanda n'est pas virée, mais en plus son père s'en est pris à Luc. Et ça, le jeune homme ne le lui pardonnera pas.

— Je suis la reine des connes, c'est pas possible ! La reine des connes... J'aurais dû réfléchir un peu ! M'y prendre autrement !

Mais en cet instant, la colère n'est pas la seule chose qu'elle ressent.

Il arrive sans prévenir. Impitoyable et féroce.

Au creux de son ventre, dans chacun de ses muscles, chaque filament de sa chair.

La soif.

La faim.

Le manque.

Maud prépare une ligne d'héroïne sur le petit miroir. Avant de la sniffer, elle voit son visage se refléter autour de la poudre.

À cet instant précis, elle sait qu'elle est condamnée.

À cet instant précis, elle se déteste.

Comme jamais elle n'a détesté personne.

38

— C'est moi, dit Reynier.
— Salut, répond Charlotte.
— Comment tu vas ?
— Très bien... Je viens de finir de déjeuner, je suis au bord de la piscine.
— Eh bien moi j'attaque ma journée ! se lamente Armand.
— Tu n'avais qu'à venir avec moi, rétorque sa femme d'un ton cinglant.
— C'était impossible, tu le sais bien ! Avec tout ce qui se passe ici...
— Il s'est manifesté ?
Reynier avale une gorgée de café avant de répondre.
— Oui. Il m'a même tiré dessus...
— *Tiré dessus* ?
— Je ne suis pas blessé, mais je t'avoue que j'ai eu la trouille de ma vie !
— Ça s'est passé comment ?
— J'étais en voiture, il a tiré au travers du pare-brise. Mais il a juste voulu me faire peur, m'intimider. Et hier matin, il m'a appelé pour me demander du fric...

— Un maître chanteur ?
— Apparemment.
— Combien veut-il ?
— À quoi bon... ?
— Combien ? répète-t-elle.
— Deux cent cinquante mille. Pour nous foutre la paix.

— Espérons-le, répond Charlotte d'un air légèrement détaché.

Comme si tout cela ne la concernait plus.

— Ce soir, je vais récupérer l'argent à la banque et Luc m'accompagne. Il doit passer me chercher à la clinique vers seize heures.
— Pourquoi vient-il avec toi ? s'étonne Charlotte.
— Il dit que c'est risqué de se balader seul avec une telle somme.
— Il est sensé, ce garçon ! C'est vrai que si tu te faisais piquer l'argent avant même de le lui avoir donné, ce serait vraiment con... Et ensuite ?
— Ensuite, j'attends qu'il m'appelle pour me fixer un rendez-vous. Bon, faut que je te laisse, j'ai une intervention. Profite bien de ta journée. Je t'embrasse.
— Moi aussi.
— Et... j'ai hâte que tu rentres.

Charlotte raccroche sans ajouter un mot.

* * *

Luc se sert un deuxième café, tandis qu'Amanda prépare une liste de courses qu'elle fera livrer dans l'après-midi.
— Tu as besoin de quelque chose ? demande-t-elle.

— Ton joli petit cul m'irait très bien, répond Luc d'un air très sérieux.

Amanda se retourne et lui offre un sourire flatté.

— Désolée, mais va falloir que tu t'en passes.

— Il t'a fait chier ?

Elle hausse les épaules.

— Il paraît qu'on n'est pas dans un *bordel*, ici ! fait la gouvernante en mimant son patron. Et que ni toi ni moi ne sommes payés pour *baiser sous son toit* !

Ils partent tous les deux dans un fou rire un peu nerveux qui dure plusieurs minutes. Puis Luc reprend sa respiration et ajoute à voix basse :

— Il aurait bien voulu être à ma place, ce vieux pervers !

— Tu crois ?

— J'en suis sûr.

— Bon, en tout cas, faut qu'on fasse vachement gaffe maintenant.

— C'est clair, acquiesce le jeune homme. J'ai pas envie qu'il te vire à cause de moi...

Elle termine sa liste de courses et partage un café avec lui.

— Y a du courrier ? demande Luc.

— Oui, mais pas de lettre de maman pour toi, ce matin ! répond la gouvernante d'un ton légèrement moqueur.

Un peu vexé, Luc hausse les épaules.

— C'est quoi ton programme aujourd'hui ? reprend-elle.

— J'ai plus le droit de sortir faire mon jogging et j'ai des fourmis dans les jambes ! Alors je vais aller dans le garage me défouler un peu... Et puis à seize heures, je dois aller récupérer le boss à la clinique.

— Pourquoi ? Il est parti à pied ?

— Non, c'est un de ses collaborateurs qui est venu le chercher et moi, je prendrai la Porsche.

Face au regard interrogateur de la gouvernante, Luc essaie de trouver une explication plausible sans toutefois lui révéler la vérité.

— Il veut que je l'accompagne ce soir pour un rendez-vous à sa banque. Il doit retirer une somme importante, je crois. Et il préfère que je sois là au cas où. C'est mon boulot, après tout...

— Il devient parano, ou bien ? Ce type, celui qui a agressé Maud, il représente toujours un danger ?

— On ne sait jamais... Et comme il ne veut pas laisser Maud ici toute seule, il va falloir que je l'emmène.

— Elle n'est pas seule, je suis là, rappelle Amanda.

Luc sourit.

— Je ne suis pas sûr que tu sois un garde du corps efficace !

Elle se pose sur ses genoux, passe ses bras autour de son cou.

— J'ai d'autres qualités, non ?

— D'innombrables qualités, concède Luc en l'embrassant.

***

L'homme rentre dans son appartement avec un sac de supermarché à la main. Il dépose tout sur la table de la cuisine puis ouvre la fenêtre. Aujourd'hui, temps superbe, températures encore chaudes.

Aujourd'hui, c'est jour de paye.

Bien sûr, il aurait pu demander plus. Car Reynier est

richissime. Mais cela aurait immanquablement incité la banque à alerter la police.

Bientôt, il aura une coquette somme d'argent à dépenser et doit songer à ce qu'il va en faire.

Il pourrait quitter ce taudis et s'offrir un petit appartement neuf, bien à lui. Avec un bout de jardin, peut-être, histoire que le chat qu'il compte adopter puisse se dégourdir les pattes.

Un bout de jardin où le petit garçon pourrait s'amuser après avoir fait ses devoirs.

Il pourrait s'offrir une belle voiture, aussi. Et un nouveau canapé.

Il pourrait quitter le pays. D'ailleurs, ça vaudrait mieux, vu ce qu'il s'apprête à faire...

S'installer dans un pays chaud où la vie coule doucement, au rythme des vagues et des rires d'enfants.

Il n'a pas encore décidé. Y réfléchira une fois la mission terminée.

Du sac, il sort un paquet de pâtes, un bocal de sauce, un pack de yaourts aux fruits, quelques tranches de jambon, une baguette de pain et un fromage industriel. Sans oublier le pot de Nutella qu'il range consciencieusement à côté des autres sur l'étagère.

— Tu vois, dit-il au petit garçon, je n'ai pas oublié ! Et pour midi, j'ai prévu des *penne rigate* avec une sauce aux champignons. Comme tu aimes ! Pour le dessert, yaourt. Ça te va ?

Alors qu'il espère une réponse, son portable se manifeste bruyamment. Lorsqu'il voit le numéro, il sourit et décroche.

— C'est moi, dit la voix.

— Je sais. Alors, comment va notre *cher* professeur ?

— On dirait bien qu'il flippe comme un malade !
— Tant mieux ! se réjouit l'homme. Et il n'a pas fini d'avoir les foies...
— J'y compte bien !... J'ai quelques infos intéressantes pour vous, continue la voix.
— Je vous écoute, dit l'homme en s'asseyant en face de la photo.

* * *

Luc frappe trois coups et patiente.
Comme il n'obtient pas de réponse, il frappe à nouveau.
— Maud ?
Il est pourtant sûr qu'elle n'a pas quitté sa chambre depuis le déjeuner. À moins qu'elle n'ait filé en douce ?
Il teste la poignée qui ne lui offre aucune résistance et entrouvre la porte.
— Maud ?
La pièce est plongée dans la pénombre mais il distingue la jeune femme étendue sur son lit. Il s'approche, un peu embarrassé, et s'arrête net en voyant qu'elle a les yeux ouverts et arbore un drôle de sourire.
— Maud, ça va ?
Elle redresse la tête et son regard met quelques instants à revenir du monde imaginaire.
— Luc ?
— J'ai frappé, mais comme tu ne répondais pas...
Elle s'assoit sur le lit et passe une main dans ses cheveux ébouriffés. On la dirait dans une sorte d'état second.
— Qu'est-ce qui t'arrive ? demande Luc.

— Rien. Je dormais, c'est tout.

— Avec les yeux ouverts ?... Il faudrait te préparer, on ne va pas tarder à partir.

— Je viens pas, dit-elle en s'étirant.

Luc soupire et croise les bras.

— Si, tu m'accompagnes. Ce sont les ordres de ton père.

— Je ne reçois d'ordre de personne...

— Peut-être, mais moi oui. Et comme tu le sais, il m'a demandé de t'emmener.

Il va ouvrir les volets et Maud se précipite vers son secrétaire pour fermer le couvercle de la boîte en bois. Elle donne un tour de clef rapide tandis que Luc l'observe. Elle a titubé, ça ne lui a pas échappé.

— Qu'est-ce que tu caches, là-dedans ? demande-t-il d'un ton suspicieux.

— Rien du tout, assure-t-elle. Écoute, Luc, je suis désolée pour hier. Je ne voulais pas...

— J'ai pas envie qu'on parle de ça, tranche le jeune homme d'une voix dure.

— Tu m'en veux ?

— Habille-toi, s'il te plaît.

Grâce à la lumière du jour, il aperçoit quelques résidus de poudre blanche à la base de sa narine droite. Aussitôt, il comprend.

Pourtant, il ne dit rien.

— Je ne t'accompagne pas, annonce Maud. Je vais aller chez une copine. Là-bas, je serai en sécurité, non ?

Luc lève les yeux au ciel. Puis il prend son portable et compose le numéro de Reynier.

— Professeur ? C'est Luc. Désolé de vous déranger,

mais j'ai un problème avec Maud. Elle refuse de venir avec moi…

Après quelques secondes, il lui tend le téléphone.

— Ton père veut te parler.

À son tour, Maud lève les yeux au ciel. Luc s'assoit sur le lit pendant que la fille parlemente avec son père. Au bout de deux minutes, elle lui rend le téléphone.

— Bon, c'est réglé. Papa accepte que tu me déposes chez Mélina avant que tu ailles le chercher et vous me récupérerez après la banque.

— Très bien, dit Luc d'un ton sec. Je t'attends en bas.

* * *

Luc ne cesse de regarder l'heure sur le tableau de bord. La circulation est dense, il craint d'arriver en retard à la clinique. Il n'a pas adressé la parole à sa passagère depuis leur départ de Grasse, la tension est palpable.

— Tu n'as qu'à me déposer là, dit soudain Maud. Je finirai à pied.

— Hors de question.

Elle se renfrogne et monte le son de l'autoradio. Enfin, ils arrivent chez les parents de Mélina. Un bel immeuble, sur une des artères prisées de la ville.

— Je t'appelle quand on sort de la banque, dit Luc. Et je reviens te chercher.

— Ouais, dit-elle en descendant de la Porsche.

Elle claque la portière, se dirige vers l'entrée. Et lorsqu'elle se retourne, elle voit Luc qui patiente. Impossible d'échapper à sa vigilance…

Alors, elle sonne et la porte s'ouvre. Elle pénètre

dans le hall et attend que Luc ait redémarré pour ressortir de l'immeuble et filer vers la station de taxis la plus proche.

* * *

Luc fume une cigarette en attendant son patron. Il s'est garé devant la banque, sur la place réservée aux convoyeurs de fonds.

Enfin, il voit Reynier sortir de l'agence, un attaché-case à la main, et se hâte de lui ouvrir la portière côté passager.

— Tout s'est bien passé ?

— J'ai l'argent, répond le professeur.

— J'appelle Maud et on y va...

La jeune femme décroche aussitôt.

— On sort de la banque, on vient te chercher, annonce Luc.

— Passe-moi mon père, exige Maud.

Luc tend le téléphone à Reynier.

— Qu'est-ce qu'il y a, ma chérie ?

— J'aimerais passer la soirée avec Mélina, dit Maud. Ses parents me raccompagneront...

Reynier hésite un instant.

— OK, dit-il finalement. Tu peux rester. Mais je préfère que ce soit Luc qui vienne te chercher...

— Si tu veux, dit sa fille. À ce soir.

— À ce soir, ma puce.

Reynier rend le téléphone à Luc, qui démarre aussitôt.

— Vous ne devriez pas laisser Maud sans protection, souligne-t-il.

— Je le sais, répond nerveusement le professeur.

Mais je n'ai guère le choix : si je refuse qu'elle passe une soirée chez son amie, elle va se douter que je lui ai menti sur la gravité de la situation...

* * *

Maud patiente en bas de l'immeuble où vit Axel. Il ne devrait plus tarder à rentrer. Assise sur les marches, elle a fumé la moitié du paquet de cigarettes qu'elle a acheté en descendant du taxi.

Si son père la voyait...

Mais elle préfère ne pas y penser. Ne pas songer au jour où il découvrira qu'elle a replongé. À la déception et à la douleur qu'elle causera.

Putain, Axel, qu'est-ce que tu fous ?

Aujourd'hui, elle achètera double dose. Pour pouvoir tenir plus de temps. Car il n'est pas facile de tromper la surveillance de Luc.

Pourtant, elle compte éviter la spirale infernale. Nourrissant encore le fol espoir qu'elle parviendra à contrôler sa consommation. Qu'elle ne redeviendra pas une épave. Une junkie. Une fille sans avenir et avec un seul et unique but dans la vie.

Avoir sa dose.

* * *

La Porsche monte l'allée et Luc la stoppe devant le garage.

— Nous voilà à bon port, dit-il en regardant Reynier. Voulez-vous que je garde l'argent avec moi cette nuit ?

— Non, j'ai un coffre dans mon bureau.

— C'est encore mieux ! sourit Luc.

— Venez, ajoute le chirurgien. Je vous offre un verre... J'ai besoin d'un remontant avant que l'autre enfoiré ne m'appelle.

— Je préfère ne pas boire, dit Luc. Je dois aller chercher Maud, tout à l'heure.

— C'est vrai.

— Mais je vous accompagne quand même jusqu'au coffre. Et j'attendrai le coup de fil avec vous.

Luc verrouille la Porsche et les deux hommes pénètrent dans la maison.

— J'ai un très bon whisky irlandais, lance Reynier en poussant la porte du salon. Vous allez au moins goûter un fond, non ?

Luc et Armand s'immobilisent sur le seuil.

Les doubles rideaux sont tirés, la pièce plongée dans la pénombre. En face d'eux, Amanda est attachée sur une chaise. Bâillonnée et vêtue seulement d'un caraco en satin noir, elle les fixe d'un air affolé.

Sur son front, une large estafilade.

Sur sa tempe, le canon d'un pistolet automatique.

Un homme encagoulé se tient debout derrière elle.

Son index droit presse la détente.

39

— Bonsoir, messieurs.

Luc a déjà dégainé son Glock et fait barrière entre Reynier et l'inconnu.

— Tu n'auras pas le temps, prévient le colosse en pressant l'arme contre la tête de la gouvernante.

Amanda pousse un cri de terreur, étouffé par le bâillon.

— Elle sera morte bien avant moi.

Luc le tient toujours en joue et le regard paniqué de Reynier va d'une arme à l'autre.

— Laisse tomber ton flingue, fiston. Sinon je lui brûle la cervelle. Tu as trois secondes…

Le garde du corps semble évaluer ses chances.

Terriblement minces.

— Un, deux, trois…

Il pose doucement son arme sur le parquet.

— Pousse-la vers moi, ordonne l'inconnu.

Le jeune homme obéit et l'arme atterrit sous la chaise.

— Parfait. Maintenant, tu te mets à genoux, mains sur la tête…

Comme Luc ne réagit pas, il assène un coup de crosse à la gouvernante.

— J'ai dit à genoux, mains sur la tête ! s'écrie-t-il.

Armand sursaute et Luc obtempère enfin. Le type retrouve son sourire démoniaque.

— Professeur, approchez-vous, je vous en prie... Vous êtes ici chez vous !

Reynier, dont le visage est d'une lividité cadavérique, fait deux pas mal assurés en direction du maître chanteur.

— Débarrassez-vous donc de cette mallette sur le canapé...

Le chirurgien dépose l'argent sur le divan. Puis il recule, attendant la suite des instructions.

— Et maintenant, mettez-vous à genoux, vous aussi.

Reynier s'exécute et se retrouve près de Luc.

— C'est dans cette position qu'on expie ses fautes, ajoute l'homme. N'est-ce pas, professeur ? Et vous avez tant à expier...

Le colosse ricane, tout en profitant du spectacle. Il ramasse l'arme de Luc et la décharge, avant de la balancer négligemment sur l'un des fauteuils. Puis il prend une seconde chaise qu'il positionne non loin de celle où est assise Amanda.

— Venez vous asseoir près de moi, professeur.

— Écoutez, dit Reynier, l'argent est là... Dans la mallette.

— Je sais.

— Prenez-le et partez !

— Ta gueule. Tu es habitué à distribuer les ordres, pas vrai ? Mais aujourd'hui, on va inverser les rôles. J'ai dit : viens t'asseoir.

Avec le canon du Beretta, il caresse la joue d'Amanda, qui supplie son patron du regard. Alors Reynier s'avance lentement vers la chaise.

— Assis !

Armand obéit, en essayant de contrôler sa peur et ses tremblements. L'homme récupère une corde posée sur le canapé et la jette devant Luc.

— Fiston, à toi l'honneur ! Attache-le.

Luc se relève, tandis que l'agresseur pose l'arme sur la nuque d'Amanda. Il n'a d'autre choix que de saucissonner Reynier sur la chaise.

— Et que ça tienne ! lui enjoint l'inconnu.

Luc termine sa sordide besogne dans un silence pesant. Puis il regarde le maître chanteur.

— Et maintenant ?
— Vire tes fringues.
— Hein ?
— T'as très bien entendu. Je veux voir si tu ne caches pas un autre joujou quelque part...

Le jeune homme hésite.

— Tu veux vraiment que je m'occupe de la petite Chinoise ? J'ai pas eu le temps tout à l'heure mais je suis sûr qu'elle vaut le coup !

Luc enlève sa veste et fait un tour complet sur lui-même. Puis il déboutonne sa chemise.

— Je n'ai plus d'arme, jure-t-il.
— Soulève tes bas de pantalon...

Le garde du corps s'exécute et l'inconnu semble enfin satisfait.

— Remets-toi à genoux, ordonne-t-il.

Luc s'agenouille juste devant les deux prisonniers et met les mains derrière la nuque.

— Voilà un garçon obéissant et bien élevé, hein,

professeur ? Pas terrible comme garde du corps, mais plutôt sympathique.

— J'ai fait ce que vous m'avez demandé, répond Armand. J'ai récupéré l'argent et vous pouvez le prendre.

— Je vais me servir, t'inquiète. Mais rien ne presse, non ? Au fait, où est Maud ? Dommage qu'elle ne soit pas là, cette petite !

— Elle est en sécurité, affirme Luc.

L'homme secoue la tête.

— Me voilà bien déçu ! soupire-t-il.

Le chirurgien ferme les yeux et lorsqu'il les rouvre, il tombe sur ceux de son garde du corps. Qui ne recèlent aucune peur. Seulement une intense concentration.

L'inconnu fait quelques pas et s'arrête derrière Luc.

— Tu vois, fait-il à l'intention de Reynier, j'ai terriblement envie de t'exploser la tronche à coups de barre de fer...

Le cœur du chirurgien accélère encore. Pourtant, Armand croyait avoir atteint la limite.

— Te briser les genoux, les bras, les reins... Pas te tuer, non ! Ce serait trop rapide. Pas assez douloureux ! Plutôt te foutre sur un fauteuil roulant pour le reste de ta pitoyable existence. Ou te transformer en légume, comme le petit Lukas...

Reynier sent une goutte glacée descendre le long de sa tempe.

— Je ne sais pas ce que vous me reprochez, mais je peux vous donner plus d'argent.

— Ta gueule. Tu parles quand je te le demande, compris ?

Armand s'empresse de hocher la tête.

— Ouais, je voudrais bien m'amuser avec toi, mais le souci, c'est qu'ensuite tu ne pourrais plus aller bosser. Et si tu ne vas plus bosser, tu ne pourras plus me filer de pognon... Quel dilemme !

Le colosse fait encore quelques pas, comme s'il méditait.

— Parce que finalement, deux cent cinquante mille, c'est pas beaucoup.

— Je vous donnerai plus ! promet Armand.

— Je vais y penser. Te tuer ou te piquer ton blé. Les deux, peut-être... Ça te laisse donc un petit sursis, professeur !

Reynier avale bruyamment sa salive. Il a l'impression que l'homme serre ses mains autour de sa gorge.

— Mais je ne voudrais pas que tu croies que je suis un faible, ajoute le géant avec un drôle de sourire. Je veux que tu saches à qui tu as affaire. Et de quoi je suis capable si jamais tu me contraries ou que tu préviens les flics...

Soudain, avec la crosse de son Cougar, l'homme frappe Luc en haut du dos. Le jeune homme s'effondre vers l'avant dans un cri de douleur.

— Alors c'est le petit gars qui va morfler à ta place, poursuit l'inconnu d'un air désolé. Remarque, c'est pour ça que tu le payes, non ?

Luc tente de se relever, l'homme lui assène un coup de pied dans les côtes, suivi de plusieurs dans le ventre.

— Arrêtez ! s'écrie Armand.

Mais le colosse ne semble pas l'entendre. Il continue à frapper Luc, toujours à terre.

Avec ses poings, ses pieds, son arme.

Luc se protège comme il peut et parvient à attraper

la cheville de son agresseur. L'inconnu tombe lourdement sur le parquet et lâche son pistolet. Les deux hommes se retrouvent au sol, dans un corps-à-corps inégal.

Luc est déjà trop faible pour se mesurer à ce titan, doué d'une force phénoménale. Il lui assène quelques coups, mais l'homme prend vite le dessus et se remet à tabasser Luc avec plus de violence encore.

Un coup de pied en pleine tête met fin à la résistance du garde du corps. Alors, l'homme essuie le sang qui coule de sa bouche et se penche vers Luc. Allongé sur le ventre, il ne bouge plus.

— Je ne vais pas te tuer, mon petit gars, murmure-t-il. Sinon, notre ami le docteur froussard serait obligé d'alerter les flics. Et ce serait moins drôle, si tu n'étais plus là... Vraiment trop facile !

Puis il récupère la mallette, l'ouvre pour en vérifier le contenu. Un large sourire de satisfaction se dessine au travers de la cagoule.

— Je serais volontiers resté dîner avec vous, professeur, mais je vais devoir y aller. J'aimerais juste que vous me fassiez un dernier petit cadeau...

Il se poste devant la chaise et s'abaisse jusqu'à ce que ses yeux soient à la même hauteur que ceux de Reynier.

Un regard que le chirurgien n'oubliera jamais.

— La clef de la Porsche, ordonne-t-il.

— C'est... C'est... Luc qui l'a, dit Armand. Dans... sa poche.

L'homme fouille la veste de Luc et trouve la télécommande.

— Génial ! dit-il. Et comment j'ouvre le portail ?

— Dans le vide-poche de la voiture, répond le chirurgien.

— Bonne soirée, messieurs-dame.

Il quitte la pièce et Armand entend sa propre voiture démarrer et sortir de la propriété.

40

— Luc ? Vous m'entendez ?

Reynier se tortille sur sa chaise pour tenter de se libérer. Amanda, elle, a cessé d'essayer. Immobile, comme foudroyée, elle contemple le corps inerte de Luc.

Cela fait un quart d'heure que l'homme est parti. Ils ont pourtant l'impression d'être attachés depuis des heures. Et Reynier a terriblement peur que le tueur ne décide de revenir pour l'achever.

— Luc ! hurle-t-il. Réveillez-vous, bon sang !

Il parvient à se déplacer avec sa chaise et s'approche du jeune homme étendu sur le parquet. À l'aide de son pied, il le secoue doucement.

— Luc, par pitié, réveillez-vous…

Au bout de quelques secondes, le jeune homme émet un son, sorte de râle de douleur.

— Vous m'entendez ? espère Reynier.

Luc ouvre les yeux, bouge une main. Lentement, il revient à lui. Il parvient à se tourner sur le côté, voit les chaussures de son patron.

Le problème, c'est qu'il en voit quatre.

— Comment vous vous sentez ?

Du sang coule de son arcade et de son nez. Il a du mal à garder les yeux ouverts.

— Répondez-moi, s'il vous plaît, s'acharne Armand. Essayez de dire quelque chose !

— J'ai mal...

— Surtout, ne faites pas de mouvement brusque...

Le jeune homme s'assoit et manque de basculer en arrière. Puis il se met à quatre pattes et s'aide de la chaise pour se relever complètement. Mais une fois debout, il titube comme s'il était ivre mort et s'écroule à nouveau.

— Restez assis et essayez de me détacher, conseille Armand. Pour que je puisse m'occuper de vous...

Luc s'aide à nouveau de la chaise et parvient à garder l'équilibre. Assis, il tente de dénouer les liens. Le sang coule dans son œil gauche, lui brûlant la cornée.

Très vite, il détache le professeur et se laisse retomber sur le parquet, à bout de forces. Reynier délivre rapidement Amanda, qui l'aide à traîner Luc jusque sur le canapé.

— Allez me chercher ma trousse, ordonne le chirurgien. Et apportez de l'eau... Dépêchez-vous !

Amanda se précipite vers la cuisine tandis que Reynier prend le pouls du jeune homme.

— Vous arrivez à parler ?

— Oui...

— Dites-moi ce que vous ressentez.

— J'ai mal... à la tête. Et... au dos et... au ventre.

Le professeur déboutonne la chemise blanche tachée d'hémoglobine et palpe l'abdomen de son patient. Luc pousse un cri de douleur et se recroqueville sur lui-même.

— Désolé… Apparemment, aucun organe vital n'est touché, annonce Reynier. Mais vous avez peut-être une côte pétée.

Amanda revient enfin avec le nécessaire et le chirurgien commence les soins.

Et pour la première fois de sa vie, ses mains tremblent pendant qu'il exerce son métier.

* * *

— Pourquoi c'est pas Luc qui est venu me chercher ? demande Maud en montant dans l'Audi.
— Il a dû rester à la maison.
— Et pourquoi tu as pris la bagnole de Charlotte ?
— Écoute, Maud, il s'est passé quelque chose…
— Quoi ?

Reynier redémarre et s'arrête cinquante mètres plus loin à un feu rouge.

— Il est venu chez nous.
— Qui, il ?

Subitement, Maud comprend. Elle reste bouche bée un instant. Puis la voiture redémarre nerveusement.

— Il est rentré chez nous ?
— Oui.

Son père lui expose rapidement les faits, omettant toutefois de répéter les paroles du maître chanteur.

— Il a pris l'argent.
— Et Luc, il n'est pas intervenu ?
— Comme je te l'ai dit, le type menaçait Amanda avec une arme, alors Luc n'a rien pu faire…
— Amanda est blessée ?
— Très légèrement, répond son père. Mais Luc, c'est plus sérieux.

— Luc ?

— Oui, ma chérie. Mais je m'en suis occupé. Il se repose et je suis sûr qu'il va vite récupérer... Il est solide, tu sais.

— Putain, mais c'est pas vrai ! Il faut appeler les flics, papa ! Faut arrêter tes conneries ! Et si tu ne le fais pas toi-même, je...

Armand donne un coup de frein brutal et Maud est projetée vers l'avant.

— Merde ! s'écrie-t-elle. T'es malade, ou quoi ?

— Écoute-moi bien, il est hors de question de mêler la police à cette histoire. Si jamais ils sont au courant, je perdrai tout ce que j'ai et je finirai en taule. Tu comprends ça ?

— Mais...

— Et ce n'est pas le pire : si je préviens la police, il te tuera, Maud. Tu entends ?

Les lèvres de la jeune femme se mettent à trembler. La seconde d'après, elle commence à pleurer.

— Je suis vraiment désolé, murmure son père. Mais je vais trouver une solution... Je te le promets.

* * *

Maud entre dans la chambre à pas de loup. La lampe de chevet est allumée et Luc semble dormir. Torse nu, allongé sur le côté, il respire doucement.

La jeune femme s'assoit par terre, près du lit, pour le regarder en silence.

Soudain, il ouvre les yeux.

— Luc ? Comment tu te sens ?

— J'ai connu mieux...

Il a un pansement énorme sur le front, la lèvre

supérieure explosée et un poignet bandé. Sur son abdomen, plusieurs taches sombres et larges commencent à apparaître.

Maud se revoit après l'agression.

— Tu as mal ?
— Un peu...
— Si j'avais été là, commence Maud, il...
— Si tu avais été là, il s'en serait pris à toi, coupe Luc.
— Ç'aurait été mieux.
— Ne dis pas n'importe quoi, soupire le jeune homme.

Il essaie de bouger, laisse échapper un gémissement. Puis il se met à claquer des dents. Maud file dans la salle de bains et revient avec une petite serviette mouillée qu'elle applique sur le front du blessé.

— Merci, murmure-t-il.
— Je vais rester avec toi cette nuit. Comme ça, si tu...
— C'est gentil, mais je préfère être seul.

Maud encaisse en silence.

Seul, plutôt qu'avec elle.

Aurait-il ainsi rejeté Amanda ?

— Tu as besoin de quelque chose ? demande-t-elle.
— Non, merci... Je vais essayer de dormir un peu.
— Je te laisse, alors. Et je suis à côté si tu as besoin... N'hésite pas.
— D'accord, dit Luc en fermant les yeux.

Dès que Maud a quitté la chambre, il rouvre les paupières. Avec des gestes précautionneux, il parvient à s'asseoir sur le lit. Puis il attrape son paquet de cigarettes et s'installe sur une chaise, près de la fenêtre.

La nuit est déjà tombée, les lumières du parc se sont allumées. Marianne monte l'allée, s'arrête sous sa fenêtre et lui sourit tendrement. Le visage de Luc se détend instantanément, comme si la douleur s'était évaporée.

Marianne a toujours été une magicienne...

Un bruit lui fait tourner la tête ; Reynier vient d'entrer dans la chambre, chargé d'un plateau-repas qu'il pose sur le lit.

— Vous ne devriez pas fumer dans votre état, reproche-t-il.

Luc tire une dernière bouffée avant de jeter son mégot dans le parc. Marianne s'est volatilisée, le charme est rompu.

Quand le jeune homme se remet debout, une violente douleur lui cisaille le ventre. Il se plie en deux et Armand vole à son secours, l'aidant à regagner le lit.

— Il ne faut pas vous lever.

— J'avais envie d'une clope, grogne Luc.

Reynier place deux oreillers dans son dos et lui présente le plateau.

— Amanda vous a préparé un repas léger.

— Merci, mais j'ai pas faim.

— Mangez au moins quelque chose, dit Reynier en s'installant près du lit.

La présence d'Armand finit de lui couper l'appétit. Mais s'il veut retrouver sa chère solitude, mieux vaut qu'il obéisse.

— J'ai mis l'alarme, annonce Reynier. Et Amanda dormira dans le salon. Elle a peur de rester seule dans son appartement.

— Comment va-t-elle ?

— Elle est choquée. Mais elle tient le coup.

— Qu'est-ce qu'il lui a fait avant qu'on arrive ?

— Elle est tombée nez à nez avec lui dans la cuisine et il l'a forcée à se dévêtir avant de l'attacher sur la chaise. Mais elle m'assure qu'il ne l'a pas touchée.

— Je l'espère, dit Luc en essayant d'ingurgiter une bouchée de pain. Je suis désolé, monsieur.

— Désolé de quoi ?

— J'aurais dû arriver à le maîtriser et j'ai échoué.

— J'étais là, rappelle le chirurgien, j'ai tout vu. Et je sais que vous avez tout tenté.

— N'empêche que je n'ai pas été à la hauteur ! Mais ce type a une force incroyable... Est-ce que vous l'avez reconnu ? C'est le père du petit Dimitri ?

— Difficile à dire, avoue le professeur. La carrure, ça pourrait être ça. La taille, aussi. Mais comme je n'ai pas pu voir son visage... Remarquez, je ne m'en souviens pas vraiment, alors...

— En tout cas, il a la haine contre vous, c'est certain.

— C'est forcément lui ! Je ne vois pas qui d'autre pourrait m'en vouloir à ce point... Et puis de toute façon, il y a les dates sur les messages.

— OK pour le 16 mars, dit Luc. Mais le 19 septembre ? Et le 11 janvier ?

Reynier hausse les épaules, se donnant un temps de réflexion.

— Le 19 septembre, c'est pour me rappeler que je tiens à Maud. Quant au 11 janvier, ça me semble clair : ça veut dire que je pourrais perdre ma seconde femme... Revivre ce que j'ai vécu le 11 janvier 1998.

— Ça tient la route, admet Luc.

— Vous ne mangez rien d'autre ?

— Non, je ne peux pas, répond le jeune homme en repoussant le plateau.

— Amanda ne va pas être contente ! sourit Armand.

— Elle comprendra.

Reynier sort deux plaquettes de médicaments de sa poche et tend quatre comprimés à Luc.

— Prenez ça.

— C'est quoi ?

— Ça calmera un peu vos douleurs. Et ça vous aidera à dormir.

— Merci…

— Demain matin, je referai votre pansement. Mais je vous préviens, vous risquez de souffrir encore plus dans les jours qui viennent…

— Ce n'est pas la première fois que je me fais tabasser, révèle Luc. Alors, je suis au courant. Mais demain, je serai debout.

41

Dès qu'il ouvre les yeux, la douleur le submerge.
Elle épouse chacun de ses gestes, se nourrit de chacune de ses respirations.
Dans la pâle lumière de l'aube, Luc s'aperçoit qu'il n'est pas seul. Reynier dort dans le fauteuil, la tête penchée sur le côté, les mains posées sur ses cuisses.
Luc a un mouvement de recul, comme s'il refusait de croire que cet homme a dormi près de lui.
Qu'il a veillé sur lui toute la nuit.
Il veut se tourner de l'autre côté, la douleur lui arrache un cri. Reynier se réveille en sursaut et met un instant à se souvenir qu'il n'est pas dans son lit. Son dos est cassé en deux, il n'arrive quasiment plus à bouger. Il lui faut quelques secondes pour se remettre droit. Il consulte sa montre, il est six heures.
— Bonjour, Luc... Comment vous vous sentez ?
Le jeune homme parvient à s'asseoir sur le lit.
— J'ai l'impression d'être passé sous un putain de camion...
— Je vais préparer du café et vous apporter vos médicaments, dit Armand en se levant.
— Vous avez dormi ici ?

— Oui... Je voulais être sûr que vous alliez bien. Ne bougez pas, je reviens.

Armand quitte la chambre et Luc se traîne jusqu'à la salle de bains. Il enlève délicatement le pansement sur son front et, face au grand miroir, constate les dégâts. Une plaie entourée d'un gros hématome au-dessus de l'œil gauche, une ecchymose près de la bouche. Et au moins une dizaine d'autres sur le reste du corps.

Il passe un peu d'eau sur son visage abîmé, se recoiffe comme il peut et retourne dans sa chambre. Il allume une cigarette devant la fenêtre et, une minute plus tard, Reynier débarque avec le café et les médicaments.

— Vous fumez déjà ?

Luc lève les yeux au ciel et pose sa clope sur le rebord de la fenêtre. Il avale le café et les comprimés, sous le regard inquisiteur du médecin.

— Vous devriez vous rallonger, préconise Reynier.

— Vous ne me payez pas pour rester couché. Je tiens debout, c'est le principal.

Il récupère son arme, y insère un nouveau chargeur.

— Je pense qu'il ne va pas en rester là.

— C'est aussi mon avis, avoue Reynier à voix basse. Bon, je dois me préparer pour aller bosser... Je vous confie Maud.

Luc hoche la tête et le professeur s'éclipse enfin. Alors, le jeune homme peut retomber sur son lit et souffrir en silence.

* * *

Il est déjà près de dix heures lorsque Maud se réveille.

Elle a la bouche pâteuse, une sorte de voile gris devant les yeux. Une soif tenace la pousse hors du lit, qu'elle étanche directement au robinet du lavabo. Pourtant, elle sait qu'elle pourra boire des litres et des litres, que ça ne changera rien.

Son ventre se tord, elle se précipite aux toilettes.

Le prix à payer.

Et ce n'est que le début.

Assise sur la cuvette des W-C, elle se retrouve soudain propulsée quelques années en arrière. Elle n'avait pas encore arpenté les couloirs bleu pastel du centre de désintoxication. Mais elle connaissait déjà les affres du manque...

... Huit heures du matin, Maud est dans sa chambre. Son père, qui l'attend en bas, ne cesse de l'appeler ; elle va être en retard au lycée.

Ce matin, elle a préparé deux sacs. Celui qui contient ses affaires de classe et un autre, dans lequel elle a enfourné quelques vêtements, son passeport, de l'argent liquide. Et ce qui lui reste de came.

Enfin, elle descend et retrouve son père au volant de la Jaguar, dans le garage. Il la réprimande pour son retard, elle s'excuse.

— C'est quoi, ce sac ?

— Je voudrais dormir chez une copine ce soir... Tu es d'accord ?

— Quelle copine ?

— Sophia.

— Je ne la connais pas.

— Elle est très sympa... Son père est avocat et sa mère est juge... Tu vois, je ne risque rien !

— N'empêche que je ne les connais pas !

— *S'il te plaît, papa...*

— *OK, mais tu aurais pu m'en parler avant.*

— *Pardon, papa...*

La voiture quitte la propriété et son père accélère pour rattraper le retard. Maud regarde ces paysages qu'elle connaît par cœur mais qui, ce matin, lui semblent totalement inédits.

Parce que aujourd'hui n'est pas un jour comme les autres.

Parce que c'est peut-être la dernière fois qu'elle fait ce trajet en compagnie de son père.

Parce que tout à l'heure, après les cours, elle partira.

Pardon, papa... Je ne sais pas vraiment ce qui m'arrive, tu sais. J'aimerais être différente, être celle que tu espérais. Mais je n'y parviens pas. J'ai essayé, pourtant. Je te le jure...

La voiture s'engage sur l'autoroute et Armand sourit enfin à sa fille.

— *Tu es très jolie, aujourd'hui...*

— *Merci, papa.*

Quelques minutes plus tard, la Jaguar s'arrête devant les portes du lycée.

— *Tu m'appelles ce soir, quand tu arrives chez ton amie, hein ?*

— *Oui, c'est promis.*

Maud embrasse son père et quitte la voiture. Elle le regarde tandis qu'il s'éloigne.

Ce soir, elle partira. Parce qu'elle ne supporte plus Charlotte.

Un prétexte comme un autre.

Ce soir, elle partira avec Sophia. Celle qui lui a fait goûter à l'interdit. Cannabis, héroïne, crystal, kétamine... Sophia qui veut quitter son père, chômeur ivrogne et dépressif, violent envers elle et sa mère.

Maud ne peut pas la laisser partir seule.

Encore un prétexte...

Maud connaît beaucoup de pays, est allée à l'autre bout du monde. Mais tout a toujours été encadré, sécurisé, planifié. Les clubs pour gens fortunés, les hôtels cinq étoiles, les plages privées, les yachts...

Ce que Maud veut, c'est découvrir la liberté. Casser la laisse, couper le cordon. Sortir de sa bulle luxueuse.

Maud veut voir le monde, le vrai. Même si c'est dans toute sa laideur. Vivre une aventure qui sera tissée d'imprévus. Se mettre en danger.

Respirer.

Sophia a tout prévu. Elle a des amis vers Montpellier, des potes qui les hébergeront. « Des mecs très sympas, assure-t-elle. Et canon, en plus ! »

Maud imagine un voyage initiatique, une sorte d'équipée sauvage où tout sera permis.

Mais Maud se trompe...

Elle prend une douche rapide et s'habille avant de descendre au rez-de-chaussée. Amanda est dans la cuisine, en train de préparer le déjeuner.

— Bonjour, Maud, dit la gouvernante en oubliant de sourire.

— Bonjour... Comment tu vas ?

Étonnée qu'elle s'en soucie, Amanda abandonne ses fourneaux quelques instants.

— Ça va, assure-t-elle.

— Tu as pu dormir ?

— Un peu... Et toi ?

— Idem... Luc s'est levé ?

— Il n'est pas descendu. Mais ton père lui a apporté un café et ses médicaments, ce matin. Je pense qu'il dort.

— Peut-être qu'il n'a pas la force de descendre et qu'on devrait lui monter son petit déjeuner, tu ne crois pas ?

— Tu veux t'en charger, je suppose ? insinue Amanda. Moi, je n'ai plus le droit de l'approcher.

Maud baisse les yeux. Elle songe à s'excuser, mais les mots restent coincés au fond de sa gorge, aussi sèche qu'un désert.

Son père et sa belle-mère ne lui ont jamais appris à s'abaisser devant les domestiques.

— Je vais préparer ce qu'il faut et tu n'auras qu'à le lui monter, reprend la gouvernante.

— Merci.

Elle pose le plateau par terre et toque doucement à la porte.

— C'est Maud...

— Entre.

Elle trouve Luc assis sur son lit, vêtu seulement de son jean.

— J'ai pensé qu'un petit déjeuner te ferait plaisir.

— Ce n'est pas plutôt le boulot d'Amanda ?

Maud fait comme si elle n'avait rien entendu et pose son offrande à côté de lui. Elle meurt d'envie de le toucher, se contente de le regarder. Ses yeux s'attardent sur son torse imberbe et joliment sculpté par les heures d'entraînement. N'y tenant plus, elle avance une main vers son visage mais il stoppe son mouvement en attrapant son poignet.

— Tu es drôlement amoché...
— Ça passera, dit-il simplement. Merci pour le petit déjeuner.
— Je t'en prie.
Elle repart vers la porte lorsqu'il ajoute :
— Tu ne restes pas ?
Un sourire se dessine enfin sur le visage de la jeune femme.
— Bien sûr, si tu veux.
Elle s'assoit à côté de lui et le regarde manger, sans le quitter des yeux. Même meurtri, son visage reste la plus belle chose qu'elle ait jamais vue. Un jour, peut-être, parviendra-t-elle à déchiffrer la peine qui rend son regard si particulier. Si profond.
La peine ou la souffrance.

... Faire du stop, le long de la route. La nuit, en plein hiver.
Au petit matin, atteindre enfin Montpellier. Marcher, encore et encore, pour arriver jusqu'à la maison où vivent les amis de Sophia.
Une sorte de masure délabrée, sans doute un squat.
Trois hommes et une femme, qui ont entre dix-sept et vingt-cinq ans. Des paumés qui passent leur temps à se défoncer. Et à chercher du fric pour payer leurs doses.
Mais du fric, ils en ont trouvé.
Maud en a plein son sac. Et surtout, plein son compte.
Pourtant, il lui faudra encore un peu de temps pour réaliser que c'est pour son argent que Sophia a prétendu avoir besoin d'elle.
Prétendu être son amie...

— Tu as peur ? demande Luc.
— Pas quand tu es avec moi.
— C'est gentil de dire ça, mais...
— C'est vrai, assure Maud. Tu crois qu'il va aller jusqu'où ?

Luc avale une gorgée de café.

— Je n'en sais rien, prétend-il. Peut-être qu'on n'entendra plus jamais parler de lui.
— C'est sympa d'essayer de me rassurer, mais je sais que tu penses exactement le contraire.

Luc repousse le plateau. Il a à peine touché ce qu'Amanda lui a préparé. Il se lève en grimaçant de douleur et va ouvrir la fenêtre. Il allume une cigarette, Maud le rejoint. Ils admirent le parc, baigné dans une belle lumière.

Marianne est assise sur un muret, les yeux fermés, la tête penchée en arrière, profitant du généreux soleil de septembre. Luc la regarde longuement avant de se tourner à nouveau vers Maud.

— Tu as replongé depuis quand ? interroge-t-il soudain.

Le cœur de Maud dévisse et fait une chute vertigineuse.

— De quoi tu parles ? bredouille-t-elle.
— Je parle de la came, bien sûr.

La jeune femme sent ses jambes se dérober et s'accroche au rebord de la fenêtre.

— T'es fou, je n'ai pas replongé ! jure-t-elle.
— Me prends pas pour un con... Depuis quand ?

Maud préfère s'asseoir avant de tomber.

Comment mentir ? Mentir à cet homme qui est tout ce qu'elle espère. Tout ce qu'elle désire.

— Ça ne fait que quelques jours, murmure-t-elle.
— C'est quoi ?
— Héro...
Luc écrase sa cigarette et se poste face à elle.
— Lève-toi.
Comme elle ne bouge pas, il la prend par la main et la force à obéir.
— Suis-moi.
Il l'entraîne jusqu'à la chambre voisine et verrouille la porte.
— Où tu la planques ?
— Luc, écoute, je...
— Où tu planques la clef de la boîte ?
Sa voix est calme, son regard intransigeant.
— Si je fouille, je vais bien finir par la trouver, non ?
— Je n'en ai plus, affirme la jeune femme.
— Ah ouais ?
— Je te jure que je n'en ai plus !
— Tu veux que j'appelle ton père ?
La peur éclate soudain dans les yeux de Maud.
— Non !
— Alors donne-moi cette putain de clef. Et vite.
Maud hésite encore. Le manque la taraude déjà. Elle cherche le moyen de faire fléchir Luc.
— Je n'en prends pas beaucoup... C'est juste quand je vais mal.
— La clef.
— Il y a eu l'agression et maintenant ce fou qui nous harcèle...
— La clef, vite.
Maud ferme les yeux et se laisse tomber sur le lit.

— Je ne veux pas que tu me la prennes... Luc, s'il te plaît...

Elle se met à pleurer doucement et il se plante face à elle. Il a du mal à tenir debout, tente pourtant de ne montrer aucun signe de faiblesse.

— Maud, tu peux encore tout arrêter.

— Non, c'est déjà trop tard...

— Putain, tu te rends compte que tu fous ta vie en l'air ?!

— Justement, c'est *ma* vie ! hurle soudain la jeune femme. Alors, qu'est-ce que ça peut te foutre, hein ?

Elle se relève et le bouscule.

— Et puis c'est à cause de toi si j'ai replongé ! Parce que tu fais comme si je n'existais pas !

Il l'attrape par les épaules, la force à le regarder.

— Écoute-moi, Maud...

En pleine crise de panique, elle tente de lui échapper. Mais il resserre encore sa poigne.

— Tu vas avoir des choses difficiles à vivre. Des épreuves à traverser... Et tu ne dois pas t'infliger ça en plus, tu comprends ?

Elle sanglote de plus belle, il la serre contre lui.

— Maud, s'il te plaît... Donne-moi cette clef. Je te promets que je ne dirai rien à ton père.

— Non ! Je peux pas m'en passer, je t'en prie...

— Je t'aiderai à tenir. Ensemble, on va y arriver, Maud. Fais-moi confiance.

Il la laisse pleurer encore un peu, reprendre pied. Elle met de longues minutes à se calmer, puis les sanglots s'espacent. Il sent les larmes de la jeune femme couler sur sa peau nue. Ça lui procure de bien étranges frissons.

— On va y arriver, répète Luc. D'accord ? Alors montre-moi où tu caches cette saloperie...

Maud se résigne enfin. Elle ouvre la boîte en bois et contemple le sachet à peine entamé. Quand Luc s'en empare, elle a encore un mouvement pour l'en empêcher. Mais d'un regard, il la persuade de se rendre.

— Je m'en occupe.

— Laisse-m'en un peu ! supplie-t-elle.

— Non, Maud. Plus un seul gramme.

Il disparaît dans les toilettes et elle entend la chasse d'eau à deux reprises. Son cœur se serre douloureusement. Puis Luc revient s'asseoir près d'elle.

— Qui te fournit ?

— Un mec...

— Je veux son nom et son adresse.

— Mais...

— Je vais lui expliquer qu'il ne doit plus t'en vendre. Aie confiance en moi, tout se passera bien.

Maud se retranche dans le silence, mais Luc ne lâche pas prise. Il récupère le portable de la jeune fille, consulte les derniers numéros composés.

— Il s'appelle Axel, c'est bien ça ?

Elle ne répond pas, il décide d'éplucher les textos.

— Oui, c'est ça, dit-il.

Dans la rubrique contacts, il trouve la fiche correspondant au dealer. Son prénom mais pas son adresse. Pourtant, il ne s'avoue pas vaincu.

— Allez, encore un petit effort... dis-moi où je peux le trouver.

Comme elle refuse de parler, il s'agenouille devant elle et prend ses mains dans les siennes.

— Maud, tu crois vraiment que je voudrais d'une junkie ?

Stupéfaite, elle redresse la tête.

— Si tu veux qu'on ait une chance un jour, toi et moi, va falloir que tu me prouves que tu peux changer. Que tu me jures de ne jamais retoucher à cette merde...

— Tu es sérieux ?

Il hoche la tête.

— Alors ?

Elle hésite encore.

— Maud, s'il te plaît.

— Qu'est-ce que tu vas lui faire ?

— Juste lui parler. Le persuader de refuser de t'en vendre si jamais tu craques...

— Mais il connaît mon nom, sait où j'habite !

— N'aie pas peur, sourit Luc. Je sais être très persuasif, je t'assure.

Enfin, la jeune femme passe aux aveux.

Luc dépose un baiser sur sa main et se relève.

— Habille-toi, on y va, dit-il. Tu m'attendras dans la voiture.

À bout de forces, Maud obéit.

Un quart d'heure plus tard, la Mini s'élance sur la route.

... Maud a quitté Nice depuis deux jours. Elle n'a pas appelé son père. Pourtant, elle pense à lui souvent.

Pour Sophia et ses nouveaux amis, plus nombreux qu'à son arrivée, elle a dépensé tout l'argent qu'elle avait emporté avec elle.

Ce soir, elle a bu plus que de raison. Elle s'est injecté une seringue de merde dans les veines. Et dans les bras d'un jeune inconnu, elle plane.

Il peut faire ce qu'il veut avec elle.
Même que Sophia n'arrête pas d'en rire.
Ce soir, Maud a balancé le code de sa carte bleue. Sans même s'en rendre compte. Avec le sourire, elle a énoncé les quatre chiffres, comme s'il s'agissait d'un jeu.
Sophia est partie au distributeur, avec l'un de ses amis, et ils sont revenus avec du pognon plein les poches. Demain, ils iront faire leur marché chez le dealer du coin.
Après s'être laissé désargenter, Maud se laisse déshonorer. Elle y prend un certain plaisir, c'est en tout cas mieux qu'avec Mathéo. Avec ce qu'elle a dans le sang, pas étonnant. Même l'enfer lui semblerait un endroit délicieux...
Autour d'elle, des gens qu'elle ne connaît pas, affalés sur de vieux canapés, défoncés à mort. Un couple fait l'amour, tout près d'elle. Elle les regarde en souriant bêtement.
— Tu es de la famille du prince Rainier ? demande soudain l'un d'eux.
Maud éclate de rire.
— Mais non ! dit Sophia. Elle vient de Nice, pas de Monaco ! Et puis elle, ça s'écrit REYNIER, pas RAINIER !
Doucement, Maud s'endort dans les bras de l'inconnu.
Quand elle se réveille, il fait jour.
Elle est complètement nue, allongée sur un canapé pourri, dans une baraque ouverte aux quatre vents.
Elle est seule.
Plus de sac, plus de carte bleue. Plus de passeport, plus de téléphone.

Un mal de crâne à se cogner la tête contre les murs.
Elle s'est vomi dessus, ne s'en souvient même pas.
D'ailleurs, elle ne se souvient plus de grand-chose.
Elle se laisse glisser du sofa, rampe sur le sol. On dirait une bête agonisante.
Repoussante.
Elle cherche ses vêtements, ne les retrouve plus.
— Y a quelqu'un ?
Non, il n'y a personne.
Seulement une jeune fille de presque dix-sept ans à qui on a volé tout ce qu'elle avait. Dont on a vidé le compte alimenté par l'argent paternel.
Combien de mecs lui sont passés dessus, cette nuit ?
Plusieurs, elle en est sûre.
Alors elle vomit encore et encore. Avec l'impression qu'elle va cracher ses tripes sur le sol crasseux. Elle enfile un tee-shirt déchiré qui ne lui appartient pas, se met à trembler. À pleurer.
Le manque vient l'achever.
Elle voudrait de la drogue, encore.
Pour oublier qu'elle n'est qu'une droguée. Qui a passé une partie de la nuit à faire des pipes à de parfaits inconnus.
Elle voudrait de la drogue, pour oublier ce que la drogue a fait d'elle.
Pour oublier la honte.
Elle donnerait n'importe quoi pour en avoir, sauf qu'elle n'a plus rien.
« Papa, aide-moi… »
Elle voudrait tant qu'il soit là.
Pourtant, elle préférerait mourir plutôt qu'il la voie dans cet état.
« Pardon, papa… »

***

Armand sort du bloc, vire ses gants et son masque. Lefèvre, l'anesthésiste, le rejoint dans le couloir.

— On prend un café ? propose-t-il.
— Volontiers.

Ils se rendent dans le bureau du professeur et Blandine leur apporte un café et quelques viennoiseries.

— Qu'est-ce que tu as en ce moment ? demande Lefèvre.
— Pourquoi cette question ? s'étonne Armand.
— Je vois bien que tu n'es pas comme d'habitude, mon vieux... Tu as l'air épuisé et complètement à l'ouest !
— Je suis un peu fatigué, mais rien de grave.
— Je t'ai vu hésiter pendant l'opération. Tu n'es pas dans ton assiette. Tu devrais te reposer avant que...
— Avant que quoi ? tranche Armand.
— Avant de faire une connerie, assène Lefèvre. Je suis ton ami et je sais bien que...
— Tu as vu le planning ? Quand veux-tu que je me repose ?
— Tu peux te faire remplacer, objecte l'anesthésiste. Je t'assure, t'as vraiment pas l'air bien.
— Ça ira. Allez viens, on nous attend en salle d'op.

42

Luc laisse son doigt appuyé sur la sonnette.
Enfin, la porte s'entrouvre et Axel apparaît, décoiffé et vaguement habillé.
— Salut ! dit Luc en souriant.
Le dealer ne répond pas, toisant d'un air suffisant l'homme qui se tient sur son palier.
— Je viens de la part de Maud, ajoute Luc. Maud Reynier...
— Connais pas.
— Grande, les yeux bleus. Très jolie.
Axel esquisse un sourire méprisant.
— Connais pas, j'ai dit.
— Bien sûr que si, tu la connais. C'est une de tes fidèles clientes ! Elle a même pris un abonnement chez toi.
Luc file soudain un violent coup de pied dans la porte et Axel se la prend en pleine tête. Il tombe à la renverse, à moitié assommé, et Luc entre dans l'appartement, refermant derrière lui.
En attendant que le dealer reprenne ses esprits, il fait quelques pas dans le salon.
— C'est beau chez toi ! Vachement classe, dis

donc… On dirait que ton sale petit commerce rapporte gros.

Axel se remet debout. Son regard déborde de haine.

— Sors de chez moi, espèce d'enculé !

— Reste poli, Ducon, sinon je te passe par la fenêtre, prévient Luc.

Le dealer recule doucement et saisit quelque chose dans l'entrée.

Un nerf de bœuf.

Luc regarde l'arme avec un sourire désolé.

— Tu comptes faire quoi, avec cette antiquité ?

— T'exploser la gueule !

Tout en poussant un cri Axel fond sur son adversaire. Luc esquive avec une étonnante facilité et saisit le poignet du dealer, le forçant à lâcher son arme. Puis il lui assène un coup de tête qui le projette contre le mur. Il se baisse pour ramasser le nerf de bœuf tandis qu'Axel tombe à genoux.

— Ça fait mal, ce machin, tu crois ? demande Luc avec un sourire terrifiant.

— Putain, mais t'es qui ?

— Je suis le petit ami de la demoiselle et j'en ai marre de la voir se défoncer avec ce que tu lui fourgues à prix d'or…

— Tu dois confondre avec un autre, tente Axel. Je vends pas de drogue, moi…

Il se relève mais n'a pas le temps de faire le moindre mouvement.

— Mauvaise réponse ! dit Luc en lui filant un coup de pied dans le genou.

L'articulation se plie dans le mauvais sens, le dealer pousse un hurlement pathétique.

— Eh ouais, le genou, ça fait mal. Je sais, mon vieux…

Alors, je disais donc que j'en ai marre de voir ma gonzesse se détruire avec ta saloperie d'héroïne...

— Merde, mais t'es malade ! gémit Axel en tenant son genou cassé.

Il respire comme un poisson qu'on vient de sortir de l'eau et Luc s'abaisse à sa hauteur.

— C'est possible. Mais je me soigne, tu sais. Ça fait des années que je prends des tas de médocs... Ceci dit, je crois qu'ils ne sont pas très efficaces.

— Tu sais pas qui je suis, connard ! Tu vas le regretter...

— Oh si, je sais qui tu es !

D'un coup de poing, Luc lui brise le nez. Axel prend sa tête entre ses mains, se met à pleurer à chaudes larmes.

— Allons, mon vieux, un peu de retenue ! s'amuse Luc. Les mecs, les vrais, ça chiale pas...

— Putain ! gémit Axel.

— Si encore tu vendais cette merde pour te payer ta dose... Mais non, toi tu n'y touches pas, hein, connard ? Tu te contentes de fourguer la mort à cette pauvre fille et à beaucoup d'autres... et je parie que tu roules dans une belle caisse et que tu fais la fête toutes les nuits, pas vrai ?

Le dealer a les mains écarlates. Son nez n'arrête plus de pisser le sang. Il arrive tout de même à se remettre debout en s'aidant du mur. Il se tient sur une jambe, ne pouvant plus poser l'autre par terre.

— Qu'est-ce que tu veux ? parvient-il à dire d'une voix déformée.

— Tu le sais très bien...

— Mais non, je sais pas !

Luc lui assène une droite dans l'estomac, Axel se plie en deux et bave sur son tee-shirt.

— Encore une mauvaise réponse, se désole Luc.
— Arrête, c'est bon... Je lui vendrai plus rien !
Luc sourit.
— Elle n'est pas au courant que je suis là, alors si jamais elle revient avec du blé plein les poches, qu'est-ce que tu fais ?
— Je lui vendrai plus rien, j't'ai dit ! hurle le dealer. Je lui dirai de se tirer !
— Parfait... Je crois qu'on s'est enfin compris, tous les deux. Une dernière chose : elle est où, la dope ?
Axel écarquille les yeux.
— Je te laisse dix secondes pour me le dire, ajoute Luc en dégainant son arme.
Il colle le canon du Glock sous la gorge d'Axel.
— Tu sais compter jusqu'à dix, espèce de fumier ? Alors, compte avec moi... Dix, neuf, huit...
— Tu es fou ! Cette came est pas à moi !
— Sept, six, cinq...
— Arrête, merde !
— Quatre, trois, deux...
— Dans la chambre du fond ! hurle Axel.
— Après toi, indique Luc en le menaçant du pistolet.

Dans un effort surhumain, le dealer parvient à se traîner le long du couloir jusque dans une chambre inoccupée où sont entassés meubles et tableaux. Il récupère un paquet de drogue planqué derrière une armoire et le tend à Luc.

— C'est tout ?
— Évidemment que c'est tout ! Je ne garde pas de poudre ici, pauvre con ! Les clients m'appellent,

on prend rendez-vous et je me fais livrer avant qu'ils arrivent... Ça, c'est juste en cas d'urgence.

Il continue à saigner abondamment du nez et sa jambe blessée se met à trembler. Il est sur le point de s'évanouir. Pourtant, Luc n'a aucune pitié. Au fond de lui germe un tout autre sentiment. Quelque chose qu'il connaît par cœur.

Sauf que cette fois, ce n'est pas un sac de sable qu'il a en face de lui.

Ni un mannequin de bois.

Seulement un homme.

Il le fixe un instant au fond des yeux puis lui file un violent coup de crosse en pleine tête. Le dealer s'écroule une nouvelle fois entre la chambre et le couloir. À l'aide de ses dents, Luc ouvre le petit paquet d'héroïne et force Axel à desserrer les mâchoires.

— Non !

— Ouvre la bouche, connard ! Goûte-moi ça, paraît que c'est de la bonne !

Axel avale une partie du sachet et Luc l'empêche de recracher en plaquant sa main sur ses lèvres. Les yeux du dealer se révulsent, il est en train d'étouffer.

— Alors, elle est bonne ? hurle Luc. J'espère que t'aimes ça !

Les jambes et les bras d'Axel battent désespérément le sol et Luc finit par le laisser respirer. Secoué par une violente quinte de toux, le dealer recrache un mélange de salive et de drogue.

Luc le saisit encore par les cheveux et lui parle d'une voix redevenue étrangement calme.

— Écoute-moi bien, salopard : si jamais tu t'approches de Maud, si jamais tu lui fais le moindre mal, je te retrouverai et je t'achèverai. Compris ?

— Oui ! gémit Axel. Oui...

Luc se relève enfin et range son arme dans le holster. Puis il quitte l'appartement. Oubliant l'ascenseur, il s'engage dans l'escalier. Mais au bout d'un étage, il est contraint de s'arrêter. Il a la tête qui tourne et une fulgurante nausée lui retourne l'estomac.

Il s'accroche à la rampe et tente de retrouver une respiration normale. La douleur l'assaillant de toutes parts, il s'assoit sur une marche, y reste pendant quelques minutes.

Quand il rejoint enfin la voiture, Maud reste sidérée un instant.

— Qu'est-ce qui s'est passé ? demande-t-elle.
— Rien. On est tombés d'accord.
— Mais... tu es tout pâle !
— C'est rien, dit-il.
— Il t'a frappé ?
— Non.
— Dis-moi ce qui s'est passé, merde !

Luc se retourne brusquement vers elle. Son regard est terrifiant.

— Il n'y a rien à raconter, tranche-t-il. Il a compris le message, point barre.

43

Reynier s'assoit derrière son bureau et décroche le téléphone.

Il ne veut parler à personne.

Son cœur ne parvient toujours pas à retrouver un rythme normal.

Cent vingt pulsations par minute.

Pourtant, ça fait déjà une demi-heure qu'il a quitté le bloc. Une demi-heure qu'il a frôlé le drame. Sa patiente a bien failli mourir entre ses mains. Si son assistant n'avait pas pris le relais, réparé son erreur, elle serait partie.

Par sa faute.

Il était épuisé, pas suffisamment concentré. Parce qu'il n'a pas assez dormi, ces derniers temps. Parce qu'il ne pense qu'au type qui veut sa peau.

À lui et à rien d'autre.

Il regarde ses mains qui tremblent encore. Il aurait pu se transformer en assassin, tout à l'heure. Provoquer le décès de cette jeune femme. Comme il a provoqué la mort du petit Dimitri, cinq ans plus tôt.

Pire encore, il n'a pas su garder son sang-froid. Incapable de réagir quand l'hémorragie s'est déclenchée. Dépassé par les événements, il a dû laisser la main à un jeune chirurgien, sous le regard ébahi de toute l'équipe.

Le moment le plus humiliant de sa vie.

Est-il devenu incapable d'exercer ce métier qu'il aime tant et sans lequel il ne serait rien ?

Armand sent monter en lui une puissante vague d'angoisse. Un corset métallique se verrouille autour de sa poitrine. Et les larmes jaillissent sans qu'il puisse les refouler.

Pendant d'interminables minutes, il pleure, incapable de se contenir. Car il sait que rien ne sera plus jamais pareil.

Il réalise que la mort l'attend quelque part.

Pas très loin d'ici.

* * *

Dès qu'ils sont rentrés, Luc s'est isolé dans sa chambre. Il a ôté ses vêtements et s'est effondré sur son lit. Ce matin, il a donné tout ce qu'il avait, le peu de forces qui lui restait.

Pour sauver Maud.

Il est intervenu à temps, il le sait. Cette rechute aurait été fatale à la jeune femme, c'est certain. Et son père, obnubilé par les événements, n'aurait pas réagi assez vite.

Il devait le faire. Parce qu'il ne supporte pas l'idée qu'elle se détruise.

Il n'aurait pas pensé s'attacher à elle. Si vite et si fort.

Ce n'était pas prévu.

Il a tout fait pour que ça n'arrive pas. Il a lutté, érigé mille et une barrières.

En vain.

Luc est toujours allongé sur son lit mais ne parvient pas à fermer les yeux. Il pense sans cesse au dealer. Ce matin, il a bien cru qu'il allait l'achever. Pendant quelques secondes, il a ressenti un désir incroyablement fort, capable de tout dévaster sur son passage.

L'envie de tuer. De prendre une vie, comme si ça pouvait changer la sienne.

Soudain, quelqu'un frappe à sa porte.

— C'est moi, Maud...

Il n'a même pas la force de se redresser, mais dès qu'il la voit, il comprend.

Il a promis de l'aider, de la soutenir, essaie de trouver le courage au fond de lui.

— Viens près de moi, dit-il.

Elle s'assoit sur le lit, recroquevillée sur elle-même.

— Qu'est-ce que tu ressens ?

— J'ai froid... J'ai mal au ventre. Je suis mal, putain...

— Allonge-toi, ordonne Luc.

Elle s'étend près de lui et il la prend dans ses bras.

— Ça va passer. Juste un mauvais moment...

— Non ! gémit-elle. Ça passera pas !

— Si, je te jure que ça va se calmer.

Il récupère quelque chose dans le tiroir de son chevet.

— Tiens, prends ça, dit-il en lui tendant un petit comprimé.

— C'est quoi ?

— Un somnifère. Il faut que tu dormes, pour oublier. D'accord ?

Il se rallonge et elle vient se réchauffer contre lui. Il sent qu'elle tremble, des pieds à la tête, qu'elle a même du mal à respirer.

— Pourquoi tu fais ça, Maud ? Pourquoi tu veux mourir ?

— Je sais pas... Je sais plus.

— Il faut que tu arrêtes de penser que tu es coupable de quoi que ce soit... Faut que tu cesses de vouloir te punir indéfiniment. On n'a qu'une vie, tu sais. Une seule chance, pas deux.

Il caresse doucement ses cheveux et, progressivement, elle se détend.

— Dors... Je suis là, je veille sur toi.

— Je t'aime, dit-elle.

Au bout de quelques larmes, elle s'endort sous l'effet du cachet.

— Moi aussi, je t'aime, murmure Luc.

***

Il n'est que dix-sept heures quand Reynier rentre l'Audi dans le garage. Il monte lentement l'escalier qui conduit au vestibule. L'impression de peser des tonnes. De porter un énorme fardeau sur ses épaules qu'il croyait solides.

Il croise Amanda, échange quelques mots avec elle. Il apprend que Luc et Maud se reposent, en haut. Mais ainsi qu'elle l'a promis, la gouvernante ne révèle pas à Reynier qu'ils sont sortis ce matin.

Le professeur s'enferme dans son bureau et se sert un verre de whisky.

Après le désastre vécu au bloc, il a préféré s'éclipser. La jeune femme va bien, son assistant a pu réparer les dégâts. Personne ne saura jamais rien de ce qui s'est passé.

Sauf lui.

Et toute son équipe.

Dès ce soir, ça fera le tour du personnel. Chacun apprendra que Reynier ne sait plus opérer. Que ses mains hésitent, que son geste est approximatif. Qu'il n'a plus les bons réflexes. Qu'il représente un danger pour ses propres patients.

Qu'il n'est plus que l'ombre du grand chirurgien que tout le monde admirait.

Qu'il n'est plus rien.

Reynier avale son whisky, s'en ressert un autre aussitôt. Il secoue la tête, refoule de nouvelles larmes.

Maud ne doit s'apercevoir de rien.

Personne n'est plus fort que toi, papa ! Personne...

Il remplit son verre une troisième fois et allume son ordinateur portable. Il ouvre sa messagerie et son cœur oublie de battre un instant.

Son corps se raidit, il retient son souffle.

Un nouveau message. Dont l'expéditeur se nomme Dimitri.

Reynier hésite à l'ouvrir pendant de longues secondes. Avec l'impression que l'ordinateur va lui exploser en pleine figure. Il vide son verre d'un trait pour se donner du courage et clique enfin sur le message.

Une seule ligne.

Six mots.

Pour une condamnation à mort.

Armand ne pense même pas à frapper. Il pousse la porte et s'arrête sur le seuil. La chambre est plongée dans la pénombre et le professeur n'est plus très sûr de ce qu'il voit.

Plus sûr de rien.

Sur le grand lit, sa fille. Dans les bras de Luc.

Second choc, qui le secoue de la tête aux pieds, tel un séisme dont l'épicentre est son propre cœur.

Luc se dégage sans réveiller la jeune femme et se lève. D'instinct, il comprend que Reynier n'est pas dans son état normal.

— Venez, dit-il en l'entraînant dans le couloir.

Le professeur se laisse faire, sans réaction. Luc referme la porte derrière lui et entame sa plaidoirie.

— Ce n'est pas ce que vous pensez, dit-il à voix basse.

Hébété, le chirurgien le dévisage sans un mot.

— Maud était épuisée parce qu'elle n'a pas réussi à dormir, cette nuit. Et comme elle avait peur, elle est venue se réfugier dans ma chambre. Je lui ai filé un cachet et elle s'est endormie...

Luc attend une réaction, une explosion.

Des hurlements, des cris.

Des accusations.

Quelque chose.

— Je vous crois, répond simplement Armand.

Surpris, Luc ne sait plus quoi dire.

— Il faut que vous veniez avec moi, ajoute le professeur.

Le jeune homme fronce les sourcils.

— Qu'est-ce qui vous arrive ?

— Venez, répète Reynier. En bas...

Le chirurgien s'engage dans l'escalier d'un pas hésitant et Luc le suit. Ils traversent le salon et soudain, Reynier se met à tituber. Luc vole à son secours et

Armand s'effondre littéralement dans ses bras. Dans un effort titanesque, le jeune homme parvient à le soutenir jusqu'au fauteuil le plus proche.

— Vous vous sentez mal ?
— Mon ordinateur, murmure le professeur en fermant les yeux.
— Quoi ?
— Le message...

Luc l'abandonne et pénètre dans le bureau.
Sur l'écran, un message ouvert.
Une seule ligne.
Six mots.
Pour une implacable sentence.

Dans trois jours, je te tue.

44

Assommée par le somnifère, Maud dort toujours. Elle étreint l'oreiller de Luc, respirant son parfum jusque dans l'intimité de ses rêves.

Un étage plus bas, Luc et Armand se sont enfermés dans le bureau. Assis dans son fauteuil en cuir, le professeur relit le message pour la centième fois. À force, les mots se mélangent, perdant presque leur sens.

Dans trois jours, je te tue.

— Dans trois jours, je serai mort, murmure-t-il soudain. Le jour des vingt et un ans de Maud...

Luc observe son visage étrangement creusé par la lumière de l'écran. Il vient de prendre dix ans, en seulement quelques minutes.

— Vous n'avez toujours pas l'intention d'appeler les flics ? interroge le jeune homme.

— J'ai le choix entre mourir ou finir en prison...

— La prison, c'est mieux que le cimetière, non ?

— Vous en êtes sûr ? rétorque le professeur. *Vraiment* sûr ?

Le silence retombe, lourd comme une menace.

— Il faut retrouver cet homme ! reprend le chirurgien.

— Je ne vois pas comment ! Nous avons déjà essayé...

— Il vous restait quelqu'un à joindre, non ?

— Oui, mais impossible de l'avoir pour l'instant. J'ai encore tenté de l'appeler hier... Vous savez, je suis quasiment sûr qu'Abramov a changé d'identité. Il devait préparer son coup depuis un moment et a fait le nécessaire pour qu'on ne puisse pas lui mettre la main dessus. Mais je vais faire mon maximum pour vous protéger. Vous et votre fille.

Reynier se sert un nouveau whisky.

— Vous en voulez ?

— Non, merci. Et si je peux me permettre, je crois que vous avez assez bu. Je ne suis pas suffisamment costaud pour vous porter jusqu'à votre chambre...

— Vous avez sans doute raison, admet Reynier en avalant une gorgée. Mais tous les condamnés ont droit à un dernier verre...

— Vous n'êtes pas encore mort, rappelle brutalement le jeune homme.

— Non, il me reste trois jours à vivre !

Soudain, Luc lui arrache le verre des mains.

— Écoutez, monsieur, il va falloir m'aider un peu ! Et ce n'est pas en vous saoulant la gueule que vous y parviendrez !

Reynier reste stupéfait un instant.

— Désolé, marmonne Luc.

Le jeune homme porte une main à son flanc gauche. Il vient de réveiller la douleur.

— Si vous aussi, vous perdez votre sang-froid, je crois qu'on est foutus...

Luc fait quelques pas dans le bureau et s'arrête devant la fenêtre.

— Je vais trouver une solution, affirme-t-il.

Trois coups frappés à la porte les extirpent de leur cauchemar. Amanda passe la tête dans l'embrasure.

— Navrée de vous déranger, dit-elle, mais le dîner est prêt.

— Je n'ai pas faim, soupire Armand. Laissez tout dans la cuisine et allez vous reposer.

— Mais...

— Bonne soirée, Amanda.

— Bonsoir, monsieur.

La gouvernante disparaît et Luc se rassoit en face du chirurgien.

— Vous avez couché avec ma fille ?

Luc esquisse un sourire.

— Apparemment, vous retrouvez vos esprits et... vos obsessions ! C'est bon signe.

— C'est quand même étrange que je la surprenne dans votre plumard, avouez-le !

— Je vous l'ai dit, elle avait peur.

— Ça, c'est ce qu'on appelle de la protection rapprochée ! balance Reynier d'un ton perfide.

— Si on avait couché ensemble, vous nous auriez trouvés à poil.

— Vous avez très bien pu vous rhabiller avant que j'arrive, objecte Armand.

— Combien de fois va-t-il falloir que je vous le dise ? Je n'ai pas envie de coucher avec Maud !

— Elle est jolie, pourtant.

— Très jolie même, concède Luc. Mais ça ne me suffit pas. Je ne suis pas du genre à sauter sur tout ce qui bouge.

— Vous préférez *sauter* sur la gouvernante ?

Luc continue de sourire, même si cette discussion commence à lui taper sur les nerfs. Un sourire de défiance.

— C'est exactement ça, monsieur !
— Comment est-elle ?
— Qui ?
— Allons, ne faites pas celui qui ne comprend pas ! prie Armand. Amanda, comment elle est ?

Le jeune homme allume une cigarette sous le nez du professeur.

— Qu'est-ce que ça peut vous foutre ?
— Simple curiosité.
— Mal placée, rétorque Luc en lui soufflant la fumée en pleine figure.

Reynier sourit à son tour.

— Décidément, je vous aime bien !
— Je crois que vous avez trop bu, professeur. Et que vous devriez aller vous reposer.
— Ne me dites pas ce que j'ai à faire.
— Comme vous voudrez, dit Luc en se levant. Je vais à la cuisine manger quelque chose.

Alors qu'il pose sa main sur la poignée de la porte, Armand l'interpelle.

— Luc ? Vous croyez que je mérite ce qui m'arrive ?

Les deux hommes se dévisagent un instant dans la pénombre.

— Je ne peux pas répondre à cette question. Vous seul le pouvez...

Reynier baisse la tête.

— Mais que vous le méritiez ou non, dans trois jours, je serai là.

***

Michel Abramov regarde la photo du petit garçon.

Le portrait de son fils. Assassiné il y a cinq ans. Alors qu'il allait fêter son dixième anniversaire. Une vie devant lui.

Cet enfant qui n'est plus que cendres. Qui a rejoint Nathalie, sa mère, morte des suites de l'accouchement. Le genre de choses qui n'arrive plus très souvent. Pas ici, pas en France.

Pourtant, ça lui est arrivé.

Au début, il en a voulu à Dimitri. Il l'a détesté. Ne s'en est pas occupé. A même songé à l'étouffer.

C'était lui, le coupable.

Mais il était aussi tout ce qui lui restait d'elle. Témoignage de leur amour aussi puissant qu'inespéré.

Dimitri était le fruit unique d'un arbre déraciné. Sa seule raison de survivre.

Alors, ils ont grandi ensemble. Dans le souvenir de l'absente. Dans son ombre bienveillante.

Michel Abramov a tout donné à son fils.

Il a été son père, sa mère, son frère.

Son univers, son mentor, son héros.

Et pour lui, Dimitri était la lumière, l'air et la terre.

Un sourire, un avenir, une raison.

Une passion.

Il était tout.

Jusqu'à ce que Reynier le lui prenne. Jusqu'à ce qu'il lui arrache le cœur, les tripes. Lui coupe les jambes et lui consume la cervelle.

La justice a blanchi le chirurgien, osant même condamner Abramov à lui verser des dommages et intérêts ! C'est lui qui devait payer. Pour la mort de son propre fils.

Les blouses blanches lui ont tout pris. Sa femme, son fils.

Sa vie et sa raison.

Il s'est lentement laissé glisser dans une sorte de trou noir. Une grotte peuplée de démons tranquilles qui se nourrissaient chaque jour de sa lucidité et de ce qu'il croyait être ses dernières forces.

Il aurait pu se foutre en l'air, mais le suicide ne faisait pas partie de ses gènes.

Un soldat ne se suicide pas. Il affronte l'adversaire, jusqu'au bout.

Alors, il attendait la mort, comme on guette une amie. Il l'espérait, à coups de paquets de cigarettes. À coups de bouteilles de vodka.

Jusqu'au jour où il a appris que Reynier avait menti. Sur la mort de Dimitri et sur bien d'autres choses. Ce jour-là, la blessure s'est rouverte et l'a déchiré en deux. Il a cru qu'il n'y survivrait pas. Qu'il n'avait plus assez de force.

Mais la haine est le plus puissant des moteurs. Capable de déloger un homme de son cercueil. Michel Abramov a cessé de boire, est redevenu la machine implacable qu'il avait été, des années auparavant.

Un fantassin sorti tout droit des ténèbres.

Pour répandre les ténèbres.

Abramov souhaite bonne nuit à son fils et se rend dans sa chambre. Dans le tiroir de sa table de chevet, une photo de Reynier, extraite d'un magazine. Abramov la contemple longuement. Il imagine avec jouissance la peur qui doit, en ce moment même, écraser son ennemi.

Le priver de sommeil, d'espoir. Et d'avenir.

L'angoisse qui tord ses intestins et fait trembler ses mains assassines.

— Un jour ou l'autre, il faut payer l'addition, *professeur*. Et je te jure que tu vas avoir mal à en crever…

***

Sans doute la nuit la plus longue de son existence.

Non. La plus longue sera la dernière.

Celle qui précédera son exécution.

Armand est monté dans sa chambre. Allongé sur son lit, comme dans une tombe, il regarde le plafond. Dans le couloir de la mort, il attend la frappe mortelle du bourreau.

Son corps et son esprit s'enlisent dans un mélange nauséabond de culpabilité et de peur. À chaque respiration, les sables mouvants l'entraînent un peu plus vers le fond.

Sur la table de chevet, la carte du lieutenant Lacroix. Cela fait des heures que Reynier songe à l'appeler. Il pourrait lui mentir, dans un premier temps, histoire de sauver sa peau. Mais bien vite, il serait rattrapé par son passé, par ses fautes.

Impardonnables.

Celui qui veut le tuer se ferait un plaisir de tout leur balancer. Alors, Reynier finirait en prison. On fermerait sa clinique et Maud se retrouverait sans rien.

Orpheline et démunie.

Reynier se redresse et voit les murs se rapprocher de lui. Les rideaux se transforment en barreaux, la chambre en cellule.

Sa vie, en un interminable cauchemar.

Il reste longtemps assis au bord du lit, fixant le sol. Mais ce n'est pas le parquet qu'il voit. C'est un abîme au fond duquel coule un magma de honte et de désespoir.

Partir, à l'autre bout du monde. Tout laisser sur place, ne rien emporter.

Pour échapper à ce piège. Pour glisser entre les doigts de son ennemi.

Partir, loin. Prendre la fuite, comme un lâche.

Bien sûr, c'est la solution.

Sauf que rien n'empêchera ce monstre de dévoiler l'horrible vérité. Sans doute détient-il des preuves. Qui s'étaleront dans tous les journaux.

Son nom sera sali, traîné dans la boue. Il perdra sa fortune, sa femme, sa fille.

Pour garder la vie.

Mais que vaut l'existence dans ces conditions ? La mort n'est-elle pas plus douce que cette abominable perspective ?

Et puis cet homme semble si déterminé... Capable de le suivre jusqu'à l'autre bout de la planète.

Jusqu'en enfer.

Armand ne sait plus. Son cerveau patine et s'enraye, ses idées ne forment plus qu'une masse gluante et difforme.

Il n'a pas la force de pleurer. Ni celle d'affronter ce qui l'attend.

Dans un dernier effort, il parvient à se lever et quitte la pièce.

Il a besoin de la voir, maintenant.

Sans un bruit, il ouvre la porte qui le sépare de sa fille. Tel un fantôme, il s'approche du lit où Maud dort à poings fermés. S'agenouille sur la moquette, comme s'il allait réciter une prière. Pénitent silencieux, il écoute sa lente respiration, sent son parfum, devine son visage.

Ce n'est pas mourir qui l'effraie ; c'est être séparé d'elle à tout jamais.

Ne plus plonger ses yeux dans les siens, ne plus entendre sa voix ou son rire. Ne plus voir les reflets du soleil sur sa peau, les facéties du vent dans ses cheveux.

Ne plus être là pour elle. Pour veiller sur ses fragilités, ses angoisses, ses mauvais rêves.

Ne plus être son père.

Finalement, les larmes viennent réchauffer son visage.

Oui, il va mourir.

Parce qu'il veut qu'elle ne manque de rien.

À part d'un père.

Parce qu'il refuse que la honte vienne éclabousser la pureté de son visage.

Il va mourir en emportant avec lui la laideur de ses secrets.

Non, il n'appellera pas le lieutenant Lacroix. Non, il ne se sauvera pas.

Pour que Maud puisse hériter de tout ce qu'il a construit.

Pour qu'elle puisse avoir une vie, il est prêt à donner la sienne.

45

— Papa ?

En ouvrant un œil, Armand se rend compte qu'il est couché par terre.

— Mais qu'est-ce que tu fais là ? demande Maud en se frottant les yeux.

Reynier se redresse, cassé de partout.

— Tu... Tu as fait un cauchemar, cette nuit, prétexte-t-il. Je t'ai entendue crier, alors je suis venu... Et je me suis rendormi, apparemment.

Maud sourit et invite son père à s'allonger près d'elle.

— Tu dois avoir le dos en bouillie !
— Ça va, dit-il.
— D'habitude, tu es déjà debout à cette heure-là ! remarque la jeune femme.

Reynier jette un œil au réveil. Sept heures du matin.

— Oui, mais aujourd'hui, je ne vais pas bosser.
— Ah bon ?
— Non, j'ai décidé de rester avec toi !

Il sourit, tel un enfant espiègle. Alors qu'à l'intérieur, l'effroi compresse ses organes.

Oui, j'ai décidé de passer le temps qui me reste près de toi.

Deux jours avec toi.

L'éternité sans toi.

— Mais... Et la clinique ?

— J'ai un remplaçant ! Ne t'inquiète pas.

Maud referme les yeux et Armand la contemple dans la lumière du petit matin.

Peut-être son dernier matin.

L'avant-dernier, dans le meilleur des cas.

— Tu as couché avec Luc ? murmure-t-il.

Maud répond machinalement, dans un demi-sommeil.

— Non... Il ne veut pas.

Reynier ferme les yeux à son tour.

— Et toi, tu le voudrais ?

Elle s'est rendormie, ayant cédé aux derniers assauts du somnifère. Mais son père connaît la réponse.

Oui, elle en aime un autre que lui.

Ça devait arriver un jour. C'était écrit quelque part.

Une évidence contre laquelle il a lutté.

Pourtant, malgré des relents d'une jalousie tenace, il n'espère qu'une chose. Que Luc la protégera, envers et contre tout.

Il faut qu'il appelle la clinique. Sa chère clinique. Qu'il prévienne son assistant qu'il ne viendra pas aujourd'hui. Qu'il ne viendra plus jamais.

Mais il ne peut se détacher de sa fille. Il a l'impression que son cœur n'y survivrait pas. Alors, il s'allonge sur le côté et la regarde finir sa nuit en essayant de trouver le chemin de ses rêves. De pénétrer par effraction dans ses jardins secrets.

***

Luc pousse la porte de la cuisine déserte et prépare son café.

Il aperçoit Amanda au bord de la piscine, en train de téléphoner. Malgré la fenêtre ouverte, il ne peut entendre ce qu'elle dit.

Il met la table pour deux, lui prépare une tasse de thé noir, comme elle aime. Alors, Marianne entre dans la pièce, vêtue d'une nuisette en satin. Ses cheveux sont lâchés, un peu emmêlés. Ses yeux, légèrement gonflés. Fatigués par une nuit trop courte.

Ou si longue.

Luc la regarde avec un sourire béat. Il la trouve tellement belle, au réveil.

Belle, tout le temps.

Elle s'installe en face de lui, le dévorant des yeux. Ils échangent un sourire complice et de son pied nu, elle vient caresser sa jambe, remontant jusqu'à sa cuisse. Il a envie de la renverser sur la table, de faire glisser les bretelles de sa nuisette, de mordre sa peau cuivrée, de s'enivrer de son parfum délicat.

Soudain, Amanda entre dans la pièce, vêtue de son tailleur noir et de son chemisier blanc. Ses cheveux sont attachés, sa coiffure parfaite.

Ses yeux, légèrement gonflés. Fatigués par une nuit trop courte.

Marianne disparaît aussitôt, le sourire de Luc s'évanouit avec elle.

— Salut, dit la gouvernante.
— Salut... Bien dormi ?
— Oui. Merci pour le thé, c'est gentil...
— Je t'en prie.

— Tiens, y a du courrier pour toi, dit-elle en posant trois enveloppes devant lui.

— Merci.

— Deux factures, apparemment, et une lettre... Maman t'a écrit !

Luc soupire.

— Lâche-moi avec ça, tu veux ?

— Te fous pas en rogne ! Je plaisante... Qu'est-ce qui se passe avec le boss ? Il devrait être debout depuis longtemps, déjà.

— Peut-être qu'il est malade.

Le visage de la gouvernante se crispe.

— Je voudrais que tu me dises ce qui se passe, exige-t-elle. Ce type qui est venu ici, qui m'a frappée, qui nous a menacés... Qui est-ce ? Qu'est-ce qu'il veut ? Pourquoi fait-il chanter Reynier ?

Luc attrape un morceau de pain et le tartine généreusement de beurre.

— Ce n'est pas à moi de te le dire, élude-t-il. Si tu veux des explications, demande-les au patron.

Amanda tourne la tête, visiblement contrariée.

— Je croyais que tu me faisais confiance.

— Ce n'est pas une question de confiance, rétorque Luc. C'est une question de discrétion.

La gouvernante pose sa tasse brutalement sur la table et dévisage le jeune homme avec colère.

— T'es devenu le grand ami de Reynier, c'est ça ?

— Mais...

— Qu'est-ce que tu crois ? Que tu vas épouser sa fille et empocher l'héritage ?

— Mais qu'est-ce que tu vas imaginer ? s'insurge Luc. Je fais mon boulot, c'est tout !

— T'as raison : ça te rapportera plus de baiser sa fille que sa domestique !

Elle quitte la cuisine en claquant violemment la porte.

— Si c'est pas l'une, c'est l'autre ! soupire Luc.

Il ferme les yeux quelques secondes. Lorsqu'il les rouvre, Marianne revient s'asseoir en face de lui.

Et son sourire lui fait oublier la fureur et les cris.

* * *

Il y avait longtemps que Reynier n'avait pas pris son petit déjeuner en tête à tête avec sa fille. Ils sont au bord de la piscine, installés sur la terrasse. Il se contente d'un café, serré, tandis que Maud mange avec l'appétit de ses vingt ans.

Il use ses dernières forces à masquer ce qu'il ressent. La douleur qui broie sa poitrine, le poison qui se répand dans son cerveau.

— Qu'est-ce que tu as envie de faire, aujourd'hui ? demande-t-il en souriant.

Maud le dévisage, étonnée.

— Tu es sérieux ?

— Comment ça ?

— Tu ne vas pas bosser, vraiment ?

— Non ! Je te l'ai dit, je veux passer un peu de temps avec toi...

— Mais enfin, papa, qu'est-ce qui te prend ?

— Ça ne te fait pas plaisir ?

— Si, mais... Tu es bizarre !

Reynier baisse les yeux et Amanda s'approche pour lui resservir un café.

— C'est bizarre de vouloir passer du temps avec sa fille ?

Maud hausse les épaules. Sa jambe droite se met à remuer sous l'impulsion nerveuse de son pied. Elle avale un verre de jus d'orange pour étancher sa soif.

Mais rien ne la calmera, elle le sait.

Le manque est déjà là, matinal et obstiné. Indifférent à ses prières.

— Venant de toi, c'est bizarre, oui ! balance-t-elle.

— Veux-tu que nous allions choisir un cadeau pour ton anniversaire ?

— Pourquoi pas, dit-elle.

— Tu as une idée ?

— Pas vraiment.

— Alors habille-toi, on va faire les boutiques !

Maud lui sourit enfin et le cœur de Reynier se met à saigner abondamment. Une véritable hémorragie interne.

— Je vais me préparer, dit Maud en disparaissant dans la maison.

Armand termine son café et part à la recherche de Luc. Il le trouve dans le garage, en pleine séance d'entraînement. Pendant quelques minutes, il observe le jeune homme qui enchaîne les coups avec une puissance et une rapidité saisissantes. Il regarde son corps, idéalement proportionné, idéalement musclé.

Il est une arme, à lui tout seul.

Puis Armand s'attarde sur son visage crispé par la douleur qu'il s'inflige.

— Vous ne devriez pas faire ça, dit-il soudain.

Luc s'arrête et reprend son souffle.

— Faire quoi ?

— Je vous rappelle que vous êtes blessé !

— Sans importance, affirme le jeune homme. La douleur, suffit de l'ignorer.

— Vous m'impressionnez...

— Il n'y a pourtant rien d'impressionnant à savoir taper dans un sac... C'est à la portée de beaucoup de gens.

— Maud et moi allons sortir. Et vous venez avec nous.

— Où on va ? demande Luc en s'épongeant le visage.

— À Nice. Je veux que Maud choisisse un cadeau pour son...

La fin de sa phrase reste coincée au fond de sa gorge, soudain trop serrée pour laisser passer autre chose qu'un filet d'air. Il attend quelques secondes avant de reprendre.

— Demain, vous l'emmènerez...

— Où ça ?

— Où vous voudrez, murmure Reynier.

Par la porte ouverte, il regarde le parc pour cacher qu'il est sur le point de pleurer. Une fois encore.

— Il faut l'éloigner de moi avant que...

— Vous voulez que je vous laisse seul ?

Le chirurgien hoche la tête.

— C'est hors de question ! rétorque Luc.

— Il le faut... C'est un ordre ! balance Reynier.

— Vous vous croyez dans *Fort Alamo* ? Vous comptez vous barricader ici et attendre l'arrivée du tueur, c'est ça ? Mais vous délirez, professeur !

Armand le dévisage avec un mélange de colère et de désespoir.

— Écoutez, reprend Luc, j'ai passé la nuit à me demander pourquoi il vous a envoyé ce mail... C'est vrai, quoi : on ne prévient pas quelqu'un qu'on va le tuer dans exactement trois jours... ça n'a pas de sens ! Quel genre d'abruti prendrait le risque de vous prévenir de la date où il compte vous flinguer ?!

— Mais...

— Soit il bluffe et veut simplement vous faire crever de trouille, soit c'est un fou ! Car il sait que dans deux jours, je vais l'attendre de pied ferme.

— Je crois en effet qu'il est fou, répond Reynier. Et qu'il n'a peur de personne. Ni de vous, ni de moi. Ni des flics. Parce qu'il n'a plus rien à perdre...

— Si c'est le cas, nous avons encore quarante-huit heures pour trouver une solution.

Face à ce jeune homme qui semble si sûr de lui, Reynier sent les cordes qui l'étranglent se desserrer légèrement.

— À moins que... reprend Luc.

— À moins que quoi ?

— Le message, c'est peut-être pour nous enfumer ! Il dit que ce sera dans trois jours, alors qu'il frappera dans une semaine... Ou aujourd'hui.

Le visage de Reynier perd ses dernières couleurs pour devenir aussi pâle que celui d'un mort.

— Pourquoi n'allez-vous pas bosser ?

Le professeur a du mal à recouvrer la parole.

— J'en suis incapable, avoue-t-il enfin. Opérer demande la plus grande concentration. Je ne peux pas, pour l'instant.

— Je comprends... Bon, je vais me doucher et j'arrive.

Luc disparaît à la vitesse de la lumière et Reynier se laisse tomber sur un muret, devant le garage.

... *il bluffe... vous faire crever de trouille...*

Un espoir, aussi fragile qu'une bulle de savon, flotte soudain devant ses yeux cernés par le manque de sommeil.

Serait-il possible qu'il en réchappe ? Qu'il puisse continuer à voir Maud chaque jour ? Continuer d'exercer, quelques années encore, son métier ?

Il frappera dans une semaine... ou aujourd'hui.

La peur, tenace, colle à sa peau.

Son cerveau essaie d'y croire, son corps le refuse catégoriquement. Alors, seul au milieu de nulle part, il tente de deviner quel sort funeste lui réserve son ennemi.

Va-t-il lui tirer une balle en pleine tête, en plein cœur ? Va-t-il le frapper à mort, comme il a bien failli le faire avec Luc ? Le torturer, de longues heures durant, avant de l'achever comme un chien ?

Seul au milieu de nulle part, Reynier se demande quelle sera sa douleur.

Sa fin.

* * *

Abramov a apporté des fleurs. Qu'il a cueillies lui-même.

Il les dispose dans le petit vase posé devant la plaque qu'il nettoie consciencieusement.

Des fleurs pour sa femme et pour son fils.

Longtemps, il reste prostré devant le cube qui emprisonne les deux urnes funéraires.

Les restes volatils de deux vies brisées net. Bien avant l'heure.

Ses poings sont serrés, sans même qu'il s'en aperçoive.

Deux petits médaillons, deux photos.

Deux êtres arrachés à ses bras pourtant puissants. À son amour, plus puissant encore.

Une douleur remonte le long de ses jambes, s'attarde au creux de son ventre. Jaillit par ses yeux noirs. Cela faisait bien longtemps qu'il n'avait pas pleuré devant la tombe. Anesthésié par l'alcool.

Le renoncement plus fort que la peine.

Mais aujourd'hui, la souffrance est vive, claire. Nette et sans pitié.

Il essuie ses larmes d'un geste brutal. Un soldat, ça ne chiale pas.

D'un doigt, il caresse le portrait de Dimitri et murmure :

— Très bientôt, tu seras vengé, mon fils.

Puis il part à l'autre bout du cimetière et s'arrête un instant devant une autre sépulture.

Sa mère, partie il n'y a pas si longtemps.

Pour elle, il n'a pas apporté de fleurs et ne versera pas une seule larme.

* * *

L'Audi s'engage sur la promenade des Anglais et Reynier, installé côté passager, regarde la mer s'alanguir sous le soleil de septembre, comme une amante assoupie et comblée.

Peut-être est-ce la dernière fois qu'il la voit.

Peut-être pas.

Quelques touristes s'attardent en dehors de la saison. Des retraités, pour la plupart, ou de jeunes couples sans enfants.

Pour Reynier, le tueur est partout. Derrière chaque

piéton, à l'intérieur de chaque voiture. Assis sur un banc, à la terrasse d'un bar ou posté derrière une fenêtre. Chaque sac et chaque poche contient une arme.

Chaque regard est meurtrier.

Sur la banquette arrière, Maud consulte son smartphone, indifférente à ce paysage qu'elle connaît par cœur. Ignorant les affres que traverse son père. Mais toutes les dix secondes, elle lève les yeux vers Luc.

Il a mis son habit de garde du corps, costume sombre et chemise blanche. Flingue dans le holster.

Elle voudrait passer des heures à le regarder.

Sa vie entière.

Elle a envie de le toucher, de se blottir à nouveau dans ses bras. Capables, pense-t-elle, de la protéger de tout.

À un moment, leurs regards se croisent dans le rétroviseur intérieur.

— Où va-t-on ? demande-t-il.
— À Nice Étoile, répond Maud.
— OK...
— Non, intervient soudain Armand. Prenez la prochaine à gauche.
— Pourquoi ? demande sa fille.
— Surprise.

Luc obéit et l'Audi s'arrête à un feu rouge.

Une moto vient se coller à droite de la voiture, juste à côté de Reynier. L'homme porte un casque noir avec une visière fumée. Il tourne la tête vers le professeur, ouvre son blouson en cuir.

Armand cesse de respirer. Luc enfonce la pédale d'accélérateur et grille le feu. Maud hurle de terreur lorsqu'un bus manque de couper l'Audi en son milieu.

Le motard est resté au feu rouge.

— Fausse alerte, grommelle le jeune homme.

— Putain de merde ! s'écrie Maud. Tu veux nous tuer, ou quoi ?

— Désolé, répond Luc. J'ai eu un doute, c'est tout...

Reynier, livide, s'accroche au tableau de bord.

— J'ai cru que...

— Moi aussi, dit Luc.

— Vous allez m'expliquer ce qui se passe, à la fin ? s'énerve Maud.

Le professeur se retourne vers sa fille.

— Le motard, j'ai cru que c'était un tueur envoyé par le fou qui me harcèle.

— Mais... tu m'as dit qu'il voulait te faire chanter... Pas te tuer !

— Ce type est un malade mental, ma chérie ! Dieu seul sait de quoi il est capable !

— Tu es sûr que c'est le même que celui qui m'a agressée ?

— Quasiment sûr, oui.

— Ben c'était pas lui sur la moto. Rien à voir ! L'autre taré est bien plus costaud que ça !

— Tu as raison, pardon de t'avoir fait peur, dit Luc d'un ton rassurant.

— Prenez la prochaine à droite, ordonne le professeur en essayant de retrouver une voix normale.

Luc s'exécute et l'Audi s'engage sur une grande avenue.

— Garez-vous là, indique Reynier.

— C'est un espace pour les livraisons...

— Pas grave, vous resterez dans la bagnole.

Luc stoppe la voiture le long du trottoir, devant

une bijouterie. Tandis que Maud et son père entrent dans la boutique de luxe, Luc allume une cigarette. Il s'avance vers la vitrine et admire les quelques bijoux exposés. Au bout de deux minutes, il a fait son choix. Un collier en or gris, serti d'une trentaine de petits diamants.

Marianne adorerait celui-ci, c'est certain. Et le porterait à merveille. Il se colle à la vitrine pour tenter de voir le prix inscrit sur une minuscule étiquette blanche.

Vingt et un mille euros.

Soudain, une main gantée saisit le collier et le soustrait au regard de Luc.

C'est aussi celui que Reynier a choisi pour sa fille.

Alors, le jeune homme piétine son mégot avec rage et remonte dans la voiture.

* * *

Luc fait sa ronde, longeant le mur d'enceinte de la propriété. Vérifiant que chaque porte est bien verrouillée.

Puis il retourne dans la maison et monte directement à l'étage. Il avale deux antalgiques et s'allonge sur son lit.

Il a l'impression d'être en cage.

Mais bientôt, tout sera terminé. D'une façon ou d'une autre, il retrouvera sa liberté.

Il récupère sur sa table de chevet la lettre reçue le matin même. Il déchire délicatement l'enveloppe blanche et déplie la feuille.

Mon chéri,

Aujourd'hui, je me sens un peu lasse. Sans doute parce qu'il y a trop longtemps que je ne t'ai pas vu. Oh, ce n'est pas un reproche, ne crois pas ça ! Je sais à quel point tu es pris par ton travail et je sais aussi que tu n'as pas forcément la possibilité de t'absenter.

Peut-être qu'une fois ta mission terminée, tu passeras me rendre une petite visite ?

Ce matin, je suis allée faire quelques courses et je suis entrée dans une librairie vers la place Masséna. Je me suis acheté deux livres et lorsque je suis passée près du rayon pour la jeunesse, j'ai pensé à toi... Quand tu étais petit, tu adorais que je te lise des histoires. Chaque soir, tu refusais de t'endormir si je ne t'avais pas fait la lecture.

Et même quand tu as su lire, tu as voulu qu'on continue. Tu disais que ma voix t'aidait à ne pas faire de cauchemars.

J'espère que, même si je ne suis plus là pour te lire des histoires de chevaliers, de princesses et de dragons, tes rêves sont sereins...

Lorsque tu étais à l'école primaire, tu voulais devenir écrivain ! Tu t'en souviens ? Alors que tous les garçons de ton âge souhaitaient être un jour pilote d'avion, astronaute ou pompier, toi tu rêvais d'un destin de romancier. On a l'habitude de dire qu'il n'est jamais trop tard... Tu devrais méditer là-dessus, même si je sais que tu aimes ton métier.

Parfois, lorsque je n'ai pas trop le moral, je me dis que j'ai raté des choses avec toi. J'étais quelquefois trop occupée par mon travail, pas assez présente.

Tu as manqué d'un père, ça aussi je le sais.

Mais j'ai fait de mon mieux pour le remplacer, ou du moins pallier son absence.

Peut-être aurais-tu souhaité que je rencontre quelqu'un ? Qu'un homme vienne partager notre vie ? Nous n'en avons jamais parlé, tous les deux.

Je sais que tu as souffert, Luc. Je sais que je n'ai pas toujours été la meilleure mère du monde. Mais on commet tous des erreurs et j'espère que tu as pardonné les miennes. Elles étaient bien involontaires...

Prends soin de toi, mon fils.

Ta maman qui t'embrasse aussi fort qu'elle t'aime.

Luc essuie une larme puis range la lettre dans le tiroir.
Il consulte sa montre : dix-sept heures. Il repense à cette drôle de journée.
Après la bijouterie, Reynier a voulu déjeuner à la meilleure table de la région. Luc n'avait jamais mangé dans un restaurant étoilé. Reynier aurait sans doute préféré qu'il se contente d'un sandwich dans la voiture, là où est sa vraie place. Mais Maud n'aurait pas apprécié. Du coup, le garde du corps s'est retrouvé à la table des maîtres. Défilé de serveurs, de plats et d'excellents vins. Reynier n'a même pas tiqué au moment de l'addition, sans doute astronomique.
Luc l'a observé durant tout le repas, tandis qu'il jouait au père modèle et attentionné. Tentant de rattraper des années d'erreurs en une seule journée.

Un père modèle incapable de voir que sa fille chérie était une junkie en manque.

Luc l'a trouvé pathétique, ne parvenant toutefois pas à s'en émouvoir.

Après le déjeuner, Maud a voulu rentrer, à la grande déception de son père. Dès qu'ils sont arrivés à la maison, elle est montée dans sa chambre où elle s'est enfermée à double tour.

Luc tourne la tête ; Marianne est allongée près de lui. Endormie, elle ressemble à un ange. Il vient se coller contre elle, sent la douceur de sa peau contre la sienne. Lui murmure des mots qu'il ne dira jamais à personne.

Il entend Maud quitter sa chambre, prie pour qu'elle ne vienne pas dans la sienne. Mais la jeune femme s'éloigne dans le couloir et descend au rez-de-chaussée.

Alors, Luc peut s'endormir dans les bras de la femme qu'il aime.

Une heure plus tard, il est brutalement arraché à son sommeil. Avant qu'il ait le temps de soulever sa tête de l'oreiller, Reynier est à côté de son lit.

— Réveillez-vous ! hurle-t-il.
— Qu'est-ce qui se passe ?
— Maud a disparu !
— Hein ?
— Maud a disparu, j'vous dis !
— Calmez-vous...

Luc se met debout avec une grimace douloureuse.

— Sa voiture n'est plus dans le garage !
— Vous avez essayé de l'appeler ?
— Évidemment ! s'écrie le professeur. Elle ne

décroche pas... J'étais enfermé dans mon bureau, je ne l'ai pas entendue s'en aller !

— Ne paniquez pas, monsieur. Je vais la retrouver.

Luc attrape son téléphone, mais tombe à son tour sur la messagerie de la jeune femme.

— C'est Luc... On est inquiets. Rappelle-moi pour me dire où tu es, s'il te plaît.

Il raccroche et tourne la tête vers le père, figé au milieu de la chambre.

— Bon, je pars à sa recherche.

— Je viens avec vous !

— Non. Vous, vous restez ici. Branchez l'alarme, fermez les portes et les volets et ne sortez sous aucun prétexte.

— Mais si jamais il...

— Faites ce que je vous dis, ordonne Luc en haussant le ton. Je n'ai pas de temps à perdre !

Il attrape son sac à dos et, quelques minutes plus tard, il enfourche sa Ninja, enfile son casque et s'élance sur la route à une vitesse hallucinante.

**

Même si elle n'a pas pris rendez-vous, Maud espère qu'il sera là.

Et qu'il aura de quoi la satisfaire.

Elle vient de laisser sa voiture au bout de la rue et se dirige vers l'immeuble. Obnubilée par l'héroïne et le manque, elle ne songe même pas un seul instant qu'il est dangereux pour elle de marcher seule dans la rue. Son agresseur est loin, déjà. Le sale type qui fait chanter son père a déserté son esprit.

Seule compte la poudre blanche.

Seule compte la faim, insatiable.

Arrivée devant l'entrée, Maud s'immobilise. Elle sait qu'Axel sera furieux que Luc lui ait rendu visite, mais dès qu'elle sortira l'argent de son sac, il redeviendra doux comme un agneau. Aucun doute sur ce point. Car la seule chose qui intéresse Axel, c'est le fric.

Puis elle tente d'imaginer le mensonge qu'elle servira à Luc. Il ne doit pas savoir qu'elle est venue ici. Savoir à quel point elle est faible.

Surtout, ne pas le décevoir.

Elle sonne et patiente.

— Oui ?

— Bonjour, Axel... C'est Maud.

Un long silence.

Avant que la porte ne s'ouvre.

Maud s'engouffre dans l'ascenseur, cherchant toujours ce qu'elle va bien pouvoir inventer. Elle se dit qu'elle ira lui acheter un cadeau. Quelque chose de cher, quelque chose de beau. Elle lui racontera que c'est pour ça qu'elle s'est tirée en catimini. Pour lui faire une surprise.

Contente de sa trouvaille, elle frappe trois coups à la porte de l'appartement. Elle devine qu'Axel regarde par le judas avant d'ouvrir. Lorsqu'elle le voit, elle reste stupéfaite un instant.

On dirait qu'il a pris un train.

En pleine gueule.

Il a un énorme pansement sur le nez, deux coquards à la place des yeux et la jambe gauche coincée dans une attelle.

— Merde, murmure-t-elle. Qu'est-ce qui t'est arrivé ?

Le dealer la laisse entrer et referme derrière elle. À double tour.

— J'ai fait une mauvaise rencontre, répond Axel.

— Putain…

Il la fixe droit dans les yeux. Et ce qu'elle voit dans son regard la glace jusqu'aux os.

— Toi, ici… Quelle charmante surprise ! murmure-t-il avec un terrifiant sourire.

46

— Tu n'as pas amené ton mec avec toi, aujourd'hui ? demande Axel. Ce n'est pas très prudent, tu sais...
— Mon mec ? Mais de qui tu parles ?
Axel allume une cigarette, tout en continuant à la fixer.
— Je parle du type qui est venu me défoncer la gueule avant-hier... De celui qui m'a pété le nez et le genou... Du mec qui m'a braqué avec son flingue. Tu ne vois toujours pas de qui je parle ?
Enfin, Maud comprend. Dans son crâne, une bombe explose. Pendant un instant, elle devient sourde. Et muette. Pourtant, il faut très vite trouver quelque chose à dire.
— Mais... Je ne... Je ne suis pas au courant, bafouille-t-elle en reculant. Je te jure que je n'étais pas au courant...
— Ah bon ? Et comment il a fait pour trouver mon nom et mon adresse ?
Encore quelques pas en arrière.
Reculer l'échéance. Le moment où il va se jeter sur elle.

C'est alors qu'elle remarque les cartons. Empilés contre le mur et dans le couloir. Visiblement, Axel est sur le point de déménager. De prendre le large.

Peut-être en laissant un cadavre derrière lui.

— Je sais pas... j'ai pas de mec ! J'y suis pour rien !

— Vraiment ? Pourquoi il a dit qu'il venait de ta part, Maud chérie ?

— Il... Il travaille pour mon père ! explique-t-elle. Il a trouvé la came et...

— Et tu m'as donné, conclut Axel. Mauvaise idée.

— Non ! J'ai rien dit, je te jure !

Axel écrase sa clope dans le cendrier.

— Tu sais ce qu'on leur fait, aux balances ? demande-t-il en relevant la tête.

Autoroute, file de gauche.

Sur le compteur de la Kawasaki, l'aiguille frôle les deux cents kilomètres à l'heure.

Chaque seconde compte.

Il sent l'angoisse façonner une énorme boule dans sa gorge.

A-t-elle fait la connerie de retourner là-bas ?

Il en est certain.

Arrivera-t-il à temps ?

Ça, Luc l'ignore.

Maud est dos au mur. Axel prend un évident plaisir à la regarder patauger dans son bain de terreur. Il s'approche, sans aucune hâte, traînant sa jambe gauche. Mais même blessé, il sera plus fort qu'elle. Maud le sait.

En cet instant où sa vie va basculer, peut-être s'achever, elle hésite entre se détester et détester Luc. Qu'est-ce qui lui a pris de tabasser Axel ?...

Quand il est à la bonne distance, le dealer attrape la jeune femme par son chemisier et l'attire brutalement contre lui.

— À cause de toi, je ne remarcherai jamais normalement... Et je suis obligé de me tirer d'ici.

— Je n'ai pas voulu ça ! gémit Maud.

— Tu m'as balancé, espèce de salope... Et tu vas me le payer.

Maud réagit enfin et se débat si fort qu'elle échappe à son étreinte mortelle. Elle se rue dans l'entrée et s'acharne sur la porte.

Impossible de l'ouvrir.

— Tu cherches les clefs ? ricane Axel.

Elle se retourne, il est là. Elle envoie alors un coup de pied dans sa jambe blessée et il s'écroule en hurlant. Elle se sauve à nouveau, se réfugie dans la salle de bains et pousse aussitôt la petite targette.

Quelques secondes plus tard, Axel assène un violent coup d'épaule dans la porte.

Les yeux de Maud supplient le loquet qui menace déjà de céder. Elle cherche son téléphone dans la poche de sa jupe en jean. Sauf qu'il est dans son sac à main. Resté sur le canapé du salon.

— Putain de merde ! gémit-elle.

Nouveau coup violent. La cloison tremble si fort qu'un cadre s'en décroche et se fracasse aux pieds de Maud.

Dans quelques secondes, deux minutes au mieux, l'ultime rempart cédera.

— Sors de là, connasse ! hurle Axel.

Avec des gestes paniqués, Maud ouvre le meuble au-dessus du lavabo, jette tout par terre, à la recherche d'une paire de ciseaux, de quelque chose qui pourra lui servir d'arme.

Troisième choc dans la porte. Comme si un bélier enragé venait de la percuter.

Le bois autour du loquet se fend dangereusement. Une des vis sort de son logement et est propulsée jusque dans le lavabo.

Maud continue à vider les meubles. Un rasoir électrique, une brosse à cheveux, un coupe-ongles petit format...

— Merde, merde, merde !

Sous le lavabo, elle trouve des produits ménagers et saisit une bouteille de Javel.

Elle n'a pas le temps de retirer le bouchon.

La porte vient de céder dans un épouvantable fracas.

La Ninja file à toute vitesse sur la Promenade. Au loin, un feu passe au rouge. Luc s'apprête à le griller lorsqu'il aperçoit une voiture blanche avec un gyrophare sur le toit. Il freine brutalement et s'arrête juste à côté du véhicule de police.

Ce n'est vraiment pas le moment de se faire serrer par les flics.

Alors, il attend le signal.

Jamais un feu ne lui a paru rester rouge aussi longtemps...

Axel pénètre dans la pièce tel un ouragan et se jette sur Maud. La bouteille de Javel atterrit sur le sol et la jeune femme reçoit un coup de poing en pleine figure. Sa tête part en arrière, son crâne rebondit contre la vitre de la douche. Elle s'écroule, à moitié sonnée. Axel la remet debout, la soulevant même du sol. Puis il la plaque contre la paroi de la douche, qui se fend sous le choc.

— Tu veux jouer ? hurle-t-il.

Son visage est effrayant. Ses yeux sombres, cernés de mauve, étincellent de fureur. Ceux de Maud se soumettent aussitôt.

— Je te donnerai de l'argent, murmure-t-elle. Beaucoup d'argent !

— Rien à branler !

— Je te donnerai tout ce que tu veux ! gémit la jeune femme.

— Son nom !

— Luc... Il s'appelle Luc.

— Luc comment ? rugit Axel.

Maud hésite. Quelques secondes.

Alors Axel la secoue. Son crâne heurte à nouveau le plexiglas de la douche. Avec son avant-bras, il écrase sa gorge.

— Arrête ! supplie-t-elle d'une voix à peine audible.

— Son nom !

— Garnier, murmure Maud.

— C'est un putain de flic ?

— Non... C'est le... garde du corps de... mon père... Je peux plus... respirer !

— Dommage qu'il ne soit pas là, hein, Maud ?

Il la saisit par les cheveux, l'entraîne dans le couloir et l'oblige à avancer jusqu'à la chambre. Elle résiste de toutes ses forces, s'agrippe au chambranle de la porte.
— Non ! gémit-elle.
Insensible à ses supplications, le dealer la jette sur le lit, tel un paquet de linge sale. Elle se relève aussitôt, essaie encore de lui échapper. Reçoit un nouveau coup de poing qui lui explose la lèvre.
— Tu as voulu me baiser, hein ? balance Axel.
À genoux sur le sol, Maud se met à pleurer. Du sang coule de sa bouche, jusque sur sa petite tunique blanche à moitié déchirée.
— Me fais pas de mal ! supplie-t-elle entre deux sanglots. Axel, s'il te plaît !

La Ninja arrive enfin à destination. Luc aperçoit la voiture de Maud garée à quelques dizaines de mètres de l'entrée de l'immeuble.
Malheureusement, il ne s'était pas trompé.
Il laisse sa moto sur le trottoir et se précipite jusqu'à la porte de l'immeuble. Il appuie sur toutes les sonnettes à la fois, priant pour que quelqu'un lui ouvre. Plusieurs voix résonnent dans l'interphone et, enfin, la porte se déverrouille...

— Ne me fais pas de mal ! répète Maud.
— Junkie de merde ! hurle Axel.
Il la regarde un instant, les yeux débordants de haine.
Il ne s'attendait pas à la revoir. N'a rien prémédité. Il s'est juste laissé guider par sa colère, ses instincts. Et une féroce envie de vengeance.

Mais en la voyant si vulnérable, sa colère descend d'un cran. S'engouffrant dans la brèche, Maud l'implore à nouveau.

— Axel, pardonne-moi ! Je t'en prie... Je n'ai pas voulu ça, je te jure... !
— Putain de merde !

Il lève le bras, prêt à lui asséner un nouveau coup, mais se retient au dernier moment.

Luc enlève son casque et s'engage à toute vitesse dans l'escalier. Ses jambes iront plus vite que l'ascenseur. Malgré les douleurs qui l'assaillent, il continue à grimper les marches en courant.
Il arrive sur le palier et tente d'ouvrir la porte.
En vain.
Maud est là, enfermée avec ce type, il le sait.
Et il n'a qu'une solution...

— File-moi ton pognon, ordonne le dealer.
Il prend Maud par le bras, l'entraîne jusqu'au salon. Elle fouille son sac et, d'une main tremblante, lui tend l'argent liquide qu'elle a retiré une heure auparavant.
— Y a deux mille, murmure-t-elle. C'est tout ce que j'ai...
Il lui arrache les billets, la pousse violemment. Elle atterrit sur le canapé puis glisse jusqu'au sol, ayant encore trop de mal à tenir debout.
— Barre-toi ! Et ne reviens plus jamais ici ! Sinon, je t'écorche la gueule, t'as compris ?
— Oui... Oui...

Luc tire à deux reprises dans la serrure, file un violent coup de pied dans la porte et s'engouffre dans l'appartement, arme au poing.

À l'entrée du salon, il s'immobilise et braque son Glock en direction du dealer.

— Si tu bouges, t'es mort.

Il regarde Maud, par terre près du divan. Sa jupe remontée jusqu'à mi-cuisse, sa tunique déchirée et tachée de sang. Son visage marqué par les coups.

Son regard terrorisé.

Il sent monter en lui une haine bestiale. Incontrôlable.

— Qu'est-ce que tu lui as fait, espèce de fumier ?

Axel ne répond pas, hypnotisé par le canon de l'automatique.

Luc sait que les coups de feu ont alerté les voisins. Il sait que la police ne tardera pas à arriver. Qu'il devrait attraper Maud et quitter au plus vite l'appartement.

Pourtant, il continue à pointer son flingue sur le dealer. Son index a déjà commencé à presser la détente.

Maud se relève sans geste brusque et prend son sac.

— Viens, dit-elle. On y va !

Luc regarde toujours Axel. Comme s'il allait le dévorer. Maud attrape doucement son poignet, tente d'abaisser son bras. Mais soudain, il la repousse sans ménagement et s'avance vers le dealer.

— Qu'est-ce que tu lui as fait ? hurle-t-il. Réponds !

Il lui assène un coup de pistolet sur la tempe, le faisant tomber à ses pieds, puis pose le canon du Glock sur son front.

— Réponds ou je te descends !

Luc semble en transe. Capable de tout.

— Je lui ai rien fait, putain ! gémit Axel.

— Arrête, Luc ! ordonne Maud. Laisse-le, je t'en prie !

Elle s'approche à nouveau de lui, avec prudence. Des tics nerveux assaillent son visage. Elle sent qu'il est au bord de la rupture.

— Luc, s'il te plaît... Viens, on s'en va.

Sa main se met à trembler. Des gouttes de sueur perlent sur son front.

— Luc !

La voix de Maud s'éloigne. Une autre prend sa place.

Celle de Marianne.

— Luc, calme-toi, je t'en supplie... Il ne m'a rien fait, je te jure. Rien de grave. Viens avec moi.

Luc sent sa rage fondre lentement, comme la dernière neige au printemps. En douceur, Maud parvient enfin à abaisser son bras vengeur.

— Tirons-nous... Les flics vont arriver.

Il attrape la main de la jeune femme et l'entraîne vers la sortie.

47

— Qu'est-ce qu'on va dire à mon père ? s'inquiète Maud.
— Fallait y penser avant, balance Luc.

Ils se sont arrêtés juste avant la propriété. Luc est descendu de sa moto et a rejoint Maud dans sa voiture. Avec ce qu'il a acheté dans une pharmacie, il tente de minimiser les dégâts sur son visage.

— Il aurait pu te tuer, ajoute-t-il.
— Je suis désolée. Tu dois me trouver tellement...
— Pitoyable ?

Elle encaisse en silence tandis qu'il colle un petit pansement sur sa pommette.

— Pour ton père, tu n'as qu'à lui dire que tu t'es fait attaquer par un type qui voulait te piquer ton sac... Que tu as résisté, qu'il t'a frappée... Et que finalement, il a pris l'argent, a jeté ton sac par terre. Que tu m'as appelé et que je suis venu te chercher.

Elle hoche la tête.

— Merci, dit-elle d'une voix penaude.
— Bon, on y va, maintenant. Sinon ton paternel va faire une attaque.

Luc se remet en selle et suit la Mini jusqu'au

portail. Dès qu'ils arrivent, Reynier vient à leur rencontre. Maud coupe le moteur et se jette dans les bras de son père, pleurant toutes les larmes de son corps.

— Ma chérie ! Qu'est-ce qui t'est arrivé ? Qui t'a fait ça ?

Entre deux sanglots, Maud lui raconte le mensonge imaginé par Luc. Le jeune homme lui décernerait volontiers l'oscar de la meilleure actrice.

Et à son père reviendrait la palme d'or de la crédulité.

— Viens, dit Reynier en la tenant par les épaules. Rentrons...

Luc les suit jusque dans le salon où Maud continue sa mascarade.

— Il m'a pris tout l'argent que je venais de retirer !

— Ce n'est pas grave, dit Armand. Mais qu'est-ce qui t'a pris de sortir sans rien dire ?

Elle regarde Luc, comme s'il allait lui souffler la réponse. Mais celui-ci se contente de lui adresser un petit sourire cynique.

— Je voulais... Je voulais te faire une surprise, dit-elle.

— Tu parles d'une surprise ! maugrée son père.

— Je voulais t'acheter un cadeau...

— Maud, je te rappelle qu'il y a un fou dangereux qui nous harcèle et tu ne dois jamais sortir seule, c'est clair ?

— Pardon, papa...

Il la serre à nouveau dans ses bras et Luc détourne son regard. Puis Reynier s'avance vers lui.

— Merci de me l'avoir ramenée...

— Je suis payé pour ça. Si vous n'avez plus besoin de moi, je vous laisse. J'ai des choses à faire.

* * *

Maud avale une aspirine et se regarde dans le miroir au-dessus du lavabo. Son visage à nouveau abîmé, alors que les traces de la première agression avaient enfin disparu. Elle qui n'avait jamais pris de coups auparavant...

De retour dans la chambre, elle écarte le rideau, aperçoit Luc dans le parc. Assis sur le petit muret, près du garage, il téléphone.

À qui parle-t-il ?

À Marianne, sans doute.

Luc, qui s'est précipité à son secours, une fois encore.

Son ange gardien, son sauveur.

L'objet de ses tourments.

Le jeune homme regarde soudain vers la maison et, lorsqu'il voit Maud au travers de la vitre, il lui tourne le dos, tout en continuant sa conversation.

Alors la jeune femme abandonne son poste d'observation et descend au rez-de-chaussée. Son pas est lent, saccadé. Comme si des chaînes invisibles entravaient ses chevilles. Elle traverse la maison silencieuse, vide une demi-bouteille d'eau dans la cuisine et s'exile sur la terrasse.

Longtemps, elle contemple la piscine. Quelques feuilles mortes flottent à la surface de l'eau, une myriade d'insectes luttent pour ne pas s'y noyer. Maud attrape l'épuisette pour les extraire du piège et les dépose dans une jarre.

Combien de fois son père l'a-t-il encouragée à

se baigner ? Mais même en sa présence, Maud n'a jamais pu.

Et elle n'a jamais compris pourquoi il n'avait pas détruit cette tombe.

Debout, près du rebord, les poings serrés, elle retient ses larmes. Elle sent le désespoir affleurer juste sous sa peau, courir dans chacune de ses veines.

Soudain, elle s'approche des marches qui s'enfoncent dans l'eau translucide. Elle hésite un instant encore, puis son pied nu se pose sur la première marche.

Lentement, elle descend.

Lentement, elle s'immerge.

L'eau lui arrive désormais jusqu'à la taille. Malgré le froid qui la tétanise, elle continue à avancer. L'eau grimpe jusqu'à son menton. Encore quelques pas et elle n'aura plus pied.

La seconde d'après, le liquide froid franchit ses lèvres.

Un goût de Javel immonde.

Un goût de mort.

— Maud !

Sans aucune hésitation, Luc lâche son téléphone et se jette à l'eau.

Au même moment, alerté par le cri du garde du corps, Armand arrive en courant et plonge à son tour. Les deux hommes ramènent Maud sur la terre ferme. Ils l'allongent sur les dalles surchauffées par le soleil.

Dans une violente quinte de toux, elle recrache une bonne quantité d'eau.

— Maud, ça va ? demande son père. Qu'est-ce qui s'est passé, bon sang ?

Pour toute réponse, elle se met à pleurer.
— Je suis tombée !
— Mais comment tu as fait ? interroge Reynier en l'aidant à s'asseoir.
— Je... J'étais au bord et j'ai eu une sorte de... de malaise, explique-t-elle.

Il la serre contre lui, caresse ses cheveux. Elle croise le regard de Luc, assis près d'elle. Et elle discerne une réelle inquiétude au fond de ses yeux verts.

Oui, il tient à elle.

Oui, il sait qu'elle n'est pas tombée. Qu'elle a simplement voulu rejoindre son cauchemar.

* * *

Armand s'use les rétines sur l'écran de son ordinateur.

Toutes les dix secondes, il actualise sa messagerie.

Le courriel arrive à dix-sept heures pile. Avant de l'ouvrir, le chirurgien appelle Luc, qui descend aussitôt. Les deux hommes se postent devant l'écran et Reynier clique sur l'e-mail. Même s'ils savent ce qu'ils vont lire, ils retiennent leur respiration.

Le message s'affiche. Court et brutal.

Coup de poing dans l'estomac.

Dans deux jours, je te tue.

— Après-demain, murmure Reynier.

Luc allume une cigarette, ouvre la fenêtre.

— Demain matin, nous irons à votre banque et vous retirerez une bonne somme d'argent, dit-il.

— Pourquoi ?

— Ne m'interrompez pas, exige Luc. Appelez la clinique et dites-leur que vous partez en vacances.

Qu'on ne pourra pas vous joindre. Vous et Maud allez préparer vos bagages dès ce soir, pour une semaine environ. Demain en fin de matinée, on s'en va.

— On part ? Mais où ?

— Je viens de louer un gîte à quatre cents kilomètres d'ici, révèle Luc.

— Mais...

— Vous avez une autre solution, peut-être ? Je vous rappelle que ce type est déterminé et surentraîné... Et qu'il vous en veut à mort.

— S'il ne me trouve pas après-demain, il va tout balancer aux flics !

— Je ne crois pas, dit Luc. Je pense qu'il va attendre que vous reveniez, ou va vous chercher d'abord. Tout à l'heure, j'ai contacté un de mes anciens clients... J'ai bossé pour lui il y a deux ans.

— Et alors ?

— Alors, il a des relations haut placées dans la police et va essayer de retrouver la trace d'Abramov pour nous.

Dans les yeux de Reynier, un nouvel espoir se dessine.

— Mais pourquoi vous l'avez pas appelé avant ?

— J'avais essayé, mais il restait injoignable. Comme je vous l'ai déjà dit, il était à l'étranger...

— Ah oui, pardon...

— C'est un haut fonctionnaire, il travaille pour le gouvernement. Il va mettre le paquet.

— Mais pour quelle raison nous aiderait-il ?

— Parce que j'ai pris une balle pour lui... Si je sais où trouver Abramov, vos ennuis seront terminés, ajoute Luc.

— Vous... vous voulez dire que vous allez le tuer ?

— Je ferai ce qu'il faut faire, répond le jeune homme d'une voix sombre. En attendant, il faut qu'on s'éloigne d'ici. Sinon, après-demain, vous serez peut-être mort. Et si vous êtes mort, il y a des chances que je le sois aussi.

— D'accord, murmure Reynier.

— Je vous laisse expliquer la situation à Maud. Il faut qu'elle sache ce qui se passe vraiment. Plus de mensonges, OK ?

Les épaules de Reynier s'affaissent sous le poids de cette délicate mission.

— Je ne veux pas lui faire peur. Je la sens si fragile, en ce moment... Quand je l'ai vue dans la piscine, tout à l'heure, j'ai cru que...

— Vous devez lui dire la vérité, tranche Luc. Elle sait que vous lui cachez des choses et ça ne l'aide pas, croyez-moi.

— D'accord. Je vais aller lui parler... Nous partirons avec l'Audi, je suppose ?

— Non. Avec le fric que vous prendrez demain à la banque, nous achèterons une voiture.

— Pourquoi ?

Luc soupire.

— Nous achèterons une voiture. Je connais un endroit où on pourra la payer en liquide. Nous achèterons aussi un portable à carte. Il ne faut pas qu'il puisse nous tracer.

— Je vois... Et cette maison, elle est où ? demande encore le professeur.

— Dans la Drôme, près de La Chapelle-en-Vercors. Une maison paumée en pleine montagne, précise Luc. Un endroit où personne ne pourra jamais vous retrouver...

***

Luc frappe avant d'entrer dans la chambre. Maud est assise par terre, contre le lit, vêtue d'un simple peignoir beige. Ses cheveux mouillés tombent lourdement sur ses épaules.

— Tu as préparé tes affaires ? demande Luc.
— Non...

D'un mouvement de la tête, elle désigne la valise posée près de la fenêtre. Une valise plutôt imposante. Mais encore vide.

Luc se poste devant elle, la regardant de haut.

— Il faut que tu sois prête demain matin, rappelle-t-il d'un ton sec.
— Je sais, murmure Maud.

Il la détaille quelques instants, comprend qu'elle est au plus mal.

— Tu es en manque ?

Elle se contente de hocher la tête.

— Prends un calmant. Tu dormiras et demain, ça ira mieux.
— Si c'était si simple...

Il soupire, en signe d'agacement.

— Tu veux de la codéine ?
— J'en ai pas...
— Je t'en ai apporté, dit-il en fouillant dans sa poche.

Il passe dans la salle de bains, revient avec un gobelet d'eau.

— Allez, prends ça, dit-il. Ça va te soulager un peu.
— Merci...

Il y a tant de détresse dans ses yeux qu'il consent à s'asseoir près d'elle.

— Je vais rester un moment...

Elle hoche à nouveau la tête. Remerciement silencieux.

— Cette saloperie de came, murmure-t-elle. Et pourtant, je donnerais n'importe quoi pour en avoir !

— Tu as bien failli donner ta vie, rappelle durement Luc.

Il regarde son visage abîmé par les coups du dealer.

— Il t'a violée ?

La question, brutale, la met mal à l'aise.

— Non.

— Tu as eu de la chance, alors !

— Quand t'es arrivé, il venait de se calmer et de me dire de me tirer. Mais au début, il était comme enragé ! J'ai vraiment cru qu'il allait me tuer.

Luc prend sa main dans la sienne.

— Pourquoi tu as fait ça ? demande-t-il.

— Fait quoi ?

— La piscine...

— Je sais pas, avoue-t-elle. Il me passe de drôles de trucs par la tête, des fois...

— Je ne veux plus que tu recommences, dit Luc. Tu me promets ?

Elle hoche la tête.

— Dis-le, exige Luc.

— Je te promets, murmure Maud.

— Bien... Ton père t'a expliqué la situation ?

— Oui.

Elle essuie une larme qu'elle n'a pas réussi à retenir.

— Ce type veut vraiment le tuer ?

— Il semblerait que oui.

— Tu... Tu crois qu'on va s'en sortir ?

— Je fais tout ce qu'il faut pour, assure Luc.

— Mais pourquoi il ne veut pas prévenir les flics.

— Parce qu'il a trop de choses à se reprocher. Et qu'il finirait en taule. Pour longtemps, apparemment.

— Mais la mort de cet enfant, c'était un accident ! s'écrie Maud avec rage. D'accord, il a commis une faute et il a menti, mais...

— Il n'y a pas que ça, indique Luc.

— Il m'a dit qu'il avait trafiqué les comptes de la clinique et planqué de l'argent à l'étranger... C'est si grave que ça ?

Luc hoche la tête à son tour.

— Si tout cela est révélé au grand jour, l'addition pourrait être salée et il peut dire adieu à sa chère clinique.

— Putain...

— Tu devrais essayer de dormir, maintenant.

— Ça m'étonnerait que j'y arrive !

— Il ne viendra pas cette nuit.

— Comment peux-tu en être sûr ?

Il hausse les épaules et se remet debout.

— Ce type est déterminé, mais il obéit à certaines règles. Je crois que cette nuit, on sera tranquilles.

Il lui tend la main, la soulève du sol. Elle se retrouve collée contre lui, ferme les yeux un instant.

— C'est un cauchemar, murmure-t-elle. C'est pas possible, je vais me réveiller...

— Je suis désolé, Maud.

— De quoi ?

— De tout ce qui t'arrive.

— Je n'ai jamais eu aussi peur de toute ma vie.

— Je suis là... dans la chambre juste à côté de la tienne.

— J'ai déjà perdu ma mère, je ne veux pas perdre mon père, sanglote Maud.

Il caresse ses cheveux, l'embrasse sur le front.

— Repose-toi, maintenant. La journée de demain risque d'être éprouvante.

Elle s'assoit sur son lit, tandis qu'il s'éloigne. Mais avant de sortir, il se retourne.

— Au fait, il faudra que tu laisses ton smartphone ici.

À l'expression de son visage, on dirait qu'il vient de lui demander de se couper une main.

— Je t'achèterai un autre téléphone demain.

— Mais...

— Fais ce que je te dis, prie Luc. Bonne nuit, Maud.

Il l'abandonne et avance discrètement dans le couloir. Lorsqu'il arrive devant la chambre du professeur, il s'immobilise et colle son oreille contre la porte.

Au début il n'entend rien d'autre que sa propre respiration. Mais bien vite, il perçoit un bruit étouffé.

Les sanglots de Reynier. Qu'il écoute pendant de longues minutes.

48

Luc range les sacs dans le coffre du Range Rover qu'il a acheté le matin même. Un 4 × 4 puissant, avec un faible kilométrage et des papiers en règle.

Trois valises et deux sacs pleins de provisions.

Reynier le regarde faire sans lever le petit doigt.

— Tout y est ? demande le garde du corps.

— Il manque la valise d'Amanda, indique le professeur.

Luc fronce les sourcils.

— Quand m'avez-vous entendu dire qu'Amanda venait avec nous ? rétorque-t-il.

— Mais... on ne peut pas la laisser là !

— Elle n'a qu'à prendre quinze jours de congé, voilà tout !

— Elle n'a pas d'appartement, nulle part où aller. Je ne vois pas en quoi ça vous dérange qu'elle nous accompagne...

— Vous avez peur d'avoir à nettoyer les chiottes vous-même, professeur ? C'est ça ?

— Ne soyez pas blessant ! s'offusque Reynier. Elle a peur de rester seule ici. Je vous rappelle que ce malade l'a agressée l'autre jour et qu'on sait qu'il va revenir !

— Eh bien payez-lui un bon hôtel sur la Croisette. Ça lui fera des vacances.

Soudain, la gouvernante sort de la dépendance et s'avance, une petite valise à la main. Luc ferme le coffre et s'adosse à la voiture, bras croisés.

— Salut, dit-il.

— Salut... Jolie voiture, dis-moi ! Il reste de la place pour mon bagage ?

— Écoute, répond Luc, je ne sais pas ce que M. Reynier t'a dit, mais... il n'était pas prévu que tu viennes avec nous.

Le visage d'Amanda se délite, on dirait presque qu'elle va se mettre à pleurer. Embarrassé, Luc pose une main sur son épaule.

— M. Reynier va te donner de l'argent pour que tu trouves un hôtel sympa où passer quelques jours de vacances, d'accord ?

— Vous aurez besoin de moi ! argue-t-elle.

— On se passera de tes bons petits plats, même si ce sera difficile, sourit Luc. Ce ne sera que pour quelques jours.

— Si je reste ici, il me retrouvera ! s'affole Amanda. Même si je vais à l'hôtel !

— Tu t'inscriras sous un faux nom. Il ne pourra pas te retrouver. Tu vas monter avec nous et on va te déposer où tu voudras.

Reynier attrape Luc par le bras et l'entraîne un peu à l'écart.

— Nous devrions l'emmener, murmure-t-il.

— Hors de question ! répond Luc.

— Elle connaît notre destination, annonce le professeur.

— Mais... comment le sait-elle ? Je vous avais demandé de garder le silence, non ?

— Hier, quand vous m'avez dit où se trouvait la maison, je me suis aperçu qu'Amanda était dehors en train d'étendre le linge... La fenêtre était ouverte, je suis sûr qu'elle a tout entendu.

— Merde ! maugrée Luc.

— Et si ce malade la retrouve, il...

— On n'a plus le choix, coupe Luc. Elle vient avec nous.

* * *

Abramov termine de nettoyer son appartement.

Ça faisait bien longtemps qu'il ne l'avait pas vu aussi propre.

Sans doute depuis la mort de Dimitri.

On ne sait jamais si on reviendra vivant d'une mission. Alors, il faut toujours tout laisser en ordre. Principe de base qu'il n'a pas oublié.

Demain sera le grand jour. Celui qu'il attend depuis si longtemps.

Ce jour pour lequel il a survécu.

Il regarde la photo de son fils, lui sourit.

— Le frigo est plein, tu ne manqueras de rien... Et je sais que tu sauras te débrouiller sans moi. Tu as toujours su, de toute façon !

Puis il baisse la tête, en proie à une soudaine et profonde tristesse.

Décidément, il n'arrête pas d'oublier.

Qu'il n'est plus le père de personne.

— Demain, celui qui t'a assassiné rejoindra les enfers... Il ne pourra pas m'échapper, n'aie crainte. Demain, tu seras vengé, mon fils. Et tu pourras enfin reposer en paix.

***

Contrarié qu'Amanda soit du voyage, Luc reste silencieux, concentré sur la route. D'après les indications du GPS, ils arriveront à destination vers dix-sept heures alors qu'ils sont partis à onze heures et demie. Sauf qu'ils s'arrêteront pour déjeuner, ce qui leur fera perdre au moins une heure, dans le meilleur des cas.

— Vous n'êtes pas très bavard, remarque Armand.
— Vous voulez que je vous raconte une histoire ? réplique Luc d'un ton maussade.
— Si tu nous disais simplement où on va ? dit Maud. Ce serait déjà pas mal !
— Dans la Drôme. Plus précisément dans le Vercors.
— Voilà qu'on prend le maquis. Manquait plus que ça...
— La destination ne convient pas à mademoiselle ? demande Luc en lui jetant un regard dans le rétroviseur.
— Du moment qu'on y est tranquilles...
— Niveau tranquillité, tu vas être servie ! assure Luc.
— Je vois... un trou perdu.
— Désolé, je n'ai rien trouvé à Las Vegas.
— J'y suis allée trois fois, soupire-t-elle d'un ton blasé. T'as pas autre chose ?

— Ça suffit, Maud, sermonne son père. Laisse Luc conduire. Qu'on arrive vivants...

Rester vivant.

Voilà bien le but de cet étrange voyage.

Fuir. Partir en cavale comme un criminel.

Mais après tout, c'est bien ce qu'il est.

Pendant des années, il s'est cru au-dessus des lois. Celles qui sont édictées pour la masse. Les peureux et les imbéciles.

Pas pour les loups tels que lui.

Pourtant, aujourd'hui, le loup se retrouve dans la peau fragile de l'agneau. Pourchassé par un prédateur bien plus dangereux que lui.

Comment ce type a-t-il pu apprendre tout cela sur lui ? Prépare-t-il son coup depuis des mois ? Peut-être des années ?

Est-ce que quatre cents kilomètres entre eux vont suffire ?

Et surtout, quelles sont les preuves qu'il détient ? Va-t-il les donner à la police, à la presse ?

Et s'il n'avait rien du tout, à part des indices, des soupçons ?

Toutes ces questions tournent en boucle dans le cerveau épuisé de Reynier.

Alors, il regarde le conducteur à la dérobée. La seule personne capable de lui éviter le pire. Cet homme qui ne semble avoir peur de rien. Pas même de la mort.

Ce garçon au regard aussi profond que ses blessures.

Car Reynier a depuis longtemps compris que Luc a souffert. Que s'il frappe si fort dans son sac de sable, s'il s'y abîme les mains, ce n'est pas pour épater la galerie ou parfaire ses muscles...

Au volant, Luc jette parfois un œil à son passager. L'angoisse de ces dernières semaines a creusé son visage et révélé son âge.

La peur lui a volé sa superbe. Il n'est plus le grand professeur admiré de tous, arrogant et méprisant. Aveuglé par sa propre réussite.

Armand Reynier n'est plus qu'une proie. Une cible.

Un animal affolé cherchant un terrier où se réfugier.

Pourtant, Luc doit bien admettre que le chirurgien sait rester digne, malgré les circonstances.

Les yeux rivés sur l'asphalte, il a réglé le régulateur à cent trente, histoire de ne pas se faire flasher. Il ferme les paupières une fraction de seconde et quand il les rouvre, Marianne est là. Ils ne sont plus que tous les deux dans cette splendide voiture. Lui qui conduit, elle qui regarde le paysage d'un air mélancolique.

Car Marianne a toujours été mélancolique.

Mais le kilomètre d'après, elle a disparu, Reynier a repris sa place.

Marianne n'arrête pas de disparaître.

Normal, puisqu'elle n'existe pas.

Puisqu'elle n'a jamais existé.

49

Ils ont déjeuné rapidement sur une aire d'autoroute aux abords d'Avignon. Puis ils ont repris la route. Après Valence, ils ont quitté l'A7 pour emprunter l'A49 avant de rejoindre une route secondaire et touristique.

Privée de son iPhone, Maud contemple les paysages qui s'égrènent au fil des kilomètres. Magnifiques, elle doit bien le reconnaître. Luc conduit un peu nerveusement, comme s'il était pressé d'arriver. Ou inquiet, elle ne sait pas vraiment.

La jeune femme baisse la vitre et ferme les yeux. L'air frais et pur cingle son visage…

Elle a eu douze ans, le mois dernier. Une journée d'octobre, semblable à beaucoup d'autres. Le collège, le bus scolaire, les devoirs à la maison en compagnie de Mathilde, la gouvernante. Une vieille fille au visage lisse et joufflu, au regard éternellement mélancolique.

Après les devoirs, Maud va prendre sa douche, puis se cale sur son lit pour dévorer la suite d'un roman qu'elle a commencé il y a deux jours. Un livre passionnant, volé dans la bibliothèque de son père.

Parce que Maud a oublié depuis quelque temps les livres pour enfants ou adolescents. En littérature, elle a déjà mis les pieds dans le monde des adultes.

En littérature, seulement...

À dix-neuf heures trente, elle entend la voiture de son père franchir le portail. Elle ferme son livre, descend l'escalier en courant, heureuse de le retrouver.

Mais sur la dernière marche, elle s'arrête. Net.

À côté de son père, une femme.

Grande, blonde, mince. D'une beauté époustouflante.

— Viens, ma chérie. Approche...

Maud obéit, avec le sentiment que sa vie est sur le point de se transformer.

— Je te présente Charlotte, une amie qui va dîner avec nous ce soir...

Embarrassée, Charlotte sourit puis se penche pour embrasser Maud sur la joue.

— Je suis ravie de faire enfin ta connaissance ! Depuis le temps que ton père me parle de toi !

Maud n'a toujours pas prononcé un seul mot. Son père a parlé d'elle à cette femme ? Mais alors pourquoi ne lui a-t-il jamais parlé de Charlotte ?

Elle voit la main de son père posée sur l'épaule de cette inconnue et ses derniers espoirs s'évanouissent. Non, ce n'est pas une simple amie. C'est une femme avec qui il couche.

La première à franchir le seuil de la maison depuis la mort de sa mère.

Autant dire depuis toujours.

Le repas est un moment étrange. Son père semble heureux. Un peu trop. Comme s'il se forçait à l'être. Comme s'il voulait que son sourire soit communicatif.

Mais Maud ne sourit pas. Elle regarde son assiette, son verre, ses mains. Le mur, les fenêtres, le sol.

Tout, sauf Charlotte.

Elle sent bouillir en elle une colère dont elle ignorait tout il y a une heure à peine. Cette femme va rester ici cette nuit, elle en est sûre. Et la nuit d'après, et la nuit d'après...

Cette inconnue va entrer dans sa vie.

De force.

— Et si Charlotte dormait ici cette nuit ? dit soudain son père. Ce serait une bonne idée, non ?

Il sourit, espérant voir sa fille acquiescer. Attendant sa bénédiction.

Mais Maud ne dit rien, incapable du moindre mot. Elle a juste envie de hurler, de jeter cette femme dehors.

Hors de sa maison. De son territoire.

Elle n'a pas le droit. Pas le droit de lui voler son père. De forcer ainsi la serrure de leur intimité.

De s'immiscer entre eux.

Maud fixe alors Charlotte. Pendant de longues secondes.

Cette femme, si belle que Maud se sent soudain terriblement laide.

Cette femme, si distinguée que Maud se sent soudain terriblement banale.

Si mince que Maud se croit soudain trop grosse.

Si intelligente que Maud se trouve soudain complètement stupide.

Si femme, que Maud regrette soudain de n'être qu'une enfant.

— Alors, tu ne dis rien ? s'étonne son père.

Enfin, Maud recouvre la parole. Une phrase

qu'elle prépare depuis le début du repas. Qui résonne en boucle dans sa tête.
— *Tu n'as pas le droit de faire ça à maman...*
Tu n'as pas le droit de me faire ça, papa.

Ils abordent soudain un petit bourg aux maisons colorées et pittoresques, serrées les unes contre les autres, comme pour protéger leurs habitants de la rudesse des hivers.
— Saint-Jean-en-Royans, annonce Luc. C'est le dernier village qu'on va traverser. Ensuite, on quitte la civilisation... On va prendre cette route, là, explique-t-il en montrant une voie étroite qui s'enfonce dans des gorges. Et on trouvera la maison dans une quinzaine de kilomètres. Alors si vous avez oublié votre brosse à dents, c'est maintenant ou jamais.
— Je veux bien que tu t'arrêtes, dit Amanda. Je dois faire des courses.
Impossible de stopper la voiture dans les petites ruelles, mais Luc trouve un parking en bordure de la rivière. Reynier confie quelques billets à la gouvernante et celle-ci part en direction de la supérette, le seul commerce ouvert en cette saison.
Luc descend du Range Rover pour faire quelques pas, tout en admirant le pont romain qui enjambe solidement la rivière. Il allume une cigarette, Maud le rejoint aussitôt.
— T'es pas trop fatigué de conduire ? demande-t-elle.
— Non, ça va.
— C'est calme, ici...
— Parfait pour se désintoxiquer, hein, Maud ?
Elle baisse la tête, allume une cigarette à son tour.
— Tu m'avais promis, rappelle Luc.

— Je suis faible, c'est ça ?
— Faut croire.
— Tout le monde a ses faiblesses ! se défend la jeune femme.
— C'est vrai. Mais tout le monde ne se shoote pas à l'héroïne.

Luc observe Reynier du coin de l'œil. Il est en train de téléphoner avec le portable acheté le matin même.

— Elle est comment, la maison ? demande Maud.
— C'est une ancienne ferme, transformée en gîte. Elle est isolée, au bord d'une rivière et au pied d'une montagne. Enfin, d'après ce que j'ai vu sur les photos. Un endroit charmant ! ironise-t-il.
— Il sera forcément charmant, puisque tu y seras, répond-elle en le fixant droit dans les yeux.

Décidément, l'héroïne n'est pas sa seule addiction. Tout au long du trajet, il a senti son regard peser sur lui.

Reynier raccroche et les rejoint.

— Vous avez appelé qui ? interroge Luc sur le ton du reproche.
— Charlotte. Je l'ai prévenue que nous avions quitté la maison et qu'elle pouvait me joindre sur ce numéro.
— Là-bas, le portable ne passera pas, prévient le jeune homme.

Reynier écarquille les yeux. Comme si cela était inconcevable.

— T'es sûr ? lance Maud.
— Certain.
— Et Internet ? demande le professeur.
— À votre avis ? sourit Luc en écrasant sa clope.

— Mais... comment je vais faire pour consulter mes messages ?

— Faites-le ici, ensuite il sera trop tard.

Reynier ouvre le coffre du 4 × 4 et attrape la sacoche de son ordinateur portable. Il se rassoit dans la voiture, pose le PC sur ses genoux.

Comme il s'y attendait, son ennemi a envoyé un nouveau mail. Il adresse un signe à Luc, qui s'approche aussitôt.

— Pourquoi le lire ? interroge le garde du corps.

Sans l'écouter, Reynier ouvre le message. Même s'il savait à quoi s'attendre, le choc est violent.

Demain, je te tue.

— Il doit bien se douter qu'on s'est tirés, murmure Armand.

— Et après ? Tant qu'il ne nous retrouve pas... Bon, je vais voir si Amanda a besoin d'un coup de main pour porter les courses. Ne bougez pas !

— Où voulez-vous que j'aille ? peste Reynier.

Luc part en petites foulées jusqu'à la supérette. Il trouve Amanda au fond du magasin, son téléphone collé à l'oreille. Lorsqu'il pose une main sur son épaule, elle sursaute.

— Je dois vous laisser, dit-elle à son interlocuteur.

Elle raccroche et Luc prend le panier déjà plein qu'elle tient en main.

— Tu comptes faire à bouffer pour un régiment, ou quoi ? Je te signale qu'il y a déjà deux sacs de provisions dans le coffre de la caisse...

— Laisse-moi gérer ça, tu veux ?

Elle attrape encore deux ou trois choses qu'elle met dans le panier de son porteur.

— Je t'avais demandé d'éteindre ton portable, non ? rappelle le jeune homme.
— Je l'ai rallumé il y a cinq minutes pour voir si j'avais des messages, avoue Amanda d'une voix piteuse. Mais je vais l'éteindre, promis !
— Et tu téléphonais à qui ?
— Je te trouve bien curieux ! rétorque la gouvernante avec un sourire crispé.

Il attrape son poignet, la force à s'arrêter.
— À qui tu téléphonais ? répète-t-il.
— C'était mon banquier. Il m'a appelée pour me dire que je n'allais pas tarder à être à découvert...
— Vraiment ? Comment tu fais pour claquer ton fric sans jamais sortir de la maison des Reynier ?
— Tu sais qu'on peut acheter des trucs sur Internet ? fait Amanda en se dirigeant vers la caisse.

Armand regarde un groupe d'enfants qui jouent au bord de la rivière. À côté de lui, Maud se ronge les ongles.
— Ça va ? s'inquiète-t-il.
— Ça irait mieux si on n'était pas traqués par un malade.
— Je sais, ma puce... Je suis désolé, je t'assure.
— Tu peux l'être ! balance Maud. Parce que c'est ta faute si on en est là aujourd'hui.

Un reproche venant de Maud est une gifle cinglante. Armand a l'impression qu'elle vient de lui écorcher la figure.
— Tu m'en veux ?
— Évidemment que je t'en veux ! J'ai failli me faire

tuer à cause de tes conneries ! Et si ça se trouve, le cauchemar n'est pas terminé…

— Luc et moi essayons de trouver une solution, ma chérie. Et on va la trouver, fais-moi confiance.

— En attendant, on est obligés de tout plaquer pour venir se réfugier au milieu de nulle part ! Je risque pas d'oublier mon vingt et unième anniversaire !

Demain, elle aura vingt et un ans.

Demain, il sera peut-être mort.

— Tout s'arrangera, prétend son père. Tu verras.

— Voilà Luc, dit-elle.

Le jeune homme place le sac de courses dans le coffre et reprend le volant. Le Range Rover s'engage sur la route sinueuse qui surplombe la rivière. Au fil des kilomètres, la vallée devient de plus en plus étroite, deux immenses murailles s'élèvent de chaque côté de la route. Une épaisse végétation escalade hardiment ces impressionnants remparts jusqu'à mi-hauteur.

Leur horizon s'assombrit de minute en minute.

— Tu m'étonnes qu'il n'y ait pas de réseau ! murmure Maud.

Les tunnels se succèdent, le ravin se transforme en abîme.

— J'ai le vertige, gémit soudain Amanda.

— Ferme les yeux ! souffle Maud.

Luc, lui, ne dit rien. À l'aise sur cette route pourtant accidentée. Comme s'il l'avait empruntée des dizaines de fois.

— On est presque arrivés ? s'inquiète Reynier.

— Regardez le GPS, répond Luc. On y sera dans dix minutes…

Progressivement, les montagnes semblent s'écarter

légèrement et soudain, Luc ralentit pour prendre une petite route qui descend sur sa droite.

La voiture traverse un pont puis remonte de l'autre côté de la rivière sur quelques lacets.

— Quand tu disais que c'était perdu, tu ne plaisantais pas ! dit Maud en apercevant la maison.

— Vous avez les clefs ? s'étonne Armand.

— Bien sûr que non, dit Luc en stoppant la voiture devant le portail. La propriétaire les a laissées à côté de l'entrée.

Il descend de la voiture et les passagers le voient ouvrir la boîte aux lettres et en sortir un jeu de clefs.

— Ils ont peur de rien dans ce bled ! dit Maud.

— Tu vois un cambrioleur venir jusqu'ici ? marmonne son père.

Luc ouvre le portail et se remet au volant. Une courte piste les conduit jusque devant l'imposante bâtisse.

— Voilà, dit-il en coupant le contact. On y est...

50

Une immense cuisine qui fait office de salle à manger, un grand salon et un cellier composent le rez-de-chaussée. À l'étage, trois chambres et une salle de bains.

Peu de confort mais beaucoup d'espace.

Luc a investi le salon et dormira sur le canapé, tandis que le professeur, Maud et Amanda auront chacun leur chambre.

Ici, comme à Grasse, rien n'a changé : alors que Reynier et sa fille visitaient les lieux, Luc et la gouvernante ont débarrassé le coffre du Range Rover et rangé les provisions dans l'unique et grand placard de la cuisine. Si grand qu'on pourrait y enfermer quelqu'un.

Luc rejoint Reynier et sa fille sur la petite terrasse, devant la maison. Un salon de jardin borde une petite fontaine qui chante à un rythme saccadé.

— C'est sympa, finalement, dit Maud avec un sourire un peu triste.

— Ravi que ça te plaise, répond Luc en allumant sa clope.

— Tu crois qu'on va rester combien de temps ?

— Je ne sais pas... Le temps que mon ami me donne les informations que j'attends.

— Les infos sur Abramov ?

Luc hoche la tête.

— Vu qu'il n'y a pas de réseau, comment va-t-il vous joindre ? s'inquiète Armand.

— J'irai au village chaque jour et l'appellerai de là-bas. C'est ce que nous avons convenu.

— Et si jamais tu sais où le trouver, qu'est-ce que tu feras ? demande Maud.

Luc réfléchit un instant.

— Vous resterez ici pendant que j'irai sécuriser le terrain.

— Ça veut dire ?

— Ça veut dire que vous ne reviendrez à Grasse que lorsque j'aurai mis ce type hors d'état de nuire, précise Luc.

— Tu... Tu ne vas pas le tuer quand même ?

— Je te l'ai déjà dit : seulement en cas de légitime défense... Il faut que je récupère les preuves qu'il détient, si toutefois il en détient. Et ensuite, faut que je le pousse à la faute. Pour qu'il finisse en taule.

— Mais comment ?

— Ça, ça me regarde, conclut Luc.

— En taule pour longtemps, espère Armand.

— Pour longtemps, confirme le jeune homme.

Amanda leur apporte de quoi se rafraîchir, même si les températures n'ont pas grand-chose à voir avec celles de la Côte d'Azur.

Il est près de dix-neuf heures et le soleil a déjà déserté cette petite vallée encaissée.

— Asseyez-vous avec nous, Amanda, propose Reynier.

Surprise, la gouvernante hésite à obéir.

— Allez, asseyez-vous. Prenez un verre.

Aussi étonné qu'elle, Luc dévisage le professeur. Il n'y a pas que son visage qui ait changé...

Ils traînent dans le jardin jusqu'à ce que le froid les pousse à l'intérieur de la maison. Amanda leur a préparé un savoureux dîner, malgré le manque d'ustensiles, et pour la première fois depuis qu'elle travaille pour cette famille elle partage leur table.

Le repas est un moment étrange où chacun tente de faire bonne figure.

Armand parle beaucoup, comme pour ensevelir ses angoisses sous une avalanche de paroles. Maud s'exerce à dissimuler sa soif d'héroïne derrière un excès de gestes et de rires.

Silencieux, comme préoccupé, Luc les observe, souriant de temps à autre aux anecdotes égrenées par le chirurgien.

Fatiguées par le voyage, les deux femmes montent se coucher peu de temps après le dîner, tandis que Luc et Armand jouent les prolongations.

Le professeur a dégoté une bouteille de digestif dans le cellier et ils s'exilent sur la terrasse pour finir la soirée.

— Vous avez l'air nerveux, remarque le professeur en remplissant deux petits verres. Aussi nerveux que moi !

— Dans cette histoire, je risque ma vie autant que vous. Et même plus.

— C'est vrai... Vous faites tout de même un drôle de métier ! Pourquoi l'avoir choisi ?

Luc hausse les épaules.

— Je n'étais pas doué pour les études, prétend le jeune homme.

— C'est la seule raison ?

— J'avais envie de quelque chose où je puisse bouger, changer d'endroit régulièrement. Être utile, aussi. Me servir de ma tête autant que de mes muscles... Et vous, pourquoi la médecine ?

— Mon père était un grand professeur, se souvient Armand. Ma mère était pédiatre... Ma voie était toute tracée !

Le digestif est si fort que Luc fait une grimace en avalant la première gorgée.

— Si vous arrivez à me débarrasser d'Abramov, je ferai de vous un homme riche, annonce Reynier.

— Je n'ai que faire de l'argent.

— Ça ne vous intéresse pas ?

— Pas plus que ça. Je ne peux même pas m'acheter une maison vu que je bouge constamment. Que voulez-vous que j'en fasse ?

— Et pour vos vieux jours ? sourit Armand.

— *Mes vieux jours* ?

— Oui, je sais, vous êtes encore très jeune, mais...

Luc avale une seconde gorgée d'alcool et repousse le verre devant lui.

— Je ne verrai jamais mes vieux jours. Je serai mort bien avant.

— Qu'est-ce que vous en savez ? rétorque le professeur.

— Je le sais, c'est tout.

Reynier fronce les sourcils.

— Pourquoi dites-vous cela ?

— Parce que je ne tiens pas assez à la vie, assène Luc.

Le professeur reste ébahi une seconde.

— C'est terrible, ce que vous dites là...

Luc lève la tête. Loin de toute pollution lumineuse, le ciel leur offre un panorama époustouflant.

— Je n'ai jamais vu autant d'étoiles, murmure-t-il.

Ignorant les astres, Reynier dévisage le jeune homme, toujours sous le choc de ce qu'il vient d'entendre.

— Bon, je vais me coucher. Bonne nuit, monsieur.

— Bonne nuit, murmure Reynier.

Luc rentre dans la maison, boit un verre d'eau pour se débarrasser du goût d'alcool et fait un rapide détour par la salle de bains.

Puis il s'enferme dans le petit salon, ouvre la fenêtre et s'étend sur le canapé en velours.

Les yeux grands ouverts, il écoute une nuit à l'état sauvage.

Pas un seul bruit humain. Seulement du vent et de l'eau. Des insectes, des rongeurs, des rapaces nocturnes. Ces proies ou ces prédateurs qui attendent l'obscurité pour sortir de leur gîte et trouver de quoi se repaître.

De quoi survivre.

Luc sait qu'il ne dormira pas, cette nuit. Ses muscles sont tendus à l'extrême, son sang bout dans ses veines.

Un instant plus tard, il entend Reynier qui monte l'escalier d'un pas lourd.

Sans doute a-t-il fini la bouteille de gnôle.

Sans doute va-t-il regarder Maud dormir un moment avant de regagner sa propre chambre.

Sans doute aimerait-il se glisser sous ses draps.

Sans doute en rêve-t-il depuis longtemps.

Luc se tourne sur le côté. Sa jambe droite bat la mesure de ses angoisses, tel un métronome infernal. Ses mâchoires sont douloureusement serrées.

A-t-il fait le bon choix ? Sera-t-il capable de tenir ses promesses ?

De livrer l'ultime combat ?

Un déluge de questions s'abat sur lui.

Alors, il se relève, s'accoude à la fenêtre et allume une cigarette.

Encore une.

Mais peu importe. Il sait au fond de lui qu'il n'aura pas le temps pour un cancer du poumon ou une autre de ces saloperies. Qu'il ne finira pas ses jours dans un hôpital, à jouer les cobayes pour blouses blanches.

Il se rassoit sur le divan, prend sa tête entre ses mains.

Il voudrait qu'elle soit là. Qu'elle le serre dans ses bras.

Mais cette nuit, elle refuse de venir.

Il aimerait pleurer. Aimerait qu'il y ait en ce monde quelqu'un capable de le comprendre.

Capable de le consoler. De le rassurer.

De faire de lui un homme heureux.

Alors qu'il n'est qu'une boule de violence en fusion. Une bombe, juste avant l'explosion.

Au bout de quelques minutes, après une prière déchirante, Marianne consent enfin à le rejoindre. Elle s'assoit près de lui, caresse son visage contracté à mort. Il se blottit contre elle, replie ses jambes. Et laisse venir les larmes tant attendues.

Luc ne se souvient pas vraiment quand ça a commencé.

Quand son esprit a créé Marianne.

Il y a si longtemps qu'elle vit en lui. Si longtemps qu'elle est son seul recours, son unique réconfort.

Elle a grandi avec lui, devenant une adolescente puis une femme.

Elle a guidé ses choix, combattu ses démons.

Et puis un jour, ils se sont violemment disputés.

Séparation brutale, intenable.

Elle a disparu pendant d'interminables journées où Luc a cru mourir.

Mais heureusement, elle est revenue. Parce qu'elle finit toujours par revenir.

Luc sait qu'elle n'existe pas. Qu'elle n'existera jamais ailleurs que dans sa tête.

Conscient de sa folie, il n'a pourtant jamais pu faire marche arrière.

Détruire Marianne pour vivre sa vie. Avec une femme, une vraie. Faite de chair, d'os et de sang. De sentiments qui ne soient pas le reflet des siens.

Détruire Marianne, comme on déchire la plus belle de ses œuvres. Et recommencer sur une toile vierge.

Il en est incapable, ne le supporterait pas.

Tuer Marianne reviendrait à se suicider. De la pire des façons.

Alors Luc étreint une femme invisible. Lui ouvre son âme. Il se rassure de son parfum, de sa voix.

— Tu peux choisir un autre chemin. Tu as le choix.
— C'est faux ! enrage Luc. Je n'ai pas le choix !
— Ça te tuera, prédit Marianne.

— Arrête de me dire ces choses, supplie Luc. Tais-toi, s'il te plaît !

Marianne reste silencieuse, consciente qu'elle livre un combat inutile. Quoi qu'elle dise, Luc est condamné à errer en enfer à ses côtés.

— Dors, maintenant, dit-elle d'une voix douce. Dors, mon amour…

51

Comme à son habitude, Reynier se réveille tôt.

Loin de Grasse, loin d'Abramov, la nuit a été paisible. Encerclé par les monts protecteurs du Vercors, il a pu enfin connaître un repos salvateur.

Il s'enferme un moment dans la salle de bains, se réveille sous le jet d'eau à peu près chaude. Il enfile un jean, un pull, et descend le plus discrètement possible au rez-de-chaussée. Il est le premier debout, visiblement. Alors, il n'allume pas la lumière de la cuisine et sort dans le jardin.

Le soleil non plus n'est pas encore levé. Mais déjà, sa flamboyante promesse se devine derrière les murailles de pierre qui dominent le paysage, telles de gigantesques ombres chinoises.

Ces montagnes, Reynier ne les voit pas comme des obstacles. Plutôt comme des remparts entre lui et l'ennemi. Avec le sentiment d'être un seigneur reclus dans sa forteresse, il ferme les yeux, savourant cet air d'une exceptionnelle pureté. Cette renaissance.

L'impression d'émerger d'un long tunnel. D'un interminable cauchemar. Même si rien n'est réglé, il sent que la fin du calvaire est proche.

Assis sur le muret près de la fontaine, il sourit tel un gamin qui a fait une énorme bêtise sans que personne s'en aperçoive.

Il gardera des séquelles, c'est certain. Ces dernières semaines laisseront des traces indélébiles dans sa vie. Mais en ce matin calme, au cœur de cet incroyable panorama, il se surprend à croire qu'il existe une force divine ayant veillé sur lui.

Il récite alors une sorte de prière, faite de promesses solennelles. S'il s'en sort, il arrêtera ses déviances, rentrera dans le rang, deviendra irréprochable. Cessera d'écraser les autres. Passera du temps avec Maud, arrêtera de tromper sa femme.

Il a souvent pensé partir en Afrique, ce continent magique qu'il aime tant. Pour sauver des vies sans en retirer le moindre centime. Mais son appât du gain était trop irrésistible pour perdre ne serait-ce qu'une année à soigner sans contrepartie.

À exercer son métier. Son véritable métier.

Alors, s'il sort vivant de cette épreuve, Reynier laissera sa clinique aux mains d'un autre médecin et partira en Afrique pour soigner ceux qui en ont le plus besoin.

Fier de lui et de ses nouvelles résolutions, il se lève et contemple un instant encore les falaises vertigineuses qui l'entourent.

Abramov est un père blessé. Un père qui a souffert. Mais si Reynier tient ses promesses, Dimitri ne sera pas mort pour rien.

Armand décide de préparer le petit déjeuner pour sa fille, Amanda et Luc. Ce qu'il n'a pas fait depuis des années.

Trop habitué à se faire servir.

Il revient dans la cuisine et remonte le volet. Il ouvre le frigo, en sort le lait, le beurre et la confiture. Il se retourne, pose tout sur la table.

C'est là que son regard devine enfin quelque chose d'étrange.

Quelque chose d'anormal dans la pièce.

Mais il lui faut une seconde encore pour comprendre ce qu'il a sous les yeux.

Le souffle coupé, il porte une main à son cœur qui vient de se serrer comme le poing d'un boxeur.

Sur le mur, en face de lui, une inscription en lettres rouges.

En lettres de sang.

Aujourd'hui, je te tue.

Reynier sent son cœur redémarrer à pleine puissance, dans un effort douloureux.

Il est ici.

Dans la maison.

Il y est entré cette nuit, a pris le temps d'inscrire sa menace sur le mur. Avec du sang.

Le sang de qui ?

Reynier est dos au mur, face au message funeste. Au cœur de la maison complètement silencieuse.

Trop silencieuse.

Il réalise avec effroi qu'il est peut-être déjà trop tard. Qu'il est peut-être le seul encore en vie. Qu'Abramov a tué Maud, Amanda et Luc.

— Maud ! murmure-t-il dans un souffle.

Il voudrait se précipiter dans l'escalier, monter jusqu'à la chambre de sa fille. Mais il est totalement paralysé par une intense frayeur. Seuls ses yeux parviennent à bouger, allant de droite à gauche, s'attendant à voir surgir le monstre d'un sombre recoin, une lame ensanglantée entre les mains.

Il lui faut une arme.

Armand parvient enfin à faire un mouvement et récupère un couteau de cuisine qui traîne dans l'évier. Il se dirige ensuite vers la porte en bas de l'escalier mais se ravise.

D'abord, prévenir Luc.

Il songe à l'appeler, mais se dit que ses cris pourraient signer son arrêt de mort. Alors, les jambes incertaines, il marche jusqu'à l'autre bout de la pièce et s'arrête devant l'entrée du salon. Il abaisse la poignée le plus doucement possible puis passe la tête dans l'embrasure de la porte.

La pièce est plongée dans la pénombre et il faut quelques secondes pour que ses yeux s'y habituent.

Alors, il reste figé, les doigts serrés sur le manche du couteau.

Il a du mal à croire ce qu'il voit, son cerveau refusant de traiter de telles informations.

Maintenant, il sait avec le sang de qui le message a été écrit sur le mur.

52

Allongé par terre, sur le ventre, la tête tournée sur le côté, Luc a les yeux fermés. Et son corps baigne dans une mare sombre.

À côté de lui, un cran d'arrêt à même le sol.

Sur la lame, du sang séché.

— Mon Dieu, murmure Reynier. Luc...

Il pousse un peu plus la porte. C'est alors qu'il le devine dans les ténèbres. Assis sur une chaise, son pistolet posé sur les genoux.

— Bonjour, professeur. Vous êtes bien matinal, dites-moi !

Reynier garde la bouche ouverte. Ses yeux exorbités vont de la dépouille de Luc au visage d'Abramov. Un visage tavelé, buriné. Où brillent deux yeux à la noirceur absolue.

— Vous avez bien dormi ? continue l'homme. Je l'espère, vu que c'était votre dernière nuit...

Le regard du professeur se fixe finalement sur Luc. Comme s'il n'avait plus la force de regarder Abramov.

— Oui, j'ai été obligé de tuer notre jeune ami, soupire l'homme. C'était le dernier obstacle entre vous et moi...

On dirait qu'Armand n'entend plus rien. Qu'il est parti dans une autre dimension. Il ne parvient pas à détacher son regard du cadavre. De la flaque de sang dans laquelle il gît. De son visage d'enfant sage et endormi.

— Il s'est à peine débattu, relate Abramov. À croire qu'il ne tenait pas vraiment à la vie...

Le visage de Luc est détendu, comme s'il n'avait pas souffert au moment de mourir. Tandis que celui de Reynier est crispé à mort.

— Posez donc ce couteau, professeur, lui enjoint Abramov en prenant en main son pistolet. Nous avons à parler, tous les deux.

Armand est toujours sur le seuil, incapable du moindre mouvement. Dans la ligne de mire du Beretta.

Son cerveau se remet lentement en marche, l'instinct de survie reprend le dessus.

Parler, parlementer même, pour éviter le pire.

Alors, Armand lâche son couteau.

— Bien, fait Abramov avec un sourire. Bien... Venez donc vous asseoir, professeur.

Reynier s'essaie à deux ou trois pas, chancelants, et se pose sur le bord du canapé. Taché de sang, lui aussi. Il est à deux mètres de Luc, pourrait presque le toucher.

— Je sais ce qu'il y a dans votre tête, professeur, continue Abramov. Je sais qu'en ce moment vous vous demandez si je suis monté à l'étage, cette nuit. Si j'ai déjà tué votre fille.

— Pourquoi la tuer ? s'étrangle Armand. Elle n'y est pour rien...

— Et mon fils ? Était-il coupable de quelque chose ?

Son ton vient de changer, passant du cynisme à la colère.

— Pour votre fils, c'était un accident. Un terrible accident.

— Non, Reynier. Vous avez commis une faute et vous saviez, après l'opération, qu'il risquait de mourir. Pourtant, vous n'avez rien fait. Au contraire, vous avez tout orchestré pour masquer votre erreur. Sans vous soucier de la vie de mon fils.

— Je pensais qu'il allait s'en sortir. Que le mal avait été réparé... Et croyez-moi, j'y pense chaque jour.

— Tu mens, Reynier. Tu mens comme tu respires... Tu penses à mon fils depuis que je suis revenu dans ta vie, depuis que je t'ai obligé à te pencher sur ton passé. Mais jusqu'à ce que j'agresse ta fille, tu avais oublié Dimitri.

— C'est vrai, préfère admettre Armand. Vous avez raison. J'avais refoulé ce drame au fond de moi, mais désormais, j'y pense à chaque instant.

Étonné par la sincérité du chirurgien, Abramov se tait un instant. Puis il braque son pistolet sur lui.

— Lève-toi. On va réveiller ces demoiselles...

Reynier obéit et franchit en premier la porte du salon, laissant derrière lui le corps de Luc. Il avance jusqu'au pied de l'escalier, essayant de trouver une issue au piège qui vient de se refermer sur lui.

Il pose le pied sur la première marche, se retourne subitement.

— Avance.

— Comment vous avez fait pour...

— Pour te retrouver ? Allons, Reynier, réfléchis un instant ! Qui est au courant que tu es ici ?

Armand baisse les yeux, en proie à un terrible doute.

— Alors, qui ? répète le colosse. Luc, Maud et...

— Charlotte, murmure le chirurgien.

— Ta femme, en effet ! Ou bien... ta gouvernante ! À moins que ce ne soit ta propre fille...

Reynier relève les yeux vers le tueur.

— Tu voudrais bien savoir qui t'a trahi, hein ? Mais tu le sauras, ne t'en fais pas. Avance, maintenant.

Le professeur se remet en marche, serrant la rampe dans sa main. Il s'arrête au début du couloir, attendant les instructions.

— On commence par la Chinoise, indique Abramov.

Reynier pousse la porte de la chambre de la gouvernante et demeure à nouveau stupéfait. Amanda et sa fille sont par terre, à côté du lit, poignets et chevilles solidement attachés. Toutes deux sont bâillonnées par un morceau de scotch et dans l'incapacité de bouger ne serait-ce que le petit doigt.

Le tueur est monté à l'étage cette nuit, a réussi à surprendre les deux femmes dans leur sommeil, à les ligoter.

Et Reynier n'a rien entendu.

— Joli spectacle, non ? s'amuse Abramov.

Maud jette des œillades paniquées à son père, qui sent son cœur se fendre comme un fruit mûr.

— Je parie que tu te demandes comment j'ai fait ! Tu sais, avant d'être un père désespéré, j'étais un soldat. Membre d'un commando d'élite... Les Forces spéciales, tu connais ?

Abramov colle l'arme dans le dos de Reynier, qui se raidit instantanément.

— Pénétrer en toute discrétion au domicile de la cible, murmure-t-il. Avancer sans faire le moindre bruit, même en pleine nuit... J'ai fait ça pendant des années. Pour moi, c'est la routine ! Je me suis d'abord occupé de la Chinoise et ensuite, je suis allé réveiller ta charmante fille.

— Que voulez-vous que je fasse ? coupe brutalement Reynier.

— À ton avis ? Elles ne peuvent pas marcher et je tiens à ce qu'elles assistent au spectacle. Alors, tu vas les porter jusqu'en bas.

Armand caresse les cheveux de Maud, qui se met aussitôt à pleurer sa terreur.

— Magne-toi ! ordonne Abramov.

Le professeur passe un bras sous les genoux de Maud, un autre derrière son dos, et la soulève du sol. Elle doit peser environ soixante-cinq kilos et Reynier a toutes les peines du monde à arriver en haut de l'escalier.

Encore une dizaine de marches à descendre, sans faire le moindre faux pas.

— Allez, avance ! lui enjoint son bourreau.

Armand commence sa périlleuse descente, le souffle court, les muscles tétanisés. Il est en train de porter sa propre fille vers l'autel du sacrifice. En train de la conduire à l'abattoir. Il a l'impression que son cœur n'y résistera pas.

Lorsqu'il pose le pied dans la cuisine, il n'arrive plus à respirer.

— Fous-la ici, indique Abramov.

Reynier dépose Maud par terre, contre le buffet. Juste en face du message. Elle tente de lui dire quelque chose, mais les mots restent étouffés par le bâillon.

— Allez, à la suivante ! ordonne le colosse avec un sourire abject.

Reynier reprend son souffle et son cerveau s'enraye à nouveau. Il ne sait plus s'il doit s'asseoir et attendre la mort. Se jeter sur Abramov au risque de recevoir une balle.

Il a seulement envie de se blottir contre Maud. De la serrer contre lui.

Et envie de hurler.

— Qu'est-ce que t'attends ? s'impatiente le tueur.

Armand tente de reprendre pied. La seule chose qui importe, c'est que Maud soit encore en vie quand ce malade quittera la maison. Le reste ne doit pas venir le déconcentrer.

Il repart vers l'étage, le géant sur ses talons.

— Tu crois qu'elle pèse combien, la domestique ? envoie Abramov. Tu vas y arriver ?

Reynier ne répond pas et pénètre dans la chambre. Il s'abaisse vers Amanda, la fixe droit dans les yeux. Elle semble terrorisée.

Joue-t-elle la comédie ? Est-elle complice de cet assassin ?

Il se souvient de son insistance à les accompagner. Des réticences de Luc.

Il réitère les mêmes gestes qu'avec sa fille, constate qu'Amanda est un peu plus légère. Heureusement, car ses forces fondent comme neige au soleil.

— Tu as bien fait de commencer par ta fille, s'amuse son ennemi. Parce que je sens que tu vas te casser la gueule dans l'escalier... Mais peut-être que je te sous-estime ?!

Reynier pose le pied sur la première marche, à l'aveugle, et entame sa descente aux enfers. Une sorte de rage s'empare soudain de lui, qui décuple son énergie. Il dépose Amanda près de Maud, prend appui sur le buffet.

— Bravo, professeur ! Tu m'épates. Pas évident à ton âge...

Reynier tente de recouvrer une respiration normale. Il faut qu'il se tienne prêt. Si une occasion se présente, il doit pouvoir agir.

— Bien, maintenant que tout le monde est réuni, on va pouvoir commencer. Tu peux leur enlever leur bâillon... De toute façon, personne ne les entendra crier, ici ! Tu as choisi un endroit parfait... je ne pouvais pas rêver mieux !

Reynier ferme les yeux une demi-seconde puis s'accroupit devant les deux jeunes femmes. Avec précaution, il retire le scotch qui entrave les lèvres de Maud et elle pousse un cri avant de prendre une profonde inspiration.

— Papa ! gémit-elle.

— Ça va aller, ma chérie, murmure Armand. Ça va aller. Reste calme.

Il s'occupe ensuite d'Amanda, qui respire à son tour librement mais garde le silence.

— Où est Luc ? demande Maud.

— Dans la pièce d'à côté, répond Abramov. Mais il ne peut se joindre à nous. Il est un peu trop mort pour ça !

D'abord, c'est la stupeur sur le visage de Maud. L'incompréhension totale. Le déni.

Puis une vague de détresse la secoue de la tête aux pieds.

— Non ! s'écrie-t-elle. Non !

— Désolé, chérie, continue le tueur. Moi aussi, je l'aimais bien, ce petit gars...

Puis il s'adresse au professeur.

— À genoux, mains sur la tête.

Dès que Reynier ne représente plus le moindre danger, Abramov recule jusqu'au salon et ouvre la porte. Toujours à reculons, de façon à garder le chirurgien dans sa ligne de mire, il pénètre dans la petite pièce et récupère un sac à dos avec lequel il revient dans la grande cuisine.

Amanda et Maud, dans un réflexe similaire, ont suivi chacun de ses mouvements. Et les deux femmes aperçoivent alors, dans une semi-obscurité, le corps sans vie de Luc.

— Mon Dieu ! murmure Amanda.

Abramov extirpe de son sac un caméscope numérique et un trépied. Du coin de l'œil, dans son inconfortable position, Reynier l'observe. L'homme installe le caméscope et le met en marche.

— Viens t'asseoir, professeur, ordonne-t-il. Et mets tes mains en évidence sur la table.

Reynier se relève péniblement et se pose sur une chaise.

— Aujourd'hui, c'est un grand jour, annonce Abramov. Aujourd'hui, tu vas passer aux aveux, professeur...

Armand avale bruyamment sa salive, une corde lovée autour du cou.

— Tu vas tout nous raconter en détail, continue le tueur. Toutes les saloperies que tu as faites dans ta vie. Le chemin qui t'a conduit ici. Et je crois que ta confession va être longue et douloureuse...

— Je peux vous donner beaucoup d'argent ! tente le chirurgien.

Abramov s'approche de sa cible, pose le canon du pistolet sur sa tempe. Reynier ferme les yeux, s'accroche à la table.

— Tu ne jures que par le fric, hein ? Tu crois que tu peux tout acheter !

— Je ne peux pas vous rendre votre fils, murmure le professeur. Mais je peux vous donner tout ce que j'ai...

— Rien à foutre. La seule chose qui m'intéresse, c'est que le monde apprenne qui tu es... Qui tu es *vraiment*. Alors tu vas bien gentiment te mettre à table.

Abramov recule de quelques pas et se positionne en face du chirurgien. Il appuie sur la touche enregistrement, un témoin lumineux s'allume.

— On t'écoute, dit-il.

Reynier met quelques secondes à réagir.

Puis il se lance, conscient qu'il n'a pas d'autre choix.

« Je m'appelle Armand Reynier, je suis professeur, chirurgien, et je dirige la clinique de l'Espérance à Nice... »

Maud retient ses larmes et encourage son père du regard. Amanda, elle, baisse les yeux, comme si elle était soudain gênée d'avoir à entendre les révélations de son patron.

« Le 16 mars 2010, je me suis occupé d'un jeune garçon qui s'appelait Dimitri Abramov. C'était une intervention bénigne sur la vessie. C'était en fin de journée, j'avais enchaîné beaucoup d'opérations ce jour-là... J'étais épuisé et malade. Je me souviens que je sortais d'une grippe. J'aurais dû renoncer à cette opération, mais... Mais je n'ai pas voulu passer la main. Pendant l'intervention, j'ai fait un mauvais geste et j'ai perforé l'intestin de mon patient... de Dimitri. Immédiatement, avec mon équipe, nous avons fait le nécessaire pour réparer mon erreur. Nous pensions avoir réagi suffisamment vite pour qu'il n'y ait pas de complications ultérieures, mais Dimitri est mort trois jours plus tard d'une septicémie. Je reconnais que j'aurais dû prendre plus de précautions suite à cette opération. Je reconnais également que c'est à cause de mon erreur que ce jeune garçon est décédé. »

Reynier reprend sa respiration, regarde ses mains posées sur la table et qui tremblent légèrement.

« Je reconnais également avoir caché la vérité sur ce qui s'est passé au bloc. Avoir demandé à mon équipe de garder le silence. Et pendant le procès qui a suivi, je reconnais avoir menti et demandé à mes collaborateurs de fournir de faux témoignages. »

Reynier relève la tête vers Abramov, espérant déceler une certaine satisfaction sur son visage. L'homme met l'enregistrement en pause et dévisage le chirurgien quelques instants.

— Je veux que tu dises que tu as tué mon fils.
— Mais c'est ce que je viens de dire ! rétorque Armand.
— Avec ces mots-là. *J'ai tué Dimitri.*

Abramov remet le caméscope en marche, Reynier reprend.

« Je reconnais avoir tué Dimitri Abramov, même si à aucun moment je n'ai souhaité sa mort. C'était un homicide involontaire. Un accident, une erreur médicale. »

Les deux hommes s'affrontent du regard.

— C'était un meurtre, souffle le colosse. Un putain de meurtre !

— Non ! s'insurge soudain Maud. Un meurtre, c'est quand on tue volontairement quelqu'un ! Mon père n'a jamais voulu tuer votre fils !

Surpris, les deux hommes tournent la tête vers la jeune femme.

— Tais-toi, Maud ! implore Armand.

— Non, je me tairai pas ! C'est la vérité ! Le meurtrier, c'est vous ! C'est vous qui avez assassiné Luc !

Quelques larmes coulent à nouveau sur ses joues et quand Abramov s'approche d'elle, elle se ratatine contre le meuble.

— Qu'est-ce qui t'arrive, mon petit cœur ? Tu as les boules, c'est ça ? Tu étais amoureuse de ton beau garde du corps ?

Maud hésite. Mais ce visage, ce regard, fait remonter brutalement les images de l'agression. Ses yeux se soumettent, le silence se fait.

— Je m'occuperai de toi plus tard, prévient Abramov. Là, c'est au tour de ton père... Alors tu fermes ta gueule, compris ?

Satisfait, il se replace derrière le caméscope. C'est alors que Reynier perçoit un mouvement dans le dos du tueur.

Dans la pénombre, Luc vient de bouger.

Sidéré, le chirurgien fixe la silhouette qui se relève lentement dans le salon et prend appui sur l'accoudoir du canapé. Un espoir fulgurant le traverse de part en part. Immédiatement, il baisse les yeux vers la table. Surtout, ne pas alerter Abramov du danger qui le guette.

Dans le cerveau du chirurgien, les pensées se mettent à tourbillonner. Luc est vivant, certes, mais il a perdu tant de sang qu'il ne va pas pouvoir aligner trois pas ! Et a-t-il encore son arme à feu ?

Incapable de se contenir, il se met à remuer les jambes.

— Bon, on continue, professeur, annonce le tueur. Je remets en marche et tu enchaînes avec le reste.

Gagner du temps. Détourner son attention.

Reynier jette un rapide coup d'œil vers le salon. Luc est debout à l'entrée de la pièce. Il tient quelque chose dans la main. Sans doute son pistolet automatique.

— Que voulez-vous que je dise ? demande-t-il à son ennemi.

— Allons, Reynier, tu sais très bien de quoi je parle !

Soudain, le professeur regarde Amanda. Elle aussi a vu Luc.

Va-t-elle crier ? Prévenir Abramov ?

Sa tension est si élevée qu'il a l'impression que sa carotide va lâcher.

— Non, je ne sais pas, dit-il. Mais je dirai tout ce que vous voulez à condition que vous me promettiez de ne pas toucher à ma fille.

— Je veux juste la vérité, soupire Abramov. Juste ça... Une confession complète et sincère. Je veux que tu n'oublies rien des choses ignobles commises durant ta vie.

Luc s'avance de quelques mètres, sans aucun bruit. Son pas hésite, tel celui d'un mauvais funambule marchant au-dessus d'un gouffre.

Reynier retient sa respiration, priant pour que le garde du corps ne s'écroule pas.

Le jeune homme continue à avancer lentement, serrant la crosse de son pistolet dans la main droite. Il porte un tee-shirt clair, imbibé de sang sur tout l'abdomen. Il en a aussi sur le visage et sur les mains. Il semble revenir d'entre les morts.

Il est effrayant.

Vas-y, tire ! songe le chirurgien. Descends-le, bon sang !

Mais non, Luc ne peut pas abattre un homme d'une balle dans le dos, il l'a si souvent répété...

— Quelle vérité ? continue Reynier à l'intention d'Abramov. Dites-moi ce que je dois dire !

À son tour, Maud voit Luc avancer lentement vers sa cible. Dans le même réflexe que son père, elle se force à tourner à nouveau la tête vers la fenêtre et à dissimuler la joie qui vient de s'emparer de tout son être.

— Merde ! maugrée Abramov en bidouillant son caméscope.

Luc n'est plus qu'à deux mètres de lui, il lève son pistolet dans sa direction.

Dans une seconde, tout sera fini.

Enfin, le canon du Glock vient se coller contre la nuque du colosse, qui s'immobilise complètement.

— Tiens, on dirait que notre ami est réveillé, murmure-t-il.

— Luc ! s'écrie Maud. Luc ! Dieu soit loué, tu es vivant !

D'un bond, Reynier se lève, prêt à aider le jeune homme à neutraliser Abramov. Mais alors qu'il va s'avancer, le canon du Glock se déplace vers lui.

— Restez assis, professeur, ordonne Luc avec un abominable sourire.

53

Les traits de Reynier se glacent.

— Retournez vous asseoir, répète Luc en armant son pistolet. Sinon, je vous descends.

Sous le choc, le professeur ouvre la bouche, comme s'il voulait parler. Mais que pourrait-il dire ?

— Luc ! gémit Maud. Mais qu'est-ce qui te prend ?

Sourd aux supplications, le jeune homme fixe Reynier.

— Assis ! s'écrie-t-il.

Armand se laisse lentement retomber sur sa chaise.

— Vous ? murmure-t-il. C'est vous qui...

— Surprise ! ricane Abramov. Mais je t'avais promis que tu saurais qui t'avait trahi !

— Mais c'est impossible...

— Je veux voir vos mains, professeur, ajoute Luc. Mettez-les sur la table...

Reynier obéit, en proie au plus grand désespoir. Cette fois, c'est terminé. Il n'a plus aucune chance de s'en sortir.

— Pourquoi ? demande-t-il. Il vous a payé, c'est ça ?

— Je vous ai déjà dit que l'argent ne m'intéressait pas... Vous avez oublié ?

— Mais alors, pourquoi ?! s'écrie le chirurgien.

Luc vient tout près de lui.

— Patience, professeur. Patience...

— Et pourquoi cette mascarade ? enrage Reynier.

— L'espoir, le désespoir... Le chaud, le froid. C'est pour vous travailler au corps, professeur... Pour vous mettre en condition !

— Espèce de salaud !

— Le seul salaud dans cette pièce, c'est vous, corrige Luc.

— Je vous ai fait confiance et...

— Et vous avez eu tort.

Dans la tête de Maud, c'est un véritable cataclysme.

— Luc, murmure-t-elle, qu'est-ce qui t'arrive ? Tu es devenu fou ?

— Tais-toi !

— Tu es avec ce type depuis le début, c'est ça ? Alors ça veut dire que...

Elle se repasse le film, depuis le jour où elle a rencontré Luc. Le jour de l'attaque, près de la rivière.

— C'est toi qui lui as demandé de m'agresser et de tuer mon chien ? demande-t-elle avec rage.

— Vous auriez dû lui laisser son bâillon, soupire Luc à l'intention d'Abramov.

— Réponds ! hurle Maud.

Il se tourne vivement vers elle, l'air mauvais.

— Évidemment que c'est moi, dit-il. Et maintenant, tu la fermes.

Elle lui a déjà vu ce regard. Glaçant.

Qui prend aujourd'hui une autre dimension.

Abasourdie, elle secoue la tête. Tout cela n'a aucun sens. Elle a le sentiment d'être un animal de laboratoire à qui on inflige une expérience des plus cruelles.

À ses côtés, Amanda ne dit pas un mot. Tête baissée, elle fixe ses pieds nus et gelés. Désirant se faire oublier, se dérober à cette tragédie. Coupable d'avoir tout donné à cet homme qui vient de révéler son vrai visage.

— Bon, reprend Luc, on passe à la suite. Professeur, maintenant que vous avez avoué le meurtre de Dimitri, vous allez nous parler de tout le fric que vous avez détourné.

Le jeune homme remet le caméscope en marche, mais Reynier garde le silence. Fixant seulement l'objectif.

Comme s'il le narguait.

Abramov vient alors rôder autour de Maud et frôle sa braguette. Simple avertissement, mais qui délie aussitôt la langue du chirurgien.

— Je reconnais avoir demandé à plusieurs reprises à des patients de me verser de l'argent en liquide après des opérations. Pratique courante dans nombre de cliniques, ajoute-t-il. Et, bien évidemment, je n'ai pas déclaré ces sommes à l'administration fiscale...

— Mais encore ? balance Luc.

— Je reconnais également avoir surfacturé certains actes à la Sécurité sociale...

— Continuez.

— Je reconnais avoir déposé une partie de cet argent sur plusieurs comptes à l'étranger, au Liechtenstein, au Luxembourg et en Suisse, afin de le soustraire définitivement à l'impôt...

D'un mouvement de la main, Luc lui ordonne d'aller plus loin.

— L'ensemble de ces sommes représente environ... Environ six cent mille euros.

Près d'un million et demi, en vérité. Mais même au pied de l'échafaud, Reynier parvient encore à mentir.

Luc coupe à nouveau le caméscope et Abramov adresse un sourire goguenard à sa proie.

— J'aurais dû te piquer plus d'oseille, enfoiré !

Luc allume une cigarette et observe Armand, prenant un plaisir évident à le voir dans cette humiliante position.

— On dirait que le vent a tourné, hein, professeur ? lance-t-il.

Le chirurgien ne répond pas, essayant de conserver une certaine dignité.

— Allez, poursuivons, fait Luc en écrasant sa clope à même le sol. Maintenant, vous allez nous raconter ce qui s'est passé le 11 janvier 1998…

Dans un réflexe, Maud redresse aussitôt la tête. Cette date remue immanquablement le couteau planté dans son ventre depuis plus de dix-sept ans.

— Je ne dirai plus rien, annonce Reynier. Allez vous faire foutre !

— Vraiment ?

Luc se tourne vers son complice.

— Je suis sûr que vous saurez le décider à parler, monsieur Abramov.

L'homme passe derrière le chirurgien et pose deux énormes mains sur ses épaules tendues à l'extrême. Reynier ferme les yeux, tandis que son ennemi se penche vers son oreille.

— Tu veux vraiment entendre hurler ta fille ?

— De toute façon, vous allez tous nous tuer ! s'indigne Armand.

— Si tu parles, Maud aura la vie sauve, promet Luc. Tu as ma parole.

Maud écoute cet homme dont elle est éperdument amoureuse monnayer sa vie. Cet homme qui l'a serrée dans ses bras. À qui elle a confié les choses les plus intimes.

Comment a-t-il pu la duper à ce point ? Comment a-t-elle pu ne rien voir ?

— Ta parole ? Elle vaut rien, ta parole, enfoiré ! balance le chirurgien.

— Comme tu voudras, dit froidement Luc.

Au signal, Abramov s'écarte de Reynier et saisit Maud par son tee-shirt. Il la soulève du sol sans aucune difficulté. Elle hurle de terreur, ses pieds gigotant désespérément dans le vide.

— Lâche-moi ! gémit-elle. Lâche-moi, putain !

Il la plaque contre le mur, enfonce le canon du Beretta dans son plexus. Si fort qu'elle a la respiration coupée.

— Alors, professeur, reprend Luc, je lui ordonne de presser la détente ou pas ?

— Si je parle, vous ne lui ferez aucun mal ?

— Je t'ai donné ma parole.

— D'accord, laissez-la. Laissez-la, bon Dieu !

Abramov desserre sa poigne mortelle et Maud dégouline le long du mur jusqu'à toucher le sol.

— On t'écoute, fait Luc en appuyant sur la touche du caméscope. C'était un 11 janvier, rappelle-toi...

Les mains de Reynier se mettent à trembler. S'il ne parle pas, sa fille subira le pire. Mais s'il parle...

— On t'écoute ! rappelle Luc en haussant le ton.

— Le 11 janvier 1998, ma première épouse, Sara, est morte...

Reynier prend une longue inspiration avant de continuer.

« C'était un soir, il était à peu près dix-neuf heures. Nous habitions déjà dans notre maison de Grasse, nous l'avions achetée l'été d'avant et avions entamé des travaux importants... »

Il sent le regard de Maud qui pénètre à l'intérieur de lui, jusqu'à toucher son âme.

Que savent ces hommes du drame qui s'est joué il y a plus de quinze ans ?

Des soupçons, des suppositions.

Autant dire rien.

« Nous nous sommes disputés, ma femme et moi, ce soir-là... Parce qu'elle avait découvert que je la trompais avec une de mes assistantes. Sans doute est-ce à cause de notre dispute que Maud a eu peur, je ne sais pas... Toujours est-il qu'elle s'est enfuie dans le jardin, alors que nous lui avions interdit de sortir sans nous... »

Maud sent une larme couler sur sa joue. Elle ne savait pas que son père avait trompé sa mère. Mais tout cela n'a plus guère d'importance aujourd'hui. Elle ferme les yeux, puisant dans ses douloureux souvenirs de quoi suivre son père. Revivant son pire cauchemar.

« Lorsque nous nous sommes aperçus que Maud n'était plus dans le salon, nous sommes sortis pour la chercher, continue Armand. Je suis parti vers la route, tandis que Sara est remontée derrière la maison. Nous l'avons appelée longtemps, mais elle restait introuvable... »

Le chirurgien fait une pause, durement éprouvé par ce récit.

« J'ai fini par récupérer ma fille dans une petite cabane que je lui avais construite à l'entrée du parc. Je l'ai prise dans mes bras et l'ai ramenée dans sa chambre. Et puis j'ai... Je suis redescendu pour prévenir ma femme que Maud était en sécurité. Je suis sorti par la porte de la cuisine, celle qui donne sur l'actuelle terrasse... »

Nouvelle interruption, qui dure de longues secondes. Tous les regards sont braqués sur lui.

« J'ai appelé Sara car je ne la voyais pas. Il faut dire qu'il n'y avait pas d'éclairage extérieur à cette période-là... Mais la lumière de la cuisine me permettait de me diriger. J'ai voulu contourner la piscine pour aller dans le fond du jardin et c'est alors que je l'ai vue... Elle flottait dans l'eau, sur le ventre... Je l'ai sortie de la piscine et j'ai tenté de la réanimer, mais je n'ai pas réussi. Alors, j'ai appelé les secours et... »

Luc coupe le caméscope et frappe un grand coup sur la table. Le trépied bascule. Tout le monde sursaute, y compris Abramov.

— Tu mens ! s'écrie-t-il. Tu mens, espèce de fumier !

— Non, je ne mens pas ! jure Reynier. Ça s'est passé comme je viens de le raconter !

Luc le fixe, telle une bête sauvage prête à l'égorger.

— C'est faux ! répète-t-il. Et si tu veux que Maud survive, je te conseille de dire la vérité.

Maud ferme les yeux.

Luc est prêt à la tuer. Froidement. Sans aucun état d'âme.

— T'en as rien à foutre, de la vérité ! rétorque le chirurgien. Tu veux entendre ce qui t'arrange ! Tu veux faire de moi un assassin !

La main de Luc se crispe sur la crosse du Glock.

— Si c'est vraiment la vérité que tu veux, je viens de te la dire. Sara avait bu, plus que de raison... L'eau était gelée et elle était habillée. Alors oui, elle s'est noyée ! Oui, je suis arrivé trop tard !

Reynier se met debout avant de continuer. Sa chaise verse en arrière.

— Oui, c'est ma faute si elle est morte ! Elle a bu parce qu'elle a appris que je l'avais trompée ! C'est ça que tu veux entendre, petit salopard ? hurle le chirurgien.

Les deux hommes se défient du regard de longues secondes.

— Assis, ordonne Abramov en ramassant la chaise.

Il appuie à nouveau sur les épaules de Reynier, qui se rassoit, soudain épuisé.

— Ce que je veux entendre, ce qu'on veut tous entendre, c'est ce que tu as fait ce soir-là, s'acharne Luc.

— Je viens de le dire, murmure Reynier. Et je ne vois pas ce que je pourrais ajouter.

Abramov s'approche à nouveau des deux jeunes femmes ligotées.

— Tu veux vraiment que je descende ta fille, professeur ? dit-il. C'est ça que tu veux ?

Le chirurgien cherche ses mots.

N'en trouve aucun.

— Mais tu sais, continue Abramov, avant de la tuer, je crois que je vais me détendre un peu avec elle, si tu vois ce que je veux dire...

— Je vous ai dit la vérité, s'entête Reynier. Mais si vous voulez que j'invente une autre histoire, vous n'avez qu'à me la dicter. Vous écrivez ce que vous voulez sur une feuille et je le lirai face à la caméra.

Le professeur fixe la toile cirée, évitant de regarder sa fille. Il décide de ne plus ouvrir la bouche. Parce qu'il sent bien que Luc est désarçonné, qu'il hésite. Qu'il ne sait plus où est la vérité.

Face à ce silence buté, Abramov décide de passer à la vitesse supérieure. Il s'empare d'Amanda, la conduit près du chirurgien et pose le canon du pistolet sur sa nuque.

Sans un mot, juste avec les yeux, la gouvernante implore son patron.

Reynier sait qu'il a choisi la bonne tactique. Il n'ouvre plus la bouche, ne supplie pas. L'air sûr de lui, il met fin à la négociation.

— Tu te crois malin, hein, professeur ? murmure Abramov.

— Je me contente de dire la vérité. C'est bien ce que vous vouliez, n'est-ce pas ?

Armand tourne enfin la tête vers Amanda.

Une fraction de seconde plus tard, il voit Abramov presser la détente.

54

La balle pénètre par l'occiput, ressort par le front. Le crâne d'Amanda s'ouvre en deux.

Reynier reçoit une gerbe de liquide rougeâtre en pleine figure et la gouvernante s'effondre à ses pieds.

Un lourd silence succède au bruit de la détonation. Au fracas d'un corps qui touche le sol. D'une innocente qui vient de mourir.

Quelques secondes suspendues dans l'horreur absolue. L'épouvante sur tous les visages, dans tous les regards. Sauf dans celui de l'assassin.

Maud est la première à hurler. Un interminable cri d'effroi qui résonne dans toute la maison.

Luc ne bouge plus, comme victime d'un mauvais sort.

Armand, lui, se lève d'un bond et recule jusqu'au mur. Il frotte éperdument son visage, comme s'il allait s'arracher la peau, essayant de nettoyer le sang qui dégouline de son front jusque sur sa bouche. Il se met à pousser des cris, courts et paniqués, sortes de hoquets douloureux.

Luc n'a toujours pas fait un seul mouvement.

Bouche entrouverte, il fixe le cadavre d'Amanda qui s'agite de quelques soubresauts pathétiques.

Maud tourne la tête de l'autre côté, pour ne plus voir. Mais elle entend.

Les pieds d'Amanda qui battent le sol de longues secondes encore.

Abramov fonce soudain vers Reynier, le saisit par les cheveux, lui plante le canon du pistolet dans la gorge.

— Tu me prends pour qui, connard ? crache-t-il. Tu croyais que je n'aurais pas le cran ?

Le chirurgien sent ses jambes le trahir et s'écroule dans les bras de son bourreau.

— Tu veux que je fasse la même chose à ta putain de fille ? hurle Abramov.

— Non ! Non, je vous en prie...

L'homme le remet de force sur sa chaise, pile en face de Luc, toujours tétanisé.

— Mettez le caméscope en marche, ordonne le tueur. Je crois que le professeur est à point pour terminer sa confession !

Luc n'a aucune réaction. Alors Abramov abandonne Reynier et entraîne le jeune homme jusque dans le salon. Il laisse la porte ouverte, pour surveiller ses proies, et parle à son complice. Si bas que personne dans la cuisine n'entendra ses paroles.

— Qu'est-ce qui vous arrive, bordel de merde ?

Luc n'a plus de voix. Plus de mots.

— Vous vouliez le faire parler, oui ou non ?... C'est ce que vous attendiez depuis longtemps ! rappelle Abramov. Et c'est pas le moment de flancher ou de vous dégonfler, compris ?

Luc hoche la tête machinalement.

— De toute façon, on aurait dû la buter. Fallait pas qu'elle vienne ici... Alors reprenez-vous, merde !

Luc serre les poings, ferme les yeux.

— On y va, ordonne Abramov.

Ils reviennent dans la cuisine et le regard de Luc tente d'éviter la collision avec le cadavre d'Amanda. Cette femme qu'il a serrée dans ses bras. Qui lui a fait confiance, au point de se donner à lui. Cette femme qu'il vient de tuer. Même si ce n'est pas lui qui a tiré le coup de feu mortel.

Il sent son estomac se retourner, se retient de justesse et prend appui sur la table.

Il réalise qu'il est bien trop tard pour reculer. Qu'il est déjà allé trop loin.

Il essaie de reprendre pied, dévisage Reynier pour se souvenir des raisons l'ayant conduit ici. Finalement, ce n'est pas lui qui a assassiné Amanda.

C'est Reynier. Ses mensonges et ses crimes.

Face à l'inertie de Luc, Abramov prend les choses en main. Il remet le caméscope en marche et s'adresse au chirurgien d'une voix abrupte.

— Parle, maintenant. Et dis-nous ce qu'on veut entendre. Sinon, ce sera au tour de ta fille. Mais elle mettra plus de temps à crever que ta boniche !

Le professeur regarde la caméra, comme s'il la suppliait de lui souffler les mots justes. Ceux qui éviteront que le carnage ne continue. Mais il prend soudain conscience que personne ne sortira vivant de cette maudite maison. De ces maudites gorges.

— Que s'est-il réellement passé le 11 janvier 1998 ? interroge froidement Abramov.

— J'ai déposé Maud dans sa chambre, murmure Reynier, puis je suis redescendu...

— Plus fort ! exige le tueur. Que tout le monde t'entende !

— J'ai déposé Maud dans sa chambre, répète le chirurgien. Ensuite, je suis redescendu pour dire à Sara... ma femme, que j'avais retrouvé notre fille... Je suis sorti sur la terrasse et je l'ai vue, au bord de la piscine. Elle était en train de crier le prénom de notre fille...

Maud tourne la tête vers son père. Entre ses larmes, elle entrevoit son visage.

Son nouveau visage.

Mais non, c'est impossible...

— Je me suis approché sans bruit et... et je l'ai poussée dans l'eau. En quelques minutes, c'était terminé. Elle était morte.

Le silence revient, assassin.

Jusqu'à ce que Maud sorte de son mutisme.

— C'est pas vrai, murmure-t-elle. Papa, dis-moi que c'est pas vrai !

— Ta gueule, ordonne Abramov en coupant le caméscope. C'était parfait, professeur ! Absolument parfait !

Tout à côté, Luc observe Reynier. Avec tant de mépris au fond des yeux...

— Tu as tué sa mère et tu lui as fait croire toute sa vie qu'elle était responsable ? lance-t-il. T'es vraiment la pire des ordures !

Armand enfouit sa tête entre ses mains pour échapper aux regards accusateurs qui le cernent. Qui l'ont déjà jugé. Et condamné.

En cet instant, il préférerait être mort.

Abramov récupère l'ordinateur portable de Reynier et y connecte le caméscope.

— À vous de jouer, dit-il à Luc.

Le jeune homme s'installe derrière la machine et ouvre la messagerie. Il met les vidéos en pièces jointes, attend patiemment qu'elles se chargent.

Il voit Abramov s'approcher de Reynier, se pencher vers lui.

— Tu sais pourquoi j'ai choisi cette maison pour notre ultime rendez-vous ? demande-t-il.

Armand ne répond pas, le regard fixe, hagard.

— Parce que c'est ici que mon fils et moi passions nos vacances d'été, ajoute le tueur. Il adorait cet endroit... Et à cause de toi, il n'y reviendra jamais.

Les vidéos enfin chargées, Luc écrit quelques lignes qu'il signe *Professeur Armand Reynier*. Il relève la tête vers le chirurgien, aussi livide que le cadavre de la gouvernante.

— Tes aveux partent directement chez les flics, annonce-t-il. Notre cher lieutenant Lacroix... Je les envoie également à *Nice Matin*.

Puis il clique pour expédier le message.

— Voilà, c'est la taule qui t'attend désormais. Et pour très longtemps, conclut Luc en fermant l'ordinateur.

55

Maud ne sent plus ses doigts. Tant d'heures que ses poignets sont comprimés par cette corde rêche... Des brûlures atroces s'élancent le long de ses bras et s'éternisent dans ses épaules. Elle a la bouche sèche, les entrailles en vrac.

Mais tout cela n'est rien.

Depuis quelques minutes, elle fixe son père. Avec une batterie de missiles au fond des yeux. Reynier, lui, regarde ses mains, posées sur la table comme deux choses devenues inutiles.

— Pourquoi ? murmure-t-elle. Pourquoi tu l'as tuée ?

Comme il se mure dans le silence, elle se met à hurler.

— Pourquoi tu as tué ma mère ?!

Enfin, une voix d'outre-tombe lui répond.

— Elle voulait me quitter. Divorcer et repartir aux États-Unis avec toi... Elle voulait nous séparer... Je ne pouvais pas supporter de vivre sans toi.

Les larmes inondent le visage de la jeune femme. Elle se recroqueville sur elle-même, s'étouffe dans d'interminables sanglots.

— Je ne peux pas vivre sans toi, répète Armand. Je ne peux pas...

— Il va pourtant falloir te faire à l'idée, professeur, dit Luc. Parce qu'en cabane, tu ne pourras pas la voir souvent !

Luc allume une cigarette, tire dessus comme si sa vie en dépendait. Puis il s'accroupit devant Maud.

— Je suis désolé, murmure-t-il. Maintenant, tu connais le vrai visage de ton père...

— Ne m'approche pas, murmure-t-elle. Ne m'approche pas... !

Luc baisse les yeux une seconde puis abandonne. Quel pardon pouvait-il espérer ?

— Pourquoi vous faites ça ? demande Reynier d'une voix faible.

Luc le considère un instant avant de répondre.

— C'était un 19 septembre... Rappelle-toi ! assène-t-il.

Une ride profonde se creuse sur le front du chirurgien. Comme s'il fouillait ses souvenirs à la recherche d'une explication. Quelque chose qui pourrait l'aider à comprendre pourquoi ce jeune homme le déteste autant.

D'où lui vient toute cette haine.

— Le 19 septembre, c'est la date de naissance de Maud, fait-il.

Luc enjambe le cadavre d'Amanda et se poste à côté du professeur, le dominant de toute sa hauteur.

— C'était il y a bien plus longtemps. Et je ne peux pas croire que tu as oublié...

Reynier secoue la tête, en signe d'incompréhension.

— Ça fait presque deux ans que j'attends cet instant, révèle le jeune homme. Deux longues années à te détester, chaque jour un peu plus...

Il allume une nouvelle cigarette, fait quelques pas dans la pièce.

— Je voulais détruire ta vie comme tu as détruit la mienne.

Abramov, adossé au buffet, bras croisés, l'écoute avec attention.

— Mais je ne vous connais même pas ! gémit le chirurgien.

— Ta gueule ! ordonne Luc. À moi de parler, maintenant... Il fallait que je me rapproche de toi, alors je suis venu m'installer à Nice. J'ai commencé par t'espionner, du matin au soir. Par te regarder vivre ta vie de rêve. Tu avais tout pour être heureux : un boulot passionnant, une femme magnifique, une fille aimante... Beaucoup d'argent, la notoriété, l'admiration de tous !

Reynier ouvre la bouche, mais se ravise au dernier moment. Inutile de tenter la moindre défense. Le procès ne sera pas équitable.

Uniquement à charge.

Dans le rôle du procureur général, un jeune homme dont il ignore tout.

Dans le rôle du bourreau, un père blessé qui a sans doute perdu la raison.

— J'ai posé un mouchard sur chacun de tes téléphones, poursuit Luc. À la clinique, chez toi et sur ton portable. Depuis deux ans, j'ai entendu la moindre de tes conversations, lu tous tes textos et tous tes mails...

Armand tombe des nues. Réalise qu'il est dans le viseur du chasseur depuis plusieurs mois déjà.

— C'est beau, le progrès ! ricane Abramov.

Luc le fustige du regard, contrarié d'être interrompu dans un moment aussi crucial.

— J'en ai appris, des choses, continue-t-il. J'ai appris qui tu étais vraiment : un salopard de première !

Le chirurgien nie d'un simple signe de tête.

— Toutes tes magouilles, tout le fric que tu as détourné ! Mais ça, ce n'était pas le plus grave... J'ai appris que tu filais du pognon à l'un de tes confrères pour qu'il garde ta belle-mère au chaud dans un hôpital psychiatrique.

Il regarde Maud, qui n'a d'autre choix que de subir ce réquisitoire sordide. Entendre les pires horreurs sur son propre père.

— C'est lui qui a fait interner ta grand-mère, explique-t-il. Parce qu'elle le soupçonnait d'avoir tué ta mère ! Elle savait que Sara avait l'intention de divorcer et de repartir dans son pays natal et que ton père l'avait menacée de mort si elle ne lui laissait pas la garde !

Tels deux rayons laser, les yeux de Maud transpercent Armand.

— Ça fait seize ans que cette pauvre femme est enfermée là-bas, assommée de cachets.

— Dis quelque chose, papa, ordonne soudain la jeune femme. Défends-toi, merde !

— Que veux-tu qu'il dise ? s'écrie Luc. J'ai les preuves !

Reynier se balance lentement de l'avant vers l'arrière.

Il voudrait être sourd, aveugle ou mort. Plutôt que crucifié en place publique. Condamné par celle qu'il aime le plus au monde.

Condamné et bientôt haï, il le sait.

— Ensuite, poursuit Luc, j'ai compris au cours d'une conversation que tu as eue avec ton pote

Lefèvre, l'anesthésiste, ce que tu avais fait pour le procès du petit Dimitri... Alors, je suis allé voir son père. Quand je lui ai appris la vérité sur la mort de son fils, j'ai cru qu'il allait te tuer sur-le-champ... Mais je lui ai proposé qu'on s'associe, qu'on prenne notre temps. Je voulais mieux te connaître, m'immiscer dans ta vie, t'approcher pour savoir ce que tu avais dans le ventre. Je voulais que tu souffres longtemps... Je voulais être près de toi pour te voir mourir de trouille ! Et la meilleure façon de t'approcher et de te blesser, c'était de m'en prendre à Maud.

— Tu vaux pas mieux que mon père ! crache la jeune femme.

Déstabilisé, Luc s'arrête un court instant.

— Il ne m'a pas laissé le choix, se défend-il.

— Mais qu'est-ce que tu me reproches ? demande alors le professeur. Qu'est-ce que je t'ai fait, nom de Dieu ?

Le jeune homme plonge ses yeux dans ceux de Reynier et y décèle une totale incompréhension. Aurait-il vraiment oublié ?

Alors, il lui chuchote quelque chose à l'oreille.

Reynier sera le seul à l'entendre.

— Mon vrai nom, c'est Agostini. Luc Agostini... Ma mère s'appelait Viviane Agostini.

Le visage d'Armand se transforme lentement.

— Ça y est, tu as compris ? espère Luc à voix haute. Tu te souviens ?... Je pourrais tout raconter à Maud, qu'est-ce que tu en penses ?

Reynier n'a plus aucune réaction. Il a passé le point de non-retour. Il suffoque sous une avalanche de remords, de regrets. Enseveli sous le poids de son passé, il n'arrive plus à trouver la force de se défendre. D'affronter ses crimes.

— Je pourrais lui dire quelle a été ma vie, poursuit Luc. Par ta faute...

Luc se penche à nouveau vers Armand et ajoute :

— J'ai vécu l'enfer... De ma naissance jusqu'à aujourd'hui. À cause de toi.

— Je n'ai jamais voulu ça ! murmure Reynier dans un ultime sursaut.

— Si tu savais ce qu'elle m'a fait subir ! ajoute le jeune homme.

Luc a rêvé de ce face-à-face toute sa vie. Ils ne sont plus que deux dans la pièce. Maud et Abramov n'existent plus.

— J'ai cru mourir cent fois, mille fois ! Toute cette souffrance que j'ai endurée à ta place !

— Je ne savais pas ! gémit Reynier.

— Tu es un lâche et un assassin ! renchérit le jeune homme. Ce que tu as fait ne porte pas de nom... Tu ne mérites pas ta fille, tu ne mérites pas ta femme...

Reynier encaisse, coup après coup. Avec ces mots, terribles, Luc frappe aussi fort qu'avec ses poings.

— Tu ne mérites même pas de vivre.

Luc a fini sa diatribe, il est sur le point de vaciller. Ses yeux sont emplis de larmes de rage. Alors qu'il s'était promis de ne pas pleurer. De ne jamais pleurer devant cet homme.

— Je vais t'attacher sur cette chaise et te laisser ici, annonce-t-il. Les flics ont l'adresse, ils ne tarderont pas à débarquer vu le message que je viens de leur envoyer. Ils vont venir te chercher et te conduire là où est ta place... En taule.

— Laisse partir Maud, je t'en prie...

— Ce sont eux qui la libéreront. Et pendant toutes ces longues années où tu pourriras derrière des barreaux, tu penseras enfin à moi… Tu ne pourras jamais m'oublier.

Maud ne comprend pas un traître mot des motivations de Luc. Qui est cette femme dont il parle ? Et quel est le lien avec son père ?

Mais ce qu'elle comprend, c'est que Luc a souffert. Terriblement. Elle a ressenti une douleur extrême derrière chacun de ses mots, dans chacune de ses intonations.

Et ce dont elle est sûre, c'est que son père est responsable de cette souffrance. Qu'il ne s'est pas contenté de tuer Sara et de provoquer la mort de Dimitri. Il est coupable d'autres horreurs, encore.

Elle a soudain devant elle un inconnu. Auprès de qui elle a grandi. Qu'elle a aimé plus que tout.

Qu'elle aime encore malgré tout.

Luc prend une profonde inspiration et se tourne vers Abramov.

— Allez chercher de la corde. On l'attache et on se tire.

Abramov hoche la tête et Luc se poste face à la fenêtre. Il regarde la muraille qui se dresse en face de lui. Indifférente au drame qui se joue tout en bas.

Il pensait que ça le soulagerait. Pourtant, il a toujours aussi mal.

Condamné à perpétuité.

Même le sentiment de justice rendue n'apaise pas son tourment.

Abramov s'approche, muni d'une épaisse corde. Il attache rapidement Reynier sur sa chaise puis sort quelque chose de sa poche.

Il pose une main sur l'épaule de Luc.
— C'est fait, dit-il.
Le jeune homme se retourne et la lame d'un cran d'arrêt s'enfonce profondément dans ses entrailles. La respiration coupée, il s'accroche aux épaules de son assassin tandis que ses jambes se plient au ralenti.
— Désolé, fiston... J'ai changé d'avis.

56

À genoux, les mains sur sa blessure, Luc regarde Abramov une dernière fois avant de toucher le sol en silence.

— Non ! s'écrie Maud.

— L'envoyer en taule ne suffit pas, continue Abramov en lui confisquant son pistolet. Œil pour œil, dent pour dent... La loi du talion, mon jeune ami. Quand on veut vraiment se venger, il faut avoir les couilles d'aller jusqu'au bout.

La respiration de Luc s'accélère dangereusement. Il comprime la plaie, sent le liquide chaud qui s'échappe de ses veines couler entre ses doigts impuissants.

Abramov attrape le dossier de la chaise de Reynier et le traîne ainsi jusqu'au mur.

— Tu vas voir ce que ça fait de perdre son enfant. De le voir mourir dans d'atroces souffrances...

Il repasse devant Luc qui se tord de douleur. Dont les mains sont pleines de sang. Puis il enjambe le cadavre d'Amanda. Horrifiée, Maud se ratatine contre le meuble. Abramov la soulève du sol, elle se fait aussi lourde que possible. Mais elle ne peut lutter contre sa force colossale.

— Ne fais pas ça ! implore Luc. Pas elle...

Maud lâche un hurlement de terreur. Crier, c'est vraiment tout ce qu'elle peut faire. Supplier cet assassin ne servirait à rien, elle l'a compris depuis longtemps.

Mourir le jour de ses vingt et un ans. Sous les yeux de son père.

Voilà ce qui l'attend.

Et aucune prière n'y changera rien.

Armand essaie désespérément de se détacher. Ses yeux sont ceux d'un dément.

— C'est moi qu'il faut tuer ! s'époumone-t-il. C'est moi que tu dois tuer !

Abramov le fixe en silence, profitant de chaque seconde de la souffrance terrible qu'il lui inflige.

— Dimitri était un enfant sage, murmure-t-il. Il était intelligent, travaillait bien à l'école... Il était tout pour moi.

— Tue-moi ! implore Armand. Laisse-la, je t'en supplie !

Abramov tourne lentement la tête de la droite vers la gauche.

— Toi, c'est de désespoir que tu vas crever, augure-t-il avec un sourire démoniaque.

Il plaque Maud sur la table, approche la lame de son visage terrorisé.

Dans son dos, Luc se concentre.

Bientôt, il perdra connaissance. Il ne lui reste plus beaucoup de temps.

D'une main, il continue à comprimer sa blessure. De l'autre, il prend appui sur le sol.

Les chevilles attachées, les poignets ligotés dans le dos, Maud ne peut quasiment pas bouger.
— Comment veux-tu mourir, mon petit cœur ? demande Abramov.
Il abandonne soudain son couteau, fait remonter ses mains sur sa poitrine, jusqu'à son visage. Puis les serre brutalement autour de son cou. Maud se cambre, ses jambes s'agitent dans le vide. Des râles paniqués franchissent ses lèvres, sa poitrine se soulève. En vain.
Plus d'air.
Plus d'espoir.
Juste la peur, panique.
Crever à vingt et un ans.
Étranglée par un fou.

Reynier continue de hurler.
Comme si ça pouvait couper les mains d'Abramov.
Comme si ça pouvait changer le cours des choses.
Empêcher sa fille de mourir.
À cause de lui.

Déformé par la haine, son visage n'a plus rien d'humain.
Abramov continue à serrer la gorge de Maud.
Et son horrible faciès sera la dernière chose qu'elle verra.

Puisant dans ses ultimes forces, Luc se relève. Il s'est mordu la lèvre jusqu'au sang pour s'empêcher de crier.
Près de l'évier, la bouteille de digestif. Luc la saisit et la lance en direction du tueur. Abramov reçoit le

lourd projectile à l'arrière du crâne. Sous le choc, sa poigne se desserre. Il titube, pivote vers son ancien complice.

Toujours achever son ennemi avant de lui tourner le dos. Un soldat ne devrait jamais l'oublier.

D'un mouvement aussi rapide que précis, Luc lui assène un coup de poing dans la gorge. Abramov percute la table et tombe à genoux. Il porte les mains à son cou, cherchant de l'air à son tour.

Luc regarde l'homme qui s'étouffe à ses pieds. Puis, en y mettant ce qui lui reste d'énergie et de rage, il lui envoie un coup de pied en pleine figure.

La nuque du tueur se plie vers l'arrière, son corps suit le mouvement. Étendu sur le dos, ses yeux se révulsent, ses mains et sa bouche se crispent.

Luc sait qu'il vient de porter un coup mortel. Que l'homme ne s'en relèvera pas. Pourtant, il pose encore son pied sur sa gorge. Et appuie de toutes ses forces, jusqu'à entendre un craquement sinistre.

Abramov ne bouge plus. Ne bougera plus jamais.

Ne reviendra pas vivant de sa dernière mission.

Luc s'accroche à la table et un rideau noir tombe soudain devant ses yeux.

Il plonge tête la première dans un abîme profond et silencieux.

Reynier fait basculer la chaise et tombe avec elle. Une fois à terre, il parvient à se libérer. Aussitôt, il se précipite vers Maud et attrape le couteau laissé sur la table. Il coupe les cordes qui l'entravent, la prend dans ses bras.

— Maud, ma chérie ! Respire, respire, je t'en supplie. Doucement, doucement...

Les yeux exorbités, Maud tente de recouvrer une respiration normale avec l'impression que sa gorge n'est plus assez large pour laisser passer l'air.

— Respire, ma chérie, murmure Armand. Respire, je t'en prie... Voilà, c'est bien.

Enfin, un filet d'oxygène atteint ses poumons avec un bruit effrayant. Quelques secondes plus tard, le sang afflue à nouveau vers son cerveau. Elle reste prostrée deux longues minutes dans les bras de son père, puis le repousse soudain brutalement. Elle se précipite vers Luc, s'agenouille à côté de lui.

— Appelle les secours ! hurle-t-elle à son père.

— Y a pas de réseau, ici ! rappelle Armand.

— Ah oui ? Et comment Luc a pu envoyer le mail et les vidéos, alors ?

Reynier récupère le portable éteint, posé sur le rebord de la fenêtre.

— Merde, y a un code pin ! vocifère-t-il au bout de quelques instants.

Maud hésite puis caresse le visage de Luc. Il ouvre les yeux, la cherche pendant un instant.

— Maud...

— Accroche-toi... On va appeler les secours ! Donne-moi juste le code pour déverrouiller le téléphone.

— Je... Je sais plus, murmure Luc.

— Essaie de te souvenir ! implore Maud.

— J'y... arrive pas...

— Merde, mais c'est pas vrai !

Reynier la rejoint et presse ses deux mains sur la plaie béante. En un instant, elles sont recouvertes de sang. Il soulève délicatement le tee-shirt et son œil expert évalue immédiatement les dégâts.

Irréversibles.

— La lame a touché le foie, annonce-t-il. C'est fini.

Luc parvient à agrafer le regard du chirurgien.

— Ne me... touche pas, murmure-t-il. Ne me touche plus... jamais.

— Tu as entendu ce qu'il a dit ? assène Maud. Ne le touche pas ! Va plutôt chercher des secours !

— Le temps que j'arrive au village, il sera trop tard, prédit le professeur.

Il s'écarte du jeune homme, se traîne à même le sol jusqu'au mur le plus proche et s'y adosse. Il est à bout de forces.

En face de lui, le message, écrit à l'encre rouge.

Aujourd'hui, je te tue.

Sur ses mains, le sang de Luc.

Le même que celui qui coule dans ses veines.

Il ferme les yeux, pose son crâne douloureux contre le mur.

Maud est toujours penchée sur Luc, elle a pris une veste en coton qui traînait sur le dossier d'une chaise et comprime la blessure. Sans même le regarder, elle s'adresse à Armand d'une voix cinglante.

— Qu'est-ce que tu attends, putain ? Va chercher les secours !

— C'est inutile, répond son père.

— Assassin ! rugit Maud entre ses dents. Je vais y aller, moi !

— Non, fait Luc en la retenant par le poignet. C'est trop tard, il a raison... Reste près de moi... Me laisse pas... Me laisse pas, s'il te plaît !

D'une main tremblante, il fouille dans la poche de son jean, essaie d'en sortir quelque chose.

Mais chaque geste est une épreuve surhumaine.

— Maud, aide... moi...

Elle récupère une feuille pliée en quatre dans la poche du pantalon.

— C'est ça que tu veux ?

— Oui... C'est pour toi.

— Pour moi ?

— En... la lisant, tu... comprendras. Et j'espère que tu... me pardonneras.

Reynier essaie de recouvrer ses esprits. Ils doivent s'éloigner d'ici au plus vite. Il se relève, pose une main sur l'épaule de Maud.

— Viens, ma chérie, allons-nous-en... On ne peut plus rien faire pour lui !

Elle le repousse avec tant de violence qu'il manque de tomber.

— Tu veux l'abandonner ? Comment peux-tu... ?

— Mais il a voulu te tuer ! rappelle Reynier. Il a voulu te tuer !

— Jamais, murmure Luc. Jamais...

— Barre-toi si tu veux ! hurle Maud. Moi je reste.

Le professeur hésite un instant puis se rassoit près d'elle. Il n'a d'autre choix que de rester jusqu'au bout. D'aller au terme de l'agonie d'un fils qu'il n'aura pas eu le temps de connaître.

D'un fils qui aura été sa perte.

Maud continue à presser le linge sur la blessure. Luc se met à tousser. Du sang coule maintenant de sa bouche.

Hémorragie interne.

— Qui a écrit cette lettre ? demande Maud pour le tenir éveillé.

— Ma mère...

— Ta mère ?
— Oui... Elle me l'a laissée... avant de mourir.
Maud fronce les sourcils.
— Ta mère est morte ? Mais je croyais que...
Reynier se souvient d'elle un instant. Il n'a jamais oublié son visage. Son regard de lionne. Une des plus belles femmes qu'il ait jamais rencontrées.
— Mon père lui a fait du mal, c'est ça ?
Armand sent son cœur se déchirer. Il voudrait achever Luc. Avant qu'il ne parle. Qu'il ne détruise le peu qui lui reste. Qu'il ne finisse de piétiner sa vie.
— *Notre*... père, répond Luc.
Une profonde stupéfaction bouleverse le visage de la jeune femme.
— Maud... Promets-moi de...
Luc crache encore du sang, son beau visage prend la couleur de la mort.
— Promets-moi de vivre.
— Oui... Oui, je te promets.
En cet instant, elle promettrait n'importe quoi.
Il ferme les yeux, Maud se met à hurler.
— Luc, reste avec moi !... Papa, fais quelque chose, je t'en supplie !
Reynier secoue la tête.
Remords, impuissance et douleur.

Les paupières de Luc se soulèvent à nouveau. Derrière un voile gris, il aperçoit un visage. Un sourire triste. Celui de Marianne.
Sa chère Marianne...
Un jour, sans s'en rendre compte, Luc s'est coupé en deux.
Il n'était encore qu'un enfant.

De cette déchirure, Marianne est née.

C'était ça ou mourir.

Être deux pour affronter l'indicible.

Une main à tenir, un étai pour ne pas s'effondrer. Une attache pour ne pas sombrer.

Quelqu'un à qui chuchoter ses peurs, raconter ses cauchemars et ses rêves.

Quelqu'un pour partager le moindre secret.

Quelqu'un à aimer...

Marianne, seul être capable de l'empêcher de sombrer définitivement dans la folie.

Marianne, qui a tout fait pour qu'il renonce à cette vengeance.

Luc parvient à lever son bras, ses doigts effleurent la joue de la jeune femme.

Elle est bien là. Près de lui.

La peur s'envole, tel l'oiseau d'un magicien.

Alors, Luc sourit. Marianne est revenue, ne l'a pas abandonné.

Ne l'abandonnera jamais.

Elle qui venait le rassurer dans les moments les plus durs. Qui se blottissait contre lui quand sa mère l'enfermait dans le noir.

Sa seule lumière.

Son seul espoir.

Son seul rempart contre la solitude et le désespoir.

Marianne pleure et Luc sent ses larmes réchauffer son visage. Il entend les sanglots qui la ravagent.

Lentement, ses traits se confondent avec ceux de Maud.

— Marianne...

— Je suis là, répond Maud. Je suis là... Juste à côté de toi.

Seconde après seconde, tout devient flou. Les bruits s'éloignent, le jour s'éteint, les souvenirs se fanent.
La douleur s'oublie.
Peu à peu, Marianne disparaît derrière un écran noir.
Alors, le cœur de Luc s'arrête.

J'étais un traumatisme, une névrose.
Une blessure.

Lorsqu'elle me regardait, je plongeais dans une eau noire et glacée.
Je me noyais dans mon chagrin.

Du fond de cet abysse, j'implorais mon père.
De venir me chercher, me délivrer.
De venir m'aimer, enfin.
Ce père fantôme, je lui inventais mille visages, mille vies.
Mille raisons de ne pas être là.

Pour construire quelque chose, il faut des fondations solides. Des racines saines.
Les miennes étaient pourries.
L'arbre en apparence si résistant s'est couché au sol.
Emportant tout dans sa chute...

57

Reynier fixe sa fille, effondrée sur le corps de son frère.

Anéantie par d'interminables sanglots.

Il voit le visage de Luc, ses yeux ouverts qui ne le défient plus.

Ne le défieront plus jamais.

Il trouve la force de se lever à nouveau et attrape Maud à bras-le-corps pour l'arracher au corps sans vie.

— Laisse-moi ! hurle-t-elle.

— Calme-toi, implore Armand. Il est mort... Viens avec moi !

Maud se débat si fort qu'elle échappe à son emprise. Elle s'effondre sur une chaise et déplie la lettre, y laissant ses empreintes sanglantes au passage.

Il y a deux feuilles.

Sur la première, quelques lignes écrites par Luc. À son intention.

Pourtant, Maud reconnaît immédiatement cette écriture. La même que sur les lettres qu'il recevait à la maison.

Ce n'est pas sa mère qui les écrivait. C'était lui...

Bouleversée, Maud décide de lire à haute voix.

Comme si elle voulait achever son père, debout près de la table et qui la dévisage avec désespoir.

Maud,

Je sais que je t'ai fait du mal. Beaucoup de mal. Et je te demande pardon.

Lorsque je t'ai vue la première fois, il y a de cela presque deux ans, je t'ai détestée. Parce que je pensais que tu étais heureuse, que tu avais eu une enfance dorée, que tu avais reçu tout l'amour qui m'a si cruellement manqué.

Et puis, ces dernières semaines, j'ai appris à te connaître. J'ai compris tes douleurs, tes blessures.

J'ai eu envie de te protéger. Mais je devais aller au bout de mon voyage.

Je devais faire payer ton père, qui est aussi le mien. Pour mon plus grand malheur.

Je t'avais dit que nous deux, c'était impossible. Je t'avais promis qu'un jour tu comprendrais.

Ce jour est arrivé.

Je te laisse la lettre que ma mère m'a écrite il y a deux ans, quelques mois avant de mourir.

Je t'aime.

Ton frère, Luc

Maud essuie ses larmes, jette un regard à son père.
— Tu savais que j'avais un frère ?
Sa voix est déformée par le chagrin, la rancœur.
— Jusqu'à tout à l'heure, je te jure que je l'ignorais...
Il s'approche d'elle, pose une main sur son poignet.

Il ne faut pas qu'elle lise la seconde lettre. Sinon, il n'aura plus aucune chance.

Il saisit la feuille, la lui arrache des mains.

— Ne lis pas ça, ma chérie. Cette femme me détestait ! C'est... C'est une fille que j'ai connue quand j'étais plus jeune et qui voulait se marier avec moi. Mais... Mais je l'ai quittée et je crois qu'elle ne l'a pas supporté ! Elle a voulu se venger au travers de son fils ! Dieu seul sait ce qu'elle est allée lui raconter pour qu'il me haïsse autant !

Reynier frise l'hystérie tandis que Maud reste étrangement calme.

Elle se remet lentement debout.

— Rends-moi cette lettre, papa.

— Tu la liras plus tard ! Viens avec moi, je t'en prie...

— Tu es pressé de partir, n'est-ce pas ? Tu as peur que les flics débarquent ? Peur de payer pour tes fautes... Mais tu comptes faire quoi, hein ? T'enfuir à l'autre bout du monde, comme un criminel ? Remarque, tu *es* un criminel... un assassin !

— Je n'ai pas tué ta mère ! J'ai dit ça parce que c'est ce qu'ils voulaient entendre... Je l'ai dit pour te protéger, pour qu'ils ne te fassent pas de mal ! Mais ta mère s'est noyée, je n'y suis pour rien... Je te le jure, Maud.

Soudain, le doute s'empare de la jeune femme. Elle regarde Luc, comme s'il pouvait encore lui souffler la vérité.

Mais Luc est parti. Et Maud sent une terrible solitude s'abattre sur elle.

— Je te jure que je ne l'ai pas tuée, répète Armand en la prenant dans ses bras.

Maud se raidit à ce contact.

— Ma chérie... Tu es ce que j'ai de plus cher au monde... J'expliquerai tout à la police et ça s'arrangera, je te le promets.

La jeune femme reste froide à ses promesses. Incapable de le croire sur parole, désormais.

Son esprit n'est plus que chaos. Un champ de ruines après un séisme dévastateur.

Elle a l'impression qu'elle est sur le point de basculer dans un autre monde. Un monde où tout serait simple, clair et limpide. Un monde où elle ne se poserait plus la moindre question.

Quelque chose est sur le point de céder en elle. La dernière digue, celle qui sépare la raison de la folie.

Elle aperçoit soudain l'arme de Luc sur le sol. Elle se détache de son père, ramasse le Glock.

— Qu'est-ce que... ? demande Reynier d'un air effaré.

Elle pose l'arme sur sa tempe, le fixe droit dans les yeux.

— Rends-moi cette lettre. Sinon, je me flingue.
— Maud ! Arrête !
— Rends-la-moi...

Reynier dépose la feuille sur la table.

— Voilà, dit-il. Voilà... Calme-toi.

Il lève les bras devant lui.

— Pose cette arme, ma chérie. Ne fais pas de conneries... On va parler, tous les deux, d'accord ?

— Recule, ordonne sa fille.

Il obéit et Maud s'empare de la lettre. Elle fait quelques pas en arrière, l'arme toujours dans la main droite, et se précipite soudain dans l'escalier. Arrivée à l'étage, elle s'enferme à double tour dans la première chambre. Elle entend les pas de son père dans l'escalier, ses poings qui martèlent la porte.

— Maud, s'il te plaît, écoute-moi... !

Elle s'assoit sur le lit où Reynier a dormi cette nuit, pose le Glock près d'elle et déplie la lettre...

58

Armand est assis dans le couloir, devant la porte de la chambre.
Cette pièce où sa fille s'est enfermée.
Avec une arme à feu chargée.
Avec une lettre empoisonnée entre les mains.
Pendant de longues minutes, Reynier a usé ses dernières forces à tenter de la convaincre. Il a entendu sa propre fille lui dire que s'il forçait la porte, elle se tuerait.
Alors, adossé au mur, juste en face de la chambre, il attend.
Le jugement dernier.
L'ultime épreuve.
Il sait ce qu'il y a dans la lettre. Il sait ce que Maud vient d'apprendre.
Avant aujourd'hui, il n'avait aucun remords. À peine quelques regrets, enterrés quelque part, sous une épaisse couche de marbre. Il avait relégué cette histoire dans un coin obscur de son esprit, l'avait peu à peu occultée. Mais aujourd'hui, vingt-six ans après, elle lui revient en pleine tête avec la force d'un ouragan.

Aujourd'hui, vingt-six ans plus tard, il doit payer. Un prix qu'il n'aurait jamais imaginé.

Enfin, la clef tourne dans son logement et Maud apparaît. Elle se tient sur le seuil et dévisage son père un instant. Sans prononcer le moindre mot.
Ses yeux bleus sont devenus gris comme un après-midi d'orage.
Ils sont devenus peine, chagrin. Tourment.
Ils sont devenus châtiment.
D'un simple regard, elle le condamne.
Doucement, Armand se relève.
— Maud, je...
— Tais-toi.
— Mais...
— Je ne veux plus jamais te revoir, dit-elle. Tu entends, papa ? Plus jamais...
Elle a envie de pleurer tellement c'est douloureux. Mais les sanglots restent coincés au fond de sa gorge.
— Je vais rentrer à la maison et prendre mes affaires. Ensuite, je partirai.
Il la saisit par le bras.
— Maud, écoute-moi, je t'en supplie ! Je ne sais pas ce qu'il y avait dans cette lettre, mais...
— Tu me dégoûtes tellement ! murmure Maud. Tellement...
Elle retire son bras et l'abandonne dans cet étroit couloir. Au rez-de-chaussée, elle récupère la clef du Range Rover et caresse le visage de Luc, une dernière fois. Elle aimerait s'allonger près de lui, le rejoindre dans la mort. Mais elle entend son père qui descend l'escalier. Alors, elle quitte la maison et court jusqu'au 4 × 4. Elle grimpe au volant, verrouille les portières.

Reynier se précipite vers la voiture, tape sur la vitre, hurle son prénom.

Sa voix résonne dans les gorges.

Écho tragique et déchirant.

Maud passe la marche avant, appuie sur l'accélérateur.

Dans le rétroviseur, elle voit le décor de sa vie qui s'effondre.

Elle voit son père devenir de plus en plus petit, jusqu'à disparaître.

59

Le Range Rover roule vite. Bien trop vite.

Virage après virage, il s'éloigne de la maison. Au travers de ses larmes, les mains crispées sur le volant, Maud distingue à peine la route.

Elle laisse tout derrière elle.

Un frère mort.

Une mère assassinée.

Un père assassin.

Ses illusions, ses rêves. Ses amours, ses rancœurs. Son passé et son avenir.

La voiture s'engouffre dans un tunnel, ressort au grand jour. Les pneus du 4 × 4 frôlent le ravin. Pourtant, Maud accélère encore...

Reynier revient lentement dans la maison jonchée de cadavres. Il s'approche de celui de Luc, le regarde longtemps.

Ce fils, dont il avait toujours rêvé. Dont il ignorait l'existence.

Ce fils, qu'il avait commencé à aimer.

Aujourd'hui, on lui a tout enlevé.

De force.
Perdre deux enfants le même jour... Abramov avait raison.
Ça fait mal à en crever.

Le Range Rover poursuit sa course folle dans les gorges étroites.
Maud ne cesse de penser à Luc. Ses yeux, son sourire. Elle entend même sa voix. Aussi douce qu'une caresse.
Toi, tu comptes pour moi... Tu comptes vraiment.
Jamais plus elle ne le reverra. C'est insupportable. Insurmontable.
Un virage, particulièrement serré, se dessine au loin.
Maud lâche le volant et ferme les yeux...

Totalement désorienté, Armand se traîne jusqu'au jardin. Il s'assoit sur le muret, près de la fontaine.
Les yeux sur la route qui serpente au loin, il espère. Qu'elle va réapparaître, se jeter dans ses bras. Qu'il pourra la serrer contre lui, une dernière fois.
Il donnerait sa vie pour ça.
Les secondes passent, l'horizon reste désert et Armand réalise qu'elle ne reviendra pas.
Le soleil est à son apogée, illuminant enfin le paysage. Mais pour lui, la nuit est déjà tombée. Comme une sentence, un couperet, la hache du bourreau.
Ces gorges ne sont plus un écrin protecteur. Elles sont devenues son tombeau.

Je ne veux plus jamais te revoir. Tu entends, papa ? Plus jamais...

Pas la moindre lumière à laquelle se raccrocher. À chacune de ses respirations, ses poumons se déchirent. Seconde après seconde, son esprit se désagrège.

Tu me dégoûtes tellement...

Un gigantesque oiseau de proie fond sur lui et plante ses griffes acérées dans son crâne, pour l'emporter vers un monde terrifiant.

Un monde de supplices, peuplé de vide et gorgé d'acide.

L'enfer, probablement.

Le Range Rover quitte le bitume et fonce vers le ravin.

Promets-moi...

Au dernier moment, Maud rattrape le volant.

Trop tard.

La voiture dérape sur le gravillon, fait un tête-à-queue et s'encastre dans un énorme rocher...

Armand est revenu à l'intérieur. Assis près de Luc, il le regarde avec une tendresse inattendue.

— Si seulement tu m'avais dit qui tu étais, murmure-t-il. On aurait pu rattraper le temps perdu, peut-être... Oui, j'ai commis des choses horribles dans ma vie, tu as raison... Mais... Mais tu aurais pu me laisser une chance, chercher à savoir qui j'étais ! Qui j'étais vraiment... Tout ça aurait pu finir autrement, je crois. On aurait pu s'aimer... Moi, j'aurais pu t'aimer en tout cas.

Maud... Promets-moi...
La voix de Luc résonne dans l'habitacle de la voiture.
Maud n'en revient pas d'être encore en vie. Elle sort du Range Rover dont l'avant est complètement fracassé et lève les yeux vers le ciel.
Luc a veillé sur elle. C'est certain.
Promets-moi de vivre...
Il faut tenir ses promesses.
Toujours, Maud le sait.
C'est son père qui le lui a appris.
Pendant un instant, elle songe à faire demi-tour, à rejoindre celui auprès de qui elle a grandi. Parce que déjà, il lui manque. Comme un trou béant dans ce qui reste de sa vie.
Elle s'assoit par terre, près de la voiture accidentée, replie ses genoux devant elle. Tous ses repères viennent d'exploser, balayés par un cyclone à la puissance dévastatrice...

Armand pose une main sur le front de Luc. Sa peau est encore tiède.
Il aimerait revoir ses yeux verts, emplis de défiance, de souffrance.
— Tu sais, Sara est tombée dans la piscine, je n'ai pas eu besoin de la pousser... Elle était inconsciente quand je l'ai trouvée. J'aurais peut-être pu la sauver. Mais je n'ai pas tenté de la réanimer... Pour garder Maud près de moi. Voilà, je voulais que tu le saches, mon fils.

Maud marche sur le bord de la route. Poussée par une rage inconnue.

Luc est près d'elle.

Sera toujours près d'elle, aucun doute.

Jamais elle ne s'était sentie aussi vivante. Jamais elle n'avait repoussé la mort avec tant de conviction.

Une douleur intense, une force nouvelle...

Finalement, elle ne fera pas demi-tour. Elle ne peut pas le revoir, pas maintenant. C'est bien au-dessus de ses forces.

D'abord laisser retomber la colère, commencer à pardonner.

Il lui faudra du temps, sans doute...

Armand tend le bras et saisit le Beretta d'Abramov.

Il arme le chien, met le canon du pistolet dans sa bouche, appuie sur la détente.

La seconde d'après, il s'effondre près de Luc.

60

— Pouvons-nous procéder à l'inhumation ? demande l'homme en gris.

Charlotte hoche la tête et le petit cercueil blanc s'enfonce lentement dans le caveau. Une larme coule sur sa joue, une main se pose sur son épaule.

— Tu as pris la bonne décision, murmure Maud. Il a enfin cessé de souffrir...

Charlotte la remercie d'un regard puis lance une rose sur le cercueil de Lukas, posé sur celui d'Armand. Quelques instants plus tard, le marbrier remet la lourde pierre tombale en place et le corbillard s'éloigne discrètement.

Les deux femmes restent longtemps face à la sépulture. Dans la peine, le silence, le cœur glacé de l'hiver.

Mais lorsqu'une pluie cinglante commence à tomber, elles se résignent enfin à rejoindre la voiture. Maud baisse la vitre de l'Audi et allume une cigarette. Pensive, elle regarde les arbres dénudés malmenés par un vent violent. Son cœur se dérègle quand elle aperçoit un jeune homme qui marche d'un pas pressé sur le bord de la route. La voiture le dépasse, il s'évanouit dans la grisaille.

Son absence est partout. Dans chaque instant, chaque endroit. Chaque respiration.

Son sourire se conjugue au passé, au présent. À l'infini.

Sa voix résonne au plus profond de ses nuits comme au plus clair de ses jours.

Son visage apparaît, disparaît. Pour revenir, toujours.

Souvent, sa main effleure la sienne.

Parfois, ses bras viennent l'enlacer pour des danses secrètes, bercées de tristesse.

Maud a gardé ses lettres. Celles qu'il s'appliquait à écrire le soir, dans l'intimité de ses chimères. Celles où il réinventait son histoire, son enfance, ses souvenirs.

Mensonges, illusions ou folie...

Maud n'a plus rien. Plus de parents, plus de frère, plus de maison, presque plus d'argent. Il ne lui reste qu'une grand-mère ayant perdu la raison depuis longtemps. Qui ne l'a même pas reconnue.

Son père disait avoir beaucoup d'amis. Pourtant, au lendemain du drame, aucune main ne s'est tendue vers elle. Les dos se sont tournés, les sourires se sont fanés, les langues se sont déliées.

Le téléphone a cessé de sonner.

Maud a l'impression d'errer au milieu d'une terre désolée, ravagée par une guerre sans pitié. Une vie à reconstruire, un avenir à imaginer. Des forces à retrouver.

Par où commencer... ?

Apprivoiser la mélancolie et l'oubli, s'approcher doucement du pardon. Réapprendre l'espoir, le rêve et la confiance.

Réapprendre l'amour, peut-être. Quand le temps aura patiné la colère, noyé le chagrin, éloigné les cauchemars jusqu'à les rendre flous.

Recoller un à un les morceaux d'une existence brisée, fragilisée à jamais.

— Tu veux rentrer ? demande Charlotte.
— Non. J'ai envie d'un café… Et toi ?
— Pourquoi pas.

Depuis quelques semaines, les deux femmes cohabitent dans le même appartement, partageant le loyer, quelques souvenirs, de profondes douleurs et d'interminables silences. Un fil ténu les relie, tissé de chagrin et d'amertume, qui pourrait se casser au moindre choc.

Maud sait qu'elles se sépareront bientôt, que chacun repartira de son côté.

Maud sait qu'elles n'oublieront pas.

Qu'elles n'oublieront rien.

Maud sait que l'hémorragie ne s'arrêtera jamais. Que ses plaies saigneront jusqu'à la mort.

Et que la mort est encore loin.

ÉPILOGUE

Luc,

Il ne me reste plus longtemps à vivre. Et lorsque tu liras cette lettre, je serai morte.

Je sais que tu ne me pleureras pas. Tu n'auras aucune raison de le faire.

Par ces mots, je ne cherche pas à me faire pardonner. Cela est impossible, j'en ai conscience.

Mais aujourd'hui, tu as le droit de savoir pourquoi. Pourquoi je n'ai jamais été capable de t'aimer.

Je ne pouvais pas te l'expliquer, pas avec tes yeux en face des miens. C'était au-dessus de mes forces...

Après avoir passé mon bac, je suis entrée en fac de médecine. Six ans plus tard, je suis arrivée à l'hôpital de Lille pour ma première année d'internat. J'avais vingt-quatre ans, j'étais promise à une brillante carrière de chirurgienne. J'ai été affectée dans le service d'Armand Reynier. Professeur Reynier aujourd'hui, simple chef de service à l'époque. Il avait trente-cinq ans, était déjà reconnu pour son talent de praticien. Moi, je le trouvais fourbe, prétentieux et misogyne. Je l'ai très vite détesté.

Rapidement, il a commencé à me faire des avances. Que j'ai repoussées. Il me harcelait, du matin au soir. À l'hôpital, chez moi, par téléphone… j'étais devenue son obsession. Il ne supportait pas qu'on le rejette, qu'on ne veuille pas lui céder. Qu'on ne l'admire pas.

Un soir où je n'étais pas de garde, il a débarqué dans mon petit appartement au prétexte qu'il voulait me parler d'un patient. Je l'ai laissé entrer.

Ce fut l'erreur de ma vie.

C'était un 19 septembre, une date que je n'oublierai jamais.

Je lui ai servi un verre à boire. Puis deux, puis trois.

Il ne voulait pas me parler d'un patient, non. Il voulait simplement coucher avec moi. J'ai refusé.

Alors il m'a violée.

Avant de partir, il m'a menacée, me disant que si jamais j'osais porter plainte contre lui, il ruinerait ma carrière. Il m'a rappelé qu'il avait des relations haut placées, qu'il n'aurait aucun mal à se forger un alibi solide, que ma plainte serait classée sans suite, que je serais traînée dans la boue si jamais je l'accusais.

J'étais dévastée. Je crois que tu ne peux pas imaginer ce qu'on ressent dans ces moments-là. Porter plainte ? Je n'en avais ni le courage ni même l'envie. Je voulais une chose, une seule : disparaître.

Pendant dix jours, je suis restée enfermée chez moi à pleurer, à souffrir.

Et puis, avec je ne sais quelles forces, j'ai repris ma vie.

Je suis retournée travailler. Aux côtés de mon bourreau. Son regard sur moi, ses gestes, ses sourires… Rien qu'en me regardant, il m'humiliait, encore et encore. C'était insupportable – abominable – de l'avoir en face de moi chaque jour.

Une véritable torture.

J'étais dans un état indescriptible d'angoisse, de colère et de fatigue. Je ne dormais plus, je ne mangeais plus.

Alors, j'ai commis une faute. Impardonnable. Pendant une opération, j'ai failli tuer un patient. Je suis passée en conseil de discipline et Reynier m'a enfoncée. J'ai été condamnée à la peine la plus lourde : l'exclusion des fonctions pendant cinq ans.

Quelques semaines plus tard, au milieu de ce chaos, je me suis aperçue que j'étais enceinte. Légalement, il était trop tard pour avorter, alors j'ai essayé d'autres méthodes pour te faire disparaître, je l'avoue. Mais tu étais résistant, déjà… et tu t'es accroché dans mon ventre.

Le 15 mai, tu es né. J'ai décidé de t'appeler Luc. Car saint Luc exerçait la médecine. Ce que je ne ferais jamais…

Après ta naissance, ma dépression s'est encore aggravée. J'étais une ombre qui errait sans but, sans espoir. J'étais seule, terriblement seule.

Mes parents, comme tu le sais, vivaient à l'autre bout du monde et je ne me sentais pas de les rejoindre et surtout de leur avouer comment tu avais été conçu… de leur raconter ce qui m'était arrivé.

La honte peut tuer, je crois… Lentement, mais sûrement.

Pourquoi avais-je eu la faiblesse de le laisser entrer chez moi ? De lui offrir de l'alcool ? Pourquoi n'avais-je pas réussi à me défendre ?

Qu'avais-je fait pour mériter ça ?

Quelque chose de mal, forcément.
Et ma punition, c'était toi.

Je me suis isolée du reste du monde, faisant croire à tes grands-parents que je poursuivais mon internat à l'hôpital pour qu'ils continuent à m'envoyer de l'argent chaque mois. Mais ils ont découvert le pot aux roses et je me suis violemment disputée avec eux. Ils voulaient savoir qui était le père. J'ai refusé de leur avouer ce que j'avais subi. La honte, encore et toujours... qui m'a rongée, des années durant. Qui a détruit mon corps, mon esprit.

De rage, ils m'ont coupé les vivres.

Un engrenage infernal dont je n'ai pas su me sortir...

Ils ont péri dans un accident de voiture, mais ça, tu t'en souviens sûrement puisque tu avais déjà six ans. Je ne les avais pas vus depuis des années. Et toi, tu ne les as jamais connus...

Quand ils ont cessé de me donner de l'argent, j'ai été contrainte de chercher un emploi pour nous faire subsister. Je suis devenue vendeuse dans une pharmacie, puis préparatrice.

Je pensais qu'avec le temps, je parviendrais à guérir. À t'aimer.

Mais plus tu grandissais, plus tu lui ressemblais. Te regarder était un véritable supplice.

Souvent, j'ai eu envie de te tuer. De nous tuer. De faire disparaître la preuve que tu étais, et qui m'empêchait d'oublier ce que j'avais subi. Chaque jour, ton visage me rappelait l'indicible et ravivait les plaies. Tes yeux étaient des lames qui m'ouvraient en deux.

Tu as le même sourire que lui. Les mêmes expressions dans le regard.

J'ai enfanté mon propre cauchemar.
J'ai passé ma vie à le haïr à travers toi.
Tu n'y pouvais rien.
Moi non plus.

Le temps n'a jamais rien changé à notre histoire. Toute ma vie, j'ai vécu avec cette blessure en moi, avec ce traumatisme.
Il m'a brisée, a détruit ma vie.
Et la tienne.
Tu n'avais rien demandé, je le sais bien.
Mais moi non plus.

Ce salaud est heureux à l'heure qu'il est. Un homme brillant, un chirurgien de renom, aujourd'hui directeur d'une clinique. Il a eu la carrière dont il rêvait, a gagné beaucoup d'argent. À ce que je sais, il a même fondé une famille...

Ce monstre a bâti son empire sur mon malheur, notre malheur.
Car la seule chose que nous partagions, toi et moi, c'était la douleur.
Moi je souffrais de ce que cet homme m'avait fait.
Toi, tu souffrais de ce que cet homme avait fait de moi.
C'est sa faute. Son impardonnable faute.
Je n'ai jamais eu le courage de le dénoncer, jamais le courage non plus d'intenter une recherche en paternité pour le faire payer. Rien qu'à l'idée de revoir son visage, ses yeux et ses mains, mes forces m'abandonnaient.

Je te laisse décider de ce que tu feras, maintenant que tu sais.

Luc, j'aurais vraiment voulu connaître le bonheur d'aimer mon enfant. De t'aimer, toi.

Mais je n'avais rien à te donner, morte depuis longtemps.

J'espère que tu auras une vie meilleure que la mienne. Car, sans doute, tu le mérites.

Moi, très bientôt, je serai délivrée. Enfin.

Que Dieu puisse ne pas t'abandonner, comme Il m'a abandonnée.

Je t'embrasse pour la première et dernière fois.

Viviane, ta mère

Moi, j'ai voulu t'aimer. De toutes mes forces. De force.

Mais on n'aime pas ainsi.

POCKET N° 16534

Prix du meilleur roman francophone du festival polar de Cognac 2012.

Karine GIEBEL
JUSTE UNE OMBRE

D'abord, c'est une silhouette, un soir, dans la rue... Un face-à-face avec la mort. Ensuite, c'est une présence. Le jour : à tous les carrefours. La nuit : à ton chevet. Impossible à saisir, à expliquer, à prouver. Bientôt, une obsession. Qui ruine ta carrière, te sépare de tes amis, de ton amant. Te rend folle. Et seule.

Juste une ombre. Qui s'étend sur ta vie et s'en empare à jamais. Tu lui appartiens, il est trop tard...

Retrouvez toute l'actualité de Pocket :
www.pocket.fr

POCKET N° 15671

Deux nouvelles dont une inédite en France.

Karine GIEBEL
MAÎTRES DU JEU

Il y a des crimes parfaits.
Il y a des meurtres gratuits.
Folie sanguinaire ou machination diabolique, la peur est la même. Elle est là, partout : elle s'insinue, elle vous étouffe… Pour lui, c'est un nectar. Pour vous, une attente insoutenable. D'où viendra le coup fatal ? De l'ami ? De l'amant ? De cet inconnu à l'air inoffensif ? D'outre-tombe, peut-être…

Ce recueil comprend les nouvelles Post mortem et J'aime votre peur.

Retrouvez toute l'actualité de Pocket :
www.pocket.fr

POCKET N° 15835

« *Fascinant.* »

Sud Ouest

Karine GIEBEL
PURGATOIRE DES INNOCENTS

Je m'appelle Raphaël, j'ai passé quatorze ans de ma vie derrière les barreaux. Avec mon frère, William, nous venons de dérober trente millions d'euros de bijoux. Ç'aurait dû être le coup du siècle, ce fut un bain de sang. Deux morts, un blessé grave. Le blessé, c'est mon frère. Alors, je dois chercher une planque sûre où il pourra reprendre des forces.

Je m'appelle Sandra. Je suis morte, il y a longtemps, dans une chambre sordide. Ou plutôt, quelque chose est né ce jour-là…

Retrouvez toute l'actualité de Pocket :
www.pocket.fr

POCKET N° 16312

« *Karine Giebel revient très fort avec un sanglant road-movie.* »
Le Parisien

Karine GIEBEL
SATAN ÉTAIT UN ANGE

Deux trajectoires, deux lignes de fuite.
Hier encore, François était quelqu'un. Un homme qu'on regardait avec admiration, avec envie. Aujourd'hui, il n'est plus qu'un fugitif tentant d'échapper à son assassin. Qui le rattrapera, où qu'il aille. Quoi qu'il fasse. Paul regarde derrière lui ; il voit la cohorte des victimes qui hurlent vengeance. Il paye le prix de ses fautes. L'échéance approche...

Retrouvez toute l'actualité de Pocket :
www.pocket.fr

Composition et mise en pages
Nord Compo à Villeneuve-d'Ascq

Imprimé en France par

MAURY IMPRIMEUR
à Malesherbes (Loiret)
en janvier 2021

POCKET - 92 avenue de France - 75013 Paris

N° d'impression : 250825
Dépôt légal : janvier 2021
Suite du premier tirage : février 2020
S27298/07